Para Jenn, do cérebro
assustadoramente parecido,
e Karen, dos insultos no Twitter.

1ª edição, 2017
Título original: *Outpost*

TEXTO ADEQUADO ÀS REGRAS DO NOVO ACORDO ORTOGRÁFICO DA LÍNGUA PORTUGUESA

Coordenação editorial: Miriam Gabbai
Editora assistente: Áine Menassi
Tradução: Bárbara Menezes
Preparação de texto: Maria Christina Azevedo
Revisão: Ricardo N. Barreiros
Ilustração de capa: Clayton InLoco
Projeto gráfico e diagramação: Thiago Nieri

CIP-BRASIL. CATALOGAÇÃO-NA-FONTE
SINDICATO NACIONAL DOS EDITORES DE LIVROS, RJ

A237r

Aguirre, Ann

Refúgio / Ann Aguirre ; tradução Bárbara Menezes. - 1. ed. - São Paulo : Callis Ed., 2017.
288 p. : il. ; 23 cm. (Razorland ; 2)

Tradução de: *Outpost*
Sequência de: *Enclave*
Continua com: *Horda*
ISBN 978-85-454-0050-9

1. Ficção infantojuvenil americana. I. Menezes, Bárbara. II. Título. III. Série.

17-41199 CDD: 813
CDU: 821.111(73)-3

18/04/2017 20/04/2017

ISBN 978-85-454-0050-9

Impresso no Brasil

2017
Callis Editora Ltda.
Rua Oscar Freire, 379, 6º andar • 01426-001 • São Paulo • SP
Tel.: 11 3068-5600 • Fax: 11 3088-3133
www.callis.com.br • vendas@callis.com.br

Tradução: Bárbara Menezes

callis

Sumário

Noitibó

Acordei com o beijo frio do aço na minha garganta.

Embora tivesse me acostumado a dormir em segurança, desde nossa chegada a Salvação dois meses antes, não perdera nem um pouco da minha agilidade. Antes de meu algoz perceber que eu estava acordada, afastei a faca com um golpe e o fiz cair por cima da minha cabeça. Enquanto Perseguidor se recuperava, rolei, fiquei em pé e fiz uma careta. Mamãe Oaks arrancaria a pele de nós dois se o pegasse no meu quarto. As pessoas levavam a reputação muito a sério, e a minha já estava prejudicada por conta da insistência que tinha em ser eu mesma.

– Bom trabalho, pomba.

O sorriso malicioso de Perseguidor brilhou ao luar.

– O que você está fazendo aqui?

Era o meio da noite, mas ele adorava seus pequenos testes.

– Temos algumas vindo. Ouvi o segundo sino.

Minha ira abrandou. Ele não estava apenas verificando meus reflexos sem levar em consideração nossa situação instável. Como não pertencíamos a ninguém, não podíamos abusar das boas-vindas nem irritar o pessoal da cidade ignorando suas regras. A maioria parecia criada para impedir reproduções não autorizadas, e as pessoas não gostaram de quando saí para treinar com Perseguidor. Não levei muito tempo para perceber que não era uma menina normal, pelo menos de acordo com os padrões de Salvação. Assim, estávamos praticando em segredo, sem combates à luz do dia.

– Vamos dar uma olhada. Vire-se.

Sem alvoroço, coloquei minha roupa de Caçadora e prendi ao corpo minhas armas, que eu não permitira que ninguém pegasse, apesar das reclamações sobre o quão "inadequado" era o fato de eu as carregar. A maioria delas vinha de mulheres que passavam na casa dos Oaks para sussurrar suas críticas ao meu jeito bárbaro. Selvagens me criaram em uma caverna, elas diziam; porém, como eu informara a Mamãe Oaks, mereci as cicatrizes e as adagas. Essas últimas, teriam de arrancar das minhas mãos frias e mortas. Por respeito à personalidade sensível da professora, eu, de fato, estava usando blusas de manga longa na escola para esconder meu *status* de Caçadora.

Perseguidor deslizou para fora da janela aberta, a mesma por onde entrara alguns minutos antes. Se não ficasse tão ansiosa pelas nossas lutas noturnas, eu a trancaria, mas apenas aquelas disputas faziam com que me sentisse uma Caçadora nos últimos tempos. Eu o segui, pulei no galho da árvore e, depois, balancei o corpo e desci para o pátio silencioso.

Era uma noite quente, a luz brilhante fazendo desenhos no chão com prata. Cada folha de grama parecia um paraíso sob meus pés. Antes, eu andara sobre pedras quebradas e cimento duro, bem fundo na barriga do planeta. Tinha sido um lugar barulhento, cheio de ecos, gemidos baixinhos e chorinhos à noite. No entanto, aquele mundo desaparecera.

Agora eu morava em Salvação, onde as construções eram firmes, caiadas e limpas, onde homens tinham seus trabalhos e mulheres cumpriam tarefas diferentes. Aquela realidade era difícil para mim. No subsolo, meu sexo não importara muito, apesar de usarmos Caçadora no feminino; e havíamos mantido isso porque, no começo – antes de termos percebido que mulheres sabiam lutar com a mesma ferocidade –, apenas Caçadores homens protegiam o enclave. Quando a primeira Caçadora mudou tudo, ela quis um reconhecimento pela sua conquista... E, assim, a distinção permaneceu.

As pessoas também tratavam os jovens de um jeito diferente em Salvação. Independentemente da ameaça, os pirralhos não tinham permissão para lutar... Mas eu passara tempo demais defendendo o enclave para me sentir confortável deitada na cama, enquanto outros lutavam por mim. Tinham construído a cidade como um castelo de madeira com fortificações resistentes e um portão robusto; um muro de proteção, com uma passarela e torres de guarda, mantinha as Aberrações do lado de fora, defendendo a população, mas eu não tinha certeza se resistiria para sempre. Tanto Perseguidor quanto eu havíamos pedido para avaliar a quantidade de ameaças que Salvação enfrentava e quão bem os guardas as afastavam. Parecia uma solicitação razoável, mas o pessoal no comando – anciãos que eram *velhos* de verdade – preferia que os jovens passassem o tempo solucionando como ler e calcular números. Havia também aulas de história e provas infinitas sobre informações que ninguém em sã consciência teria obrigação de saber.

Eu achava um insulto. Se uma pessoa já sabia tecer, por que alguém perderia tempo fazendo-a aprender a assar pão? Era um desperdício de esforços, mas existiam regras para tudo em Salvação. Quebrá-las trazia consequências e era por isso que eu tinha de ter cuidado.

Junto com Perseguidor, atravessei em segredo a cidade escurecida, evitando cães que iniciariam uma algazarra. Achei curioso as pessoas manterem animais para companhia e não alimentação. Quando eu perguntara a Mamãe Oaks em que momento ela planejava cozinhar a criatura gorda que dormia em uma cesta na cozinha, os olhos dela quase saltaram do rosto. Desde então, ela mantivera o animal longe de mim, como se suspeitasse que eu tivesse a intenção de transformá-lo em ensopado. Claramente, eu tinha muito a aprender.

– Estou sentindo o cheiro delas – Perseguidor sussurrou então.

Levantei a cabeça, cheirei o vento da noite e fiz que sim. Qualquer um que tivesse encontrado Aberrações – ou Mutantes, como elas eram chamadas no Topo – não esqueceria o fedor: carne apodrecida e feridas gotejantes. Certa vez, muito tempo antes, elas tiveram ancestrais humanos... ou era o que diziam as histórias. Mas algo ruim acontecera, e as pessoas ficaram doentes. Muitas morreram... e algumas delas mudaram. As mortas tiveram sorte, Edmund alegava, mas Mamãe Oaks sempre fazia "xiu", para o marido se calar, quando ele falava daquele jeito. Ela tinha uma ideia de que nós precisávamos ser resguardados. Seus instintos protetores me faziam rir, levando-se em consideração que eu havia lutado mais do que a maioria dos guardas da cidade. Parei, ouvindo.

As armas não eram silenciosas em Salvação e, assim, se a luta começasse, eu escutaria o estrondo delas. Isso me deu tempo para escalar até a torre de vigia mais ao sul, onde Improvável estava de guarda. Ele não iria me afugentar com palavras bravas, sobre eu dever estar na cama. Ao longo das semanas anteriores, ele havia mostrado muita paciência com minhas perguntas. Outros homens diziam que não era da minha conta e me denunciavam por comportamento inadequado e nada feminino; mais de uma vez, eu me metera em encrenca com Mamãe Oaks por causa de minhas excursões noturnas.

Como sempre, Improvável não protestou quando subimos a escada e nos juntamos a ele. Daquele ponto de observação, vi, sob a luz tremulante do lampião, a terra se estendendo diante de mim. Se forçasse a passagem, poderia ter acesso ao muro, mas os outros guardas, então, gritariam comigo por estar no caminho. Eu não tinha arma de fogo, portanto não podia afastar as Aberrações aos tiros. Além disso, Mamãe Oaks ficaria sabendo do meu mau comportamento de novo, o que levaria a tarefas extras e um sermão sobre eu não estar tentando me adaptar.

– Você nunca perde uma briga – Improvável disse, engatilhando a Menina.

– Não se pudermos ajudar – Perseguidor falou.

– Não parece certo... Estou acostumada a ajudar. Quantas tem esta noite?

– Eu contei dez, mas estão recuadas, logo, fora de alcance.

Essa informação mandou um arrepio gelado pelo meu corpo.

– Tentando atrair os guardas para fora?

– Não vai funcionar – ele garantiu para mim. – Podem ficar espiando lá fora o quanto quiserem, mas, se tiverem fome o bastante, vão atacar, e a gente vai matar.

Eu queria ter a mesma confiança que ele no poder do muro em manter as coisas ruins do lado de fora. No subsolo, nós tínhamos barricadas, é claro, mas não contávamos apenas com elas. Patrulhas saíam para manter nosso território limpo, e eu ficava desconfortável ao pensar em Aberrações se juntando. Quem poderia saber quantas havia lá fora? Lembrei-me do destino de Nassau, era o assentamento mais perto de onde vivíamos lá embaixo. Quando Seda – a comandante dos Caçadores – mandou eu e Vago investigarmos, a realidade era pior do que qualquer coisa que eu tinha imaginado: Aberrações se esbaldando com os mortos depois de terem aniquilado os vivos. Eu ficava assustada em imaginar um destino assim ali em cima, onde os cidadãos não eram tão fortes. Eles tinham mais guardas, é claro, e nem todos caçavam, como fazíamos no subsolo. Mais cidadãos moravam em Salvação, então podiam dividir o trabalho.

Do outro lado do muro, veio o estampido distante da arma de alguém e, então, o sino tocou. Apenas uma vez, o que significava uma morte. Dois toques indicavam algo chegando. Eu nunca ouvira mais de dois toques, então não sabia se havia outros avisos.

– Quantos sinais existem? – perguntei a Improvável.

– Doze, mais ou menos – ele respondeu, erguendo a arma. – Baseados em algum tipo de linguagem militar antiga, de pontos e traços.

Aquilo não esclareceu nada, mas, antes de eu poder questionar, movimentos no perímetro chamaram minha atenção. Conforme duas Aberrações correram em direção ao muro, Improvável mirou com a Menina e derrubou a primeira. Não parecia justo, já que as criaturas não tinham armas de longa distância, mas a maioria dos cidadãos ali também não era treinada para lutar. Uma falha na segurança seria um desastre.

Enquanto eu observava, a Aberração sobrevivente ajoelhou-se ao lado da amiga caída e, depois, guinchou como se nós fôssemos os monstros. O som ecoou nas árvores, cheio de lamento e repugnância. Dei uma olhada em Improvável, que não estava atirando. A coisa não correu, embora pudesse. Seus olhos cintilaram à luz do lampião, mostrando loucura e fome, com certeza, mas, naquela noite, eu vi algo a mais. Ou achei que vi.

"É uma sombra pregando peças."

– Às vezes, eles parecem ter uma mente nas suas cabeças podres – Improvável disse, como se para si mesmo.

Depois, atirou de novo e, assim, a outra morreu ao lado da primeira. Em seguida, Improvável tocou o sino uma vez, parou e mais uma vez anunciando suas mortes. O pessoal da cidade tinha aprendido a dormir mesmo com a algazarra. Aquela informação era dirigida aos guardas, para poderem saber quantos corpos cercavam a cidade. Pela manhã, mandariam uma equipe armada arrastá-los para longe o bastante, de forma que, se atraíssem outras Aberrações, elas pudessem se alimentar sem os bons cidadãos de Salvação terem de assistir. Eu aprovava essa prática; por sorte, as pessoas ali não precisavam levar sermões sobre a importância da higiene adequada.

Essa era a única coisa que Salvação tinha em comum com Faculdade, o enclave onde eu fora criada. Ali em cima, na segurança do muro, minhas adagas não podiam causar estragos, e eu odiava ser inútil. Perseguidor não aceitava melhor do que eu ser excluído da ação. Ele tinha razão quando disse, meses antes:

"Você... você é como eu."

Eu respondera: "Você quer dizer uma Caçadora?"

"Sim. Você é forte."

Era verdade... Mas, ali, a força física não importava. Nem o treinamento. Queriam que nós aprendêssemos novos papéis e esquecêssemos que tínhamos levado vidas diferentes. Eu achava difícil, pois adorava ser Caçadora. Ainda assim, Salvação não oferecia uma função como essa para meninas; eu não podia nem usar minhas próprias roupas.

Por algum tempo, ouvimos os tiros, até o sino parar de badalar mortes. Aos poucos, os barulhos da noite voltaram e essa era outra maneira de podermos saber que as Aberrações tinham recuado. Quando todos os animais ficavam parados e quietos, um ataque devia ser iminente. Agora o silêncio se encheu com o barulhinho de uma ave cujo nome eu não sabia.

– O que é isso? – perguntei a Improvável.

Ele sempre teve a máxima paciência para as minhas perguntas e, dessa vez, não foi diferente.

– Noitibós. Eles vêm para o verão antes de voltarem ao sul.

Não pela primeira vez, senti inveja da liberdade das aves.

– Obrigada. Vamos sair do seu caminho antes que alguém nos pegue aqui.

– Eu agradeço.

Improvável manteve os olhos fixos nas árvores.

Perseguidor deslizou escada abaixo com a graça que fazia dele um lutador tão fenomenal a curta distância. Aproveitávamos todas as oportunidades de manter nossas habilidades afiadas porque, bem no fundo, eu não conseguia acreditar que armas de fogo fossem durar para sempre. A vida no subsolo havia me ensinado a não acreditar em nada tanto quanto nas minhas habilidades; a criação de Perseguidor nas gangues lá em cima lhe dera uma filosofia parecida.

Tinham colocado Perseguidor em uma casa de abrigo diferente, onde pudesse fazer um trabalho importante – portanto, tornaram-no aprendiz do ferreiro – e ele dissera que não se importava de aprender a fazer armas e munição. Tegan ficou com o Doutor Tuttle e a esposa; passou-se um longo mês enquanto ela enfrentava a infecção. Fiquei com a garota o máximo que pude, apesar de, depois dos primeiros dias, terem me feito ir para a escola. Havia três semanas que ela se juntara a nós na classe. Durante as tardes, ajudava o Doutor com os pacientes, limpava seus instrumentos e se fazia útil no geral. Quanto a Vago, ele foi viver com o Sr. Jensen, o homem que cuidava dos estábulos, e tomava conta de criaturas como as que puxavam a carroça de Improvável.

De todos nós, apenas eu continuava com Edmund e Mamãe Oaks. Ela me mantinha ocupada costurando, embora eu tivesse pouca aptidão, e eu ficava incomodada por estar presa a um trabalho de Construtora. Estavam desperdiçando o meu potencial. Eu não via nenhum dos meus velhos amigos tanto quanto antes e odiava isso também. Às vezes, sentia falta da casa perto da lagoa, onde ninguém nos dizia o que fazer.

Essas reflexões me carregaram em nosso silencioso progresso para longe do muro. Em um acordo subentendido, Perseguidor e eu não seguimos para nossas respectivas camas. Em vez disso, tínhamos um lugar secreto dentro de Salvação, já que estávamos proibidos de ir para o campo aberto, uma casa não terminada perto do lado norte da cidade. Haviam colocado o telhado, mas o interior não fora lixado, e o segundo andar não progredira além de vigas e ripas.

Dois jovens tinham planejado morar ali depois de se casarem, mas a menina ficou com febre e morreu, deixando o menino doido de tristeza. Mamãe Oaks me contou que ele saiu para a selva sem nem uma arma. "Era como se ele estivesse pedindo para o matarem", ela dissera, fazendo que não com a cabeça, sem acreditar. "Mas suponho que o amor possa fazer coisas estranhas com o corpo". O amor parecia horrível se deixava a pessoa tão fraca que não conseguia sobreviver sem ele. Independentemente disso, o azar deles deu a mim e a Perseguidor o lugar perfeito para nos escondermos e conversarmos... e manter o treino.

– Nosso lugar não é aqui – ele disse, depois de nos acomodarmos nas sombras.

Eu também achava que não, não nos papéis que queriam que tivéssemos. Não conseguiam aceitar que não éramos pirralhos idiotas que precisavam ser supervisionados. Havíamos visto e sobrevivido a coisas que aquele pessoal nem podia imaginar. Embora eu detestasse julgar pessoas que foram gentis o bastante para nos abrigarem, elas não eram muito experientes em alguns aspectos.

– Eu sei.

Quando enfim respondi, mantive a voz baixa.

As pessoas já diziam que aquele lugar era assombrado; por isso ninguém continuara a construção. Eu nem sabia o que "assombrado" significava até Improvável me explicar. A ideia de um fantasma era estranha; parte de uma pessoa poder continuar vivendo fora do seu corpo não fazia sentido em um primeiro momento, mas, às vezes, eu me questionava se estava com o espírito de Seda na minha cabeça. Tinha perguntado para Improvável se as pessoas podiam ser assombradas como os lugares, mas ele dissera: "Nem tenho certeza se um lugar pode ser, Dois. *Cê tá* perguntando para o homem errado se procura conhecimento esotérico". Como eu não sabia o que "esotérico" significava também, deixei o assunto morrer. O Topo tinha muitas palavras e conceitos estranhos; eu os estava digerindo o mais rápido que podia... mas tanto estranhamento fazia com que me sentisse pequena e idiota.

Escondia esses momentos o melhor que podia.

– Podemos ir embora – Perseguidor disse.

No escuro, analisei meus dedos como se conseguisse ver as pequeninas marcas da agulha que eu não estava acostumada a manejar.

– E ir para onde?

Quase tínhamos morrido, viajando desde as ruínas, e estávamos em quatro. Tegan não abandonaria Salvação e eu não tinha certeza quanto a Vago. Até onde eu sabia, ele estava feliz trabalhando com os animais. Não conversara com ele para dizer mais do que um punhado de palavras havia semanas... e esse era outro motivo de minha tristeza silenciosa. Às vezes, eu tentava cruzar a distância, mas Vago me evitava na escola e seu pai de criação era um homem brusco e impaciente que me expulsara dos estábulos nas ocasiões em que os visitei. "Vá!", o Sr. Jensen dizia. "O menino não tem tempo para bater papo."

– Há outros assentamentos.

Ele passara pelos mesmos destroços que eu enquanto avançávamos para o norte. A maioria das cidades grandes e pequenas havia sido tomada. Em todos aqueles meses, Improvável fora o único humano que tínhamos visto lá fora. Mesmo se não gostássemos do nosso pessoal, fazia sentido aguentar até termos idade suficiente para exercer alguma influência nas decisões da cidade. Infelizmente, poderia levar muito tempo. Isso era incrivelmente frustrante porque eu não era mais pirralha; havia passado nos meus testes e me tornado adulta. As coisas às quais eu sobrevivera haviam me transportado para além da infância, e eu tinha sabedoria a oferecer, não importava minha idade.

– Chega disso.

Ele se colocou em pé e assumiu uma posição de luta.

E era por *isso* que eu o encontrava em segredo. Ele entendia. Perseguidor não me deixava esquecer quem eu era. Mamãe Oaks tinha sugerido que eu ignorasse minha antiga vida e tentasse virar uma menina "normal". Na minha primeira semana em sua casa, ela explicou como se esperava que as mulheres se comportassem em Salvação. Fez blusas de manga longa para mim a fim de esconder minhas cicatrizes e arrumou meu cabelo em tranças bem-feitas. Detestei as roupas, mas o penteado era prático para lutar, pelo menos.

Ele avançou; eu bloqueei. Mesmo no escuro, sabia que ele estava sorrindo quando meu punho bateu contra o seu torso. Às vezes, ele me deixava dar alguns golpes no começo, mas nunca admitiria isso. Nós circulamos e brigamos até eu não ter mais fôlego e estar com vários machucados novos. Era bom minha mãe de criação insistir para que eu me vestisse de maneira recatada, ou não conseguiria esconder o trabalho daquela noite.

– Você está bem, pomba?

Eu não estava; ansiava por Vago, odiava as aulas e sentia falta de ser valorizada pela minha habilidade. Como se fosse um consolo, Perseguidor levantou meu queixo e tentou me beijar. Eu pulei para longe com um suspiro exaltado. Embora não estivesse interessada em nada além do treinamento, ele tinha muita determinação em mudar minha opinião um dia. Eu não via possibilidade. Se ele achava que eu um dia reproduziria com ele, era bom estar pronto para uma discussão que acabaria com minhas adagas nas suas tripas.

– A gente se vê na escola – murmurei.

Depois de confirmar que o caminho estava livre, deixei a casinha e segui para a moradia dos Oaks. Escalar de volta até o meu quarto foi mais desafiador do que sair. Em primeiro lugar, tive de me contorcer para subir pela árvore, avançar lentamente pelo galho e depois pular para a minha janela. Não era uma distância muito grande, mas, se pousasse do jeito errado, eu cairia, o que se mostraria impossível de explicar. Daquela vez, consegui sem acordar o resto da casa. Certa ocasião, quando voltara, Mamãe Oaks foi ao meu quarto exigindo saber o que era aquele barulho. Eu aleguei que tivera um pesadelo, o que a levou a sentir pena de mim e me abraçar contra seu grande busto, com a intenção de me consolar. Aquilo sempre fazia com que eu me sentisse estranha e incerta.

Naquela noite, deitei e fiquei acordada por muito tempo, lembrando-me de épocas muito antigas e pessoas que eu nunca mais veria. Pedregulho e Dedal, meus dois companheiros dos anos de pirralha... Eles agiram como se acreditassem nas acusações contra mim – que eu era capaz de acumular objetos – e isso ainda me machucava. Sentia falta de tantas pessoas: Seda; Trançado, o braço direito dos anciãos; também da pirralha 26, que me admirava. Durante um sonho febril, Seda me disse que o enclave não existia mais; eu me perguntava se podia acreditar naquela informação, mas não sabia como confirmá-la. Tinha perdido quase todo mundo com quem me importava quando saí de casa. Agora sentia como se tivesse perdido Vago também. Lá no muro, quando Improvável matou a companheira dela, a Aberração sobrevivente gritou, e aquele protesto me fez questionar se os monstros tinham sentimentos, como nós, se podiam sentir falta de quem era tirado deles. Enquanto enfrentava aquela possibilidade desconfortável, enfim caí em um cochilo agitado.

O pesadelo começou.

Eu me arrepiei com o cheiro quando demos a última volta. Já tinha me acostumado havia tempo com a escuridão e o frio, mas o fedor era novo. Era como o das Aberrações que nos cercaram no vagão, porém cem vezes pior. Vago me parou com uma mão no meu braço. Entendi pelo gesto dele que queria que ficássemos perto da parede e nos aproximássemos muito devagar. Eu não o contrariei.

Chegamos à barricada destruída primeiro. Não havia guarda posicionado ali. Dentro do assentamento, Aberrações andavam lentamente para lá e para cá. Elas eram gordas em comparação com as que tínhamos encontrado no caminho. O horror percorreu meu corpo. Por um momento, não consegui absorver tudo aquilo; o silêncio dos cadáveres afogava todos os pensamentos.

Não havia ninguém ali para ser salvo, e nossos anciãos tinham matado o único cidadão de Nassau que sobrevivera. Isso significava que nosso posto de comércio mais próximo ficava quatro dias na direção oposta. Vago colocou a mão no meu braço e tombou a cabeça para a direção de onde tínhamos vindo. Sim, era hora de ir. Não podíamos fazer nada ali além de morrer.

Embora eu estivesse cansada, o terror deu força aos meus músculos. Assim que ganhamos distância suficiente para não sermos notados, eu parti em uma corrida a toda velocidade. Meus pés martelavam no chão. Eu correria até enterrar o horror. Nassau não estivera preparado; eles não tinham acreditado que as Aberrações poderiam ser uma ameaça em larga escala. Tentei não imaginar o medo dos pirralhos deles ou a maneira como os Procriadores devem ter gritado. Os Caçadores de Nassau tinham falhado.

Nós não falharíamos. Nós não falharíamos. Tínhamos de ir para casa e alertar os anciãos.

Meus pés se mexiam, mas eu não ia a lugar nenhum. Correndo conforme a terra se abria e sendo presa por ela. De boca aberta, eu tentei gritar, mas nenhum som emergiu. Depois, a escuridão chegou espiralando, carregando-me para longe. Tudo mudou.

O enclave estendeu-se diante de mim, cheio de uma multidão irritada, seus rostos virados condenando-me. Cuspiram em mim enquanto eu passava pela colônia em direção às barricadas. Levantei o queixo e fingi não os ver. Vago me encontrou lá. Ficamos mudos ao vasculharem nossas coisas. Vento jogou a bolsa na direção da minha cabeça, e eu a peguei. Mal ousei respirar quando ela se aproximou.

– Você me dá nojo – ela disse, em voz baixa.

Eu não falei nada. Como muitas vezes antes, Vago e eu subimos nas barricadas, atravessando-as, e deixamos o enclave para trás. Porém, dessa vez, não estávamos seguindo para uma patrulha. Nenhuma segurança nos aguardava. Sem pensar, sem procurar uma direção, eu comecei a correr.

Corri até a dor na lateral do meu corpo ficar tão forte quanto a do meu coração. Por fim, Vago me agarrou por trás e me chacoalhou.

– Não vamos conseguir se você continuar assim.

A cena mudou. Dor e vergonha se dissolveram em terror. Eu não tive escolha além de deixar minha casa. O desconhecido iria me devorar.

Logo, as sombras nos engoliram e eu só conseguia ver a forma incerta de Vago por perto.

– Vou subir primeiro.

Eu não discuti, mas também não deixei que ele ficasse muito à minha frente. Assim que ele começou a subir, eu também fui. O metal estava escorregadio sob minhas palmas; várias vezes, quase perdi o equilíbrio e caí. Determinada, continuei avançando.

– Alguma coisa?

– Quase lá.

Eu o ouvi tatear por perto e depois o som de metal arranhando pedra. Ele se puxou para fora do que parecia um pequeno buraco. Uma luz difusa escorreu para dentro, um tom diferente do que eu já vira. Era docemente prateada e fria, como um gole de água. Com a ajuda de Vago, eu subi desajeitada o resto do caminho e vi o mundo acima pela primeira vez.

Fiquei sem fôlego. Virei em um círculo lento, tremendo com o tamanho dele. Tombei a cabeça para trás e vi acima um vasto campo preto, salpicado de brilhos. Eu queria me agachar e cobrir a cabeça. Era espaço demais e o horror me dominou.

– Calma – Vago disse. – Olhe para baixo. Confie em mim.

A manhã chegou depois de uma noite de sonhos devastadores, a maioria verdadeiros, e com uma dor de cabeça fraquinha e latejante. Ainda tremendo, sentei-me e esfreguei os olhos. Tudo tinha um preço, e aquele era o meu. Quando estava acordada, eu conseguia ficar calma e no controle, mas à noite meus medos chegavam se arrastando com pés silenciosos, assombrando-me durante o sono. Às vezes, meu passado parecia uma corrente que pesava em meu pescoço, no entanto uma Caçadora não deixaria que isso a impedisse de seguir em frente e tomar atitudes.

Exausta, arrastei-me para fora da cama, lavei-me com água fria e me preparei para a escola. Conforme descia lentamente a escada, fiz que não com a cabeça pensando no desperdício. O que eu precisava aprender que já não sabia? Mas não havia como convencer ninguém disso. Aparentemente, era uma regra eu ter de ir à escola até os 16 anos, quando poderia me retirar. Se Mamãe Oaks pudesse opinar, eu trabalharia com ela em tempo integral, fazendo roupas.

Às vezes, eu preferia voltar para o subsolo.

Escola

A escola era do tamanho de uma casa grande, o espaço interior dividido por grupos etários. Gráficos coloridos e imagens decoravam a maioria das paredes, exceto aquela onde estava pendurado o quadro-negro. Ele era liso e duro como pedra. A Sra. James, a professora, usava pequenos bastões brancos para escrever nele. Às vezes, os pirralhos rabiscavam mensagens idiotas, em geral sobre mim ou Perseguidor.

A Sra. James caminhava entre nós, supervisionando nosso trabalho. Eu odiava isso porque ficava com pirralhos mais novos do que eu. Segurava o lápis de um jeito estranho; escrever não era tão fácil quanto usar minhas adagas. Os pirralhos riam de mim cobrindo a boca com suas mãos, os olhos inocentes divertindo-se. Eu nem conseguia odiá-los por seu preconceito descuidado.

Eles só conheciam segurança e conforto. Aqueles pirralhos eram presunçosos e seguros de si, confiantes em seu lugar no mundo. De alguma forma, eu os invejava. Eles não tinham pesadelos ou, se tinham, não eram sobre coisas reais. A maioria nunca vira um monstro, muito menos matara algum. Nunca avistaram uma Aberração alimentando-se de alguém que morrera no enclave e, depois, fora descartado como lixo. Não sabiam o quão arruinado o mundo estava além dos muros; nunca sentiram garras rasgando sua carne. Não era de se admirar que eu não tivesse nada em comum com aqueles jovens de Salvação.

Quanto à nossa professora, a Sra. James achava que Perseguidor era um selvagem. De Vago, ela gostava um pouco mais, porque as cicatrizes dele podiam ser escondidas e sabia usar uma expressão educada e distante. Ele a fazia havia anos, bem antes de irmos para o Topo. Ninguém via nada que ele não quisesse revelar. A Sra. James gostava de Tegan, assim como todos os adultos, enquanto suspirava para mim, chamando-me de "um caso infeliz de potencial frustrado", seja lá o que isso for.

Naquele dia, ela estava falando sem parar sobre alguma tragédia terrível, determinada a nos fazer aprender com os erros dos nossos antepassados.

– E, assim, esse é o motivo de ser imperativo prestar atenção no passado. Não queremos repetir tais erros, queremos?

Enquanto a Sra. James passava o sermão, minha mente vagou. Coisas que haviam acontecido no enclave – que eu não questionara na época – perturbavam-me agora. Eu me perguntava o quão maldosa era por não ter percebido mais cedo que havia problemas. Às vezes, a preocupação e o arrependimento se embolavam no meu estômago como um mal-estar.

Matei meu primeiro homem quando tinha 12 anos.

Era meu teste final, o último pelo qual eu passaria antes de ser aceita como Caçadora. Embora estivesse treinando para aquilo, o feito determinaria se eu tinha um coração corajoso. Eu ainda conseguia ver o rosto dele, mesmo três anos e meio depois; ele mostrava-se fraco e machucado. Os anciãos me disseram que era um espião de Nassau, pego esquivando-se para dentro das nossas fronteiras, fora da segurança de um grupo de comércio. Eu me lembro de como ele implorou por misericórdia, sua voz rouca de desespero. Eu me preparara. Era a primeira vez que segurava uma lâmina, já que os pirralhos não possuíam armas. Em retrospecto, devia ter percebido o fedor da desonestidade dos anciãos, mas não tinha prestado atenção suficiente.

– Eles me trouxeram para cá – o homem gemera. – *Eles* me trouxeram.

Eu acreditei que ele estivesse falando de quando o capturaram nos túneis e considerei seu apelo um esforço desprezível para evitar seu destino. Um espião derrotado poderia pelo menos morrer com dignidade. Embora meu estômago tivesse dado um nó, cortei a garganta dele e seus gritos foram silenciados para sempre. Como era meu primeiro homicídio, eu não sabia o suficiente para lhe dar uma morte limpa, perfurando um órgão vital em vez de como agira. Os anciãos haviam ficado satisfeitos comigo. Seda me levou para a cozinha depois daquilo e Moeda de Cobre me deu uma comida especial. Muito provavelmente, o estranho fora capturado para o nosso ritual. Tinham feito coisas assim no enclave e nos deixado no escuro.

Embora eu estivesse na luz havia meses, as sombras ainda me incomodavam.

Com a voz irritada, a Sra. James bateu na sua mesa rapidamente com os nós dos dedos e perguntou:

– Você faz as honras, Dois?

Minha cabeça se ergueu, as bochechas quentes de humilhação. A professora sabia que eu não prestara atenção e, nesse aspecto, ela era como Seda. Acreditava que usar um exemplo público motivava as pessoas a agirem melhor no futuro. Eu achava que isso só lhes ensinava a ficarem constrangidas. Olhei nos olhos dela diretamente; eu não era uma pirralha que ela podia intimidar, embora me sentisse como ela queria.

– Não ouvi o que você quer que eu faça.

– Leia a página 41, por favor.

"Ah". Então a aula tinha passado de história para leitura. Os outros se acomodaram para se divertirem enquanto eu emitia as palavras. Minha pronúncia era lenta e laboriosa, intercalada por correções constantes da Sra. James. Eu gostava de histórias, mas não gostava de decifrá-las por conta própria. Na minha cabeça, os livros ofereciam tanto entretenimento quanto recompensa, mas a recitação era melhor ser deixada para quem fosse muito bom nela.

"Como Vago."

Ele me observou, os olhos negros sem revelar nada dos seus pensamentos. Assim, esforcei-me até o final da passagem e me encostei para trás na cadeira, odiando a Sra. James em silêncio por me colocar naquela posição. Em seis meses, eu poderia parar de fingir. Em seis meses, eu me tornaria adulta. Aquilo era irritante porque eu já havia passado para a maioridade, de acordo com as regras do subsolo. Não era certo eu ter trilhado meu próprio caminho e escolhido meu próprio curso, até alcançar a segurança com que sonháramos... e, então, isso poder ser tirado de mim.

Era extremamente inútil. Eu certa vez dissera isso a Improvável, que balançou a cabeça e riu. "Essa é a vida, menina."

Os meninos tinham idade o bastante para não ir às aulas, se assim escolhessem, mas iam de qualquer forma. Talvez achassem que ouvir a Sra. James era melhor do que trabalhar o dia todo. Daquela forma, apenas faziam as tarefas depois da escola. Para Perseguidor, eu suspeitava que também fosse uma questão de orgulho; ele não conseguia suportar que Vago fosse tão melhor na leitura, então estava trabalhando para alcançá-lo. Não que a professora lhe desse algum crédito. Por vários motivos, ela não gostava muito de nenhum de nós.

Mais tarde, conforme os outros saíram em fila para comer seus almoços ao sol, a Sra. James me chamou.

– Gostaria de falar com você por um momento.

Fui até a frente, ignorando os olhares e cutucadas.

– Pois não, senhor?

– É senhora! – ela corrigiu. – Você deve chamar os homens de senhor.

No subsolo, chamávamos todos da mesma forma, independentemente das partes íntimas que tinham. Perguntei-me se isso nos tornava pessoas de mente mais aberta ou menos atentas aos detalhes. Como sabia que a professora não gostava do que chamava de insolência, fechei os lábios e esperei pela repreensão que se seguiria.

– Por que você não se senta?

Eu estava com fome; não queria passar meu intervalo sentada ali, mas supus que era o que eu ganharia por ficar sonhando acordada.

– Sim, senhora.

Para acalmá-la, acomodei-me na cadeira perto da sua mesa, reservada aos pupilos que se comportavam mal. Eu me sentava nela com mais frequência do que gostaria, não por conta de mau comportamento, mas de óbvio desinteresse. Ela sabia que eu estava contando os dias até poder me libertar.

– Você poderia ter um futuro brilhante – ela disse então. – É uma menina esperta. Sei que acha que isto é um desperdício do seu tempo, mas fico chateada ao ver alguém que nem tenta se aprimorar.

Meus lábios se torceram.

– *Você* sabe como matar uma Aberração só com as mãos? Sabe tirar a pele de um coelho e cozinhá-lo? Sabe quais plantas selvagens pode comer? Você seria capaz de sair das ruínas onde eu nasci e ir até o norte?

Fiz que não, já sabendo a resposta.

– No meu mundo, dona, eu já sou tão boa quanto preciso ser e não gosto do seu tom de voz.

Sabendo que eu pagaria por aquilo, saí a passos largos da sala de aula e avancei para a luz do sol. Mesmo naquele momento, ele ainda parecia um calor nada natural contra minha pele, mas eu passara a gostar da sensação. O céu estava azul acima de nós, nuvens altas acrescentando contraste, mas sem oferecer nenhuma chance de chuva. Eu tinha levado um tempo para aprender os sinais do clima, o que significava fogo no céu e o que significava água caindo.

Fiz sombra sobre meus olhos e vi Vago junto a Tegan, que tinha feito amizade com algumas garotas locais. Elas eram doces, eu supunha. Estava agradecida ao Doutor Tuttle por ter salvado minha amiga, mas sentia como se a tivesse perdido de qualquer forma para as mudanças que nos separaram e nos fixaram em casas diferentes. Tegan não foi a primeira, é claro. Pedregulho e Dedal se foram antes, quando eu deixei Faculdade, minha casa no subsolo. Eu sentia saudades deles. Não esquecemos os laços com os amigos da época de pirralhos, não importa quanta distância venha depois.

Eu sabia todas as regras do enclave. Nada na superfície fazia sentido. Tudo o que pensava que fosse certo, as pessoas me diziam que eu nem deveria levar em consideração. Dia após dia, diziam-me que eu estava errada, que eu não podia ser *eu* e ainda assim ser uma menina adequada. Observei Tegan e Vago, pensei por um momento em me juntar a eles, mas o olhar de Vago não cruzou com o meu e, embora Tegan tenha feito um aceno, não pareceu um convite.

Com o coração pesado, fui até onde Perseguidor estava sentado, comendo sozinho. Com um suspiro baixinho, deixei-me cair. As meninas não deviam se sentar como eu, esparramada na grama. Mamãe Oaks reclamaria das manchas na minha saia, mas eu não me importava; odiava aqueles ornamentos femininos. Queria minhas velhas roupas de volta, criadas para dar liberdade de movimentos e feitas de forma que eu pudesse prender minhas adagas ao alcance. Eu não entendia por que apenas homens lutavam em Salvação se mulheres podiam ser tão fortes quanto eles, tão ferozes quanto eles para protegerem seus lares. Era um desperdício ridículo de recursos e, depois de ter crescido no subsolo, onde utilizávamos tudo – em alguns casos, quatro vezes –, essa atitude me parecia totalmente ilógica.

Espiei o almoço de Perseguidor. O ferreiro não tinha esposa, o que significava que ele sempre tinha comidas simples, pão e carne na maior parte, às vezes um pote de feijão. Ele observou com inveja quando abri meu saco e achei frios, cenoura fatiada e um bolo doce redondo. Era uma boa refeição, ninguém podia dizer que Mamãe Oaks cuidava mal da sua filha de criação teimosa e nada feminina.

– Quer um pouco?

Parti o bolo em metades perfeitas sem esperar a resposta dele.

Era primavera e o ano escolar quase havia acabado, faltava apenas um mês. Eu tinha ouvido dizer que eles cuidavam dos campos no verão, cultivando alimentos para durarem ao longo do inverno. Quando morava no subsolo, nunca imaginei comida que brotava do chão em vez de ser caçada ou encontrada, mas parecia que algumas histórias que o padreador de Vago tinha lhe contado eram verdadeiras. Os cogumelos brotavam, mas não era a mesma coisa, parecia menos mágico.

Naquela estação, precisavam de Caçadores para supervisionarem as plantações e as pessoas que cuidavam delas. Era o único momento em que permitiam patrulhas, uma decisão que eu questionava. Se eu estivesse no comando, as coisas seriam diferentes e nós varreríamos a área, matando Aberrações o suficiente para deixá-las cuidadosas. Eu não conseguiria sobreviver três meses dentro daqueles muros sem nada para fazer além de empurrar uma agulha através de tecidos.

– Pensou mais um pouco sobre o que eu falei na noite passada? – ele perguntou.

– Sobre ir embora? Não até sabermos para onde vamos. Não faz sentido fugir sem um plano.

Não era apenas a necessidade de cautela, não que eu fosse admitir isso para Perseguidor. Na verdade, eu não podia deixar Tegan e Vago, mesmo que eles estivessem se acomodando melhor. Havia um laço entre nós quatro e não devíamos nos separar, mesmo que Salvação parecesse estar se esforçando ao máximo para romper essa conexão por inteiro.

– Concordo.

– Você ainda está lidando bem com o Sr. Smith?

Era um nome comum, pelo que eu sabia, mas também se referia à profissão[1] do homem. O seu pai, antes dele, tinha trabalhado na mesma forja, fazendo artigos de metal para a cidade. Salvação estava ali, na sua forma atual, havia 50 anos; era o que alegavam. A Sra. James dissera que era um local histórico que datava da Guerra de Aroostook. Eu não fazia ideia do que fosse, mas parecia algo inventado. Eu tinha a tendência de não ouvir enquanto ela tagarelava sobre a história de Salvação. Se eu decidisse ficar, então mergulharia nela.

– Ele não fala muito.

Perseguidor parou para comer o bolo e depois continuou:

– Ele está me ensinando a transformar metais descartados em lâminas de facas.

– Parece que pode ser útil.

– É a única parte desta cidade que eu suporto. Bem, o trabalho... e você.

O sentimento contido refletiu-se em seus olhos sombrios.

– Eu queria que você não falasse essas coisas – murmurei.

Aquilo me fez lembrar uma conversa constrangedora que eu tivera com Mamãe Oaks, que desaprovava o fato de eu ter viajado com Perseguidor e

---

[1] *Smith* significa "ferreiro" em inglês. (N.T.)

Vago. Naquela primeira noite, ela viera marchando da escada, parecendo contente.

– Pronto. Seus quartos estão preparados. Tenho um extra e uma despensa aconchegante perto da cozinha, com espaço razoável para um colchãozinho, eu acho.

– Eu fico com o pequeno – eu dissera. – É com isso que estou acostumada.

– Eu não tinha a intenção de fazê-la dividir com aqueles meninos grosseiros.

No seu tom de voz, eu ouvi o que ela não disse; "fazê-la dividir" significava "isso nunca vai acontecer dentro da minha casa".

Eu imaginei que soubesse com o que ela estava preocupada, então a tranquilizei:

– Estamos dormindo juntos há muito tempo. Não seria um problema. Não estou interessada em procriação.

– Em... *o quê?*

O rosto dela ficou rosa.

"Hum", pensei. "Se ela tinha filhos – e Improvável falara deles –, então sabia mais sobre aquilo do que eu." Imaginei que estivesse me provocando e, assim, quis mostrar que sabia manter o bom humor.

– Em todos os enclaves, há aqueles que geram pirralhos para manter a população estável: os mais bonitos, inteligentes e fortes.

Ela sabia disso, é claro.

– Mas nem todo mundo pode fazer isso, ou as pessoas morreriam de fome. Eu sou treinada para lutar e proteger, então nunca faria nada que me deixasse sem condições de cumprir meu dever.

– Ó criança!

Seus olhos ficaram molhados de compaixão.

Eu não tinha ideia do motivo, encarando-a, confusa. Com certeza, eles não permitiam que qualquer um misturasse seus corpos. Isso não poderia terminar bem. As pessoas acabariam nascendo idiotas e vesgas.

– Estou certa de que era assim onde você vivia – ela disse enfim. – Mas é diferente aqui. As pessoas se apaixonam e se casam. Começam uma família se assim quiserem.

Portanto, quando Perseguidor começou a falar que eu era a única coisa de que ele gostava em Salvação, fiquei inquieta. As regras eram diferentes ali, e eu não queria que ele ficasse com ideias sobre nós terminarmos naquela casa triste e vazia e a enchermos de pirralhos. O pensamento me deixou suada de medo; eu preferia matar Aberrações.

– Sexta-feira vamos falar com Improvável sobre as patrulhas – comentei, mudando de assunto.

– Acha que ele vai nos aceitar?

– Espero que sim.

Mamãe Oaks me dissera que Improvável sempre comandava um dos pelotões que garantiam a segurança dos campos. Eu queria tanto que ele me escolhesse para a sua equipe que sentia o gosto daquele desejo. Ele sabia que nós éramos guerreiros capazes, tinha visto nossas armas ensanguentadas quando nos pegou lá fora. E entendia que não éramos pirralhos domados e criados em Salvação. Na verdade, era o único ancião da cidade toda que agia como se tivesse mais do que um grãozinho de bom senso. Eu imaginava que fosse por causa das viagens atrás de suprimentos. Elas lhe ensinaram mais sobre o mundo do que as outras pessoas podiam aprender vivendo dentro da segurança daqueles muros. Embora eles deixassem o perigo de fora, também trancavam a ignorância lá dentro.

– Eles agem como se as Aberrações não pudessem mudar – Perseguidor disse baixinho. – Como se estes muros fossem mágicos, não de madeira, e nada de ruim pudesse entrar.

– *Nós* entramos.

– Mas nós *parecemos* humanos.

Percebi a ênfase sutil na palavra "parecemos" e franzi as sobrancelhas para ele.

– Ainda somos humanos. Só não somos como o resto deles.

De acordo com a Sra. James, nós dois éramos ruins como um barril de maçãs estragadas. Tinha usado aquela exata frase para descrever Perseguidor. Certa vez, por ter caído no sono na aula, tentara chicoteá-lo com um graveto verde, mas ele a desarmou tão depressa que ela nem viu como aconteceu. Seu rosto ficou pálido enquanto ele permaneceu parado em pé, batendo o graveto com leveza contra a palma da sua mão.

– Eu não tentaria de novo – ele sussurrara no ouvido dela.

Agora ela o odiava, com um toque de medo, porque ele a fizera parecer idiota. Alguns dos meninos de Salvação analisavam Perseguidor de longe, tentando copiar o seu jeito de andar. Meninas o observavam também, quando achavam que não estava olhando, mas ele reparava em tudo. Em sua maior parte, achava que elas eram fracas e inúteis, apenas um monte de Procriadoras.

Coloquei-me em pé, recolhi os restos da refeição e saí andando a passos largos. No tempo que sobrava, corri algumas voltas em torno da escola, o que fez as pessoas me encararem. Porém, eu ficaria fraca permanecendo sentada o dia todo, trabalhar mantinha o corpo forte.

No meu quarto circuito, dois meninos estavam parados me olhando, com expressões de escárnio idênticas. Eles se cutucaram com o cotovelo, criando coragem e depois correram atrás de mim. Perseguiram-me virando a lateral do prédio e eu parei, disposta a confrontá-los. Na escola, os alunos atormentavam as pessoas que eram diferentes; as meninas, com sussurros cruéis e risadas de deboche; os meninos, com meios mais diretos.

Eu olhei para eles.

– Precisam de alguma coisa?

– Depende. A Sra. James encontrou uma cura para a estupidez?

O primeiro empurrou o segundo na minha direção.

– Cuidado, pode ser contagioso.

– Ouvi dizer que você usa o banheiro em pé – o garoto maior falou.

Um som estranho escapou do amigo dele – uma combinação de bufo e riso contido –, como se o outro tivesse dito algo maldoso e hilário. As bochechas deles ficaram rosa também. Achei que deveria ter me chocado com a alegação. Eu os encarei até eles começarem a trocar o peso do corpo da ponta de um pé para o outro.

– Por que você sempre corre em volta da escola? – o pequeno quis saber. – Você é burra?

– Ela acha que está sendo seguida por alguém.

Estava cansada daquilo, exausta de pirralhos ignorantes me julgando como se eu fosse a estranha. Aqueles dois mereciam uma lição de comportamento, mas, se lhes ensinasse, eu que teria problemas. De alguma forma, controlei meu temperamento. Então, alguém veio por trás de mim.

– Já chega – Vago falou em voz baixa.

"Você não fala comigo, mas me salva."

Fiquei brava com o fato de a presença dele poder afastar os meninos quando eu que tinha de me defender com meus punhos. De novo. Eu fora mandada para Mamãe Oaks duas vezes por ter brigado, com a ameaça de que, se acontecesse de novo, seria chicoteada. Ainda assim, nunca incomodava nenhum desses pirralhos. Eram eles que não me deixavam em paz... Mas, se tentasse dizer isso à Sra. James, pareceria apenas que eu era uma instigadora.

– Obrigada.

Passei por Vago roçando nele, incapaz de olhá-lo no rosto sem sentir uma onda de confusão e vontade indesejadas.

Antes de ele poder responder, se é que tinha a intenção, a Sra. James apareceu gritando que entrássemos. Por sorte, o ano escolar estava quase acabando. Eu não tinha dúvida de que a professora usaria aquele tempo para me atormentar de tal maneira que deixaria Seda orgulhosa. Não importava. Eu sabia do meu valor. Uma Caçadora não contava com um bando de pirralhos para ter noção de si própria, mas, naquele último dia, conforme a aula terminava, passei os dedos sobre minhas cicatrizes por baixo das mangas, garantindo a mim mesma que não havia sonhado com aquilo. Salvação me salvara, mas sua proteção era acompanhada de restrições. Suas regras não me permitiam ser eu mesma. Ainda assim, eu havia feito parte de uma comunidade que precisava de mim, certa vez. Talvez fizesse de novo.

Algum dia. De alguma forma.

Confidências

Depois da aula, apresentei-me para Mamãe Oaks, que estava cozinhando quando cheguei. A cozinha tinha várias madeiras brilhantes, cortinas bonitas com toques de renda, ganchos que seguravam suas colheres e panelas e armários cheios de comida. Havia também uma mesa com algumas cadeiras, onde eu e ela nos sentávamos para conversar sobre o meu dia. No começo, achei aquilo estranho, mas ela estava determinada a ser uma boa mãe de criação. Como eu nunca tivera mãe nenhuma, não sabia o que fazer com a atenção dela. Suspeitava de que a verdade fosse deixá-la triste – que pirralhos de todas as idades me provocavam e que eu odiava a escola –, então sempre dizia:

– Foi bom.

– Só "bom"? – ela repetia.

Eu não tinha ideia do que ela esperava de mim. Queria mesmo que reclamasse? Isso me faria ganhar um tapa lá no subsolo. Aquilo parecia um teste no qual eu sempre ia mal e, assim, tentei:

– A Sra. James implica muito comigo.

– Você está sendo engraçadinha na aula?

"O que isso quer dizer?"

– Eu só nem sempre presto atenção, especialmente em história.

Ela franziu a testa.

– Deve parecer entediante depois das suas aventuras em Gotham.

Fiz que sim com a cabeça, concentrando-me no pão e queijo que ela colocara para mim. Comer várias vezes por dia era minha coisa favorita em Salvação. Eu comia café da manhã, almoço, um lanche e, depois, a ceia também, e não apenas umas tiras de carne ou um chapéu de cogumelo. Não me admirava que todos parecessem tão saudáveis; era uma terra de fartura inimaginável e, na hora das refeições, eu me importava muito menos com as regras.

– Bem, nem todos estão destinados a ser estudiosos – ela continuou.

– Você era? – perguntei.

A resposta dela me surpreendeu.

– Abandonei os estudos aos 16 anos e me casei com Edmund. Sou excelente com a agulha e cozinho bem, mas nunca gostei muito dos livros.

– Nem eu – murmurei, afastando-me da mesa de trabalho. – Você se importa se eu visitar a Tegan?

Ela sorriu, aparentemente feliz com o fato de que eu não ficaria sentada encarando, com uma expressão rabugenta, uma pilha de roupas a remendar.

– É claro que não, Dois. Volte até a hora do jantar.

No começo, ela tinha questionado me chamar de Dois, pois nunca ouvira esse nome para uma menina antes, mas quando mostrei a ela a carta manchada de sangue e expliquei seu significado, ela parou de insinuar que eu devia escolher outra coisa. Eu brincava com a frágil carta no bolso da saia, uma relíquia do enclave e da cerimônia de nomeação em que ganhei minhas cicatrizes.

– Vou voltar. Obrigada.

Saí correndo pela porta, seguindo para o consultório do médico. Tegan estava na sala de cirurgia limpando instrumentos quando cheguei; ela sorriu, mas não parou seu trabalho. Sem falar, comecei a lavá-los ao lado dela. Não era difícil e a limpeza era importante, em especial no trabalho do pai de criação dela. Depois de terminarmos, ela se virou para mim:

– O que a traz aqui?

Dei de ombros e respondi:

– Só queria conversar.

– Sobre o quê?

– Como você está.

Eu poderia ter sido mais delicada, mas me sentia responsável por ela, já que a resgatara e arrastara para fora das ruínas. Também tinha colocado uma arma na sua mão e ela ficara ferida – quase morrera – porque eu não tirei um tempo para treiná-la do jeito certo. Girar uma clava não fazia dela uma Caçadora.

– Então, você veio ver como eu estou – os olhos dela se enrugaram, achando graça. – Que gentil.

– Os Tuttle estão cuidando de você?

– Eles são ótimos – ela disse. – Ajudando o Doutor, eu me sinto importante, como se estivesse fazendo algo que vale a pena.

– Você está.

Isso nem era uma dúvida para mim.

– Fique tranquila. Achamos um bom lugar. Sempre serei grata a você por me levar para longe dos Lobos e para fora das ruínas.

Eu sempre tinha questionado algo, mas nunca tivera uma oportunidade de perguntar, então falei:

– Tegan, os Lobos tratavam mal todas as mulheres deles?

Era possível, é claro, que eles tivessem sido idiotas e selvagens e que não percebessem que machucar a mãe poderia prejudicar a cria que ainda não tinha nascido. Só porque o meu povo entendia algo, não significava que as gangues sabiam daquilo também.

Ela prendeu a respiração e seu rosto se fechou com a lembrança da dor.

– As meninas que nasciam entre os Lobos não questionavam seus papéis. Não tentavam fugir. Então, não eram punidas.

Eu assenti.

– Não passaria pela mente de uma Procriadora do enclave protestar contra sua situação também.

– Elas me assombram – ela disse baixinho. – As duas crias que perdi. Eu só estava pensando em fugir para poder proteger meu pequeno como minha mãe fez. Mas, em vez disso, eles me bateram até...

A sua voz falhou e ela fechou as mãos em punhos.

– Sei por que fizeram isso... Para acabar comigo e eu não lutar contra eles mais.

– Não deviam tê-la machucado – falei para ela. – Havia formas de te segurarem que não prejudicariam os pirralhos não nascidos.

Tegan secou uma lágrima.

– Então, seu povo não teria me batido por tentar escapar?

Ela queria que eu a tranquilizasse dizendo que eu vinha de um povo melhor do que o de Perseguidor. Quando a conheci, calculei que o enclave puniria qualquer pessoa que tratasse uma garota daquele jeito. Mas aquilo foi um reflexo, querendo pensar bem deles. Com o benefício do tempo e da distância, percebi algo: a segurança só se aplicava àqueles que nasciam entre nós e seguiam as regras cegamente. Bastava observar como trataram Vago e uma Construtora chamada Faixa. No começo, eu tinha invejado a proximidade aparente dela com Vago, mas depois os anciãos mataram a menina por causa do seu descontentamento silencioso com a liderança deles; transformaram-na em um exemplo e armaram aquilo como se fosse suicídio.

Coisas terríveis aconteciam lá embaixo também.

Bom, eu não podia mentir para ela.

– Se encontrássemos uma fêmea nos túneis que só servisse para procriação... se ela lutasse contra aquele papel, os Caçadores teriam cortado a garganta dela e a deixado para as Aberrações. O enclave não teria gastado recursos para treiná-la. Portanto, não, nós não teríamos batido em você, Tegan. Meu povo a teria matado.

Ela segurou a respiração.

– Então, foi bom eu não ter ido parar lá embaixo.

– De fato, foi.

Porque era difícil de acreditar que ela tivesse sobrevivido nos túneis por tempo suficiente para encontrar uma das nossas patrulhas. Eu ainda ficava admirada por Vago ter conseguido.

Eu podia ver que ela estava tentando lidar com a revelação, as mãos agarrando a borda do balcão onde tínhamos empilhado os instrumentos limpos do Doutor.

– Mas... você não é como a maioria dos Caçadores então. Você me protegeu.

– Isso foi depois de eu ter deixado o enclave.

– Sendo assim, você está dizendo que teria me matado. Você, Dois.

Tegan me olhou nos olhos, os seus, castanhos, implorando por uma negação.

Eu estava prestes a destruir todas as ilusões dela.

– Se a Seda ordenasse que eu fizesse isso. Eu me sentiria mal, mas teria obedecido. Na época, eu achava que eles sabiam mais do que eu. Até certo ponto, você só sabe o que lhe ensinaram.

Como um beliscão dolorido, lembrei-me do pirralho cego que viera de Nassau implorando ajuda. Vago e eu o carregamos conosco de volta a Faculdade, mas depois de os anciãos terem ouvido sua mensagem, não viram mais utilidade para ele. Eu não havia manejado a lâmina que cortou sua garganta, mas dei o menino para o Caçador que o fez. A morte dele podia ser atribuída ao meu silêncio e, assim, não conseguia deixar que Tegan me idealizasse. Embora tivesse aprendido mais desde que fora para o Topo, não significava que eu era uma boa pessoa ou instintivamente gentil. Na verdade, eu havia passado anos lutando contra a ideia de que era mole demais para ter sucesso como Caçadora. Em muitos casos, vi compaixão como fraqueza.

– É por isso que você gosta do Perseguidor?

O rosto dela se retorceu, como se as palavras deixassem um gosto amargo na sua boca.

Dei de ombros.

– Eu o entendo. Temos objetivos em comum.

– Ele é como você – ela disse então.

– Mais do que você é – admiti. – Perseguidor e eu crescemos com outras ideias sobre o certo e o errado, diferentemente do que eu vejo em Salvação. E, sim, o enclave fazia muitas coisas que eu consertaria se pudesse. Na época, eu não tinha mais conhecimento... mas posso aprender. Acho que Perseguidor pode também.

– Você me perdoe se eu não estiver com pressa para ficar amiga dele – ela murmurou.

– Não espero que faça isso. Vocês dois têm uma história... uma história ruim. Ele a faz lembrar a pior época da sua vida.

– Você também – ela falou baixinho.

"Oh!" Aquilo me machucou, mais porque foi um golpe inesperado.

– Desculpe. Não percebi. É por isso...

– É mais fácil ficar perto das outras meninas. Elas não me viram no meu momento de maior fraqueza. Elas não sabem tudo o que aconteceu comigo, e eu gostaria que continuasse assim. Espero que você também não conte a elas.

– É claro que não. Não virei visitá-la de novo, se isso for um incômodo.

Mantive o rosto impassível e calmo, minha expressão de Caçadora, e ele não revelou nada da minha dor.

Em Salvação, parecia que eu não tinha ninguém além de Perseguidor e Improvável. Vago não falava comigo a menos que eu precisasse ser salva. Os pirralhos da escola achavam que eu era louca e me tratavam de acordo com essa opinião... E agora aquilo vindo de Tegan. "Pelo menos, você está segura", pensei. "Pelo menos, você tem comida suficiente."

– Preciso de um tempo. Agradeço de verdade tudo o que você fez por mim. Eu só...

– Você quer se acomodar? – sugeri, sem mostrar como me sentia. – Fazer novos amigos?

Ela assentiu, visivelmente aliviada.

– Estou feliz por você entender.

– Eu entendo. Vou indo então.

E não voltaria até ela ir me procurar. Não por orgulho ferido. Uma verdadeira amiga colocaria o bem-estar de Tegan acima da sua própria solidão.

Ela não me impediu de ir embora. Do lado de fora da casa dos Tuttle, o clima mudara conforme o sol caía em direção ao horizonte. A luz riscava o céu em cores cujos nomes eu apenas recentemente aprendera. Naquele dia, brilhava em dourado e laranja com faixas de rosa, como uma maçã do outono manchada. Durante nossa viagem, tínhamos encontrado algumas crescendo na natureza, um pouco murchas, mas ainda possíveis de comer. Um vento frio soprou sobre mim, erguendo cachos do meu cabelo em tranças. Logo seria a hora da ceia, e eu não começara minha lição de casa para o dia seguinte.

Corri pela cidade, ignorando os sussurros. Algumas mulheres apontavam para como eu erguia minha saia.

– Essa menina, em algum momento, anda como uma pessoa normal? Não posso imaginar no que estavam pensando quando a deixaram ficar.

Eu as ignorei como sempre fazia, embora aquilo me machucasse, cada palavra como uma pedra lançada nas minhas costas. Quando abri a porta da frente, Mamãe Oaks murmurou que eu pegaria friagem. Depois, ela me pediu para pôr a mesa, e fiz isso sem reclamar. Achava fascinante quantas ferramentas diferentes as pessoas usavam para comer uma refeição no Topo. A comida era escassa o suficiente no subsolo a ponto de a arrancarmos dos pratos assim que a recebíamos, e ninguém tinha peso extra, como às vezes acontecia com as pessoas em Salvação. Aquilo parecia maravilhoso, as pessoas poderem acumular carne o bastante para durar por um inverno rigoroso.

Edmund se juntou a nós e Mamãe Oaks pegou minha mão, como fazia toda noite.

– Criador, abençoe-nos e guarde-nos. Guie-nos para vivermos de acordo com suas leis e agradecermos suas bênçãos.

A primeira vez que fez isso, questionei em voz alta com quem estava falando, e ela explicou que se dirigia ao ser que vivia no céu e cuidava de nós. Embora eu não gostasse de insultá-la, pensei que seu deus tinha se saído muito mal na tarefa de manter seu povo seguro. Dado o estado atual do mundo, parecia muito mais provável que as Aberrações fossem as criaturas favoritas dele.

Minha mãe de criação serviu a todos nós. Enquanto eu comia, mantive uma conversa educada, acompanhada de carne assada, pão fresco, legumes e verduras.

– Por que o filho de vocês nunca vem visitá-los?

Edmund e Mamãe Oaks congelaram. Suas expressões diziam que minha ideia de cortesia não correspondia à deles. Um *flash* de dor cruzou o rosto de

Mamãe Oaks, ecoado por um brilho em seus olhos e, depois, ela baixou o olhar para o prato, aparentemente sem conseguir responder.

Porém, eu não entendia por que era errado me mostrar curiosa. Estava vivendo na casa deles havia mais de um mês, parecia grosseria o filho não ter vindo ver como seus padreadores estavam. Até onde ele sabia, eu poderia ser uma maníaca perigosa que os mataria durante o sono.

Depois Edmund limpou a garganta.

– Rex tem suas próprias coisas para cuidar. Ele é ocupado.

– Oh!

Aquilo parecia uma desculpa. O mais provável era eles terem brigado, mas eu não fazia parte da família, não insisti na verdade.

O silêncio reinou por um tempo. Eu os deixara tristes sem querer e, assim, tive medo de fazer outra pergunta dolorosa. Por fim, depois de ter limpado meu prato, havia um doce, que tinha um sabor tão bom quanto o das cerejas enlatadas que Vago dividira comigo nas ruínas. A sobremesa sacudiu minha memória.

– O que é isso?

– Prove.

Vago mergulhou os dedos na lata e ofereceu para mim.

Eu não pude resistir, embora soubesse que não devia deixar que ele me alimentasse como se eu fosse uma pirralha. A doçura explodiu na minha língua, contrastando com o calor da pele dele. Chocada e deliciada, eu me afastei e mergulhei dois dedos na lata, usando-os como colherzinha. Dessa vez, peguei mais do que a calda. Uma coisinha vermelha redonda estava na curva das pontas dos meus dedos. Eu a comi sem hesitar, duas, três vezes mais até ter certeza de que minha boca estava toda contornada de vermelho, e não me importei. Ele me observou, divertindo-se.

– Como você sabia que seria tão bom? – perguntei.

O sorriso dele sumiu.

– Comi um pouco com o meu pai, uma vez.

Naqueles dias, Vago não estava por perto tempo suficiente para compartilhar alguma coisa comigo; uma dor se enrolava dentro de mim como um gancho de metal. Tinha de haver alguma maneira de consertar a nossa situação. Uma pergunta de Mamãe Oaks puxou minha atenção antes de eu poder decidir o que fazer quanto a Vago. Depois do jantar, eu limpei as coisas enquanto meus pais de criação falavam em voz baixa no outro aposento. Palavras fracionadas chegavam a mim em espasmos e sustos.

– ... talvez devêssemos contar a ela. Ela se sente deixada de fora – Mamãe Oaks sussurrou.

– ... não tem motivo. Não diz respeito a ela.

Com determinação, fechei os ouvidos e empilhei os pratos limpos no armário e depois fui até a entrada com passos rápidos.

– Posso levar uma luz lá para cima?

– Você tem lição de casa? – Edmund perguntou.

– Sim, senhor.

– Então, por favor.

Mamãe Oaks pegou o lampião da mesa distante e o ofereceu para mim.

– Cuidado. Não derrube ou você vai se queimar.

– Nós tínhamos tochas – falei para ela, caso pensasse que o fogo fosse novidade para mim.

Se eles protegiam os jovens daquele jeito em toda a Salvação, era de se admirar que os pirralhos conseguissem encontrar a escola sozinhos.

– Vou ficar bem.

Edmund assentiu.

– Boa noite, Dois.

Subi a escada correndo, o lampião lançando sombras doidas pelas paredes. No meu quarto, comecei a trabalhar e copiei a passagem que a Sra. James tinha designado. Depois, eu deveria escrever uma página sobre o que acabara de ler. Aquilo levava muito mais tempo, por isso passei para as somas, que achava mais fácil do que ler. Era uma habilidade útil, já que podia ser aplicada ao inventário dos suprimentos. Com aquilo terminado, voltei à redação idiota e me perdi com o significado das palavras. A professora não gostaria disso e provavelmente leria meu trabalho em voz alta para apontar todos os meus erros.

Eu sobrevivera a situações piores. Os pirralhos podiam fazer piada comigo. As mulheres podiam sussurrar. Haveria lembranças ruins, mais pesadelos e a ameaça de Aberrações do lado de fora dos muros. Eu suportaria, independentemente do que viesse.

Assim que tive certeza de que meus pais de criação estavam dormindo, vesti roupas escuras e saí pela janela. Nenhum sino naquela noite, mas eu precisava falar com Improvável. Ele estaria vigiando o muro no lugar de sempre. Agarrei-me às sombras, parando duas vezes para evitar ser detectada e depois subi a escada. A luz brilhava nos cabelos brancos dele, por isso o reconheci no mesmo instante. Embalava a Menina nos braços; quando cheguei, ele não abandonou sua observação da escuridão.

– *Cê* nunca dorme, garota?

Seu tom rude escondia um humor leve.

– Às vezes – respondi.

– Ainda não cansou de me incomodar?

Ele se inclinou para esfregar o joelho sem prestar atenção, como se há muito tempo tivesse se acostumado com a dor.

– Tenho algumas perguntas.

– Parece que elas não têm fim.

– Você não tem ninguém em casa que sente sua falta?

Não era o que eu queria perguntar. Simplesmente escapou. Mas ele sempre, *sempre*, estava naquele muro, protegendo Salvação.

– Não mais – ele respondeu baixinho. – O que *cê* quer, Dois?

Alinhei os ombros.

– Quero ser incluída nas patrulhas de verão. Vou lutar para provar meu valor diante dos outros guardas, mas não iria envergonhá-lo falando do assunto sem o avisar antes. Se você for supercontra isso, não vou...

Improvável levantou a mão para me silenciar.

– Legal da sua parte pensar no meu orgulho, porém, se ganhar o respeito deles, pode vir comigo. Mas é bom fazer um ótimo show, menina.

– Vou fazer – prometi. – Quando devo tornar meu pedido oficial?

– Vamos plantar em algumas semanas. Venha nessa hora.

– Obrigada.

– Não me agradeça. Isso vai trazer problema *pra* caramba.

– Se você tivesse sido criado em um lugar onde homens preparam a comida e depois fosse para outro lugar e lá não o deixassem fazer o jantar, mesmo sendo a única coisa em que se considerasse bom, abriria mão da sua frigideira?

Ele sorriu para mim e tocou a testa com dois dedos.

– Imagino que não.

Por um tempo, ficamos vigiando juntos em silêncio. Aquela era minha parte favorita da noite porque, para Improvável, eu não era errada e estranha, nem estava atrapalhando. Com ele, não havia problema em ser uma garota que não se encaixava.

– Quando você costuma ir em viagens de comércio? – perguntei por fim.

– No outono, depois da colheita. Volto antes de a neve chegar.

Eu me lembrava do quão habilidoso ele parecera quando nos resgatou, colocando todo mundo na sua carroça junto com os suprimentos. Nunca duvidara, nunca hesitara. E tinha salvado todos nós. Se a oportunidade surgisse, eu o recompensaria um dia.

– Você precisa de ajuda? – perguntei.

– Por que, *tá* interessada em ser minha aluna?

– Talvez.

Uma onda de calor varreu minhas bochechas enquanto esperava que ele me dissesse que eu não tinha idade o suficiente ou força o bastante para o trabalho. Ou, pior, ele diria ser impossível porque eu era fêmea.

No entanto, ele me surpreendeu.

– Pode ser um trabalho solitário e perigoso, Dois. Aguente firme, termine a escola e vou ver o que posso fazer quando for a hora.

Suspirei.

– É difícil. Você é o único que ouve o que eu tenho a dizer.

Improvável baixou um braço gentil e confortável sobre meus ombros.

– Então, fale mais alto, garota. Não deixe que apaguem seu brilho.

Por muito tempo, permaneci parada no círculo do braço dele e contei as estrelas. Fiquei sem números antes de ficar sem luz, e aquilo pareceu uma promessa de que dias melhores viriam.

Desafio

As duas semanas seguintes passaram em um gotejar de repetições. A Sra. James reclamou do meu trabalho fraco na escola, outros pirralhos encontraram maldades novas para me infligir durante o almoço. Vago e Tegan continuaram sua jornada para fazer novos amigos. Em algumas noites, Perseguidor entrava rastejando pela minha janela e nós visitávamos Improvável, depois treinávamos na casa secreta. Em outras noites, eu ia sozinha até o velho e conversávamos sobre todo tipo de coisa, inclusive o motivo de ele ter se oferecido para as viagens de comércio se eram tão perigosas.

– No começo – Improvável me disse –, fui porque Salvação precisava que eu fosse corajoso. Com o tempo, continuei porque gostava de ver o mundo... E, por fim, mantive porque não tinha ninguém para sentir minha falta se algo desse errado.

– Eu sentiria a sua falta – respondi, e ele bagunçou meu cabelo.

Isso fora na noite anterior.

Na tarde seguinte, eu estava nervosa.

Não havia motivo. Improvável dissera que eu precisava provar meu valor, mas essa não era a causa da minha ansiedade. Arrastei os pés pelo lado de fora do estábulo e escutei os barulhos dos animais lá dentro. Não visitava Vago havia semanas, desde a última vez que o Sr. Jensen me mandara embora... No entanto, Vago não fora me ver também. E ele sabia onde eu morava. Desde a sua intervenção na escola, não estivera mais perto dele; e eu sentia falta da nossa antiga proximidade. Trazer Tegan e Perseguidor para o nosso grupo aumentara nossas chances de sobreviver, mas também mudara tudo.

Porém, eu não podia entrar para a patrulha de verão sem convidá-lo. Estivéssemos conversando ou não, ele passasse todo o seu tempo com Tegan ou não, ainda era meu parceiro. No começo, lá embaixo, isso tinha significado cuidar um do outro e confiar que ele lutaria para me salvar. Quando viemos para o Topo, o laço ganhou uma profundidade mais emocional, uma ligação que me fez ansiar pelo toque e pela companhia dele. Assim, juntei minha coragem e entrei nos estábulos.

Depois da aula, Vago ajudava com os animais, e eu o achei passando a escova pelas costas de uma criatura. Era maior do que as que Improvável usava para puxar sua carroça, feita em linhas mais graciosas. O animal virou a cabeça conforme me aproximei e relinchou baixinho. Tinha olhos bonitos com cílios longos e uma pelagem brilhante, provavelmente graças à atenção de Vago.

– Dois – ele disse.

A formalidade fria em sua voz fez algo dentro de mim enrolar-se e choramingar. Se eu tivesse um título, como a professora tinha, ele o usaria. E eu não entendia por quê. Mal me lembrava de quando chegamos à cidade, mas ele não estava me tratando daquela forma. Não, a frieza se estabeleceu depois. Tinha existido um pouco de reserva às vezes da parte dele, é claro, mas não gelo. Não silêncio permanente.

Infelizmente, eu gostava de olhar para ele tanto quanto antes, o que não era adequado para uma Caçadora. Tais instintos vinham do meu lado Procriadora, fraqueza passada pela minha matriz, o que me causara problemas com os outros Caçadores no subsolo. Era terrível sofrer de tais impulsos quando eu precisava ser corajosa e durona. Eu não queria pensar em quão bom era quando ele colocava o braço em volta de mim, ou que eu tinha caído em seus beijos com o mesmo prazer que sentia ao tomar um banho quente. No início, eu relutara, mas, com cuidado e paciência, Vago me ensinara que nem todo contato tinha de ser marcial, e agora eu sentia falta da boca dele na minha.

– O que você está fazendo?

Não era o que eu queria perguntar.

– Estou rasqueteando esta beleza.

Imaginei que aquilo significava usar a escova, mas nunca ouvira Mamãe Oaks falar sobre rasquetear nada, então devia se aplicar apenas a animais. Às vezes, eu achava que nunca aprenderia as coisas que as outras pessoas achavam comuns. Mesmo Perseguidor, que não se encaixava ali melhor do que eu, entendia o Topo por instinto.

– Nós vamos falar com Improvável sobre as patrulhas de verão – contei sem rodeios.

Vago curvou uma sobrancelha.

– Nós quem?

– Perseguidor e eu. Você também, se estiver interessado.

– Você já não viu luta o bastante?

O tom de voz dele fazia parecer que havia algo de errado comigo, como se eu devesse ficar feliz em não fazer nada além de ir à escola e costurar com Mamãe Oaks.

– Foi para isso que fui treinada. É nisso que eu sou boa.

Endireitei os ombros, determinada a não o deixar fazer com que eu me sentisse mal, mesmo que meu comportamento o decepcionasse.

As palavras seguintes dele me encheram de esperança.

– Você ainda é a minha parceira. Não vou deixar que vá lá fora sem alguém em quem confie.

E eu confiava mesmo nele, independentemente dos problemas entre nós. Um pouco do gelo dentro de mim derreteu.

– Vamos então.

– Só me deixe dizer ao Sr. Jensen aonde vou.

Vago saiu a passos largos pelo estábulo e uma pequena discussão ressoou entre eles. Não durou muito.

– Você gosta dele? – perguntei alguns minutos depois, quando Vago tomou o caminho comigo.

Ele deu de ombros, uma torção mal-humorada em sua boca bonita.

– Na verdade, não. Mas ele não tenta ser meu pai.

"Bem diferente da Mamãe Oaks, que está determinada a ser minha mãe."

Vago não protestou quando paramos na oficina do ferreiro para chamar Perseguidor. Nenhum dos meninos sugeriu convidarmos Tegan. Ela não foi uma guerreira durante nossa viagem, e era ridículo imaginar que quisesse se envolver nas patrulhas de verão. Mas eu sentia falta dela. Embora *ela* preferisse a companhia de meninas normais – queria esquecer pelo que passara –, não havia mulheres que eu considerasse amigas da mesma forma. Ainda assim, às vezes, ser amiga é deixar as pessoas fazerem coisas que machucam, como se distanciar de você, só porque as deixa felizes.

A cidade era disposta com capricho dentro dos muros protetores. Aquele lugar tinha sido reconstruído três vezes, eu lembrava, uma das únicas aulas de história que ficaram na minha cabeça. Uma guerra de verdade havia sido lutada por perto e depois o forte caiu em ruínas. Eles escavaram o lugar, cerca de 200 anos atrás, e o reconstruíram como era antes. Eu não entendi o motivo, mas a Sra. James alegara que tinha a ver com respeitar "nossa" herança cultural. Como eu descendia daqueles que o mundo não tinha se importado em salvar, suspeitava que o orgulho dela não se aplicava a mim.

Passamos pela cidade em silêncio, levantando a mão de vez em quando para cumprimentar quem nos reconhecia. As mulheres ficavam em silêncio quando me viam chegar, os olhos ávidos por uma nova ofensa para relatarem depois. As construções caiadas se mostravam limpas e arrumadas em comparação com as ruínas que tínhamos atravessado para encontrar aquele lugar. Eu ainda não entendia os princípios de comércio que guiavam Salvação, no entanto. Eles usavam fichas de madeira para simbolizar o valor de bens e serviços. Os meninos e eu não tínhamos nenhuma, o que significava que dependíamos das nossas famílias de criação para tudo mesmo. Eu odiava aquilo.

Homens solteiros que não possuíam casa própria ficavam nos alojamentos no lado oeste, perto o bastante do muro para se poder recrutar mais guardas se necessário. Desde que eu cheguei a Salvação, não fora preciso; a quantidade padrão havia sido suficiente para intimidar os avanços de Aberrações. Eu devia me sentir melhor com isso. Talvez fosse apenas uma daquelas pessoas que não conseguiam se acalmar a menos que a situação estivesse catastroficamente errada.

Qualquer que fosse o motivo, eu não conseguia me livrar daquele mau presságio. Os problemas que tínhamos visto com as Aberrações mudadas alcançariam Salvação em algum momento. Era apenas uma questão de se aconteceria mais cedo ou mais tarde.

Sem surpresa, Perseguidor e Vago não conversaram; eles compartilhavam o cerne de uma animosidade profunda, mas os dois pareciam determinados a lutar ao meu lado naquele verão. No fundo, eu entendia que podia ter apenas um parceiro. Parte de mim não compreendia aquilo por completo. Por que eu não podia ser amiga dos dois? Cada um trazia uma contribuição diferente, e seus estilos de combate não eram iguais.

"Não se trata de lutar", uma vozinha disse. Porém, infelizmente, ela foi embora tão rápido quanto chegou e fez eu me sentir boba.

Encontramos Improvável jogando cartas no alojamento; ele estava com as mangas enroladas, expondo antebraços envelhecidos. Mesmo naquele momento, eu achava a idade dele maravilhosa e impressionante. Com boa comida e ar fresco, talvez eu pudesse viver tanto assim também, desde que as Aberrações não me pegassem. O que tornava meu pedido iminente ainda menos compreensível, se você prestasse bem atenção nele, mas eu fora criada para proteger outras pessoas. Não me sentia completa se não estivesse atendendo às minhas próprias expectativas. Você pode tirar a Caçadora do enclave, mas isso não diminui a vontade dela de lutar.

– Crianças – ele disse inclinando a cabeça.

Era assim que eles chamavam os pirralhos em Salvação. Também chamavam assim as crias das cabras que mantinham para dar leite. Parecia mais ofensivo para mim do que a palavra "pirralho", mas evidentemente não era o caso, de acordo com a reação das pessoas do Topo. Elas também não gostavam que eu chamasse as pessoas de Procriadores, mesmo quando tinham pequenos.

Aproveitei a deixa de Improvável.

– Ouvi dizer que vocês precisam de uma equipe.

Duas sobrancelhas brancas espessas se ergueram; ele desempenhou bem seu papel, como se eu não o tivesse avisado duas semanas antes.

– É mesmo?

– Vão plantar em breve – Perseguidor disse. – E vocês precisarão de pessoas para proteger os cultivadores.

– E depois os campos – acrescentei.

Improvável tombou a cabeça.

– Eu sei disso.

– Queremos fazer parte da sua equipe – Vago esclareceu.

– Vocês três?

O homem mais velho fingiu ceticismo enquanto seu olhar passava por mim, vestindo uma saia longa e rodada.

– Você sabe atirar?

Fiz que não com a cabeça.

– Mas não há muros no campo de qualquer forma. Você teria uma vantagem se escolhesse pessoas com experiência na luta corpo a corpo.

– E você é assim? – ele ganhou um tom leve de graça.

Aquilo me incomodaria se eu não tivesse entendido a intenção dele. Improvável não podia se dar ao luxo de parecer muito disposto no começo, e eu sabia qual era a minha aparência naquele vestido e com as tranças da Mamãe Oaks, minhas cicatrizes de Caçadora escondidas do mundo. Meu olhar varreu o alojamento, onde vários guardas nos observavam com medidas iguais de hilaridade e impaciência. A conversa não daria conta da situação.

Aleatoriamente, apontei para um rapaz jovem que parecia habilidoso.

– Vou provar para você. Vamos lá fora. Se eu não conseguir derrubá-lo, esquecerei essa ideia toda.

Havia um motivo para eu lutar pela honra do nosso grupo. Os guardas me viam como o elo fraco. Embora fossem pensar se deixavam Perseguidor e Vago entrarem na patrulha de verão, eu tinha de estabelecer minha capacidade antes de me levarem a sério.

O guarda que eu escolhera deu uma risada incrédula.

– Eu não luto com meninas.

– Não foi o que eu ouvi dizer, Frank! – alguém soltou.

Uma onda de calor brilhou nas bochechas dele.

– Cale a *boca*, Dooley.

Improvável ergueu o corpo da mesa de carteado.

– Não vejo que mal faria, desde que você prometa obedecer aos termos.

Não havia como aquele guarda ter treinado tanto quanto eu ou conquistado a mesma experiência de combate. No subsolo, os Caçadores nos vendavam e nos ensinavam a lutar de acordo com o que conseguíamos perceber com nossos ouvidos e narizes. Por fim, fiquei boa o bastante em detectar a chegada de um golpe pelos movimentos ao meu redor. Assim, poderia vencê-lo com facilidade.

Ansiosa para mostrar a eles o que eu sabia fazer, dei as costas para Perseguidor, que entendeu o que eu queria. Ele abriu os dois botões de cima do meu vestido, que puxei pela cabeça. Os homens no alojamento seguraram um gritinho, exceto Perseguidor e Vago, que perceberam que eu estava sempre pronta para lutar por baixo da parafernália feminina que Mamãe Oaks impunha a mim. Com adagas presas às minhas coxas, eu estava totalmente vestida, usando calças e uma bata que eu trouxera lá de baixo.

– Todas as meninas... – um guarda sussurrou, e outro o mandou ficar quieto com um "xiu" antes de ele poder terminar a pergunta.

– Lá fora então – Improvável disse. – Sem sangue, jogo limpo e a primeira queda declara o vencedor.

Aqueles termos eram aceitáveis. Senti pena do rapaz que eu estava prestes a humilhar, mas, pela sua expressão, ele achava que aquilo era uma grande piada. Outros guardas riram baixinho, sussurrando sobre as minhas chances, e ele ergueu os dois braços prevendo sua vitória fácil, girando em um círculo arrogante. Então, talvez ele merecesse.

Abriu um sorriso largo, mostrando um espaço entre os dentes.

– Vou tentar não machucá-la.

Atrás de mim, Perseguidor riu baixinho, mas não virei para trocarmos um olhar conspiratório. Em vez disso, concentrei-me naquele que eu tinha de derrotar para convencer os outros de que merecia um lugar na equipe de Improvável. O guarda avançou sem nenhum estilo em particular, esperando que eu provasse ser fácil de vencer. O seu jeito de agarrar era desajeitado, e eu me abaixei e girei o corpo indo parar atrás dele. Quando plantei o pé nas suas costas, os outros guardas deram um berro para ele, que se virou, o constrangimento florescendo no seu rosto em manchas escarlates.

– Não brinque com ele, Dois.

O lembrete veio de Vago.

Na minha cabeça, Seda me censurou. "Não gaste energia. Derrote-o."

Mesmo que aquele homem tivesse rido de mim, não merecia que zombassem dele. Por isso, na segunda vez que ele avançou para mim, dei uma rasteira e pulei para cima do seu corpo, minhas mãos na sua garganta. Se estivesse empunhando minhas adagas, ele já estaria morto.

Caiu um silêncio, quebrado apenas pela sua respiração rápida e chocada. E, então, o rapaz embaixo de mim ofegou:

– Macacos me mordam.

Eles tinham pouco treinamento corpo a corpo, pelo que eu pude ver naquela disputa. Ou talvez o rapaz apenas não tivesse me considerado digna do seu maior esforço. De qualquer forma, levantei o olhar para Improvável, garantindo que ele aceitara o resultado. O homem mais velho assentiu e, assim, eu me afastei depressa e girei em um círculo lento para ver se o guarda tinha amigos bravos, prontos para defenderem a sua honra. Porém, os outros pareciam mais chocados do que ofendidos.

Para mostrar que não guardava ressentimentos, ofereci minha mão. Frank a aceitou depois de um instante de hesitação, e eu o puxei para se levantar. Ele fez que não com a cabeça, olhando-me com um misto de admiração e descrença.

– Não vai ser uma decisão bem vista – Improvável disse então –, mas seria uma idiotice criminosa desperdiçar talentos assim. Se seus amigos tiverem metade da sua habilidade de luta, eu fico honrado em ter *cês* todos na minha equipe.

O orgulho ardeu dentro de mim. Aquela foi a primeira vez que senti que poderia ser feliz em Salvação, que permitiriam que eu usasse minhas verdadeiras habilidades.

– Quantos membros?

– Oito. Um líder de patrulha, que seria eu, um especialista em reconhecimento e o resto para defesa.

– Eu sou bom em reconhecimento – Perseguidor disse.

E não era mentira. Ele havia nos rastreado pelas ruínas e, apesar dos meus sentidos aguçados e da intuição de Vago, não tínhamos reparado em nada. Eu assenti, apoiando-o.

Improvável dirigiu-se a todos nós.

– *Cês* vão receber um pequeno ordenado em troca do trabalho neste verão.

Adivinhei que ele queria dizer que ganharíamos nossas próprias fichinhas, que podiam ser gastas em lojas da cidade. Isso seria bom, já que eu odiava ser completamente dependente dos meus pais de criação para qualquer coisa que quisesse. Eles eram bem generosos, mas essa não era a questão; eu precisava ser independente. Apenas um pirralho aceitava presentes constantes sem protestar.

– Eu consideraria um favor se você me recrutasse também – o homem ao meu lado disse.

Improvável o analisou.

– Por que isso, Frank? Não quero *cê* provocando essa menina e fazendo da vida dela um inferno. Ela ganhou numa luta limpa.

– Não é isso, senhor.

Ele parou, depois baixou a voz:

– Acho que eu posso aprender com ela.

– Eu não ficaria surpreso. Penso que só preciso encontrar mais três pessoas...

Ele não tinha nem terminado a frase quando mais três guardas avançaram, oferecendo-se para entrar na equipe. Todos pareciam movidos pelo apreço também, não por julgamento nem raiva.

Talvez não houvesse problema em ser diferente, pelo menos entre os guardas. Talvez minha bravura importasse mais do que meu sexo. Se eles não fofocassem como as mulheres, eu gostaria muito mais de Salvação.

– Quando começamos? – perguntei.

– A plantação é daqui a uma semana – Improvável respondeu. – Iremos então.

Proteger os cultivadores. Não era tão diferente da maneira como as coisas funcionavam no subsolo. Parte de mim não conseguia acreditar. Depois de todo aquele tempo, eu tinha um lugar adequado no mundo e um trabalho importante a fazer. Com o tempo, talvez pudessem até me ensinar a atirar e me dar um turno no muro, como os outros guardas. Assim como Improvável, aquilo poderia me manter ocupada entre as viagens de comércio.

"Se você tiver sorte o bastante para ser escolhida como aprendiz dele. Precisa terminar a escola primeiro." Esse lembrete lançou uma sombra sobre a minha animação.

Ainda assim, eu disse:

– Obrigada, senhor. Estarei pronta.

O homem mais velho assentiu.

– Encontrem comigo nos alojamentos no próximo sábado, antes do amanhecer. Se Mamãe Oaks causar problemas, fale para ela conversar comigo.

Um calor estalou pelo meu corpo. Eu queria abraçá-lo, embora ele não fosse gostar disso mais do que Seda gostaria. Assim, contentei-me com um aceno rápido da cabeça e, em seguida, corri para dentro do alojamento para recuperar meu vestido idiota. Resmungando, puxei-o de volta pela cabeça e Vago fechou meus botões. Eu sabia que era ele pelo calor que formigou nas minhas costas. No subsolo, ele tocou em mim pela primeira vez para me reconfortar e, depois, como se pegasse o consolo de volta da minha pele. No Topo, passou de um braço em volta dos meus ombros a provar a doçura em meus lábios. Eu estava afinada com as mãos de Vago como nunca estivera com mais ninguém.

– Tenho de voltar para a oficina do ferreiro.

Perseguidor roçou as pontas dos dedos nas minhas bochechas de passagem ao ir embora, mas eu não conseguia tirar os olhos de Vago.

A boca dele ficou tensa com aquele toque e ele cerrou os dentes. Os dois eventos se ligaram na minha mente, talvez o distanciamento dele não tivesse nada a ver com o que sentia por Tegan e tudo a ver comigo e Perseguidor. A separação havia começado bem antes da nossa chegada ali. Quanto mais Perseguidor mostrava preferir minha companhia, mais Vago se retraía.

Eu achava que Vago ainda estivesse bravo comigo porque as Aberrações mataram sua velha amiga Pearl, não pudemos salvá-la. Perseguidor tinha sido o inimigo nas ruínas... E, depois de escaparmos da sua gangue com Tegan, ele nos caçou, usando Pearl como isca. As Aberrações atacaram antes de lutarmos uma segunda vez, no entanto, e transformaram Perseguidor em um aliado improvável. Vago culpou Perseguidor pela morte de Pearl, e eu suspeitava de que ele não gostasse dos meus treinos com o outro menino pelo mesmo motivo. Agora eu questionava se sua retração era mais pessoal.

Nunca saberia se não perguntasse.

– Você já precisa voltar?

Era a primeira vez em semanas que eu tentava romper a reserva dele, e a ansiedade enfiou um punho nas minhas entranhas enquanto pensava se ele me rejeitaria... e o quanto doeria se o fizesse.

Ele avaliou a pergunta e, então, murmurou com uma torção dolorida dos lábios:

– Meu trabalho aguenta por um tempo.

Reunião

O prazer correu dentro de mim. Eu não esperava aquela resposta, então não sabia como continuar.

– O que você gostaria de fazer?

Vago deu de ombros de um jeito gracioso. As regras ali eram diferentes das do enclave. Dormíamos separados, mas, durante as horas do dia, meninos e meninas confraternizavam sem censura, não havia a insistência de acompanhantes, por exemplo. No subsolo, eu não podia passar um tempo com Pedregulho a menos que Dedal nos fizesse companhia, nunca tinha permissão de levar um menino para o meu espaço de habitação sem ter mais alguém presente. Andar juntos era mais do que tínhamos feito nos últimos tempos e, assim, decidi aproveitar.

– Mamãe Oaks tem um balanço nos fundos – ele sugeriu, surpreendendo-me.

Eu sabia de qual ele falava. Ficava em um lugar tranquilo, um assento de madeira longo em uma plataforma, não tanto para crianças, mas para aqueles que tinham de cuidar delas. Eu mesma nunca o usara, no entanto poderia ser um lugar confortável para conversar em uma tarde ensolarada.

– Vamos.

Não imaginava o que diríamos depois de nos acomodarmos, mas não estava com pressa de perturbar aquela paz hesitante.

Ainda assim, tínhamos de aliviar o clima. Mesmo que ele conseguisse manter aquela situação, eu não queria.

Vago me seguiu em silêncio enquanto eu costurava pela cidade, voltando à casa dos Oaks. Para meu alívio, minha mãe de criação não estava do lado de fora pendurando roupa lavada ou vagando pelo quintal. Isso nos deixou com o caminho livre para contornar a lateral da casa. O balanço estava sob a mesma árvore ampla que permitia que eu saísse escondida no meio da noite. Com uma olhada carinhosa para aquele galho libertador, eu me sentei, e Vago fez o mesmo. Ele se acomodou mais perto do que eu esperava, sua coxa a um sussurro de distância da minha. Aquilo me lembrou de quando nos aninhamos juntos no subsolo depois de descobrirmos o que acontecera com Nassau, e precisei de todo o meu autocontrole para não me enrolar contra ele como fizera naquela vez. Ele era tudo o que restava do meu antigo mundo.

Vago curvou os ombros, encarando o chão entre seus joelhos. A grama estava com falhas, mostrando verde e marrom. Não muito tempo antes, estivera coberta de neve.

– Estou com a sensação de que você quer conversar sobre alguma coisa – ele iniciou.

"Sim." Mas eu não era boa naquilo. A ação combinava mais comigo do que as palavras, e não sabia como expressar minha insatisfação. Eu me atrapalharia e me envergonharia, mas, mesmo assim, tinha de ser melhor do que a distância eterna. Por isso, respirei fundo e me mexi, virando meus joelhos em direção a ele. O movimento fez o balanço oscilar levemente. Era tranquilizador de uma maneira que eu não conseguia definir, reduzindo meu medo do quão difícil a situação acabaria sendo.

– Você ainda está chateado comigo?

– E por que estaria?

Ele evadiu a pergunta sem respondê-la, e eu não podia deixar assim.

– Diga-me você.

Vago soltou um suspiro baixinho.

– Só não posso ficar perto de você o tempo todo. É difícil demais.

– O que é difícil?

Não fazia sentido.

– Vê-la com ele.

Sem dúvida falava de Perseguidor, mas eu só estava passando tempo com ele porque Vago não conversava comigo. Tinha visto um cachorro na cidade perseguindo o rabo... e era assim que me sentia também.

– Não entendo.

Poucas coisas haviam mudado desde que chegamos a Salvação, mas Vago dava desculpas para me evitar. Ele escolhia ficar com Tegan ou estranhos e não comigo. Eu estaria mentindo se alegasse que isso não me machucava. Depois dos últimos meses, eu tinha uma coleção de cicatrizes internas para combinar com as que ganhara no dia da minha nomeação e, depois, provando meu valor em batalhas. Cada vez que ele dava as costas para mim na escola, feria um pouco mais fundo.

– Você era minha antes – ele disse baixinho. – Mas, em algum ponto do caminho, eu a perdi. E agora você é dele.

Aquilo acordou minha ira, como pouquíssimas coisas poderiam fazê-lo.

– Eu não era sua e também não sou dele. Sou uma *Caçadora*, Vago, não uma lâmina velha que pode ser trocada.

Ele tinha umas ideias loucas, com certeza. Porém, sua expressão se iluminou um pouco, um quase sorriso brincando nos cantos de uma boca que eu gostava de olhar mais do que seria bom para minha paz interior. O tempo sob o sol fora bom para ele, bronzeando sua pele até ela brilhar, mas Vago não precisava ser mais atraente. Na verdade, eu ficava ressentida porque a beleza intensa dele atraía meus olhos de uma forma que eu não gostava e que não conseguia controlar.

– Sei qual é o seu título – ele disse então. – Você deixou claro que vive para lutar.

– Então, qual é o problema?

– Não gosto de dividir.

De alguma forma, eu entendia. No subsolo, os recursos eram limitados e, quando a pessoa ganhava seu nome e tinha seu espaço pessoal designado, parecia um milagre possuir um metro sobre o qual mais ninguém exercia controle. No Topo, tínhamos mais espaço, mas, por outro lado, eu possuía menos poder. Não tinha nada lá em cima além de minhas adagas e meu livre-arbítrio, já que entregara a clava que Pedregulho fizera para mim a Tegan. Aquilo me deu uma pontada, pois duvidava de que ela ainda desse valor ao objeto, e era minha última peça do grande e doce Procriador.

Porém, eu ainda sentia que Vago e eu não estávamos nos conectando no nível certo. O significado das palavras dele ainda não era claro, parecendo uma forma que eu conseguisse ver no fundo de um rio escuro, mas não soubesse que existia ali um monstro até ele se lançar sobre mim. Tive esse mesmo tipo de inquietude naquele momento, odiava me sentir idiota.

– Dividir... o quê?

Lembrei-me de Perseguidor ter achado que eu quisesse seu toque... e que por isso tinha passado tanto tempo treinando comigo. Eu havia acabado com aquilo, não? Vago também pensava que eu queria as mãos de Perseguidor em mim? Se fosse assim, eu não podia imaginar como o sexo oposto conseguia sair da cama pela manhã. Meninos podiam ser lindos de olhar, mas o pensamento claro não era o ponto forte deles. Mais uma vez, eu me esforçaria para deixar explícito que apenas Vago tinha aquele tipo de magia.

Ele franziu as sobrancelhas, como se suspeitasse de que eu estivesse sendo difícil de propósito.

- Você.

- Ele não é meu parceiro.

Dessa vez, usei a palavra que Vago utilizara um dia, significando algo diferente e mais profundo do que apenas a pessoa que protege suas costas em uma luta. Tinha um contexto emocional também, alguma coisa que eu não sabia especificar, mas sentia fundo em meus ossos.

- Você... não está com ele?

Sua hesitação me irritou, já que eu nunca mentira para ele. Quando nos achávamos abandonados lá fora e eu estava sonhando com Seda, que me disse que tínhamos de manter o fogo aceso, não contei a Vago o motivo, ele pensaria que eu era louca, mas nunca menti.

- Somos amigos.

- Ele não a beija?

"Apenas uma vez na floresta quando ele me pegou de surpresa." Desde então, eu ficara mais habilidosa em evitar Perseguidor, forçando-o a treinar comigo e nada mais. O beijo dele também não tinha me derretido como o de Vago. Parte de mim desejava que os dois parassem com a besteira de Procriadores e se concentrassem em assuntos mais importantes, mas o resto de mim queria estar perto de Vago. Seu braço era gostoso em volta dos meus ombros, lembrei.

Antes de eu poder responder, ele aninhou minha bochecha na palma da sua mão, olhos escuros vasculhando os meus. Aparentemente satisfeito com o que viu, inclinou a testa contra a minha cabeça. Meu coração deu um baque traiçoeiro com a proximidade dele. Era final da tarde, ensolarada e clara, o que significava que qualquer um seria capaz de nos ver. Embora as regras não fossem severas ali, eu poderia ter problemas por me sentar tão perto e deixá-lo me tocar, mas não me importava.

- Senti sua falta.

Eu não tive a intenção de dizer isso a ele, mesmo sendo verdade. Admitir necessidades parecia fraqueza, demonstrava dependência e vulnerabilidade.

Porém, quando ele ergueu a cabeça, seus olhos escuros brilharam mais do que eu já vira, como se ele levasse estrelas dentro de si.

– Eu me sentia péssimo sem você, mas achei que tinha escolhido o Perseguidor. Estava determinado a respeitar a sua decisão.

– Ele é um amigo – falei de novo. – Mas não é você.

– Aqui não é como lá embaixo – ele murmurou. – Não é vergonhoso.

– O quê?

– Isto.

O beijo dele não me surpreendeu. Minha reação, sim. O deleite veio em uma onda desde o momento em que os seus lábios tocaram nos meus, e eu me apertei mais a ele, querendo rastejar para fora da minha pele e para dentro da dele. Vago enrolou os braços em volta de mim como se sentisse o mesmo, seu corpo todo tremendo. Sensações tão fortes me assustavam e alegravam ao mesmo tempo. Aquelas sensações eram o motivo dos barulhos que eu tinha ouvido lá no enclave, Procriadores bufando e gemendo enquanto criavam vidas. Antes, eu sempre imaginara que fosse uma tarefa desagradável, como a patrulha nos caminhos de trás, e que as pessoas aguentassem o processo para alcançar o resultado desejado. Agora não tinha tanta certeza.

Quando recuei, libertando-me, meu coração batia com fúria nos ouvidos e eu não conseguia recuperar o fôlego. Surpresa e curiosa, toquei em meus lábios.

Ofeguei:

– Isso é perigoso. Há quanto tempo você sabe?

– Sei o quê?

– Que poderia ser tão... tão...

Fiquei sem palavras.

– Bom? – ele sugeriu, mas era uma descrição fraca.

Ainda assim, faltava-me uma melhor, então apenas assenti, e ele respondeu:

– Desde a primeira vez que a beijei.

Lembrava-me da ocasião vividamente, eu o puxara para fora da aglomeração depois de ele ter ganhado o desafio do festival, para evitar que perdesse o controle e atacasse a multidão que o parabenizava. Depois Vago recuperou o fôlego enquanto eu cuidava dele.

– Nunca tive um parceiro que prestasse tanta atenção assim em mim antes.

Aquilo fez com que eu sentisse que tinha passado dos limites. Ele tivera dois parceiros antes de mim, então sabia melhor do que eu o que era um com-

portamento normal. Pode ser que eu o acompanhasse muito de perto. Era inadequado, e Seda me rebaixaria a Procriadora se um dia descobrisse.

– É melhor eu voltar – murmurei.

– Ainda não.

Com uma liberdade impronunciável, Vago puxou o laço do meu cabelo, que se derramou pelo meu rosto.

– Por que você fez isso?

Eu prendi a respiração quando ele roçou nas mechas em volta do meu rosto cuidadosamente. Tocando em mim. Estávamos correndo riscos ali. Se alguém nos visse...

– Eu queria ver como você ficaria.

"Afaste-se", eu disse a mim mesma. "Saia daqui agora." Em vez disso, congelei, olhando para cima, dentro dos olhos impossivelmente escuros dele.

Ele curvou a cabeça e roçou meus lábios com os seus. O cabelo dele caiu contra minha testa, macio e surpreendente. O choque me deixou imóvel, o choque... e mais alguma coisa. Parte de mim queria se inclinar para ele. Eu não deveria querer isso. Uma Caçadora não iria querer. Vergonha, confusão e vontade brigaram pelo domínio. Contra meu bom senso, deixei minha testa raspar no maxilar dele, apenas um sussurro de calor, enrolado em volta de mim como um par de braços. E, depois, eu recuei.

Mesmo naquela época, ele havia aberto portas proibidas na minha mente, fazendo-me querer coisas que nenhuma Caçadora podia desejar. Porém, Vago me intrigou com a resposta, e eu tive de perguntar:

– Então, você se sentiu... felizinho por minha causa mesmo naquela vez?

– "Felizinho" – ele repetiu a palavra achando uma graça que eu devia ter considerado constrangedora. – Boa palavra. E, sim. Sinto isso há muito tempo.

A certeza dele invocava tanto calor, como se eu tivesse acendido uma fogueira na barriga, forte o suficiente para banir as longas semanas de dúvida e confusão. Ele entrelaçou os dedos nos meus e apoiou nossas mãos unidas em seu joelho, mas não tentou mais nada. Que bom. Eu não estava pronta, mas não era de se admirar que Mamãe Oaks estivesse preocupada. Se todas as meninas do Topo sabiam daquilo sobre os beijos, as pessoas provavelmente tinham de se preocupar com pirralhos novos brotando por toda parte.

– É normal gostar de estar perto? – falei, experimentando a ideia.

– Acho que sim. Não que eu seja especialista. Não me sinto assim com todo mundo.

Baixei as sobrancelhas.

– Espero que não.

"É claro!", pensei. "Ele tinha medo de que eu tivesse isto com Perseguidor." Eu estava me dando conta de que era aquilo que o outro menino queria, mas só se a vontade partisse de mim. Não como uma tarefa desagradável, forçada. Eu não tinha dúvida de que ele havia procriado para manter a população de Lobos, mas não podia ter sentido o mesmo que eu sentia naquele momento.

– Não quero que isto seja um segredo – Vago disse então. – As pessoas deveriam saber.

– O quê?

– Que você é minha.

Eu me arrepiei ao ouvir a resposta dita daquele jeito.

– Vago. Isso não muda nada. Eu ainda pertenço a mim mesma e, embora escolha compartilhar isso com você, não significa que é meu dono.

– Não estou dizendo que sou.

A voz dele ressoava com frustração, como se houvesse um componente crucial e oculto entre nós que eu não conseguia compreender.

– O que você está dizendo então?

Eu apostava que as meninas da escola com laços nos cabelos não ficavam tão confusas assim.

– Que eu tenho o direito de beijá-la... e ninguém mais tem.

"Finalmente". Eu podia concordar com aquilo. Significaria deixar claro meu novo *status* para Perseguidor, o que possivelmente não correria bem. Pelo que me lembro, tinha bastante certeza de que ele queria aqueles direitos para si mesmo. Eu tivera medo de que Vago preferisse Tegan, mas talvez ele procurasse a companhia dela porque era um rosto familiar, bem parecido com o que eu fizera em relação a Perseguidor. Tudo se mostrava muito mais complicado agora.

Também surgiu uma dúvida na minha cabeça.

– Quando você perguntou se eu ainda o escolheria como meu parceiro, era isso que você queria? Direito exclusivo a beijos?

Ele baixou a cabeça, um toque de cor em suas bochechas.

– Sim.

– Então, por que simplesmente não falou isso?

– Eu tinha medo de que você dissesse não.

Aquilo eu entendia. Eu não ficara morrendo de medo de procurá-lo? Ele tinha uma habilidade única de entrar no meu coração e torcê-lo. Talvez eu tivesse aquele poder sobre ele também. Que ideia surpreendente.

– Eu nunca o machucaria de propósito – falei.

E o alívio tremulou pelo seu rosto, foi então que soube estar certa. Continuei:

– Se você não me disser o que está pensando, não conseguirei adivinhar. Lembre-se... Eu não sou boa nesse tipo de coisa. Lutar, ou treinar, é tudo o que eu sei.

Ele tocou minha bochecha.

– Vamos descobrir juntos.

Meu coração ficou mais leve. Aquele exílio no Topo poderia ser suportável no final das contas, se eu pudesse lutar durante o dia e aproveitar os beijos de Vago quando não estivéssemos trabalhando. Estava feliz por ter escolhido convidá-lo para entrar na nossa patrulha. Ele ficaria chateado se descobrisse que eu estava saindo com Perseguidor e não havia falado com ele a respeito. Veria isso como novo exemplo da minha escolha pelo outro menino em vez dele, e não a verdade, que era o fato de Perseguidor ter se mostrado mais disponível... e ter vindo me procurar.

No entanto, agora eu entendia o motivo. Precisava ter mais cuidado. Tê-lo deixado entrar em meu quarto – e conversar sobre fugirmos juntos – provavelmente dera ideias a Perseguidor em relação às minhas intenções... e aos meus sentimentos por ele. Suspirei baixinho. A conversa que teríamos para eu explicar o erro certamente não seria boa.

– Qual é o problema?

Aquele era um fardo que eu não podia compartilhar. Fizera a confusão por causa da minha falta de entendimento sobre como homens e mulheres se relacionavam uns com os outros, então a corrigiria. Porém, sério, onde eu teria aprendido? Com certeza não lá embaixo, onde eu era Caçadora. Seda teria me apunhalado se me pegasse pensando em meus *sentimentos*. Tal fraqueza era limitada a Procriadores, e era assim que devia ser.

Suspirei.

– Só lamento termos passado dois meses separados.

– Bem, eu tinha desistido de correr atrás de você – ele balbuciou. – Deixei claro como me sentia na noite em que Improvável nos achou.

Se ele tinha feito isso, eu não lembrava. Estava com febre, e Tegan iria morrer. Tudo, a não ser aquele sonho vívido com Seda me dizendo para manter o fogo aceso, era um borrão. "Eu me lembrava de deitar nos braços de Vago", pensei, "com nossa amiga esticada sobre nossos colos, mas não sabia que isso tinha algum significado especial."

– Não sei o que você disse naquela noite – admiti. – Mas você é a pessoa mais importante da minha vida. Você é tudo que me restou.

Aquela não fora a coisa certa a dizer. Os dedos longos dele se soltaram dos meus.

– Então, isto é porque eu a faço se lembrar de uma vida da qual você gostava mais?

– *Não.*

Eu neguei por instinto, mas tinha de ser sincera.

– Eu sinto falta da minha vida sim, Vago, mas isso não é normal? Vivi lá por 15 anos. Eles eram meus amigos e minha família, meu mundo inteiro. Ainda estou tentando adivinhar como me encaixar no Topo... e a patrulha de verão vai ajudar.

– Não sei se você consegue entender, mas não tive ninguém que se importasse comigo, apenas por ser quem sou, desde que meu pai morreu. Todos os outros queriam algo de mim, mas não era pessoal. *Preciso* que seja pessoal com você.

– E é – prometi.

Vago colocou os braços em volta de mim então e me abraçou com uma força desesperada. Meu coração disparou. "Ele precisa de você", pensei. "Não o decepcione."

Não conseguia me lembrar de já ter estado tão feliz... ou tão assustada.

Patrulha

A semana seguinte passou depressa.

Quando eu não estava trabalhando para a minha mãe de criação, tinha aulas de tiro. Não possuía um rifle meu, mas, se um colega de equipe caísse, eu deveria saber o que fazer com a arma dele. Embora não tivesse experiência, a aptidão natural com armamentos me era útil. A prática me deixaria ainda melhor.

Sem surpresa, no início Mamãe Oaks não gostou da minha inclusão no batalhão de Improvável. Ela tentou me convencer a sair, dando um sermão: "Há certas regras a serem respeitadas aqui, Dois, como trabalho de homem e trabalho de mulher. Salvação tem funcionado bem com esses princípios há cem anos."

– Eu não sou de Salvação – falei.

Porém, ela estava apenas se aquecendo.

– Mas é uma cidadã e isso significa aprender nossos costumes. As mulheres cuidam da plantação, fazem fios, costuram roupas, preparam comida...

– Mas eu não sou boa em nada disso – interrompi. – Você diz que há um ser divino cuidando do mundo, certo?

A expressão dela ficou mais incomodada.

– Sim, mas...

– Então, por que ele me deixou aprender a lutar e ficar boa nisso se vai contra as regras dele?

– Minha nossa – ela disse suspirando. – Não deixe mais ninguém ouvi-la dizer isso. É perigosamente parecido com heresia.

Eu não sabia o que era aquilo e, assim, fiquei quieta. Mamãe Oaks continuou:

– Se você fizer isso, pode haver consequências. As pessoas podem ser... desagradáveis em relação a isso.

– Vão incomodar Edmund e você?

Ela endireitou os ombros.

– Talvez. Mas não se preocupe conosco. Já sofremos coisa pior. Faça o que a agradar mais, mesmo que gere fofocas.

Como eu não havia esperado nem aquele tanto de apoio, abri um sorriso verdadeiro para ela.

– Obrigada, Mamãe Oaks.

Meu pai de criação não tinha o mesmo ponto de vista que ela. Assim, a ceia foi uma refeição silenciosa, e eu ouvi Mamãe Oaks brigando com Edmund depois de eu me deitar. Ele parecia inclinado a proibir a minha participação na patrulha de verão, e ela discordou, dizendo que tal atitude iria me afastar, como acontecera com Rex.

"Eu sabia que havia um motivo para o filho não os visitar." No entanto, ainda assim não era assunto meu.

O sono chegou rápido; e se eu tive um pesadelo, não lembrava quando acordei. Levantei-me cedo na manhã seguinte, vesti roupas de luta – calças e bata – e depois comi pão e geleia enquanto Edmund roncava. Depois do café da manhã, lavei-me e trancei o cabelo. Alguns minutos mais tarde, saí quieta da casa sem acordar nenhum dos meus pais de criação e atravessei Salvação apressada.

Antes do amanhecer, encontrei o resto da equipe no alojamento, como Improvável solicitara. Vago e Perseguidor já estavam lá, esperando com uma impaciência mal disfarçada, ou por mim ou para ver um pouco de ação, eu não tinha certeza. Eu escolhera trancar minha janela na semana anterior, e Perseguidor devia estar se perguntando por quê, mas eu optara por não lidar com aquela situação antes de começarmos nosso novo trabalho. Parecia melhor não mexer no equilíbrio, ou talvez eu só estivesse sendo covarde. Tinha de balancear o peso com cuidado para eu não rachar.

Vago não tentou me tocar, apesar do nosso novo entendimento, e eu estava grata. Não queria que os outros guardas pensassem em mim daquela forma. Por isso, eu abandonara as vestimentas de mulher; em vez delas, escolhi as que tinha usado nas patrulhas do subsolo. Os homens cutucaram uns aos outros, e eu engoli um suspiro. As restrições ridículas por ser mulher ameaçavam me sufocar.

Por sorte, nosso líder não tinha interesse nas minhas calças. Improvável já estava dando ordens no seu estilo lacônico.

– Vamos encontrar os cultivadores no portão da frente e fazer a escolta até os campos. Quando chegarmos lá, vamos nos dividir em esquadrões de quatro pessoas. Um vai ficar com os trabalhadores o tempo todo. Os outros vão patrulhar.

– Vamos revezar? – um dos guardas perguntou.

Era uma pergunta inteligente o bastante para eu perdoá-lo por ter ficado impressionado em ver uma menina de calças.

Improvável assentiu.

– Vamos fazer uma rotação, para ninguém ficar entediado e acomodado.

"Uma sábia precaução", pensei. Se uma equipe observasse os cultivadores cutucarem sementes no chão por tempo demais, poderia deixar de se empenhar. E aquela era uma tarefa importante. Sem uma estação de cultivo bem-sucedida, haveria pouca comida para o inverno. Matar animais domesticados só levaria a cidade até certo ponto, e eu estava mais ciente da necessidade de uma nutrição adequada do que a maioria das pessoas. Havia sido uma das leis imutáveis lá de baixo, comíamos certa quantidade disto ou daquilo ou pagávamos o preço com corpos fracos e doentes, mais cedo do que o esgotamento da vida exigia.

Agora eu me perguntava se os anciãos do subsolo sabiam tanto sobre dieta quanto haviam alegado... e se o definhamento que levava embora o nosso povo ainda jovem tinha acontecido por meio da ignorância deliberada deles, inventando respostas quando não possuíam um entendimento claro. Em algum ponto, um Guardião das Palavras deve ter decidido que era melhor inventar regras arbitrárias do que revelar sua própria falta de conhecimento. Havia motivos para tudo, sem dúvida, mas eu nunca os conheceria. Aquele estilo de vida estava perdido para mim.

Com um ar determinado, concentrei minha atenção em Improvável, que estava dando algumas instruções de última hora. Depois, os outros entraram em formação, dois a dois. Era uma procissão mais formal do que eu estava acostumada, mas aprendi o valor da ordem logo cedo. Em contraste, os cultivadores estavam em completo desarranjo quando chegamos. Eram homens e mulheres, escolhidos por seus talentos para cuidar de plantas e cultivar coisas. Infelizmente, a maioria deles não era apta para a vida selvagem e eles achavam até a perspectiva da curta viagem aos campos difícil de aguentar.

– Perdemos um saco inteiro de sementes – um homem pequeno reclamou, torcendo as mãos juntas. – Ele foi colocado de volta no depósito na última colheita e agora simplesmente sumiu.

Com uma expressão sombria, Improvável nos deixou enquanto foi resolver a situação. Como o homem no comando das viagens de comércio, ele também assumia responsabilidade pelos recursos da cidade. Parecia mais velho do que o normal naquela manhã e extremamente cansado, como se arrebanhar aqueles cultivadores fosse um fardo maior do que ele queria. Porém, vinha fazendo aquele trabalho havia mais de 20 anos, um fato que nunca deixava de me impressionar; e, assim, ele o executava muito bem, com o jeito de especialista nascido da longa experiência. No enclave, os anciãos só viviam até os 25 anos mais ou menos, murchando por uma combinação de fatores que eu não compreendia.

Eu achava o caos fascinante, já que as pessoas poucas vezes discutiam com os anciãos lá embaixo. Na superfície, havia duas mulheres que estavam bravas falando com Improvável por causa das provisões perdidas, algo sobre roedores e produtos secos. Eu tentava não rir quando Perseguidor veio para o meu lado. A presença dele acabou com meu bom humor depressa porque a culpa afundou suas presas nas minhas entranhas e não queria soltar. Era possível que eu tivesse lhe dado motivo para pensar que possuía sentimentos profundos por ele... de maneiras que levassem a beijos. Sair escondida para encontrá-lo, ficarmos conversando sobre nossa tristeza mútua e pensando na ideia de fugir juntos. Queria nunca ter feito aquilo. Devia ter ficado apenas com os treinos. Aquelas noites pareciam promessas quebradas agora.

– Nas últimas noites, sua janela estava trancada – ele disse baixinho. – O que devo entender com isso, pomba?

Eu não tinha medo da raiva dele, mas me arrependeria de perder sua amizade, se chegasse a isso, porque ele provara ser corajoso, leal e firme. Mesmo assim, era hora de parar de evitar aquela conversa.

– Não posso mais me encontrar com você à noite.

– Por que não?

Com certeza ele sabia, mas queria me fazer dizer.

– Eu...

– Pare de se intrometer.

Vago colocou a mão no meu ombro.

– Ela está comigo.

Dei uma olhada nos outros guardas, mas eles estavam ocupados demais assistindo à discussão de Improvável para prestar atenção. Por sorte. Eu morreria se perdesse o respeito deles por causa de um assunto tão ridículo, por causa de meninos ciumentos e sentimentos.

– Isso é verdade?

O rosto de Perseguidor parecia estranhamente congelado sob as cicatrizes; ainda assim, por baixo do gelo, ele passou a impressão inconfundível de dor.

Eu odiava aquilo, mas assenti. Ele endireitou os ombros e se virou, seguindo para se juntar aos guardas. Risadas vieram em seguida, então ele deve ter feito alguma piada. Se havia uma coisa na qual Perseguidor mostrava-se bom era em se adaptar a novas situações. Devia sentir que perdera sua única aliada naquela cidade, mas não iria demonstrar.

- Você gostou disso.

- Eu me lembro do que ele fez conosco - Vago disse. - E do que aconteceu com Pearl porque ele a arrastou para fora, caçando a gente. Deixei de lado porque precisávamos das lâminas dele na viagem, mas ele nunca vai ser meu amigo.

Eu via as coisas em termos menos imutáveis. Criada nas gangues, eu seria uma Procriadora submissa. Levando em consideração de onde ele viera, Perseguidor não era tão ruim quanto poderia ser - e mostrava disposição para aprender -, mas Vago nunca teria o mesmo ponto de vista que eu, e parecia uma má ideia provocá-lo quando tínhamos acabado de nos reaproximar. Assim, deixei Vago se divertir com aquele momento sem repreendê-lo.

Para meu alívio, Improvável localizou as sementes sumidas sem demora e, enfim, a última carroça estava pronta para sair. A distância não era longa, mas, como a maior parte da comida tinha de ser plantada fora dos muros, parecia uma empreitada monumental para aqueles que passavam a vida dentro dos limites seguros de Salvação. Tinham ficado maravilhados com o fato de quatro jovens terem conseguido sobreviver em um campo aberto cheio de Aberrações, animais selvagens e os céus sabem mais o quê. Céu era um conceito novo para mim, como o de alma, um lugar para onde as pessoas supostamente iam depois de morrer. Às vezes, eu me perguntava se veria as pessoas que perdera e se o pirralho cego, que não conseguira salvar, estaria me esperando com um chute rápido. Não parecia o tipo de coisa que poderia perguntar diretamente para a minha mãe de criação. No entanto, eu não iria para lá de qualquer forma, pois apenas as pessoas que seguiam todas as regras entravam no céu.

Os portões se abriram com um guincho atormentado, as metades se afastando para deixar o comboio sair: 32 guardas mais quase a mesma quantidade de cultivadores. Muita comoção para a plantação anual, porém, até onde eu podia ver, era costumeira. A terra do entorno estava tão desolada quanto estivera da primeira vez que passamos, mas a promessa de primavera tinha acendido o verde nas árvores. Da mesma forma, a grama marrom estava voltando à vida, mas nada no horizonte me dava esperança de que houvesse outros assentamentos por perto. Da sua maneira, Salvação era tão remota quanto o enclave fora lá embaixo.

Como as mulas não podiam ganhar um ritmo rápido, andamos ao lado das carroças, alertas para problemas. Tranças gêmeas golpeavam minhas costas com delicadeza enquanto eu me mexia. Tinha havido presença de Aberrações na área por algumas semanas, desde muito antes da nossa chegada, e aquela seria a primeira oportunidade de atacar os habitantes do assentamento fora dos muros. Se as Aberrações fossem mais espertas, descobririam uma maneira de entrar ou atacar as fortificações da cidade, era bom para nós elas não serem inteligentes o bastante para criar estratégias.

Eu senti o cheiro dos monstros bem antes de vê-los. À luz do dia, minha visão nunca era a melhor, mas seria impossível confundir o terrível aroma carregado pelo vento da primavera. Fedia a morte e coisas podres, a esperanças perdidas para sempre e a tormento de fome eterna. Nas aulas de história da Sra. James, ela dissera que a humanidade carregava responsabilidade pela criação daqueles monstros, tinha algo a ver com presunção e se intrometer em assuntos que era melhor deixar para Deus. Foi a primeira vez que ouvi a palavra "presunção". Em geral, eu não falava na aula, mas, naquele dia, levantei a mão.

– O que é presunção? – eu perguntara.

A turma dera risadinhas.

A Sra. James não silenciara os alunos, e seu sorriso torcera-se maliciosamente.

– Orgulho ou autoconfiança em excesso. Arrogância, se preferir.

Eu havia percebido que ela achava que a palavra se aplicava a mim, depois da nossa conversa em que eu dissera que não precisava aprender nada que ela pudesse ensinar. Tinha curvado os ombros e me indagado o que a humanidade fizera para produzir as Aberrações. Quando tivesse tempo, queria perguntar a Improvável ou Edmund a história de origem.

– Elas estão perto – Vago disse então, alto o bastante para o resto dos guardas ouvir.

Ele já estava com as facas na mão, e eu tive uma vibração de prazer ao ver seu esbelto corpo tenso, pronto para lutar.

Nossos colegas prepararam suas armas, um barulho de clique levou os cultivadores a soltarem gemidos aterrorizados, e um deles sussurrou:

– Talvez devêssemos voltar. A plantação não precisa ser feita hoje.

– E que dia vai ser perfeitamente seguro? – Improvável perguntou, enojado.

Eu podia entender a impaciência dele… e o motivo de escolher partir nas longas e solitárias viagens de comércio. O pessoal da cidade que ele protegia era fraco e nervoso como ratos, escondendo-se dentro de seus muros. Eu preferia manter o inimigo dentro do alcance das minhas adagas, onde pudesse ver um fim para a batalha antes de a próxima começar.

Improvável não aguardou uma resposta.

– Mantenham essas mulas em movimento. Estamos quase no primeiro campo.

Eles não podiam esperar problemas no nível que encontramos, algumas Aberrações se arrastando, talvez sobreviventes do último avanço ao muro. Porém, um verdadeiro bando delas saiu das árvores, em uma corridinha na nossa direção com seu passo monstruoso. Elas vieram em uma velocidade sobre-humana, crânios malformados, pele amarelada e lesões ensanguentadas. Olhos embaçados em seus rostos enquanto elas corriam, observando o banquete que representávamos.

Tiros ressoaram por cima dos gritos dos cultivadores em pânico. Eles se amontoaram nas carroças, cobrindo as sementes com seus corpos, como se fosse aquilo que as Aberrações tinham ido roubar. Porém, aquelas criaturas eram comedoras de carne, não colhiam comida da vegetação da floresta. Comiam animais caçados quando não conseguiam encontrar nada maior ou melhor e pareciam ver os humanos como seu inimigo natural.

"Há muitas", pensei, mesmo enquanto elas caíam, buracos estourados nos crânios e torsos. As armas eram assustadoras a distância, mas Aberrações demais tinham avançado e logo estariam em cima de nós. Eu esperava que os outros guardas pudessem lutar tão bem de perto quanto sabiam atirar.

Quanto a mim e Vago, ficamos um de costas para o outro, como sempre fizemos, e algo mais doce do que medo ressoou em minhas veias. Eu estava com as adagas em mãos e com meu parceiro atrás de mim, portanto, não tinha medo de nada, nem da morte.

Elas nos atingiram como uma onda daquela água enorme que eu vira, caindo longe da terra rochosa. Eu entrei na luta com uma risada que fez os outros guardas estremecerem um pouco. Atingir, golpear, empurrar. Aquela era a razão de eu ter nascido: lutar com aqueles predadores e afastá-los do meu povo. Eu não era uma criança. Era uma Caçadora.

O sangue delas respingava enquanto eu as matava, fedendo a podridão. Era um cheiro de cogumelo, que ficava na pele e nas roupas depois de várias esfregadas. Eu quase esquecera isso durante aqueles meses atrás do muro. Ao meu lado, Vago espetou sua faca na garganta de uma Aberração e, antes de ela cair, outra estava em cima dele, mordendo com seus dentes ensanguentados. Bocados de carne estavam pendurados na boca dela, um gostinho de um guarda que não fora tão habilidoso com uma lâmina quanto era com seu rifle. Eu não iria pensar nisso, não naquele momento. Improvável usou a Menina como uma clava, balançando-a com espaço suficiente para afundá-la no crânio de qualquer Aberração que se aproximasse muito das carroças. Perseguidor, no entanto, precisava daquela luta. Sua raiva se manifestou em cada corte das suas lâminas, e as Aberrações caíram diante dele em grandes pilhas.

Porém, eu não consegui observar mais ninguém por muito tempo. Precisava de toda a minha concentração para evitar ser atropelada; e, quando a última Aberração tombou, meus braços queimavam do movimento desacostumado. Apesar dos meus grandes esforços, Salvação me deixara mole e isso, por sua vez, enchia-me de revolta. Tinha de treinar mais. Lutar mais.

Com a respiração acelerada, aproveitei o momento para observar a cena. Tantos corpos! Dois cultivadores tinham entrado em pânico e tentado escapar, estavam mortos a alguma distância das carroças, rasgados em fiapos. Quatro guardas haviam sido perdidos. Pelas expressões sérias e pesadas daqueles ao meu redor, aquilo não era típico do começo da estação de plantio.

– Deixem os outros – Improvável disse baixinho. – Se não colocarmos essas sementes no solo, então eles morreram por nada.

Foi uma procissão triste que continuou em direção aos campos, e eu me perguntei que aflição maior a estação tinha guardado para o futuro. Se soubesse na época, talvez tivesse escolhido um curso de ação diferente.

Ou não.

Eu, no final das contas, nasci para ser Caçadora.

Antinatural

Os cultivadores sobreviventes, pelo menos, recuperaram as forças o bastante para cuidar do seu trabalho, mas o fizeram em um clima de luto. Para mim, parecia que sementes plantadas com dedos ensanguentados gerariam um fruto amargo, no entanto não comentei minhas reservas. Provavelmente era loucura e faria todos rirem.

Porém, ninguém dera risada do meu combate.

Alguns guardas perguntaram sobre meu treinamento enquanto supervisionávamos o campo. Frank, aquele em quem eu batera para conquistar meu lugar, pareceu especialmente interessado.

– É difícil aprender a usar as lâminas assim?

– Leva um tempo – respondi.

– É perigoso?

– Você não treina com lâminas de verdade quando está começando.

– Você se importaria de me mostrar alguns movimentos um dia?

– Não, se você não se importar de aprender com uma menina.

Os outros homens gargalharam com aquilo.

Mas Frank deu de ombros.

Ele ficou quieto então, e eu esperei instruções. Em situações normais, a força se dividiria e os cultivadores plantariam em mais de um campo por vez, mas Improvável não sentia segurança nessa prática. Ele achou que, dada a quantidade de Aberrações que enfrentáramos, era mais garantido plantar um por vez e não diluir nosso poder. Depois da batalha daquela manhã, eu concordei.

Fui até Improvável depois de ele ter se acomodado contra uma carroça, a Menina apoiada sobre um braço.

– Como o plantio costuma ser?

– Não assim.

O tom de voz dele era triste.

– Não há anos, de qualquer forma. Aquela quantidade foi totalmente... antinatural.

Não podia ser uma boa notícia. Em todo o caminho até ali, tínhamos visto evidências de infestação pesada de Aberrações, mas, como eu chegara havia pouco tempo ao Topo, não sabia o que era normal. Vago dissera que elas não viviam na superfície quando ele era pirralho, porém era impossível dizer quando acharam a saída. Eu sabia apenas que não tinham se espalhado para a área de Perseguidor nas ruínas, já que ele nunca as havia visto antes de nos caçar.

Enquanto pensava, concluí que as Aberrações não podiam ter nascido no subsolo, como eu, ou não estariam tão espalhadas. O mundo todo parecia lotado delas, como um corpo apodrecido. De onde elas tinham vindo originalmente eu não sabia, mas devia haver um centro, a parte mais funda de uma ferida infeccionada.

– Então, tinha mais do que o normal? – Perseguidor perguntou, juntando-se a nós.

Um pouco da raiva dele parecia ter se desgastado durante a luta, mas ainda não me olhava nos olhos.

– Foi mais do que costumamos ver em um ano – o homem mais velho respondeu, as sobrancelhas franzidas.

– Vocês não ficam de guarda nos campos geralmente? – Vago perguntou.

Improvável fez que não com a cabeça.

– Não precisamos. Os Mutantes não são organizados. Ficam vagando.

– Eu disse a você, os que encontramos tinham ficado mais espertos.

Eu o alertara na nossa chegada, mas não sabia o quão a sério ele tinha me levado.

Naquele momento, ele suspirou.

– Bem do que precisávamos, como se nossa vida aqui já não fosse dura o bastante.

O resto do dia passou sem percalços. Se havia outras Aberrações na área, elas decidiram ir atrás de uma presa mais fácil. Mas o ataque me deixou muito apreensiva. Elas tinham ficado esperando e pareciam saber a rota que o comboio pegaria. Também deviam estar cientes de que haveria mais viagens de ida e volta, é claro que não por um tempo. Porém, depois que as plantas brotassem, os cultivadores iriam retornar e, assim, as patrulhas recomeçariam.

Fazia sentido, para mim, elas tentarem de novo.

Meus instintos também estavam me dizendo que, se aquelas Aberrações eram razoavelmente espertas para planejar uma emboscada rudimentar, não havia como saber o que mais elas poderiam bolar. Aquelas eram definitivamente as mais inteligentes que eu já vira, e isso era totalmente aterrorizante. Perseguidor não tinha experiência suficiente com as criaturas para julgar; alcancei o passo de Vago na volta, perguntando-me se ele sentia o mesmo.

– O que você acha? – falei baixinho.

– Os monstros são diferentes – ele confirmou minha opinião com um tom suave.

– Você tem ideia do que está fazendo com que eles mudem?

Vago negou com a cabeça.

– Se tivesse, talvez pudesse ajudar de alguma forma.

Sim, aquele era o xis da questão. Eu valorizava o pouquinho de respeito que conquistara na luta daquele dia e não queria perdê-lo espalhando teorias malucas sem solução. Talvez meu tempo no subsolo tivesse me tornado relutante em oferecer minhas ideias aos anciãos, mas, naquela conjuntura, não poderiam me criticar pela minha cautela. Era uma situação instável, que me dava nó no estômago conforme nos aproximávamos dos portões da frente. Havíamos suportado tanta coisa, a ameaça de perder meu paraíso seguro me assustava... E, quando eu não estava lutando, o medo me afligia tanto quanto a qualquer outra pessoa. Eu apenas era melhor em esconder isso do que a maioria.

– O que aconteceu? – o guarda gritou.

– Mutantes – Improvável respondeu. – Seis perdidos. Agora abra os portões antes que fique escuro!

Um rumor passou entre os homens nos muros e, logo, a informação correu pela cidade. De lá de fora, eu ouvi a agitação e os berros das pessoas levando a notícia. Os homens no muro naquela noite deviam estar contentes por não fazerem parte da patrulha de verão. Somente uma pessoa louca como eu acharia que um trabalho tão arriscado faria sua vida ter algum sentido.

Eles nos deixaram entrar sem cerimônia, e havia esposas e maridos esperando para ver se tinham perdido alguém. Para minha surpresa, encontrei Mamãe Oaks procurando por mim, Edmund logo atrás. O fato de ele ter saído no escuro para nos encontrar, fez com que eu me sentisse um pouco mais leve. Eu havia me perguntado se ele me via como um incômodo que dormia na sua casa e comia sua comida... mas parecia que não.

– Você está coberta de sangue – Mamãe Oaks disse com um solucinho. Os seus olhos lacrimejaram, e Edmund lhe deu tapinhas ineficazes.

– Não estou machucada.

Eu não entendia o que estava acontecendo ali.

– Abrace a Mamãe Oaks – Improvável me aconselhou com delicadeza. – Ela perdeu filhos antes, e agora que você foi adotada...

– Adotada.

Era uma palavra nova. Eu não sabia o que significava, mas achava que tinha algo a ver com a maneira como as mãos dela flutuaram na minha direção e depois recuaram, como se ela não soubesse o que fazer. Sentindo-me estranha, avancei e acrescentei meu toque de consolo ao de Edmund. "Mulheres são emotivas", o olhar dele dizia. Pela primeira vez, compartilhei um momento de total compreensão com ele. Se era assim que as mulheres reagiam às coisas em Salvação, eu achava que nunca seria uma, não importava quantos vestidos Mamãe Oaks costurasse para mim.

– Ela vai ficar bem em um instante – Edmund me disse.

– Estou bem agora – ela brigou com ele em meio às lágrimas. – É melhor a levarmos para casa para se lavar. Essas roupas talvez nunca fiquem limpas.

Aquilo eu entendia. Lá embaixo, às vezes as pessoas se agitavam com algo quando, na verdade, era outra coisa que as incomodava. Era um traço humano comum, aparentemente. Assim, sem protestar, fui com meus pais de criação, enquanto lançava um olhar confuso por cima do ombro para Vago. Parecia errado eu ter aqueles dois me esperando e Vago não ter ninguém. O Sr. Jensen não fora ver se seu assistente conseguira voltar com vida.

– Esperem – falei, recusando-me a ser puxada mais para longe.

Edmund franziu as sobrancelhas, já que aquilo atrasava sua refeição da noite.

– Qual é o problema?

– Podemos convidar o Vago para a ceia?

Mamãe Oaks irradiou surpresa, mas não porque eu queria a presença de Vago.

– É claro. Você pode convidar seus amigos sempre que quiser. Nossa casa é sua agora.

Até aquela noite, eu pensara nela apenas como alguém que me dava um lugar para ficar por obrigação, por caridade. Não sabia que ela se importava. Por que se importaria? Eu não era uma garota adequada, alguém que ela teria escolhido para a sua família. E, ainda assim, o olhar dela era inconfundível, estivera preocupada comigo. Eu não achava que alguém já tivesse se sentido desse modo antes. Eu era Caçadora e, portanto, se saísse e morresse, então havia feito meu trabalho.

O calor começou na boca do meu estômago e espalhou-se para fora até as pontas dos meus dedos formigarem. Por impulso, dei um abraço rápido nela, como vira outras meninas fazerem. Mamãe Oaks me encarou abismada, como se eu tivesse feito algo especial. Ela não era minha matriz, mas eu duvidava de que a menina que me dera à luz no subsolo teria gastado um segundo pensando na minha segurança. O enclave tinha suas regras e não permitia a formação de laços entre crias e pais. Pela primeira vez, quase entendi a perda que Vago sofrera, porque ele conseguia se lembrar dos seus dois.

Virei-me e corri de volta para o portão, onde Vago ainda estava, observando-nos ir.

– Venha comer conosco.

Ele baixou os olhos para suas roupas manchadas e ensanguentadas e fez que não com a cabeça.

– Não posso.

– Vá se limpar e se trocar e depois venha. Por favor.

Foram as últimas palavras que o convenceram. Vi a revelação em seu rosto, porque era algo que ele queria também, mas, por algum motivo, estava com medo. Perseguidor nos olhava, e isso me deu uma pontada desagradável. Porém, eu não podia mudar o que tinha feito antes, dando-lhe esperanças, apenas o que faria dali para frente. E, para mim, tinha de ser Vago. Minha escolha *sempre* seria Vago.

– Certo – ele disse. – O Sr. Jensen não vai se importar.

Nas palavras dele, entendi muito mais. O homem que o abrigara não ligava para ele. Queria a ajuda grátis. E era eu quem tinha sorte daquela vez. No entanto, talvez eu pudesse compartilhar o que possuía, o que nem havia desejado, com ele, que estava faminto pelo que perdera. Talvez eu pudesse melhorar a sua situação de alguma forma.

Surpreendi-o quando me estiquei e lhe dei um beijo no rosto. Havia pessoas por toda a nossa volta que poderiam me julgar por ter tais impulsos. Poderiam pensar todo tipo de coisa, mas eu não me importava. Ele tocou o próprio rosto com uma espécie de espanto, bem similar a Mamãe Oaks quando a abraçara. Até então, eu não tinha percebido que era tão parecida com minhas próprias lâminas, com cantos afiados, frias e perfeitas para manter as pessoas a distância.

Aquilo feito, corri de volta pelo caminho por onde viera, ao encontro de minha família de criação, e então, juntos, dirigimo-nos à casa que se tornara um lar para mim, bem inesperadamente. Havia um quarto aconchegante todo meu, uma cama melhor do que todas que já vira. Aquelas boas-vindas repentinas me deixaram determinada a proteger a cidade mais do que o fizera com meu próprio enclave. No final das contas, tinham me mandado embora lá embaixo. Haviam pegado minha devoção e decidido que não valia nada em comparação com a necessidade de manter todos acovardados pelo medo. Naquele dia, Salvação fez com que eu sentisse ter algum valor de novo e, assim, as partes desagradáveis – como a escola, os pirralhos fazendo piada comigo e a Sra. James – ganharam menos peso.

– Ele vem – falei, sem fôlego.

Mamãe Oaks sorriu.

– Ele parece ser um bom rapaz.

– Foi ruim lá fora? – Edmund perguntou.

Não soou estranho um homem da idade dele me pedir novidades sobre o mundo mais amplo. Eu treinara a vida toda para proteger as pessoas. Ele tinha outro trabalho na cidade; os sapatos que eu estava usando, ele fizera com as próprias mãos. Eu não sabia como fazer aquilo e me parecia certo cada um executar o trabalho para o qual era mais adequado. Não precisaria saber fazer sapatos, desde que Edmund os fizesse. E ele não precisaria lutar, enquanto eu estivesse ali.

– Só vi Aberrações se reunirem assim nas ruínas – respondi.

– Gotham – Mamãe Oaks ofegou.

Assenti.

– Elas estavam se aglomerando quando fomos embora.

Aquela tinha sido uma das principais razões de termos procurado por um lugar mais seguro.

– Acho que são atraídas pelas pessoas – Edmund disse, dando mais detalhes sobre sua teoria enquanto andávamos. – Não só porque estão com fome, mas porque nos odeiam. Elas nos culpam pelo que elas são. Não é apenas sobrevivência para elas. Acho que é guerra.

As palavras dele fizeram subir um arrepio gelado em meus braços, já que me lembravam da história da Sra. James sobre presunção e sobre como as Aberrações surgiram. Mamãe Oaks soltou um som triste, mas não o contradisse. Como Edmund havia, sem intenção, reforçado a versão do relato contado pela professora, pensei naquela ideia por todo o caminho de volta para casa.

Quando entramos, perguntei a Edmund:

– Você acredita na história da Sra. James?

À luz do lampião, ele estava com o rosto cansado e enrugado em volta dos olhos por apertá-los enquanto olhava fixamente o couro que costurava o dia todo. Suas mãos tinham cicatrizes também. Ele se atirou na sua cadeira na sala de estar e afundou com um suspiro aliviado. Depois, pensou na pergunta, a mão esfregando o queixo.

– Sobre como os Mutantes nasceram? – perguntou.

– Sim, senhor.

Aquilo o agradou. Ele se sentou mais ereto na cadeira. Imaginei que as pessoas não costumassem usar um título para um homem que fazia sapatos. Mas, para mim, parecia um trabalho importante. Sem Edmund, todos nós estaríamos descalços e congelando no inverno.

Aparentemente feliz por nós estarmos conversando, ainda que não gostasse do tópico da discussão, Mamãe Oaks foi para a cozinha, deixando-nos. Ela fez uma algazarra com panelas e caçarolas, e o cheiro do jantar provocou um rugido no meu estômago. Havia me acostumado com três refeições por dia, além de lanches aleatórios, na quantidade que quisesse.

Edmund assentiu para ideias que ainda não tinha compartilhado e, depois, disse:

– É verdade, até onde sabemos. Os registros são inconsistentes, você sabe, e, nos primeiros dias, os fundadores de Salvação dispensaram as informações que não aprovavam. Fizeram uma escolha consciente de voltar a costumes antigos e simples na esperança de agradar mais os céus do que a humanidade conseguira antes.

Eu o analisei, confusa.

– Então, eles tinham artefatos do mundo antigo e descartaram?

– É o que eu entendo.

– Mas por quê?

Ele soltou um suspiro cansado.

– É difícil explicar, Dois, mas vou tentar. Se você tivesse uma arma que não entendesse por completo e a usasse para machucar muitas pessoas, seria melhor destruí-la a fim de mais ninguém poder cometer o mesmo erro?

Aquilo eu entendia.

– Obrigada. Você me deu algo em que pensar – acrescentei, seguindo para a escada.

Eu precisava me trocar, para Vago não ficar sozinho puxando papo constrangido com Edmund. Meus nervos deram pulinhos enquanto subi correndo. Não sabia dizer por que aquilo era diferente, já que comera com Vago incontáveis vezes enquanto viajávamos. Porém, alguma parte de mim reconhecia que nunca houvera uma ocasião como aquela antes.

Com muita pressa, eu me lavei e soltei o cabelo das tranças que adotara para lutar. As mechas castanhas caíram em volta dos ombros em ondas descontroladas. Eu tinha espelho no quarto, mas, como sempre, não sentia nenhuma ligação com a menina parada, brincando com seu reflexo. Sabia que não era tão bonita quanto algumas meninas da escola, mas parecia irrelevante. Eu era forte e sabia lutar, com certeza isso era mais importante.

Coloquei desajeitadamente um vestido verde que eu não odiava, pois era simples. Usá-lo em vez das minhas próprias roupas agradaria Mamãe Oaks, ela o costurara para mim sem babados. Virei-me de um lado para o outro e achei que estava limpa e apresentável, assim, desci a escada correndo. Edmund estava atendendo a porta, fazendo Vago entrar, e minha cabeça latejou com um prazer bobo. Tinha passado o dia todo com ele, mais ou menos, mesmo que o trabalho não tivesse dado tempo para conversa.

Ele parecia diferente para mim, de alguma forma, desde que eu aceitara que nossa parceria tinha um significado pessoal. Sempre fora fascinada pelo seu rosto, mas agora prestava muita atenção na sua boca quando ele falava. Senti-me estranha, como se tivesse cinco polegares na mão, até que ele enlaçou seus dedos nos meus em silêncio. Depois, acomodei-me como um pássaro no galho perfeito.

– Deveríamos ver se ela precisa de ajuda – falei, inclinando a cabeça em direção à cozinha.

Vago concordou com uma boa vontade que me deixou feliz por ter feito a sugestão. Ele antes ajudava a mãe na cozinha? Claramente sabia o que estava fazendo mais do que eu e, assim, sentei-me à mesa e os observei. "Ele deveria estar aqui com os Oaks", pensei. "Não eu." Depois da vida que eu levara, não ficaria incomodada de ser usada pelo meu trabalho. Era, na verdade, com o que estava acostumada.

Mas Vago? Eu queria que ele fosse feliz, mais do que tudo.

Agridoce

Durante uma bela refeição de batatas e carne frita, minha família de criação fez um esforço para conhecer Vago. Perguntaram-lhe como era no subsolo e, depois, sobre a vida com os pais nas ruínas. No começo, acho que ele não estava confortável para conversar, mas quanto mais Mamãe Oaks lhe oferecia comida, menos reticente ele ficava.

Lá embaixo – e enquanto viajávamos –, tínhamos sobrevivido com muito menos. Tanto alimento para comer, dado livremente... E aquela era uma refeição básica para os padrões de Salvação, porque compunha-se do que restava da temporada de plantio do ano anterior. Parecia, no meu entender, uma terra de fartura. Parte de mim ainda não conseguia acreditar que o pai de Vago estivera certo.

– Então, você morava em Gotham com seus pais? – Mamãe Oaks perguntou. – Não quero tocar em um assunto doloroso, mas quantos anos você tinha quando...

– Quando eles morreram? – Vago completou.

A velha mulher assentiu.

– Sim.

Eu estava fascinada pois nunca perguntara tanto a ele sobre sua vida no Topo, na maior parte porque não achava que fosse responder. Eu não tinha acreditado nele quando ele quis falar, e aquilo o deixou um pouquinho bravo com a questão toda. Assim, fiquei ansiosa por suas respostas.

– Eu tinha cerca de seis anos quando minha mãe faleceu, oito ou nove quando foi meu pai.

Edmund e Mamãe Oaks trocaram um olhar cheio de significado, embora eu não fizesse ideia do motivo.

– Eles estavam... doentes, filho?

Vago fez que sim, mas, pela sua expressão, senti que ele não queria falar mais. Seu rosto ficou tenso, os olhos baixaram para o prato. Discutir a doença traria todas aquelas memórias à vida de novo, não havia razão para estragar uma boa ceia com tristezas antigas.

Por isso, eu disse:

– Este assado está delicioso. Nunca provei nada assim.

– É faisão – Mamãe Oaks explicou. – Os caçadores saíram ontem e me trouxeram uma das aves.

Aquilo me deu uma pontada. Eu gostaria de ser incluída em um grupo que trouxesse carne para o assentamento. Era o que eu deveria fazer, de acordo com meu treinamento, não ficar sentada em uma escola. Porém, tínhamos tido essa discussão antes, quando cheguei para ficar, e eu me saíra bem o bastante ao ser incluída nas patrulhas de verão. "Um passo por vez", falei a mim mesma. Não podia esperar contornar todas as regras logo no começo. Era suficiente o fato de ali, diferentemente do subsolo, alguns cidadãos como Improvável e Mamãe Oaks estarem dispostos a escutar sobre outras formas de fazer as coisas.

Eu conseguiria lidar com as consequências. Afinal, as mulheres de Salvação não podiam deixar a vida mais complicada do que já deixavam. Seus sussurros haviam me seguido desde meu primeiro dia na cidade. Talvez julgassem Tegan da mesma forma e fosse por isso que ela estivesse se esforçando tanto para se encaixar, fazendo amizade com as filhas delas. Já eu, escolhia lutar ao lado dos seus homens.

Depois de comermos, fiz a limpeza enquanto os três conversavam na sala de estar. A água quente com sabão era tranquilizadora, uma tarefa que não precisava de atenção: esfregar e enxaguar. Junto com a costura, era uma das minhas obrigações, e eu ficava feliz em fazê-la em troca de comida regular na minha barriga. Mas estava começando a perceber que, mesmo se me recusasse a dar qualquer ajuda, Mamãe Oaks ainda assim garantiria que eu fosse alimentada. Ela era esse tipo de pessoa.

Tinha anoitecido por completo, então Edmund acendeu velas e lampiões para iluminar a escuridão, um brilho mais bonito do que o das tochas no subsolo, e com um cheiro melhor também. O ar em toda parte era mais fresco e limpo ali, mesmo com as Aberrações empesteando a terra devastada para além do assentamento. Aquela era uma sala aconchegante, ainda mais com as cortinas amarelas na janela e as vigas polidas que enquadravam o andar de cima.

Mamãe Oaks acomodou-se em uma cadeira ao lado da do marido, deixando o pequeno sofá para mim e Vago. Ele não pareceu se importar e se sentou perto o bastante para segurar minha mão. Como eu havia beijado o rosto dele de vontade própria diante da cidade inteira, de guardas e tudo, parecia errado me retrair com aquilo. Meus pais de criação trocaram um olhar indulgente, divertindo-se com nossa afeição, eu supus.

– Deveríamos contar uma história – a velha mulher disse.

Edmund pareceu disposto.

– Qual, mãe?

Achei estranho ele usar aquela palavra como um apelido carinhoso para ela, já que claramente não era a matriz dele. Mas ela não discutiu, então eu também não.

– Você deveria contar aquela sobre a fundação de Salvação.

Por dentro, eu gemi. A Sra. James havia narrado aquele conto antes e eu sempre deixava minha mente vagar, antes de a recitação longa e chata chegar ao fim. Mas não queria ser indelicada com Edmund quando acabara de perceber que, do seu jeito, ele se importava com o que acontecia comigo. Não demonstrava tanto quanto a esposa, mas fora até o portão para se certificar da minha segurança. Assim, apertei a mão de Vago, dizendo-lhe em silêncio para ser educado, e ele devolveu a pressão com um meio sorriso tão adorável que me fez esquecer minhas objeções não ditas a uma aula de história extra.

– Nos tempos antigos – Edmund começou a dizer –, a humanidade tinha carroças sem cavalos que se deslocavam com velocidades incríveis e carruagens que voavam. Você podia cruzar o país inteiro em apenas três horas se levasse a carruagem voadora para o céu.

Neguei com a cabeça, sem acreditar. Tínhamos visto os restos das carroças sem cavalos, enferrujadas e inúteis, nas ruínas que eles chamavam de Gotham. Mas eu nunca vira nada que me fizesse pensar que haviam existido carruagens voadoras, nem conseguia imaginar como poderiam ser. Aves, talvez? Parecia com as loucuras que o Guardião das Palavras inventava sobre o mundo do Topo para nos manter sob controle. Independentemente disso, se Edmund tinha uma imaginação tão poderosa assim, a versão dele talvez fosse mais interessante do que a da Sra. James, em especial se virasse mais conto de fadas do que aula de história.

– Eles dispunham de máquinas para fazer o trabalho por eles, resolver problemas, calcular números e imprimir escritos. As pessoas ficaram preguiçosas. Elas tinham muitas bênçãos e, assim, perderam a capacidade de dar valor ao que possuíam. Sempre queriam mais, mais, mais, e essa estrada – ele falou sério – levou para a escuridão.

– O que aconteceu? – Vago perguntou, sentando-se mais para frente, os olhos arregalados com a ideia de máquinas que pudessem calcular.

É claro que ele não acreditava naquilo. Para uma máquina fazer contas, precisaria de uma cabeça, não é? E dedos? Isso faria da coisa uma pessoa mecânica. Balancei a cabeça, com um leve sorriso. Tais ideias podiam ser improváveis, mas criavam uma história interessante.

– Vieram guerras cada vez maiores, pareciam infinitas. O dragão enfrentou a águia, e a hidra lutou com o grande urso. Eles causaram a morte ardente de um sobre o outro, mas mesmo isso não foi suficiente para o demônio que a humanidade tinha se tornado. As pessoas criaram armas, mais e mais, poeira e pó e gás...

Fiquei interessada, mesmo sem querer.

– O que é gás?

– Como uma névoa – Mamãe Oaks respondeu. – Porém, em vez de subir do chão, ele vinha dos homens e estava cheio de veneno que queimava os pulmões.

Talvez por isso o Guardião das Palavras tivesse se fixado na ideia de que a chuva fosse lavar nossa carne dos nossos ossos. Histórias haviam sido repassadas até que deram uma reviravolta, então gás venenoso virou água que queima. Minha tribo permanecera no subsolo por muito tempo, qualquer que fosse a medida de tempo usada, e nossa realidade perdeu contato com o estado real do mundo.

– Alguns dizem que ele fazia coisa pior do que isso.

Com um tom sombrio adequado, Edmund seguiu com sua história:

– O mundo virou um caos, e as pragas do orgulho vieram.

Mamãe Oaks respondeu à pergunta antes de um de nós poder fazê-la. Tenho certeza de que ela enxergou curiosidade nas nossas expressões arrebatadas.

– Foi uma doença que atingiu tanto os grandes quanto os pequenos.

Vago e eu trocamos um olhar cheio de significado. Os pais dele haviam morrido de algo que ele achava estar associado à água que bebiam. Parecia ter acontecido o mesmo com muitas pessoas. Eu não tinha certeza de que o orgulho estava relacionado de alguma forma com aquilo, mas não gostava de interromper.

Edmund ganhou entusiasmo para a sua história.

– As pessoas fugiram das ruínas aos montes, levando apenas o que conseguiam carregar. Alguns dos nossos visionários mais inteligentes avançaram para o norte, onde se dizia que era seguro e limpo.

"Como o pai de Vago lhe contara."

– Deixaram para trás os aparelhos e ídolos que haviam jogado a destruição sobre eles. Com o tempo, foram guiados até este local pelo profeta Matthew, que previu que encontrariam um paraíso seguro, o qual fora edificado duas vezes antes e, ao construirmos aqui pela sagrada terceira vez, pois três é a trindade e o número mais divino, nós iríamos inaugurar um santuário das angústias do mundo, desde que rompêssemos os laços com os antigos costumes e não olhássemos para hábitos que enfureciam os céus.

Eu não fazia ideia do que aquilo significava, nem tinha noção de por que os céus se importariam com o que acontecia tão abaixo deles. Mas consegui permanecer concentrada no relato daquela vez, o que eu considerava algo bom. Pela primeira vez, aprendera sobre história sem desmaiar de tédio. Aquilo era mérito da habilidade de narração de Edmund, e eu lhe disse isso:

– Obrigada. Foi muito mais interessante do que a Sra. James.

No entanto, eu tinha uma pergunta:

– Ouvi dizer que as pragas do orgulho criaram... os Mutantes.

Na minha cabeça, eu ainda os chamava de Aberrações.

– Isso é verdade?

– É uma das crenças – Edmund respondeu, assentindo. – Não sei dizer se está certa.

– Agora é melhor irmos dormir – Mamãe Oaks disse, lançando um olhar cheio de significado para o marido, que se levantou no mesmo instante.

Meu pai de criação inclinou a cabeça.

– Vamos deixar que vocês dois conversem um pouco. Não fiquem acordados até muito tarde.

Com isso, o velho casal se recolheu.

O teto rangeu acima de nós, enquanto eles se preparavam para dormir. Era um som caseiro, que me lembrava de que não estava sozinha. Embora não esperado, eu tinha uma família em Salvação. No subsolo, apenas Pedregulho e Dedal teriam notado minha ausência... e não ficariam de luto por muito tempo. A morte era uma parte muito aceita do nosso mundo para ser um evento chocante.

– Gosto deles – Vago disse baixinho.

Depois, ele se aproximou, puxando-me contra a lateral do seu corpo como fizera para me consolar no passado. Dessa vez, tinha outro significado e eu me enrolei nele, aceitando aquelas novas regras. O calor dele era delicioso, afundando em minha pele e me deixando mole.

– Eles têm sido bons comigo.

Fiz uma pausa, pensando na história contada por Edmund.

– Você acha que tem algo de verdade nisso?

– Em qual parte?

– Do mundo estar assim, como um tipo de punição?

Ele negou.

– Meu pai nunca disse nada. E ele estava certo sobre várias outras coisas. Então, parece que foi apenas algo que aconteceu.

– Nesse caso, por que acha que contam a história assim?

Ele inclinou a cabeça contra a minha, refletindo sobre a pergunta. Esfregou a bochecha em meu cabelo, e fiquei feliz por ele estar solto, para Vago poder sentir sua maciez, mesmo que não fosse superbrilhante como alguns. Por fim, ele respondeu:

– As pessoas tentam encontrar sentido nas coisas e, se não sabem a resposta, inventam, porque, para alguns, uma resposta errada é melhor do que resposta nenhuma.

Aquilo pareceu verdade, pois combinava com o que eu tinha pensado sobre o Guardião das Palavras antes.

– Acho que sim. Mas eu prefiro saber a verdade, mesmo que não seja garantida.

– É porque você tem uma alma corajosa e honesta.

– E você não? – perguntei.

– Eu tento.

O que não era a resposta que eu esperava, necessariamente, mas ele me distraiu envolvendo meu rosto em suas mãos e me beijando. A boca dele tinha o gosto doce da sidra que havíamos tomado na ceia e estava quente contra a minha, delicada e deliciosa. Um beijo virou vários. Ele passou as mãos pelas minhas costas, puxando-me mais para perto. Toquei no seu queixo, sentindo seus movimentos enquanto me beijava. Depois, deslizei as mãos em meio aos cabelos dele, sedosos e frios escorregando entre meus dedos. O calor aumentou até eu não conseguir ficar sentada quieta, e lutei contra a vontade de subir em Vago. Quando ele se soltou, estava chacoalhando como se tivesse febre. Preocupada, toquei sua testa e ele deu uma risada tremida.

– Não estou doente, Dois. Você não sabe do seu próprio charme.

“Meu charme?” Eu não sabia que tinha algum. “Deve ser o vestido”, pensei.

– Hum.

Senti-me trêmula, palpitante de formas que me constrangiam, como se nunca conseguisse me aproximar o suficiente dele, não importando o quanto eu tentasse. O calor das suas palmas nas minhas costas me fazia querer arqueá-las como um gato sonolento. Assim, eu me afastei, em parte por autodefesa, e deixei apenas minhas mãos nas dele. Pela sua expressão, ele entendeu o recuo tático, mas seus dedos acariciaram os meus como se para manter aquelas sensações vivas. Um formigamento se espalhou das pontas dos meus dedos subindo pelos braços até faiscar intensamente nos meus cotovelos.

– Você gosta daqui? – ele perguntou.

– De Salvação ou da casa dos Oaks?

– Dos dois. Qualquer um.

Fiz que sim.

– É diferente e algumas das crenças deles não fazem sentido, mas, no geral, gosto, muito.

– Então, você não se arrepende.

Nos olhos escuros dele, vi outra pergunta, então fiz que não.

– Não mais. Eu não voltaria se tivesse a opção. Tenho mais liberdade aqui.

Um suspiro escapou dele, como se estivesse preocupado que eu desejasse nunca ter saído do enclave. Porém, não fizera aquilo por ele. Eu me sacrificara para meu amigo Pedregulho não ser mandado na longa caminhada. O único arrependimento que tinha era não ter podido explicar ao meu companheiro dos tempos de pirralhos que fizera uma confissão falsa para salvá-lo.

Vago pegou minha mão entre as suas e baixou a cabeça para ela, de forma que uma mecha de cabelo preto como a noite caiu sobre sua testa, escondendo os olhos.

– Você pode explicar por que passou tanto tempo com Perseguidor se vocês não estavam... Se você não...

– Se eu não dei a ele direitos exclusivos de beijo?

Eu suspeitava que ele estivesse fazendo uma pergunta diferente, mas não conseguia identificar a natureza dela.

Ele levantou o olhar, dando um aceno aliviado.

– Isso. Pode explicar?

– Ele facilitou – falei, perguntando-me se era claro o bastante. – Ele sempre estava por perto, e eu fiquei cansada da minha própria companhia.

Sua sobrancelha subiu.

– Então, isso é tudo que eu tenho de fazer? Aparecer?

– É um começo – murmurei.

Por um momento, pensei que ele pudesse ficar bravo, mas ele riu.

– Bem, eu não estava fazendo isso. Desisti muito fácil, eu acho.

– Eu nem sabia... – minha voz sumiu, eu me esforçava para colocar minha confusão em palavras. – Não percebi que você achava algo sobre nós que não era verdade.

Um franzir de sobrancelhas ficou no rosto dele, um traço de dúvida. Era como se ele tivesse uma imagem na cabeça e não conseguisse deixá-la de lado. No entanto, eu tinha esclarecido a situação. Não restava segredo entre nós. Depois a expressão dele se suavizou, como se tivesse tomado alguma decisão. Por sorte, era deixar de ter ciúmes sem motivo.

– Esse foi o meu erro – Vago falou, beijando-me com leveza. – Eu esqueci que, se você tivesse algo a me dizer, diria diretamente.

– Eu diria.

Ele levou minha mão aos seus lábios.

– Você não lembra, mas, enquanto vínhamos para Salvação, eu lhe disse como me sentia. Quando não respondeu da mesma forma, pensei... bem, deixa para lá.

– O que você disse? – perguntei, fascinada.

Vago riu e fez que não.

– Acho que não. Você vai ter de se esforçar para ouvir de novo.

O que quer que ele houvesse dito, eu tinha a sensação de que valeria a pena esperar. Pela primeira vez, reparei que Vago sentara-se na beira do sofá a noite toda. Lembrei-me de quando Edmund contara a história e, é claro, Vago tinha ficado empoleirado daquele jeito. Perguntei-me se significava nervosismo, mas, antes de poder questionar, ele mudou de assunto.

– Você está mais feliz agora que fazemos parte das patrulhas de verão?

Respondi:

– É claro. Preciso de um objetivo.

– Acho que todo mundo precisa.

Vago envolveu meus ombros com seus braços, puxando-me para o seu lado, e eu apoiei a cabeça no ombro dele.

– Foi bom lutar ao seu lado de novo.

O sorriso dele me aqueceu até a ponta dos dedos dos pés.

– Foi sim. Acho que ninguém vai questionar sua habilidade para manter essa posição agora.

Ele estava certo, conquistara meu lugar. Apesar das perdas do dia e da minha preocupação silenciosa, eu me sentia bem com aquilo.

– Você lembra quando vamos sair de novo?

– Daqui a duas semanas, Improvável disse. As sementes precisam de tempo para criar raízes. Depois disso, vamos patrulhar regularmente para os cultivadores poderem cuidar dos campos.

– Retirar plantas que não deveriam estar lá – supus – e garantir que as aves não estejam comendo as mudinhas.

– Foi o que ele disse.

Se aquele dia havia sido alguma indicação, essa tarefa nos manteria ocupados a estação toda. Poderíamos esperar mais ataques de Aberrações, e elas talvez nos chocassem com sua capacidade de planejamento. Eu queria saber que forma aquela esperteza animal poderia tomar.

Vago se colocou de pé então.

– É melhor eu ir. Os Oaks confiaram em nós, oferecendo-nos um pouco de privacidade, e eu não quero dar a eles um motivo para não me convidarem de novo.

– Boa noite, Vago.

Eu me estiquei para beijá-lo.

A despedida durou mais tempo do que eu quis. Com algum esforço, ele se afastou, sem fôlego, as mãos se fechando em punho para não me pegar de novo.

– Eu tenho *mesmo* de ir agora. Antes de esquecer o porquê.

Eu fui para a cama depois de ele ir embora... Mas a culpa pela forma como eu tratara Perseguidor não me deixava dormir. Eu esperava uma batida na minha janela naquela noite e a destravei porque ele merecia uma explicação. Eu não podia continuar sendo covarde. Meia hora depois, ele deslizou lá para dentro e pousou suavemente. Meu quarto estava à luz de velas, criando sombras compridas. No mesmo instante, vi que a raiva dele diminuíra para uma confusão silenciosa.

Ele ficou perto da janela, sem se aproximar de mim.

– Eu só vim porque quero entender. Você estava solitária? Você estava me usando?

– Não. Nós somos amigos... e parceiros de treinamento. É o que sempre fomos... e ainda somos.

– Você não fez parecer assim – ele brigou comigo. – Ou, pelo menos, deu a impressão de que poderia ser mais, um dia.

– Sinto muito.

– Isso machuca – ele disse, confuso, como se não pudesse ter imaginado aquela sensação antes de eu provocá-la nele.

– Não foi minha intenção.

Ele riu, um som amargo.

– Então, tudo bem.

Perseguidor estava saindo pela janela, já dando um fim na conversa... e em mim. No entanto, virou-se para uma última alfinetada.

– Ele não vai fazê-la feliz, pomba. Ele é mole de uma forma que você e eu não somos. No fim, você vai destruí-lo.

Permaneci deitada na cama, sem conseguir dormir, aquelas palavras ecoaram nos meus ouvidos e senti um medo profundo de Perseguidor estar certo.

Bigwater

Tegan veio me visitar uma semana depois, e fiquei contente com o intervalo, já que estava consertando roupas com Mamãe Oaks.

De todos nós, minha amiga era a que mais tinha mudado em Salvação. Ela antes já não se mostrava tão pálida quanto Vago e eu, para começo de conversa, e sua pele era naturalmente mais escura que a de Perseguidor. Meses depois da nossa chegada, sua cor ganhou um toque acobreado, que complementava bem seus cachos escuros. Ela os usava empilhados na cabeça em uma arrumação complicada, que eu não tinha esperança de conseguir imitar, e trajava um vestido amarelo novo que a Sra. Tuttle havia encomendado com Mamãe Oaks.

Perguntei-me se Tegan julgava-se pronta para retomar nossa amizade. Eu tinha sentido falta dela. Como Vago e Perseguidor queriam me beijar, eu não podia falar com eles sobre certas coisas. Com a permissão da minha mãe de criação, nós duas pegamos bebidas e lanches e depois saímos para o balanço. Por um bom tempo, apenas o gemido da corrente preenchia o silêncio.

A distância, ouvi homens discutindo, embora não com braveza, seguidos pelo ressoar da risada de crianças. Salvação tinha uma atmosfera diferente de Faculdade. Lá embaixo, a organização era mais rígida; e havia menos tempo para conversas casuais. No entanto, com nossos recursos limitados, tinha de ser assim. Na superfície, as pessoas conversavam por conversar, trocavam notícias e fofoquinhas sem medo de censura.

– Desculpe se eu a magoei quando...

Ela parou de falar, sabendo que eu entendia o que queria dizer.

– Eu apenas tinha muita coisa para pensar. Primeiro, foi minha perna e, depois que melhorei, a escola. Senti que precisava me concentrar em me encaixar e...

– Eu não me encaixo.

A não ser por meus colegas guardas, as pessoas haviam deixado isso claro.

– Você faz suas próprias regras. Eu respeito isso, mas não sou você. Quero que as pessoas gostem de mim. Adoro este lugar.

– Não espero que você siga meu caminho – falei.

Ela sorriu. Nos meses anteriores, tinha ganhado alguns quilos e não parecia frágil mais. Estava claro que seus pais de criação a estiveram alimentando bem, mas, apesar dos cuidados deles, Tegan mancava mais do que Dedal, e pensar na minha velha amiga mandou uma dor pelo meu peito. Eu não sabia o que acontecera com ela ou Pedregulho e talvez nunca descobrisse. No entanto, Tegan ficaria melhor conforme sua perna se curasse, não era uma deficiência permanente. Ela já estava mais forte do que antes.

Implacável, deixei meu passado no lugar dele e perguntei:

– Você ainda está trabalhando com o Doutor?

Ela assentiu.

– Aprendi muito. Ele diz que eu tenho muito jeito e talvez possa assumir o posto dele um dia.

– Você não se importa de lidar com pessoas doentes e machucadas?

Aquilo exigia uma firmeza que eu não tinha.

– Não. Eu me sinto bem, na verdade. Com a ajuda do Doutor, estou aprendendo como fazer a diferença.

Na escola das ruínas, lembrei que Perseguidor gritara que ela não tinha habilidades úteis. Não podia mais dizer isso.

– O que a Sra. Tuttle acha disso?

Um leve suspiro escapou dela.

– No começo, ela não adorou a ideia. Disse que certas pessoas não aprovariam, mas o Doutor acha que não vai fazer mal.

Parecia, para mim, que Salvação precisava de uma chacoalhada. Sangue novo com ideias diferentes poderia ser exatamente o que a cidade necessitava.

– Tenho certeza de que você será uma boa curandeira.

Ela continuou:

– De qualquer forma, eu só não queria que você achasse que me esqueci do que conversamos. Ou do fato de que eu nem estaria aqui se não fosse por você.

– Por Vago também.

Se ele não a tivesse carregado pela maior parte do caminho lá fora, Tegan não teria sobrevivido. Perseguidor tinha assumido um turno também, mas eu duvidava de que ela quisesse ser lembrada de que devia a ele, mesmo que pequena, parte da sua gratidão. Se fôssemos comparar, não era suficiente para o que ela suportara com os Lobos. Uma agitação tremeu pelo meu corpo.

No lugar de Tegan, eu teria lutado até a morte. Ninguém teria tocado em mim enquanto eu ainda respirasse, então não haveria pirralhos não nascidos para perder... De qualquer forma, eu teria morrido. O caminho dela de resistência mais silenciosa levava à sobrevivência por meio do sofrimento. Tegan não era Caçadora, logo, de acordo com as regras do enclave, provavelmente teria sido Procriadora se a tivéssemos encontrado, porque, conforme Perseguidor julgara, ela não possuía habilidades e nenhum defeito visível. Ainda assim, no enclave, os Procriadores não lutavam contra o seu papel.

Tegan havia lutado. Isso significava que sua mãe lhe ensinara que ela não tinha de gerar pequenos para benefício do grupo. Tal liberdade me parecia estranha... e irresponsável. No subsolo, ninguém nunca tinha dado a entender que meus próprios desejos poderiam ser mais importantes do que o bem de todos. Tegan não estava errada, mas isso a fez ser punida pelos Lobos. E era essa punição que eu achava injusta. Até onde eu sabia, ninguém havia inventado o sistema perfeito, e era horrível machucar as pessoas que discordavam de você. O enclave dos Lobos havia feito isso também. Deviam ter soltado Tegan quando perceberam que ela não se ajustaria.

– Você está quieta – Tegan disse, interrompendo meus pensamentos.

– Apenas pensando.

Os olhos dela se arregalaram.

– Parece sério.

– Nada sobre o que eu queira falar – respondi, imaginando que ela também não quereria.

Talvez ela tenha lido a verdade em meu rosto, pois aceitou sem questionar; então puxou outro assunto.

– Sei que você acha que as outras meninas são burras, mas pode gostar delas se der uma chance.

Eu não conseguia imaginar que fosse possível, mas concordei porque iria agradá-la.

– Tenho certeza de que elas são legais.

Infelizmente, aquela concessão abriu a porta para outra coisa. Os olhos castanhos de Tegan brilharam.

– Justine vai dar uma festa de aniversário hoje, e perguntei se poderia convidá-la.

Lembrei que Justine era uma menina que adorava fazer piada comigo enquanto eu lia na aula – e ela costumava mandar meninos para me provocarem na escola –, portanto aquela era a última coisa que eu queria fazer, mas Tegan parecia fixada na ideia. No entanto, ela confiava o bastante em mim para lá fora, então eu podia ir àquela festa por ela.

– O que é um aniversário? – perguntei.

Tegan piscou para mim.

– O dia em que você nasceu. Você comemora e as pessoas dão presentes. Quando a mamãe estava viva, ela fez uma festinha para mim.

A ideia parecia maluca.

– Por que as pessoas lhe dariam presentes por algo que não foi você que fez?

Não era como ganhar um nome. Eu recebi presentes no dia da minha nomeação porque sobrevivera por 15 anos, o suficiente para merecê-los. Isso eu entendia. A outra tradição não fazia nenhum sentido.

– Porque elas se importam com você – Tegan disse, parecendo perceber que eu não estava brincando.

– Mas todo ano?

– É claro.

Ela conteve um sorriso.

Tentei compreender aquilo.

– Talvez seja por sobreviver tanto tempo?

Parecia quase lógico.

– Esse é... um jeito de ver as coisas.

– Vão esperar que eu leve algo?

Para participar de um costume, não precisamos compreendê-lo. Como aquilo deixaria Tegan feliz, não era um grande esforço.

Tegan assentiu.

– Seria educado.

– Certo. Quando?

– Esta tarde. Eu venho buscá-la. Vai ser muito divertido. Não achei que a vida pudesse ser boa assim de novo.

Ela estava muito feliz, brilhando, com a perspectiva da festa.

Eu queria poder pedir minha clava de volta, já que ela nunca mais a usaria, mas isso ia contra todas as regras da generosidade. Talvez eu pudesse fazer outra. Com certeza havia madeira suficiente ali na superfície.

Pouco depois, Tegan foi embora e eu procurei Mamãe Oaks. Ela saberia o que uma menina como Justine iria querer. E sabia, foi comigo à loja para me ajudar a fazer uma boa compra. No final, levei algumas fitas para o cabelo de Justine. Não era algo que eu fosse desejar, mas minha mãe de criação parecia convencida de que a menina gostaria delas.

– Fico feliz em ver que você está fazendo amizade e se ajustando – ela disse.

Era coisa da Tegan, não minha, mas deixei a impressão errada ficar.

– Isso é tudo muito novo.

– Você está indo bem. E estou orgulhosa do seu lugar na patrulha de verão.

Enquanto andávamos, percebi olhares de soslaio e mulheres sussurrando.

– Mas nem todo mundo acha o mesmo. Quero que você tenha cuidado.

Dei outra olhada nas mulheres que estavam prestando atenção demais em mim e concordei, não eram olhares de aprovação. Aquilo estava longe de ser novidade, já que o julgamento delas tinha estado presente desde o começo, mas a atenção parecia mais indócil agora. Sobrancelhas franzidas nos seguiam pela rua principal, deixando-me com medo de que fazer o que me agradava pudesse causar problemas para as pessoas que tinham sido gentis comigo. Talvez, se eu tentasse me adequar e fizesse as filhas gostarem de mim, suas mães se importassem menos por eu ter uma função tradicionalmente ocupada por homens.

Quase morri por ter de perguntar:

– Quer que eu largue o trabalho?

– Não! – Mamãe Oaks disse, ríspida. – Não acredito nessa bobagem supersticiosa, mesmo que seja parte das regras escritas da cidade.

Eu não entendi.

– Do que você está falando?

– De como as pragas do orgulho foram atraídas. Que as mulheres devem ficar com o trabalho de mulher, ou os céus vão nos atacar de novo.

– Sério?

Eu não sabia o que era mais difícil de acreditar: que tal baboseira fora escrita ou que as pessoas de Salvação levassem isso a sério.

Com a atividade maior de Aberrações, que Improvável dissera não ser comum, não seria necessário muito para aquelas pessoas começarem a me culpar por seu azar. Houvesse alguma verdade naquela crença ou não, eu aceitava aquele defeito da natureza humana. Na superfície ou no subsolo, as pessoas sempre precisavam de alguém para culpar. Andamos até a casa em silêncio, ela distraída, eu contemplativa, e, ao entrarmos, Mamãe Oaks sugeriu algumas melhorias na minha aparência.

Para agradar minha mãe de criação, consenti que enrolasse meu cabelo. Ela usou uma tigela de água e tiras de panos e as deixou por várias horas, tempo que passei lutando com as roupas a consertar. Em comparação com a costura, sair parecia cada vez melhor.

– Está animada para ir à casa da Justine? – Mamãe Oaks perguntou enquanto trabalhávamos.

– Na verdade, não.

Mentir ia contra minha natureza.

– Por que não?

– É só que eu não me encaixo entre elas. Essas garotas riem quando estou lendo na escola porque sou tão velha e pior do que meninas com metade da minha idade.

Ainda assim, por Tegan, eu iria. Tentaria fazer as pessoas gostarem de mim, usando alguma habilidade que não fosse golpear monstros com minhas adagas. Se aquilo não era prova de uma amizade verdadeira, eu não conseguia imaginar o que seria.

Mamãe Oaks levantou um olhar firme para mim.

– Bem, o pai dela é um homem importante, praticamente controla a cidade toda. Então, vai ser útil se a Justine gostar de você.

Ela colocou de lado a saia com a bainha rasgada.

– Está na hora de finalizar seu cabelo.

– Fantástico – murmurei.

Mesmo eu não querendo, ela prendeu um nó de cachos no topo da minha cabeça, deixando o resto se derramar pelas costas. Senti-me ridícula... e, se tivesse problemas, com certeza não conseguiria lutar. Daquela vez, não deixei as calças e adagas por baixo da saia, embora me sentisse nua com o tecido raspando contra minhas pernas despidas.

Tegan voltou naquela tarde e bateu as mãos quando me viu.

– Você está perfeita!

Depois de uma breve despedida, peguei o pequeno embrulho de aniversário e segui Tegan cidade adentro. Não fazia ideia para onde estávamos indo, mas não importava. Ela tagarelou sobre o quanto eu iria gostar de todo mundo, depois de eles terem a chance de me conhecer. Eu não tinha tanta certeza, mas estava disposta a fazer o esforço, conseguir um monte de amigas talvez pudesse contrabalancear os possíveis problemas com o meu lugar nas patrulhas de verão.

– Justine – Tegan chamou. – Você se lembra da Dois, da escola?

Justine Bigwater era uma menina bonita com o rosto redondo, grandes olhos azuis e uma coleção de cachos dourados. Quando ela sorria, como estava fazendo naquele momento, criava covinhas em cada bochecha. Ela parecia doce, mas a expressão em seus olhos me fez querer recuar, principalmente porque me fazia lembrar de Seda, logo antes de a líder dos Caçadores preparar alguma punição terrível. Porém, o olhar se dissolveu em pura alegria, então talvez eu só estivesse nervosa. Entreguei para ela o pacote com um desejo balbuciado de felicidade no seu aniversário, e ela pegou meu presente para colocá-lo com os outros.

A família Bigwater era importante, ou era o que Mamãe Oaks tinha dado a entender. Se eu havia interpretado as palavras dela corretamente, o pai de Justine seria o equivalente a Muro Branco, o ancião líder do subsolo. Assim, se eu queria cair nas graças dos Bigwater, não podia me dar ao luxo de ofender a filha deles.

O quintal havia sido transformado para a reunião, montado com mesas e cadeiras e fitas bem coloridas. Um homem que eu conhecia de vista, mas não de nome, tocava uma música animada na flauta enquanto meninas conversavam em grupinhos de duas ou três. Sentindo-me completamente fora do lugar, fiquei perto de Tegan, sabendo que ali não importava nem um pouco o quão boa eu era com as adagas. Naquele momento, apenas conversar era relevante, e eu nunca fora muito boa nisso. Tegan me levou até um grupo de nossas colegas de classe, todas desconhecidas. Egoísmo meu, talvez, mas não tinha me dado ao trabalho de conhecer as pessoas que riam de mim enquanto eu lia.

Por sorte – ou, eu suspeitei, de propósito –, Tegan cumprimentou-as uma a uma, usando seus nomes, e eu memorizei quem elas eram. A alta, Hannah, sorriu para mim.

– Eu a vejo o tempo todo comendo com aquele menino das cicatrizes. Vocês estão pegando fogo?

Minha incerteza cresceu. Eu não conhecia aquela expressão. Se Vago estivesse lá, eu o procuraria para esclarecer, mas preferia não revelar minha ignorância para meninas que mal conhecia.

Tegan respondeu por mim, a voz cortante:

– A Dois tem mais bom gosto do que isso.

O que me deixou ofendida em nome de Perseguidor. Sentia-me puxada em três direções, como se eu fosse acabar sendo desleal de qualquer jeito, não importava o lado de quem eu escolhesse. Entendia por que Tegan odiava Perseguidor, mas, para mim, era difícil culpá-lo já que não haviam lhe ensinado nada diferente. As coisas que eu tinha feito sob a ordem dos anciãos me enchiam de vergonha flamejante agora. Eu matara um homem inocente como teste de lealdade e os deixara assassinar um pirralho a sangue frio. Minhas próprias mãos não estavam limpas. Talvez as de Tegan estivessem e ela nunca tivesse precisado machucar alguém que não merecia. Eu não podia corrigir o que havia feito antes de aprender que era errado. Só era possível ser melhor no futuro. E o mesmo acontecia com Perseguidor, não importava se ninguém mais acreditasse. Se ele conseguiria ser melhor do que quando estava nas gangues, bem, dependia diretamente dele.

Tegan me pedira para não contar a ninguém o que ela tinha passado. Aquelas garotas fúteis achariam que ela estava estragada, suja, o que seria um erro. As coisas a que Tegan sobrevivera a deixaram mais forte, muito mais durona do que as meninas podiam imaginar. Mas eu entendia por que ela queria se encaixar e guardar seus segredos. Eu os preservaria com minha vida.

– Ele parece assustador – Merry disse então.

Ela era mais baixa do que eu, com cabelos ruivos lisos e uma bagunça de sardas.

Eu fiz que sim.

– Ele pode ser.

– Ouvi dizer que você deu uma surra no meu irmão, Frank.

Isso veio de uma menina que acabara de chegar. Eu a reconheci porque ela se parecia com Frank, cabelos escuros e magra, mas nunca conversáramos antes. Ela riu.

– Eu queria ter estado lá para ver. Tenho certeza de que ele mereceu.

Eu sorri de volta, o alívio parecendo quente como a luz do sol.

– Não foi pessoal. Eu só queria mostrar para Improvável o que sei fazer.

– Tegan diz que você matou um milhão de Mutantes – Merry interrompeu.

– Duvido – balbuciei, corando.

– Mas você lutou com eles – Hannah pressionou.

Fiz que sim.

– Era o meu trabalho.

A irmã de Frank tremeu, esfregando as mãos ao longo dos braços nus.

– Não acredito que você cruzou o mundo selvagem sozinha.

– Nós estávamos em quatro – observei.

– Está certo – Hannah disse. – Tegan nos contou o quanto ela estava aterrorizada. Acho que eu não teria sobrevivido.

Nadia, uma menina magra e quieta que lembrava Dedal pela intensidade da sua expressão, murmurou:

– Você morava mesmo em um buraco?

– Não exatamente. Era mais uma série de túneis.

Algumas meninas riram, achando que eu estava brincando, mas suspeitei de que a festa não estava dando certo. Deveria estar fazendo amizades, não lembrando as pessoas do quão diferente eu era. Porém, antes de poder mudar de assunto, Justine chegou, o desprazer preenchendo seus olhos. O fogo azul ali dizia que ela me culpava pelo fato de as garotas não estarem todas amontoadas em volta dela.

– Sobre o que vocês estão falando? – ela perguntou com uma falsa alegria.

– Como foi perigoso para Tegan e Dois chegarem a Salvação – Merry informou, sem ver o perigo.

– Oh! – Justine suspirou. – Sim, imagino que garotas normais não teriam tido chance lá fora. E também não foi prudente viajar com meninos, como elas fizeram.

Seu jeito de superioridade me irritou, mas era sua festa e eu, apenas sua convidada. E era educada o suficiente para saber que não devia jogar seu braço para trás das costas e triturar seu rosto na terra.

Embora eu meio que quisesse fazê-lo.

– Às vezes, não temos escolha – murmurei. – Fazemos o que temos de fazer.

Hannah fez que sim.

– Eu penso nisso sempre que tenho de cumprir minhas tarefas.

Dali, as meninas então começaram a falar sobre qual tipo de festa elas queriam para os seus aniversários, aliviando-me da necessidade de prestar atenção. Desde que eu assentisse e desse sorrisos e a impressão de estar interessada, era tudo o que elas pareciam exigir de mim. Comemos um pouco, jogamos alguns jogos bobos e, então, partimos o bolo, depois do qual Justine abriu todos os seus presentes, e havia uma pilha, maior do que qualquer coisa que eu já vira. E a maioria dos presentes era novíssima, não recolhida por aí. Havia fitas e escovas de cabelo, pentes entalhados à mão, garrafas brilhantes, uma blusa nova bonita com gola enrolada e algumas coisas que eu não sabia nem nomear. Tanta fartura me deu uma pontadinha de dor. No subsolo, eu raramente tinha algo que não pertencera a outra pessoa antes, como minhas adagas e minha clava.

Perguntei-me se Justine sabia o quão sortuda era por ter amigos tão bons e por ter uma família que se dava a tanto trabalho por ela. Mesmo ali, eu estava de fora, observando e tentando compreender costumes que pareciam estranhos para mim. "Era isso", eu percebi, analisando o desinteresse dela ao empurrar os pacotes pequenos de lado para chegar aos maiores. "Era isso que Edmund queria dizer ao mencionar que as pessoas tinham bênçãos demais." A ideia me deixou brava porque, dali, era apenas meio passo até as pessoas culparem Justine pelo ataque de Aberrações naquela tarde. Qualquer que fosse o motivo de os monstros odiarem a humanidade, eu estava certa de que não tinha nada a ver com a festa de uma menina, ou com quantos presentes ela recebera.

Mas outras pessoas poderiam não ver assim.

Festa do pijama

Enquanto caminhava de volta para casa com Tegan depois da festa, eu a ouvi tagarelar sem prestar muita atenção. Foi apenas quando bateu no meu ombro que eu percebi que ela havia feito uma pergunta.

– Então, você gostou de alguém? Merry disse que vai perguntar para a sua mãe de criação se você pode dormir na casa dela algum dia neste verão.

– Elas foram muito gentis – falei, perguntando-me por que eu iria querer dormir na casa de Merry se tinha minha própria cama.

– Mais gentis do que você esperava?

Fiz que sim.

Ela deu uns pulinhos enquanto andava.

– Eu sabia que daria certo se você se esforçasse um pouco e parasse de se esquivar por aí com o Perseguidor.

– Ele não é tão ruim quanto você acha – falei baixinho. – E está totalmente sozinho.

– Nunca entendi por que você passava um minuto com ele quando tinha Vago a encarando o tempo todo.

Parei, incrédula.

– Pelos últimos dois meses, ele mal disse uma palavra para mim. Estava sempre com você.

– Não *comigo*. Você não achou...

– Não acho mais.

– Dois – ela disse, séria, andando de novo. – Talvez eu nunca me aproxime de um menino. Não estou dizendo isso para você sentir pena de mim. Depois que perdi minha mãe, nunca tinha ficado tão feliz como estou agora. Gosto dos Tuttle e me sinto segura com eles. Mas Vago e eu?

Ela fez que não.

– Mesmo que ele gostasse de mim, eu não poderia. Preciso de tempo para me curar... e para aceitar que nem todos os meninos são como os das gangues.

– Eles parecem mesmo mais civilizados – eu ofereci como comentário, conforme nos aproximávamos da minha casa.

Ela assentiu.

– Aqui eles trazem buquês dos jardins das mães para as meninas de quem gostam. Eles pedem a permissão do seu pai para andar com você.

Eu não sabia disso. Perguntei-me se Vago sabia... e o que significava exatamente.

– Alguém falou com o Doutor Tuttle sobre você?

Tegan fez que não.

– Eu não dei a ninguém o incentivo necessário. De qualquer forma – ela continuou –, sempre foi você. Vago fala comigo sobre você às vezes, sabia?

Uma explosão de calor flamejou na boca do meu estômago.

– Eu não fazia ideia. O que... o que ele diz?

– Que vocês correram pelos túneis juntos, escondendo-se das Aberrações e cuidando um do outro. Vago me disse que você o salvou lá embaixo.

– Ele me salvou também.

Muitas vezes, e de maneiras que não conseguia descrever, como se eu estivesse morrendo de uma ferida que não sabia que ganhara.

– Ele também disse que foi a primeira vez que se sentiu seguro desde que se juntou ao seu enclave.

Nossa caminhada acabou em frente à casa dos Oaks. Eu reparei com novos olhos o quão aconchegante era, não chique como a casa dos Bigwater, mas servia bem para mim. Aproveitei a deixa de Tegan e o que ela dissera sobre passar a noite com Merry como se fosse algo bom e murmurei:

– Eu posso perguntar para a Mamãe Oaks se ela deixaria você ficar, se quiser. Minha cama é grande o bastante.

– Seria divertido.

Entrei correndo e encontrei minha mãe de criação na sala de estar com uma coberta aberta sobre seu colo. Era um tipo de coberta especialmente montada com pedaços de tecido e incrivelmente adorável. Eu teria medo de usá-la, de tão linda que era.

– Convidei a Tegan para passar a noite aqui. Tudo bem?

– Tarde demais, não é? – ela resmungou. – Uma vez que você já fez o convite.

Porém, eu percebi pelo brilho nos seus olhos que ela não se importava.

– É claro, ela é uma boa menina. Vocês pediram aos Tuttle?

– Vamos fazer isso agora.

Levantei a saia e saí depressa, ignorando o aviso dela para não correr. A risada baixinha de Mamãe Oaks me seguiu.

– E pensar que sempre quis uma filha.

Tegan levantou as duas sobrancelhas.

– Então?

– Tudo bem. Quer que eu vá com você?

Ela fez que não.

– Volto em meia hora, mais ou menos. Se *não* voltar, você vai saber que o Doutor achou um trabalho mais importante para eu fazer.

– Espero que não.

Já que isso significava que alguém estava doente ou machucado.

– Eu também. Seria bom ter uma noite de folga.

Entrei de novo na casa e achei minha mãe de criação na cozinha. Um aroma doce e picante já enchia o ar. Se eu iria receber uma convidada, ela precisava tornar a refeição da noite especial, não importava que tivéssemos comido bolo na festa.

Era inútil, mas tentei dissuadi-la.

– Você não precisa ter trabalho. Eu só quero a companhia.

– Você não entende as mães nem um pouquinho – ela disse, delicada.

– Acho que não. Nunca tive uma.

Mamãe Oaks tocou meu rosto.

– Eu sei, Dois. Apenas aceite que eu faço isso por você porque quero. Se não quisesse, não faria. É simples assim.

Por algum motivo, um nó inchou na minha garganta.

– Obrigada – falei com a voz embargada.

Depois de perguntar se precisava de ajuda – e ela recusar –, subi para arrumar meu quarto. Em geral, não ficava bagunçado, mas a arrumação do cabelo antes da festa tinha resultado em retalhos úmidos por toda parte, e minhas roupas não estavam tão organizadas quanto eu preferia. Quando Tegan chegou, estava tudo de volta ao lugar.

Desci a escada correndo com passos leves para recebê-la.

– O que você quer fazer?

Tegan entrou pela porta da cozinha, batendo com os nós dos dedos para atrair a atenção da minha mãe de criação.

– Vocês têm um armário de jogos?

– Com certeza. Deixe-me mostrar.

Eu tombei a cabeça, curiosa. Ela nunca mencionara aquilo para mim, mas eu também não sabia que devia perguntar. Na escrivaninha da sala de estar, havia um gabinete cheio de coisinhas interessantes. Tegan tirou quatro caixas de madeira e nós as levamos até o sofá para ver o que continham. Ela retirou os conteúdos um a um, sua expressão se iluminando.

– Você sabe o que são? – perguntei.

– A maioria.

Ela tocou em cada um e os nomeou para me ajudar.

– Lig 4. Tangram. Cribbage. Caça à Toupeira. Damas. Isto parece um tabuleiro de xadrez, mas xadrez é um jogo bem complicado. Eu não jogo muito bem.

– Eu jogo – Edmund disse ao entrar na sala.

Por impulso, fiquei em pé e o cumprimentei com um beijo na bochecha. Ele estava sorrindo quando eu me sentei ao lado de Tegan de novo.

– Você pode nos ensinar?

Ela tombou a cabeça com um olhar de súplica.

Edmund fez que sim.

– Deixem que eu me lave e troque de roupa. Se ainda quiserem aprender quando voltar, vou passar algumas estratégias básicas com vocês.

– Estratégia.

Eu revirei a palavra na minha cabeça. Parecia que aquele jogo poderia se provar útil em outros aspectos, se afiasse minha habilidade de planejar. Eu poderia aplicar o que aprendesse no xadrez de forma marcial.

Quando falei isso para Tegan, ela meneou a cabeça e riu.

– Você nunca pensa em nada além de luta, pensa? Vamos jogar este enquanto esperamos. Não é difícil.

Ela pegou a treliça e a preparou, explicando que eu devia encaixar minhas peças em uma fenda e meu objetivo era tentar juntar quatro em uma fila antes de ela conseguir.

Quando Edmund se juntou a nós, eu havia perdido meu primeiro jogo de Lig 4, mas achei que tinha pegado o jeito. Porém, era hora da nossa primeira aula então; ele mostrou ser um professor eficiente e, logo, Tegan e eu sabíamos o suficiente sobre xadrez para tentar uma partida sozinhas. Eu estava refletindo sobre minha jogada seguinte quando Mamãe Oaks nos chamou para jantar. O cheiro era delicioso, ela havia preparado um prato em que carne e legumes estavam cobertos por um molho cremoso e envolvidos em uma massa quebradiça.

– Isto é *incrível* – Tegan disse, depois de dar a primeira mordida.

– É a minha favorita. Obrigada, Mamãe Oaks.

Minha mãe de criação ergueu o garfo com um sorriso satisfeito.

– É suficiente eu estar cozinhando para pessoas que me dão valor.

– *Eu* dou valor a você – Edmund protestou.

– Sim, querido, mas você come minha comida há anos. Não fica mais surpreso com ela.

– Isso é verdade – ele admitiu. – Eu só ficaria impressionado se não fosse maravilhosa.

A velha mulher sorriu.

– Viram? Foi por isso que me casei com ele. Ele tem muita lábia.

Tegan e eu demos risadinhas com o jeito bobo dos dois; aquilo jogou um brilho quente sobre a refeição, que não sumiu nem no momento de lavarmos a louça. Depois de terminarmos, recolhi os jogos que havíamos deixado na sala de estar e, em seguida, peguei um lampião, parando para voltar o olhar até meus pais de criação. Eram momentos assim que faziam todo o resto valer a pena. Sonhos ruins e lembranças piores não podiam me tocar agora. Eu me sentia segura, mas também era assustador, porque tinha algo belo a perder. Um tremor nervoso rolou pelo meu corpo.

– Vamos subir agora, se não se importam – murmurei.

– É claro que não – Mamãe Oaks disse. – Tenham uma boa sessão de fofoca.

Os passos de Tegan atrás de mim soavam irregulares na escada. Eu mostrei o caminho até o meu quarto, coloquei o lampião na cômoda e fechei a porta. Depois certifiquei-me de que minha janela estava trancada e puxei a cortina. Como não tinha intenção de sair de novo, coloquei a camisola e Tegan fez o mesmo. Nós duas nos enrolamos na cama, uma de frente para a outra, as pernas cruzadas.

Eu falei primeiro:

– Como está sua perna?

Ela levantou a camisola e me mostrou a cicatriz, cortando sua coxa em um roxo pálido. Havia três pontos escuros abaixo dela, eu os observei com curiosidade.

– Está melhor, não é? – ela perguntou.

– O que aconteceu aí?

Indiquei as marcas embaixo da ferida original.

– Não me lembro do Doutor fazendo isso, mas estava fora de mim com a febre. Parece que ele teve de drenar o machucado e, como estava cauterizado, precisou fazer três pequenas incisões para deixar o fluido purulento sair.

– Purulento? – repeti.

– Infeccionado.

– Doeu muito?

Tegan deu de ombros.

– Provavelmente. Não me lembro de muito da primeira semana, embora saiba que você ficou comigo o máximo de tempo que deixaram.

– Como ele curou sua febre?

– Ele usou um chá feito de hortelã-pimenta, milefólio, matricária e erva-cidreira. Coisas de gosto horrível.

Imaginei que fossem nomes de plantas.

– Mas funcionou.

Ela sorriu.

– Funcionou, sim. O Doutor se sentiu muito aliviado quando fiquei boa o bastante para reclamar de beber aquilo.

– Como você chama seus pais de criação? – questionei em voz alta.

– Não ria. Mas, entre nós, eu chamo de Mãe Jane e Pai Doutor.

Tegan não iria gostar de falar do tempo passado com os Lobos, mas eu tinha curiosidade sobre a minha amiga.

– Como era a sua vida antes?

– Antes... de a gangue me pegar? – ela perguntou com cuidado.

Assenti.

– Eu me lembro da minha matriz, mas não sei quem foi o meu padreador. Só estava me perguntando como foi para você.

Ela se encostou para trás contra a parede, a expressão concentrada.

– Quando eu era pequena, havia 20 de nós. Quatro ou cinco famílias.

– Onde você morava? Nas ruínas?

Tegan esfregou os olhos, como se eles coçassem com lágrimas, mas, quando tirou a mão, estavam secos.

– No laboratório de ciências da universidade. Era um bom lugar para procurar comida, centralizado e o prédio tinha muitas coisas úteis. Nós cultivamos nossas próprias plantas por um tempo, logo ao lado de fora, na grama. Havia todo tipo de semente.

– As gangues não incomodavam?

– Não quando estávamos em um número maior. Eu era bem feliz – ela acrescentou baixinho. – Tinha minha mãe e meu pai, outras crianças para brincar.

– Como era a vida?

– Nós cultivávamos comida. Cozinhávamos. Eu ajudava nas hortas, na maior parte do tempo.

– Você era cultivadora então.

Isso explicava por que as gangues não acharam utilidade para ela além de procriação. Eles não plantavam coisas no solo e esperavam brotar, eles procuravam comida e caçavam para sobreviver.

– Por que você não vira voluntária para a colheita de verão? Aposto que seria útil nos campos.

Tegan tombou a cabeça, avaliando.

– Talvez, se as coisas estiverem tranquilas para o Doutor. Costuma ter menos doenças quando o clima está quente.

Eu já sabia como a vida feliz dela havia acabado. As pessoas da sua pequena colônia ficaram doentes e morreram, uma a uma. Ela perdeu o pai primeiro e, por fim, ficaram apenas Tegan e a mãe, fugindo das gangues em vez de viverem seguras e felizes no prédio de ciências da universidade. Não havia por que fazê-la reviver aquilo.

Ainda assim, eu tinha outras perguntas.

– Você já se perguntou por que algumas pessoas ficam doentes e morrem e outras melhoram?

– Sim – ela respondeu, intensa. – E por que algumas pessoas nunca ficam doentes. Parece haver um sistema nisso, mas não sei qual é. Nem o Doutor.

– Frustrante.

– Em parte, é por isso que eu adoro trabalhar com ele. Quero entender por que o mundo funciona do jeito como funciona.

– Espero que você consiga descobrir – falei para ela.

– Eu também.

Aquela parecia ser minha deixa para preparar a cama e dormirmos. Diminuí o brilho do lampião, mas não apaguei, e então me acomodei sob as cobertas. Tegan se ajeitou depois de mim. Como eu lhe dissera, a cama era grande o suficiente para uma não incomodar a outra. Era quase um milagre não termos de caçar nosso café da manhã, alguém o cozinharia para nós quando acordássemos.

– Você sabia que os Oaks têm um filho que nunca vem visitá-los? – falei para o escuro, virando para o lado dela.

– Por que não?

Fiz que não balançando a cabeça.

– Não tenho certeza. Eles brigaram, mas não sei por quê.

– Isso é muito ruim – Tegan disse baixinho. – Eu daria tudo para ver meus pais de novo. Sinto tanta falta deles.

– Eu sei.

Eu a abracei no escuro, mas ela não chorou. Aquela era uma perda que já envelhecera e não tinha mais a capacidade de machucar, como uma faca deixada exposta à chuva. Porém, Tegan respondeu ao abraço com força total, e isso fez com que me sentisse importante, merecedora da amizade dela, mesmo eu tendo sido criada em um lugar imperfeito. Podia apostar que nenhuma de suas novas amigas obtinha confidências como aquelas.

– Você sente falta de alguém do enclave? – ela perguntou por fim.

– Dos meus colegas dos anos de pirralha, Dedal e Pedregulho.

Tegan apoiou-se sobre o cotovelo, curiosa.

– O que é um colega dos anos de pirralha?

– Alguém que cresce no dormitório na mesma época que você. Os pirralhos costumam formar amizades em grupos de três ou quatro e permanecem unidos, mesmo depois de os mais velhos crescerem e ganharem seus nomes.

– Seus colegas eram mais velhos do que você? – ela adivinhou.

Eu fiz que sim.

– Eles me deixaram para trás... e foi horrível. Solitário.

Percebi então que nunca contara a ela a história toda. Muito do nosso tempo e de nossa energia enquanto viajávamos haviam sido dedicados à sobrevivência.

– Então, você teve de deixá-los para sempre.

Rapidamente, expliquei tudo para ela: as regras sobre acúmulo de objetos, o pirralho cego, como os anciãos trataram Vago, o suposto suicídio de Faixa e como o líder costumava mandar pessoas na longa caminhada para colocar medo no coração do enclave, o que levou Pedregulho a ser acusado de um crime que não cometera. Quando terminei, tinha um nó no peito, e a mão de Tegan estava em meus cabelos, não fazendo carinho, só fazendo contato, como se soubesse que aquilo tudo estava prestes a ser demais para eu aguentar. Eu não tinha percebido que ainda doía tanto, mas a tristeza diminuiu conforme fiquei quieta. Compartilhar ajudava.

– Então, foi por isso que você partiu. Parece muito horrível, Dois.

– E foi – respondi baixinho. – Eu apenas não percebi isso enquanto acontecia.

Ela suspirou.

– Porque você não foi criada para saber.

Uma resposta verbal estava além das minhas capacidades. Então, assenti.

– Nas ruínas, quando você me disse para começar do zero com Perseguidor, eu a odiei. Mas acho que... finalmente entendi. Talvez ele não tenha visto que estava agindo errado, só depois. Talvez ele saiba agora. Vou... tentar julgá-lo de acordo com suas ações.

– Não me importa se você um dia vai perdoar Perseguidor – falei em voz baixa. – Isso é entre vocês.

– Obrigada por isso. Obrigada por ser minha amiga.

Era bom saber que eu tinha o poder de consolá-la.

Abracei as palavras dela em meu coração enquanto adormecia.

Desastre

Uma semana depois da festa, eu me reuni no alojamento antes do amanhecer com o resto da patrulha de verão. Os dias estavam ficando mais quentes e a luz durava mais tempo, mas, por ora, Improvável esperava levar os cultivadores em segurança para os campos sob o manto da escuridão. Tinham acontecido alguns ataques aos muros nas duas semanas anteriores, porém nada como a quantidade que vimos quando havíamos saído. Essas ofensivas recentes pareciam mais um teste das Aberrações para verem nossa determinação do que realmente uma tentativa de entrar na cidade.

Ou talvez elas esperassem que ficássemos sem munição. Mas Salvação vinha fazendo sua própria pólvora havia muito tempo, e o ferreiro que trabalhava com Perseguidor sabia fazer balas para os rifles, então não era provável que isso acontecesse.

"A menos que elas fiquem espertas o bastante para atacar as caravanas de comércio que saem para os outros assentamentos no outono." Afastei aquela ideia à força. Mesmo que não fossem mais criaturas de puro instinto, como antes, as Aberrações não podiam ser tão habilidosas assim.

Improvável era da opinião de que tínhamos matado uma grande parte da população delas e o resto da estação deveria transcorrer sem surpresas. Eu vira mudanças demais no comportamento das Aberrações para colocar minha confiança nesse raciocínio, mas não contradisse nosso líder. Ele tinha mais anos de experiência naquela guerra em especial, então me contentei em seguir as ordens. Essa tinha sido minha função no subsolo também; pelo menos, Improvável parecia ter uma boa cabeça.

No entanto, isso não me impediria de manter as armas a postos.

Vago me cumprimentou tomando minha mão em silêncio. Embora eu não me sentisse confortável com exibições de carinho, não me afastei e minha paciência valeu a pena quando ele sorriu de prazer. Nunca me cansaria dos sorrisos dele, já que não os vira muitas vezes. Lá embaixo, ele era conhecido por ser intensamente reservado e ter um ar sombrio.

Perseguidor passou por mim e Vago a passos largos, sem nem uma olhada para nos cumprimentar, juntando-se aos guardas mais velhos, que pareciam gostar bastante dele. Consegui não o seguir com o olhar, mas ouvi suas palavras na minha cabeça. "Ele não vai fazê-la feliz, pomba. Ele é mole de uma forma que você e eu não somos. No fim, você vai destruí-lo."

"Não vou", falei a mim mesma. Eu também era mais mole do que uma Caçadora deveria ser. Já tinha provado muitas vezes, então isso me fazia perfeita para Vago. Não fazia?

Afastei aquelas dúvidas e entrei na formação conforme o grupo avançava em direção ao portão. Não havia carroças dessa vez, apenas os cultivadores andando dentro da nossa linha para ficarem protegidos, eles carregavam as ferramentas do seu trabalho: pás, enxadas e baldes para transportar água do lago que ficava além dos campos. Nas semanas anteriores, não havia chovido tanto quanto as mudas precisavam e, assim, além de capinar, também irrigaríamos os campos, garantindo que houvesse comida para o inverno. Aquelas eram palavras novas para mim – "capinar" e "irrigação" –, mas entendi o significado delas pelo contexto.

O grupo estava em um clima tenso e sério... E, depois do que acontecera na vez anterior que deixamos a cidade, eu entendia o motivo. Deslizei minhas adagas para fora das bainhas apertadas, atraindo o olhar de Vago. Então, ele assentiu, aprovando meu instinto. Com uma balançada de cabeça, ele me disse que discordava de Improvável, o problema não havia acabado.

Em vez disso, eu tinha a impressão sombria e incômoda de que estava apenas começando.

Saímos marchando para o primeiro campo sem ver uma única Aberração, mas o motivo ficou claro. Elas já haviam destruído tudo. Plantas verdes frágeis tinham sido arrancadas do chão e estavam largadas, morrendo, pequeninas raízes expostas ao ar. As Aberrações haviam revolvido os sulcos bem-feitos repetidamente com suas garras, até ser impossível dizer que ali tinha certa vez sido um local de renovação e esperança.

Para piorar a situação, as Aberrações nos deixaram um sinal, uma oferenda inconfundível. Tínhamos perdido seis na última patrulha, dois cultivadores e quatro guardas. Agora havia ali seis cabeças, montadas em estacas, apenas galhos razoavelmente retos, é verdade, mas refletiam um raciocínio prévio que me deixou com frio até a medula. Aquelas pobres pessoas tinham sido meio consumidas, rostos e tudo, e a pele pútrida e rasgada mostrava pedaços de ossos. As Aberrações haviam removido os cérebros, para comer, eu presumi, e deixado buracos abertos na parte de trás dos crânios.

Um grito percorreu os cultivadores à medida que eles as avistavam, e alguns caíram de joelhos, uns vomitando seus cafés da manhã e outros chorando pelas vidas perdidas. Os guardas mostraram-se mais estoicos, de forma que sua repulsa se revelava apenas na maneira como desviavam o olhar para os lados, incapazes de fitar o sacrilégio por mais de alguns poucos segundos a cada vez. Quanto a mim, olhei demoradamente, pois aquela era a nova face de um velho inimigo.

No que dizia respeito a avisos, aquele era supereficaz. Não apenas instilava terror e aversão, também nos dizia que havia mais Aberrações escondidas por perto. Observando. Esperando. E não tínhamos ideia da quantidade. Improvável achava que pegáramos a maioria, mas algumas claramente haviam ficado para trás e, então, saído sorrateiras após partirmos e comido nossos mortos. O horror subiu pela minha espinha como um inseto de muitas pernas, pérfido e implacável.

– Elas estão tentando nos matar de fome – falei baixinho para Vago.

Ele concordou.

– Isso não é simples instinto. É...

– Estratégia – Perseguidor completou.

Era a primeira vez que ele falava comigo desde que aparecera na minha janela, mas parecia julgar que valia a pena deixar de lado suas mágoas naquela situação.

– Não gosto disto – murmurei.

– É um alerta – Perseguidor continuou. – As gangues mandavam mensagens parecidas, só que não com cabeças.

Ele não explicou detalhes da diferença, e eu fiquei grata.

Um pavor genuíno se acendeu. Embora houvesse bastante comida naquele momento, uma estação de cultivo ruim poderia destruir a prosperidade de Salvação. Mamãe Oaks tinha uma pequena horta particular, que acrescentava aos alimentos plantados para a cidade toda – e dos quais cada família recebia uma porção –, mas não seria suficiente para durar pelo inverno. Outras famílias não tinham espaço ou disposição para plantar o que quer que fosse.

– O que vamos fazer? – um cultivador perguntou a Improvável. – Limpamos e semeamos pela segunda vez?

Era uma questão excelente. Mas como as Aberrações tinham descoberto a importância daquele local, poderiam facilmente voltar. Medidas mais substanciais eram necessárias e, pela sua expressão, Improvável sabia. Ele deliberou em voz baixa com outros líderes de patrulha, todos homens experientes que passaram seus invernos guardando os muros. Por fim, depois de alguma discussão e com o resto de nós vigiando o horizonte e cheirando o ar, eles chegaram a um acordo.

– Vamos levar o problema ao conselho – Improvável disse. – Algo mudou na forma como os Mutantes agem. Não tem por que ficarmos aqui esperando uma emboscada. Vamos voltar e convocar uma reunião de emergência.

Conforme voltávamos para a cidade, as pessoas discutiam o problema em sussurros.

– Poderíamos construir um muro – um dos cultivadores sugeriu.

Outro riu em um escárnio silencioso.

– Precisamos de todos os esforços para sair, plantar e cuidar da safra, imbecil. Como as patrulhas iriam proteger construtores e cultivadores? E você sabe como seria complicado derrubar e carregar tanta madeira?

Segui o olhar do homem até a floresta escura nos limites de Salvação. Madeira suficiente, com certeza, mas o lugar também fora palco da última incursão de Aberrações.

Um segundo guarda fez que não.

– Não tem pagamento suficiente que me faça entrar ali, mesmo que seja para proteger os homens que vão serrar árvores para o bem da cidade.

Sua inquietação fazia sentido. Tinha de haver outra forma.

– Poderíamos colocar uma guarda permanente nos campos – outra pessoa sugeriu.

Parecia mais plausível para mim, mas seria perigoso. Não havia abrigo, apenas a ameaça constante de uma morte repentina e horrenda. O isolamento e a incerteza poderiam destruir as almas mais fracas.

Eu nem precisava dizer que seria voluntária. Estava distraída, tentando pensar em como apresentaria a situação a Mamãe Oaks quando o mundo explodiu com dentes e garras.

As Aberrações nos atingiram no portão dessa vez, era um processo demorado o de colocar as rodas e roldanas em movimento para nosso grupo poder atravessar. Elas vieram abaixadas, virando as esquinas do muro, em vez de fazerem um assalto direto. Aqueles monstros tinham aprendido uma tática esperta, haviam se camuflado – disfarçando até seu fedor horrível –

com terra e plantas, de forma que, quando vieram até nós pelos lados, já estavam mais perto do que qualquer um poderia ter imaginado. Provavelmente chegaram agachadas durante a mudança de turno e esperaram que voltássemos.

"Por uma diferença de dois minutos, elas teriam atravessado o muro", pensei, o medo espetando minha cabeça.

Minhas adagas escorregaram para minhas mãos por puro instinto. Aqueles de nós que eram bons em combate de perto, incluindo Vago e Perseguidor, posicionaram-se diante dos portões enquanto os outros guardas disparavam as armas. Foi pura loucura, com os estampidos dos rifles, Aberrações urrando e rugindo, rosnando suas intenções por entre bocas cheias de espuma sangrenta.

– Tranquem! – Improvável gritou.

E os portões gemeram conforme os guardas puxavam as cordas, arrastando lentamente a madeira pesada de volta na sua direção. Na pressa, um deles puxou com força demais, desequilibrando o mecanismo, e uma peça de metal se soltou com um horrível barulho. Atrás de mim, os portões ficaram 60 centímetros abertos; lá em cima, homens xingaram enquanto se apressavam em busca de peças de reposição.

Os cultivadores correram, gritando, em direção àquela pequena abertura. Achavam que o muro ainda representava segurança, mas não há proteção além da nossa própria força. Eu acreditara nisso no subsolo e ainda acreditava, enquanto recebia o primeiro avanço, Aberrações enlouquecidas com a possibilidade de sucesso... e de um banquete maior do que já tinham visto.

"Isto é pura esperteza, e elas estão em muitas."

Eu virei uma criatura de reflexos e treinamentos, nascida para cortar com minhas adagas. Lutei com três ao mesmo tempo, desviando de garras e presas. Sabia, em primeira mão, como elas conseguiam rasgar a frágil carne humana e o quão eram inclinados a infeccionar os tais ferimentos. Minha adaga esquerda abriu a garganta de uma e eu voltei-me para pegar outra, em um giro baixo, de forma que enterrei a adaga direita na barriga da Aberração. Ela guinchou, as duas mãos em garras levadas a cobrir a ferida, e suas companheiras pararam para observar a morte durante segundos que lhes custaram caro de outras formas. Porém, aquele foi um gesto de respeito, mostrando que a Aberração que eu matara era importante para elas. Aquelas não eram como as que eu enfrentara no túnel, na ruína da carruagem de ferro, que não ligavam para nada além de carne.

O medo ferveu em minhas veias. Lutei contra ele, mesmo enquanto atacava as Aberrações. Se deixasse aquela sensação crescer, seria demais para mim. Eu sucumbiria e talvez tentasse fugir, e, caso fizesse isso, outros me imitariam. A batalha seria perdida. As Aberrações atacaram e, portanto, elas iriam morrer, ou eu iria. Não podia terminar de outra forma.

Minhas mãos se firmaram.

"Nenhuma passará", disse a mim mesma. Era um juramento no silêncio da minha própria cabeça. Desliguei as distrações externas, o pavor interno e me concentrei nas inimigas. Elas eram mais fortes do que aquelas com as quais lutamos nas ruínas, mais bem nutridas. Comiam melhor na floresta, bastante carne de caça, grande e farta, o que me fez pensar que elas tinham outro motivo para nos atacar. Com certeza, nós éramos uma fonte de alimento, mas seus gritos cheios de ódio me diziam que elas nos viam como inimigos reais. Era um pensamento aterrorizante.

"Para elas, nós é que somos maus. Somos a ameaça que deve ser exterminada."

A ideia me balançou tanto que uma Aberração me empurrou para trás, desequilibrando minha postura. Sua garra cavou um túnel na minha barriga. Eu perdi de vista o terreno à minha volta e tropecei no cadáver da sua parceira. Tombei com tudo, e minha adaga direita escapou da minha mão.

"Por isto", pensei, "eu mereço morrer". Eu havia falhado em meu treinamento. Permitido que meus pensamentos quebrassem minha concentração. A vergonha me mataria, se aquela Aberração fracassasse. Ainda assim, mirei a adaga esquerda no tendão da sua perna e cortei, impedindo seu golpe fatal.

Naquele momento extra, Perseguidor e Vago vieram, um de cada lado, partindo a Aberração quase em duas. Abriram caminho até mim, os mortos caindo em grandes ondas atrás deles. A luz do sol da manhã os contornava, escuridão e claridade, e os dois me ofereceram uma mão escorregadia de sangue para me puxar e me colocar em pé. Assim, aceitei a ajuda deles e levantei-me depressa, fugindo da minha humilhação; eles não me repreenderam. Perseguidor me entregou minha arma caída.

Voltamos juntos para a luta, e eu me concentrei. Golpeei e bloqueei, chutei e ataquei sem consideração, sem misericórdia. Quando derrotamos o último membro daquela investida desesperada, tínhamos perdido mais cinco guardas. Dessa vez, pelo menos os cultivadores chegaram à segurança; e havíamos evitado que as Aberrações nos ultrapassassem, entrando em Salvação. Por um longo tempo, minutos aterrorizantes, ficamos na frente da cidade, manchados de carmim e exaustos, esperando que as pessoas lá dentro terminassem os reparos.

Eu tremia de cansaço. Vago tocou levemente em meu queixo, levando meu olhar a se encontrar com o dele.

– Você está bem?

– Não foi meu melhor momento. Mas obrigada por me salvar.

Dirigi minhas palavras para eles dois, Perseguidor parado de um dos lados. Ele assentiu, mas não se aproximou, e eu sofri por tê-lo afastado ao escolher Vago, por nós, aparentemente, não podermos ter nada sem beijos. Às vezes, eu não entendia os meninos, nem um pouco.

Por fim, o guarda do portão chamou:

– Entrem!

Com a ajuda de Vago, arrastei o corpo de um guarda para dentro do muro, e outros logo nos seguiram. Não deixaríamos aqueles homens para serem profanados como acontecera com os outros. Para mim, era estranho achar aquilo ofensivo. Afinal, no subsolo, tínhamos o costume de colocar nossos mortos para fora, com o propósito de serem comidos por Aberrações. Mas elas nunca haviam devolvido nenhuma das nossas oferendas de um jeito tão horrendo. Comiam até não aguentar mais e depois deixavam o resto para as criaturas do túnel. Talvez, então, o motivo fosse a repugnância óbvia que as pobres cabeças empaladas representavam. Eu nunca achara que as Aberrações sentissem emoções fortes, além da fome, mas aquelas, claramente, tinham essa capacidade.

Após os portões se fecharem atrás de nós, os guardas baixaram a madeira de reforço. No tempo em que eu estivera ali, nunca vira as grandes portas seladas assim. O que estabelecia o quão sem precedentes eram aqueles ataques. Tínhamos lhes avisado que as Aberrações estavam mudando, mas nem eu esperava aquelas táticas.

Meu coração martelava enlouquecido no peito, tanto em reação à luta quanto alarmado com o desconhecido. Parecia que as Aberrações ficavam cada vez mais espertas, mas por quê? Porém, se eu soubesse responder àquela pergunta, poderia dominar o mundo. Soltei um suspiro trêmulo e esfreguei as mãos pelos braços.

– Alguma ideia? – perguntei a Vago.

Ele fez que não.

– Se pudéssemos, de alguma forma, estudar as Aberrações, pegar uma ou duas e observar, ajudaria.

Eu deixei escapar uma risada tremida.

– Tenho certeza de que isso seria bem aceito pelas boas pessoas de Salvação.

Vago desceu um dedo pela minha bochecha, que saiu grudento de sangue.

– Você vai notar que eu não estou nem um pouco apressado para propor a ideia a mais pessoas.

Comecei a dizer:

– Por favor, não me diga que você está sugerindo...

– Não. Acho que todas as criaturas têm o direito de ser livres, mesmo aquelas que tentam nos matar.

– E elas estão ficando melhores a cada momento – murmurei, estremecendo.

Em silêncio, estudei as pessoas de Salvação por um instante. Olhei para seus rostos cansados e sem esperança e pensei: "elas não estão equipadas para lutar uma guerra. Nem os guardas gostam de deixar o muro." E provavelmente havia sido por isso que eu fora incluída nas patrulhas de verão, levando-se em consideração o que eles pensavam sobre os trabalhos adequados para uma mulher. Do contrário, o apoio de Improvável não teria sido suficiente. Eles simplesmente não tinham um espírito de Caçador feroz o bastante para proteger o resto da população.

"Esta é a sua missão. Foi por isso que você sobreviveu às ruínas e veio ao Topo." A voz de Seda ressoou inconfundível na minha cabeça, tão clara que olhei ao redor procurando-a. A ordem agitou a Caçadora dentro de mim, estimulando meu desejo de defender e minha necessidade de ter um propósito. A tristeza dos cidadãos de Salvação apenas reforçava o chamado. O relato já estava se espalhando, e as pessoas chegavam em pequenos grupos para reivindicar seus mortos. Choros baixinhos enchiam o ar, junto com medos sussurrados e recriminações.

Vago envolveu meus ombros com o braço e me levou para longe, em direção ao poço perto do alojamento. Entendi sua intenção e me lavei em silêncio, ouvindo o drama distante de vidas interrompidas. A ferida em minha barriga pulsava; não era profunda, mas precisava de curativo. Enquanto voltávamos, molhados, mas limpos, Improvável se afastou a passos largos, possivelmente para encontrar o Ancião Bigwater.

Já passara da hora daquela reunião do conselho.

Reunião

Não havia construção grande o bastante para abrigar a massa de cidadãos preocupados e, então, Salvação se reuniu no parque. Era uma cena caótica, com todos gritando ao mesmo tempo e exigindo respostas. Fiquei no fundo com Vago, interessada no resultado. Improvável havia pressionado o Ancião Bigwater e o forçado a sair.

Aquela era a primeira boa olhada que dava no líder de Salvação, já que eu não era importante o suficiente para ter o mérito da sua atenção pessoal. Ele era um homem alto e magro com bochechas cavernosas, a pele afundada sobre os ossos e tinha olhos recuados embaixo de uma testa protuberante. Supus que Justine puxara à mãe, e isso era bom. Não podia imaginar que uma jovem se daria bem na cidade com aquele rosto.

Mamãe Oaks apareceu ao meu lado, meu pai de criação vindo atrás dela, como costumava fazer. Ela me analisou com uma inspeção visual e, depois, relaxou visivelmente quando percebeu que eu estava inteira. Edmund sorriu me cumprimentando, mas não falou, porque a reunião estava prestes a começar. Vago pegou minha mão, e eu tirei algum consolo da presença dele, mesmo nosso paraíso seguro tendo acabado de sofrer um choque tremendo. Porém, eu não estava tão inquieta quanto algumas pessoas, que choravam baixinho por perto; eu havia, muito tempo antes, internalizado a lição de que a segurança era uma ilusão. Esse fora o único presente que tinham me dado no subsolo.

– Silêncio! – vieram tons sonoros do Ancião Bigwater.

Ele esperou até todo mundo ter parado de falar, o olhar penetrante fuzilando aqueles que não obedeceram rápido o bastante.

– Fiquei sabendo que houve algumas dificuldades com a plantação de primavera.

– Onze mortos até agora – um cultivador gritou. – E nenhum resultado dos nossos esforços!

O Ancião Bigwater franziu as sobrancelhas.

– Não lhe dei permissão para falar. Vou ouvir o relatório formal de Karl antes de abrir o assunto para discussão.

Improvável resumiu a situação de maneira bem parecida com a que eu teria usado, atendo-se aos fatos sem julgamento ou floreios. E quando terminou, o Ancião Bigwater tinha uma expressão mais sombria do que seria adequado para seus traços de falcão. Ele lembrava aves que tínhamos encontrado na floresta, pretas, que pairavam logo acima de criaturas mortas na esperança de pegar a carne de seus ossos.

– É, de fato, um dilema alarmante – ele disse enfim. – No entanto, não estou interessado em ouvi-los lamentar a mudança na nossa situação. Se tiverem uma solução plausível, levantem sua ficha de cidadão e vou lhes conceder a palavra.

"Ficha de cidadão?" Eu não tinha uma. Troquei um olhar com Vago, que fez que não. Talvez tivesse a ver com a idade, e precisávamos de mais aniversários antes de receber o direito de falar em uma reunião pública. Não parecia certo. A idade não determina o quanto meu cérebro funciona bem. No começo, o parque ficou superquieto e, depois, cultivadores propuseram algumas das mesmas ideias que tinham sugerido no caminho de volta para a cidade.

O ancião rejeitou a opção de cercar os campos com outro muro.

– Muros sem guardas são inúteis... E, pior, daria a eles a oportunidade de estudar de perto e descobrir como escalar ou destruí-los. Você.

Ele fez um aceno para um cultivador que estava com sua ficha erguida.

– Não podemos deixar os campos sem vigilância, isso está claro – ele disse. – Guardas precisam estar a postos o tempo todo.

– E quem seria tão... destemido?

Com sua hesitação, o Ancião Bigwater deixou óbvio que queria dizer tolo. Que achava aquela ideia ruim também.

No entanto, não o via resolvendo o problema sozinho. Parecia-me o tipo de homem que preferia "liderar" enquanto todos os outros ao redor faziam o trabalho de verdade e ele colhia os benefícios. O silêncio cresceu. Dava a impressão de que ninguém seria voluntário para se arriscar assim.

Naquele momento, senti-me um pouquinho envergonhada por todos os guardas presentes. Qual era a vantagem de ter um lar tão bom se você não estava disposto a lutar por ele? Embora ainda estivesse molhada do poço e desarrumada da briga, soltei a mão de Vago e abri caminho pela multidão. Não havia jeito de eu causar uma boa impressão no Ancião Bigwater, mas também não me importava. Aquela cidade não precisava de mais uma menina normal com um vestido chique e cachos bonitos. Quer eles soubessem ou não, precisavam de mim.

– Eu seria – falei, assim que tive certeza da atenção dele.

Inteligente, o ancião fez uma inspeção visual completa de mim, observando as adagas nas minhas coxas e minha postura.

– Você é um dos novos jovens – ele disse, pensativo.

Eu podia vê-lo calculando entre as vantagens de me usar e a possibilidade de ganhar desaprovação ao ir contra os costumes antigos.

Ainda assim, algo tinha de mudar. Para as Aberrações, já mudara.

– Eu também.

Eu não tivera certeza se Vago iria me seguir, mas ali estava ele ao meu lado, mais corajoso do que guardas com o dobro da sua idade.

Eu me ergui um pouco mais. E depois Perseguidor apareceu à minha esquerda. Tive um momento de orgulho que ultrapassava tudo o que sentira antes, mesmo o do dia da minha nomeação. Estávamos ensinando para aquelas pessoas o que significava ser determinado, cumprir seu dever mesmo diante de uma possível extinção. Talvez alguns deles escolhessem não se acovardar atrás dos seus muros depois daquilo; e se a temporada de plantação rendesse frutos, seria por nossa causa.

– Imagino que essas crianças precisem de alguém que conheça o terreno – Improvável disse, surgindo ao nosso lado.

Não havia um número suficiente de nós. Para um posto avançado permanente, precisávamos de pelo menos 20 homens, assim alguns de nós poderiam dormir enquanto os outros patrulhassem. Tínhamos tido mais voluntários para a patrulha de verão, mas isso foi antes, quando eles sabiam que era possível voltar para casa no fim do dia e trocar o campo aberto pelos muros da cidade. Embora os campos não ficassem longe em termos de distância, era um mundo de diferença em termos de segurança.

– Vocês, homens, deveriam ter vergonha – o Ancião Bigwater esbravejou. – Já que nenhum de vocês é corajoso o suficiente para dar um passo à frente, vamos sortear.

Ele se virou para a filha, que estava por perto oferecendo uma imagem bonita em um momento sombrio.

– Busque lápis e papel, Justine, e depois escreva todos os nomes.

Seu sorriso alegre dizia que ela gostava dessa pontinha de poder. Um medo inquieto atravessou a multidão, mulheres agarrando os braços dos seus homens por receio de eles serem escolhidos. Eu, pessoalmente, não sabia como elas conseguiam ficar esperando. Justine voltou, as bochechas coradas da corrida, e em seguida circulou pela multidão, anotando as identidades de todos os guardas da cidade. Eles recebiam pagamento especial e não realizavam nenhum outro trabalho além dos seus turnos no muro, eu não tinha uma boa opinião sobre o espírito de Caçador deles. Suspeitava de que a maioria simplesmente não queria pôr as mãos em trabalho de verdade.

Depois de terminar, Justine colocou as tiras em uma bonita tigela polida. Era artesanal, eu conseguia perceber, e mais bela do que qualquer coisa que eu vira no subsolo. Guardas olharam feio para nós quatro, como se tivéssemos nos oferecido só para manchar a imagem deles. Eu não me importava com seus sentimentos feridos.

O Ancião Bigwater acenou para Improvável e, então, cochichou com ele por alguns momentos. Quando Bigwater se dirigiu à multidão de novo, parecia que Improvável concordava com minha avaliação silenciosa sobre quantos homens precisávamos lá fora em serviço permanente, pois o ancião disse:

– Vamos colocar 16 nomes agora e se algum cair neste verão, sortearemos para substituí-lo.

Um murmúrio de protesto correu pelo grupo, mas não o suficiente para abafar a voz ressoante de Bigwater, um som mais impressionante do que o peito estreito dele deveria produzir. Ele continuou:

– Mamãe Oaks, pode fazer as honras?

Como ela era a costureira da cidade, não tinha esperança de receber um tratamento especial do ancião em retribuição pela sua ajuda no sorteio. As pessoas precisavam do que precisavam. Com a escolha, alguns cidadãos relaxaram um pouco, parecendo confiar que ela seria imparcial. Outros sussurraram entre si, e uma mulher olhou feio direto para mim.

– É *ela*. Todos os nossos problemas começaram quando ela veio para a cidade com seu jeito masculino. Ela vai trazer as pragas do orgulho de volta, observem. Seria melhor se nós a empalássemos do lado de fora do muro para os Mutantes. Vão ver se os ataques não diminuirão depois de acalmarmos o céu com essa prova da nossa devoção.

– Caroline – seu companheiro ofegou, parecendo chocado de verdade.

Fingi não ter ouvido o comentário cheio de ódio, mas ele acendeu uma ponta de medo. Eu sabia bem demais o quão rápido a maré poderia virar. Eles tinham de terminar aquela loteria terrível e dispersar o pessoal antes de a situação ficar feia. Salvação precisava de uma briga interna tanto quanto precisava de um buraco no muro.

Sem prestar muita atenção, ouvi os nomes sendo lidos: Frank Wilson, Nick Gantry, Ephraim Holder, Odell Ellis, Will Sweeney, Ty Frampton, Earl Wallace, Desmond Woods, Sonny Benton, Elroy Smith, Darrell Tilman, Gary Miles, Harry Carter, Ross Massey, Matt Weber e Jeremiah Hobbs. Apenas um era familiar para mim: Frank Wilson, o irmão da menina com quem eu tinha conversado na festa de Justine, de cujo nome não conseguia me lembrar. O resto pertencia a guardas que nunca deixavam os muros.

As famílias cercaram os homens escolhidos, chorando como se eles tivessem sido selecionados para uma forma repulsiva de sacrifício humano, como se tivessem sido empurrados para fora do muro nus e desarmados. Balancei a cabeça com um leve suspiro. Perseguidor observava com medidas iguais de repugnância e fascinação e depois fez que não meneando a cabeça.

– Fico feliz em não ter família – ele disse baixinho.

Vago assentiu.

– Eles têm uma chance de voltar, desde que não façam nada idiota.

– Acho que esse é o problema.

Contive um sorriso malicioso, baixando a cabeça para não atrair atenção, naquela situação sombria, rindo da tristeza deles.

Mamãe Oaks, então, se juntou a nós, o rosto enrugado.

– Não sei se estou superpreocupada ou tão orgulhosa que poderia explodir. Você vai me matar, menina.

As palavras dela logo me deixaram séria.

– Desculpe.

Edmund acrescentou:

– Eu realmente queria que você tivesse pensado em conversar conosco sobre essa decisão. Temos a responsabilidade de criá-la até estar crescida.

Esse era o problema. De acordo com o sistema do subsolo, eu já era *crescida*. Não estava acostumada a discutir minhas decisões com ninguém. Aqueles acima de mim na cadeia de comando me davam ordens. Do contrário, eu decidia sozinha. Não gostava muito daquela redução no *status* e, assim, continuei tentando atingir novas posições que compensassem minha falta de aniversários.

Na tentativa de agir com tato, falei, mais delicada do que de costume:

– Vocês dois são muito gentis, e eu me arrependo de ter causado preocupação, mas...

– Você não pode ser ninguém além de quem você é – Mamãe Oaks concluiu. – E isso significa fazer o que acha certo. Eu entendo, criança. De verdade.

– Vou sentir sua falta em casa – Edmund disse, com a voz áspera, e eu acreditei nele. – Farei umas botas resistentes esta noite, boas para lutar.

– Obrigada.

Edmund observou Perseguidor e Vago por um instante e depois falou:

– Parece-me que um par seria útil para os seus amigos também. Não prometo que vão estar prontas pela manhã, mas mandarei um entregador para os campos com elas.

Duvidei de que ele conseguisse encontrar alguém disposto, dados os perigos do momento, mas não queria desencorajar sua gentileza. Assim, não disse nada enquanto ele se ajoelhava e tirava medidas para os dois meninos. Perseguidor, em especial, parecia pasmo com a atitude; perguntei-me se alguém já fizera alguma coisa por ele só porque queria. Isso fez com que me arrependesse da nossa falta de proximidade, porque não podia oferecer consolo a ele sem chatear Vago. Eu não estava totalmente certa do motivo, mas eles tinham instintos territoriais como todos os animais jovens, eu supunha.

– Tenho de ir dizer a Smith que não estarei por perto para ajudar com o trabalho – Perseguidor disse, depois que Edmund terminou com seus pés.

– É melhor eu avisar o Sr. Jensen também.

Vago não parecia feliz com a tarefa.

Eu dirigi a pergunta aos meus pais de criação, tentando tarde demais fazê-los se sentirem incluídos no meu planejamento:

– Se vocês não se importarem, vou acompanhar Vago.

– Venha para casa depois – Mamãe Oaks falou. – Vou fazer uma ceia especial. Só os céus sabem quanto tempo vai demorar até você ter uma refeição decente de novo.

Lá fora, a comida seria a menor das nossas preocupações, mas reconheci a necessidade dela de contribuir como podia. E quem sabe se aquela memória de um jantar delicioso não me sustentaria depois, lembrando-me do motivo de estar lutando? Ninguém me ouviria dizer que cozinheiros e construtores não eram importantes. Todos tínhamos nosso papel a desempenhar.

Vago uniu nossos dedos conforme andávamos em direção ao estábulo. O aperto dele estava quente e firme, uma certeza em um mundo cheio de inconstância. Ele era belo de uma forma que me doía, mas era a dor mais doce que eu já sentira, melhor até do que as cicatrizes que ganhara no dia da minha nomeação. Essa dor inchou no meu coração e me fez querer baixar a cabeça dele até a minha, mesmo com a cidade inteira observando.

– Eu não agradeci por você ter se oferecido comigo – falei.

– Não me agradeça por fazer o que meu coração pede, Dois. Vou ficar com você por quanto tempo deixar.

O que parecia algo estranho para ele dizer. Eu nunca lhe pedira para me deixar sozinha, mesmo quando achava que ele era doido. Mas talvez tivesse a ver com suas perdas frequentes. Em seu coração, ele achava que nada poderia durar para sempre, nem nós. E, um dia, eu iria embora como a matriz e o padreador dele tinham feito, ou ele seria mandado para longe de mim, por alguma razão que ainda não conseguíamos decifrar. Decidi, então, do fundo da minha alma, nunca deixá-lo ir embora. Eu seria aquela que nunca o abandonaria. Provaria a ele que algumas coisas podiam ser para sempre... Que *nós* podíamos ser para sempre.

Conforme nos aproximávamos do estábulo, uma voz brava berrou:

– Onde diabos você estava, garoto? Essa merda não vai se recolher sozinha.

"Diabos" e "merda" eram termos desconhecidos, mas, pela expressão tensa e irritada de Vago, não eram gentilezas, e ele os ouvira antes.

– Na patrulha. Vou sair amanhã em uma tarefa permanente, então você vai precisar encontrar outra pessoa para trabalhar no meu lugar.

– Pros diabos, não vou – Sr. Jensen disse, aparecendo para nós.

Ele era um homem nada impressionante, débil de altura e de comportamento. Um cheiro forte e desconhecido estava grudado nele, azedo e um pouco fermentado.

– Preciso bater em você com a cinta de novo?

Fiquei furiosa com a ideia de ele estar batendo em Vago, que nunca mencionara nada a respeito. Ele não confiava em mim?

– O Ancião Bigwater o aceitou – falei baixinho. – Acho que você não tem escolha.

O Sr. Jensen forçou a passagem entre nós com palavras ainda mais sórdidas... ou eu imaginei que fossem, dado o punho cerrado de Vago. Peguei a mão dele.

– Apanhe suas coisas e venha comigo. Você não vai passar nem mais uma noite aqui.

Prorrogação

Quando entrei pela porta da frente, a casa dos Oaks tinha cheiro de lar. Era engraçado pensar em algo assim, agora que estava de partida para proteger o posto avançado que estabeleceríamos nos campos, mas o aroma de pão recém-feito havia se enraizado na minha mente como sinônimo de segurança e conforto. Mamãe Oaks saiu da cozinha, secando as mãos no avental. Como eu não lhe perguntara se podíamos ter convidados – e Vago estava com todas as suas coisas nas mãos –, a confusão passou pelo rosto dela.

– O que é isso? – ela perguntou, convidando-me a esclarecer.

Uma vez que Vago claramente não queria falar a respeito, contei meu lado da história.

– Ele precisa passar a noite aqui. O Sr. Jensen ameaçou bater nele com a cinta por ir embora, e acho que não é a primeira vez.

Ela endireitou os ombros, a boca se firmando em uma linha branca ao pensar naquilo.

– Que ele ameaça… ou que realmente bate?

Imaginei que não importasse. Às vezes, o ladrar de uma pessoa era pior do que a mordida, mas eu não achava que fosse o caso. Assim, falei:

– Levante sua blusa.

Se eu estivesse errada, não haveria nada para vermos. Os olhos escuros dele voltaram-se depressa para mim com ferocidade constrangida, e o peso em meu estômago me disse que eu estava certa. Vago não queria fazer aquilo, mas, como Mamãe Oaks esperava com um olhar preocupado, ele obedeceu. A barriga dele estava bem, e então ele se virou. Ali, pelas suas belas e musculosas costas, estava a evidência dos seus meses em Salvação. Vergões por cima de vergões, alguns estavam rachados e com casca de ferida, outros eram tiras vermelhas e, por baixo de tudo, havia machucados verde-azulados que diziam que aquilo acontecia quase desde que ele saíra da casa dos Oaks. Eu podia ver no rosto de Mamãe Oaks que ela queria tê-lo mantido com sua família, apesar de não ser apropriado. Salvação não tinha sido boa com Vago como fora comigo.

– Arlo Jensen não vai escapar dessa – ela disse com uma fúria tensa. – Edmund!

Vago tentou esconder sua humilhação, mas eu podia ver que isso só estava fazendo com que ele se sentisse pior. E, ainda assim, se não tomássemos uma atitude, o verme desprezível que o machucara não pagaria pelos seus crimes. Quando Edmund viu o que a esposa queria dele, todo o seu rosto ficou vermelho e ele cerrou os punhos.

– Vou cuidar disso – ele rosnou, saindo com passos pesados.

Mamãe Oaks pegou a mão de Vago, delicadamente, e o levou para a cozinha.

– O jantar está quase pronto, mas preciso cuidar das suas costas.

Ele retraiu o corpo em reflexo, encolhendo-se com a ideia de ela tratar dele. Ela leu a rejeição, e a tristeza em seu rosto mostrou que entendia que ele não iria confiar com facilidade. Assim, juntou os materiais e colocou a mão em meu ombro.

– Vou pôr a mesa. Talvez seja melhor você cuidar dele.

– Você se importa? – perguntei.

– Prefiro que seja você.

O tom de voz dele dizia que ele preferia fingir que não tinha acontecido, mas isso não faria os ferimentos desaparecerem.

– Então, eu faço. Tire a camisa.

Ele obedeceu, colocando-a na mesa ao seu lado. Poucas vezes comíamos na cozinha, mas a mesa de trabalho serviria para aquilo. Minhas mãos tremiam um pouco. Não era como esfregar pomada em feridas de batalha. Aquelas não me importavam. Essas sim, porque um humano – que não tinha a desculpa de mutação, doença ou insanidade, o que quer que afligisse as Aberrações – as causara.

Lavei as mãos na água com sabão e, depois, enxuguei em uma toalha. Mais do que tudo, eu tinha medo de machucar Vago, mas ele confiava em mim para aquilo. Queria apenas que ele tivesse me contado antes; porém, já que não tínhamos conversado muito, acho que eu não o culpava. Tegan poderia ter ajudado, ou até Perseguidor. Não havia motivo para ele se submeter a tais maus-tratos. Na tentativa de ser delicada, lavei as suas costas, parando quando o sentia se retrair. Os nós dos dedos dele ficaram brancos no canto da mesa, a cabeça baixa. Eu não sabia dizer o que ele estava pensando.

– Quase pronto – sussurrei.

Para a última etapa, eu espalhei a pomada de cicatrização por toda parte, com o máximo de leveza que podia. Ele estremeceu um pouco, mas eu não fazia ideia se o estava machucando. Com as pontas dos dedos, tracei cada marca da cinta, cada machucado e, quando terminei, queria encontrar Arlo Jensen e cortá-lo para fazer isca de Aberração. A simples ideia me deu uma imensa satisfação. Os lugares onde a pele de Vago se abrira não pareciam estar infeccionados, assim não existia a necessidade de um tratamento mais profundo, e havia crostas de ferida limpas, então também não coloquei curativos.

– Terminou?

Antes de eu poder responder, ele ficou em pé e mexeu os ombros para devolver a camisa ao lugar. Não olhava para mim, como se eu o tivesse traído.

– Vago? Você está bravo?

– Não com você.

Mas parecia que sim.

– Se eu não tivesse contado a ela...

– Tudo bem – ele respondeu nervoso.

– *Não* está tudo bem. O que está passando na sua cabeça agora?

– Provavelmente, eu mereci – ele articulou. – Tegan está bem. Você está bem. Até o Perseguidor parece se dar bem com o pai de criação. E eu fui respondão e impaciente, por causa de...

Ele gesticulou, apontando para mim e para ele.

"Por nossa causa. Por minha causa."

– Então, deve ter tido algo a ver com a minha atitude.

Ele deu de ombros.

Eu já estava fazendo que não.

– Não importa o que você disse para ele ou como disse, não foi certo. Foi erro dele, não seu. *Não foi* culpa sua.

Ele escondia tanta coisa, aquele meu menino. Dei um passo em direção a Vago e, antes de poder me mexer de novo, ele se moveu e, então, estava em meus braços. Não conseguia suportar que ninguém além de mim tocasse nele. E, assim, abracei-o com cuidado, perguntando-me se já o teria machucado com uma carícia casual. Não que ele fosse demonstrar. Já tinha sofrido uma dor inimaginável, e aquelas cicatrizes se somariam às muitas que ele reunira ao longo dos anos. Vago baixou a cabeça apenas o suficiente, descansando o queixo no meu ombro, e ficamos assim até eu ouvir Mamãe Oaks andando pela sala de jantar.

Depois, a porta da frente foi aberta e fechada. Edmund estava de volta. Vago, então, se afastou e eu uni nossos dedos, levando-o comigo para o outro aposento.

– Está acertado – Edmund disse, com satisfação.

Mamãe Oaks quis saber:

– O que aconteceu?

– Levei o assunto para o Ancião Bigwater. Você sabe que ele detesta maus-tratos com crianças. Jensen vai receber dez chicotadas e um dia no tronco.

Ele se virou para Vago.

– Não que importe, mas Arlo teve uma recaída. Se soubéssemos, nunca teríamos confiado sua segurança a ele.

– Recaída? – perguntei.

Minha mãe de criação explicou:

– Ele bebe uísque de milho. Fica agressivo quando está bêbado. E eu sinto muito. É claro que Vago pode passar a noite aqui... E é bem-vindo quando a estação de cultivo acabar também.

Ela estava determinada a parecer alegre, concentrada na certeza de nós dois voltarmos.

– Ele pode ficar com o meu quarto.

Deixei Vago conversando com Edmund enquanto fui tratar da ferida de garra na minha barriga. O latejamento tinha diminuído para um leve calor, intensificado apenas quando eu torcia a cintura. Mamãe Oaks se agitou enquanto cuidava de mim, fazendo que não com a cabeça.

– Nunca vou entender por que você faz isso – ela murmurou.

Virei um olhar cortante para ela.

– Então, você não lutaria pelos seus filhos?

Ela soltou um suspiro.

– Deixe para lá. Só coloque a mesa.

O jantar foi uma refeição agradável. Como meus pais de criação não ficaram comentando os ferimentos dele, Vago relaxou e aproveitou a comida. Eu reparei que ele ficou sentado muito ereto, sem tocar suas costas na cadeira. Tinha feito isso no balanço e no sofá também, e eu não percebera o que significava. "Idiota. Você podia tê-lo ajudado antes."

Depois da refeição, jogamos um jogo de cartas que Edmund estivera me ensinando. Tinha muitas regras e não se parecia em nada com os que eu aprendera no subsolo. Era preciso manter um registro de valores de pontuações e descartes. Naquela noite, nós nos dividimos em times, Mamãe Oaks e Vago contra mim e Edmund. Fiquei grata quando eles ganharam, o que deixou um sorriso em Vago, e Edmund me deu uma piscadinha enquanto se afastava da mesa, fazendo-me pensar que ele entregara a partida. Eu gostava cada vez mais dele.

– Vamos jogar xadrez quando você voltar do posto avançado – Edmund prometeu.

Eu sorri.

– Eu gostaria disso.

Como ficava tarde, Mamãe Oaks tirou a mesa, e eu a ajudei. Lavamos a louça em um silêncio companheiro. Foi apenas quando eu estava secando a última peça que ela se virou para mim, as mãos nos quadris.

– Ele é importante para você.

Não era uma pergunta.

– Sim, senhora.

"A Sra. James ficaria orgulhosa de mim", pensei, "por ter me lembrado de diferençar pelo sexo".

– Ele é o motivo de você estar tão decidida a lutar?

– Não – respondi devagar. – Acho que é o contrário.

Ela riu baixinho.

– Não fico surpresa em ouvir isso. Vamos nos retirar agora. Não fiquem tanto tempo pegando fogo a ponto de não dormirem nada.

Era a segunda vez que eu ouvia aquela expressão e confiava o bastante em Mamãe Oaks para expor minha ignorância.

– O que significa "pegar fogo"?

O rosto dela se suavizou, como se com memórias agradáveis.

– Significa que sua seiva está fluindo e você está florescendo, então gosta de passar um tempo a sós com o seu rapaz.

"Ah." A expressão dela me permitiu fazer a conexão com beijos. Se eu parasse para pensar, "pegar fogo" era uma boa expressão. Quando Vago me tocava, eu realmente sentia que tinha pequenos raios de luz tremulando por todo o meu corpo. Minhas bochechas esquentaram com a ideia de Mamãe Oaks saber sobre aquele tipo de coisa. Porém, se ela tinha escolhido Edmund como parceiro e carregado seus filhos, era uma conclusão inevitável. Aquilo me deu uma sensação superestranha, imaginando-os jovens e impetuosos.

Ela continuou:

– Não vou dar mais recomendações. Você é uma menina corajosa por ter chegado aonde chegou, e sei que sabe organizar bem suas prioridades.

Eu entendi aquilo como se ela enfim acreditasse que eu não estava interessada em procriação desautorizada. Àquela altura, eu gostava bastante de beijar, mas qualquer coisa a mais teria de esperar até meus reflexos de combate ficarem mais lentos, não podia arriscar que um pirralho interrompesse os anos em que eu estava melhor para lutar. Quando eu ficasse velha e lenta, digamos que com uns 24 anos, então poderia pensar em me acalmar e procriar com Vago, mas isso estava tão à frente no futuro que eu mal conseguia imaginar, e meu presente não era nada certo.

– Obrigada por tudo – falei.

Mamãe Oaks correu até mim e me deu o abraço mais apertado que eu já recebera. Ela tinha cheiro de coisas gostosas no forno, e meus olhos arderam um pouco. Quase imediatamente, ela se afastou e murmurou que provavelmente não estaria acordada quando eu saísse, mas que eu permaneceria em suas orações. Em Salvação, isso era uma coisa boa, já que significava falar com o ser divino que controlava o mundo a partir do céu. Eu não conseguia imaginar que ele sequer ouvisse, mas minha mãe de criação tirava consolo disso, e era suficiente para mim.

Parei por um momento para me recompor depois de ela deixar a cozinha e, em seguida, fui à sala de estar, onde encontrei Edmund colocando os sapatos e o chapéu.

– Aonde você vai? – perguntei.

– Prometi a você botas novas para marchar amanhã – ele disse baixinho.

– Você não precisa...

– Não seja boba.

Aquilo aparentemente encerrou a discussão porque meu pai de criação então saiu, fechando a porta com delicadeza.

Do pequeno sofá, Vago observou a conversa. Ele não estava encostado para trás, então imaginei que a pomada havia deixado suas feridas sensíveis. Em vez disso, apoiou os cotovelos nos joelhos e me analisou como se eu tivesse todas as respostas para os mistérios do universo. Aquele olhar fez meus batimentos acelerarem.

– Ele se importa muito com você – Vago falou.

Eu assenti.

– Eu achei, nas primeiras semanas, que eu fosse um incômodo para eles dois, mas parece que não.

– Estou feliz por você ter ficado com pessoas que a amam.

Eu não sentia vontade de discutir aquilo quando estava me esforçando ao máximo para abandonar aquelas gentis pessoas preocupadas.

– Você está cansado? – perguntei, mudando de assunto.

Ele fez que não.

– Esta é a última vez que vou ficar sozinho com você por um tempo.

– Pode levar o verão inteiro até acontecer de novo – concordei.

Estaríamos juntos, mas não haveria muitos momentos tranquilos como aquele. Seria impossível pensar em pegar fogo enquanto estabelecíamos um posto avançado nos campos. O que me fez pensar se eu era louca por ter me oferecido; eu poderia ficar segura dentro dos muros, passando momentos como aquele com Vago. Poderia haver passeios ao luar e beijos no balanço, segredos sussurrados e delicadeza infinita. Eu desistira de tudo aquilo para ter uma vida dura e lutar pela minha sobrevivência.

Mas não podia negar a Caçadora que vivia dentro de mim.

– Então, devemos aproveitar esta noite ao máximo.

Vago ficou em pé e me ofereceu a mão.

Eu o observei sob a luz difusa do lampião, vendo como fazia brilhar seu cabelo negro. Ele caía em ondas bagunçadas em volta do seu rosto lindo e magro. Àquela altura, eu conhecia os traços dele melhor do que os meus. Um meio sorriso brincou no canto da sua boca, dando-lhe uma expressão divertida. Porém, mesmo na brincadeira, Vago ainda exalava aquele toque perigoso, como se fosse uma coisa selvagem, domada apenas pela minha mão. Eu puxei um fôlego suave e trêmulo e, depois, fui até ele e coloquei meus dedos nos seus. Ele se aproximou devagar, se foi por causa das suas costas ou para evitar me assustar, eu não soube dizer.

Tão perto, eu podia ver a franja escura dos seus cílios. Seus olhos eram tão negros que não tinham nenhum outro tom, mas, quando levantei o olhar, notei que as íris possuíam um leve anel violeta. Eu nunca vira um olhar assim, cheio de ternura derretida e adoração absoluta. Achei que poderia ter ficado daquele jeito a noite toda, se ele não tivesse me beijado.

Os lábios dele se moveram nos meus e depois brincaram com o meu lábio inferior. Seus dentes roçaram, depois a língua. Faíscas trepidaram ganhando vida, acendendo-me por dentro. Vago me puxou mais para perto com a mão na minha cintura, mas, mesmo perdida nele, lembrei-me de não colocar as mãos nas suas costas. Em vez disso, trancei meus dedos na nuca dele, alternando entre apertar e acariciar. Vago deslizou as mãos para os meus quadris e me puxou contra ele, deixando nossos corpos enrubescidos e quentes. Senti como se as batidas do coração dele ecoassem as minhas, martelando uma melodia ensurdecedora. Ele bebeu meus ofegos e suspiros com lábios famintos, e respondi com tudo de mim. Eventualmente, sua boca se afastava da minha; depois, ele beijou minha orelha, meu pescoço e um som baixinho escapou de mim.

– Acho melhor pararmos – falei, tremendo.

"Antes de eu esquecer que procriar era uma má ideia para uma Caçadora." Mais alguns minutos e eu não me importaria nem um pouco com a maneira que um pirralho mudaria minha vida. Ele não protestou quando me afastei, mas suas mãos tremeram, o que significava que pegar fogo tinha o mesmo efeito nele. Aquela reação fez com que não me sentisse tão mal por ter tão pouco controle sobre meus instintos mais delicados. Sorri para mostrar que não me importava.

– Não vá dormir ainda – ele sussurrou.

– Eu não estava planejando ir.

Tínhamos passado mais noites juntos do que separados, àquela altura. Na verdade, quando chegamos a Salvação, eu achei difícil dormir sozinha. Eu estava acostumada com Vago, Tegan e Perseguidor acampados por perto. Não estava acostumada com silêncio e privacidade e achava solitário. Embora tivesse me habituado com minha própria cama, meu próprio espaço, ainda desejava em algumas noites achar Vago a meu alcance, para poder observá-lo enquanto dormisse, os cílios curvados como leques escuros sobre suas bochechas.

– E agora?

Eu podia ver pela sua expressão que ele estava tendo dificuldade para não vir até mim, e eu queria ficar perto dele, mas isso não era inteligente. Se ele começasse de novo com os beijos, eu deixaria ir mais longe do que devia. Meu bom senso já havia feito as malas, preparando-se para me abandonar pelo resto da noite. Por sorte, eu tinha uma alternativa em mente.

– Tem algo que eu sempre quis fazer – confessei.

A fascinação faiscou em seus olhos cor da noite.

– O quê?

Como resposta, sentei no sofá e fiz um sinal para que ele se aproximasse.

– Deite e coloque a cabeça no meu colo.

Ele levou um instante para encontrar uma posição confortável, mas conseguiu, de lado, virado para mim, a cabeça descansando em minhas coxas. Eu espirei, contente, e afundei as mãos nos seus cabelos sedosos e bagunçados.

Eu havia tocado neles antes, é claro, mas não por muito tempo, assim sem pressa. Em passadas longas e tranquilizadoras, eu rocei meus dedos levemente, descendo pela sua testa, têmporas, bochechas e subindo de novo. Tracei o arco das sobrancelhas dele e o osso do nariz. Em certa época, eu nunca teria me permitido tanto contato, acreditava que ternura fosse apenas para Procriadores.

Mas Vago precisava daquilo tanto quanto eu.

– Você sempre quis me dar carinho? – ele perguntou, o tom da sua voz de uma doçura sonolenta.

– Tudo bem?

– É… perfeito.

Ele estava sorrindo quando adormeceu, e fiquei com ele em meu colo, pensando que não havia nada que eu não faria por aquele menino.

Pressão

O céu estava escuro quando acordei. Senti uma pontada no pescoço por ter ficado com Vago em meu colo a noite toda, mas ele continuou dormindo, mais afundado em sonhos do que eu já o vira. Naqueles momentos silenciosos e secretos, ele era todo meu. Sem defesas, sem fingimentos. E, assim, coloquei o cabelo dele para trás e tracei a linha elegante das suas sobrancelhas. Suas pálpebras tremularam, e se eu pudesse tê-las beijado sem acordá-lo, teria feito. Contive o impulso porque senti que fazia muito tempo que ele não descansava tão bem.

Do outro lado da sala, um par de botas novas e brilhantes estava no último degrau da escada, o que significava que Edmund havia trabalhado até terminá-las, voltado para casa, nos encontrado enrolados como filhotinhos de cachorros e não dissera nada a respeito. Eu o imaginei nos observando, sua expressão suave, e depois deixando o presente onde eu o veria. Lágrimas ferveram em meus olhos. Em silêncio, deslizei de baixo de Vago, trocando meu colo por uma almofada, e fui pegar meu presente.

Abracei as botas contra o peito e segui para a cozinha. Não queria deixá-las, mesmo que para preparar uma refeição rápida. Sempre havia pão fresco e manteiga, junto com uma meleca vermelha que Mamãe Oaks chamava de geleia de morango. Não acendi o fogo porque isso acordaria meus pais de criação, e Edmund teria dormido muito pouco. Aquilo estava bom, melhor do que tivéramos em algumas manhãs, enquanto viajávamos. Ao mesmo tempo em que eu espalhava a manteiga e a geleia, lembrei-me de dias em que não tínhamos comido nada além de um punhado de carne de coelho torrada.

Quando terminei de preparar o café da manhã, levei dois pratos para a sala de estar. Acordei Vago colocando a mão em seu ombro e, para minha alegria, ele não tentou pegar sua arma. Apenas levantou o olhar para mim com um sorriso sonolento e questionador. Vi o momento em que ele me reconheceu, e seus olhos se iluminaram.

– Eu poderia me acostumar com isto – ele sussurrou.

Um pouco constrangida pelo calor que me derretia por dentro, olhei feio para ele.

– Não faça isso.

O sorriso dele aumentou conforme ele se levantava devagar e pegava a refeição. Comi depressa e em silêncio, sabendo que precisávamos nos lavar e reunir nossas coisas. Não seria bom nos atrasarmos no primeiro dia. Aquilo me lembrava muito da nossa primeira patrulha no subsolo. Esmaguei a dor que cresceu em mim ao pensar nos meus amigos perdidos, então levei os pratos para a cozinha e bombeei água em uma bacia. Vago foi na frente, banhando-se com um pano na cozinha. Eu *não* fiquei na sala imaginando que o tecido desenhava pelo seu peito. Quando ele apareceu na porta, foi a minha vez. Vesti uma bata e calças, em seguida coloquei minhas botas novas. *Maravilhosas*. Depois, pegamos nossas coisas e fomos para o alojamento.

A essa altura, o céu estava clareando nos cantos, mostrando vislumbres de cobre e rosa. As cores explodiram em camadas, uma cortesia do *céu-firmamento*, que nunca deixava de me tirar o fôlego. Logo, o sol iria arder em meus olhos, mas esse sereno prelúdio ao ataque total do dia oferecia a beleza mais perfeita que eu encontrara no Topo.

– Nervosa?

Vago caminhou ao meu lado, sincronizando seus passos com os meus.

– Um pouco – admiti. – Vai ser pior do que qualquer coisa que enfrentamos em Salvação... E temos vivido tranquilos há um tempo.

Eu não havia esquecido a dificuldade dos túneis ou de procurar por recursos nas ruínas enquanto me escondia das gangues. E a privação da longa jornada também não se enfraquecera na minha mente. Mas, perversamente, eu me orgulhava do que havíamos sofrido porque tínhamos superado tudo apenas com nossas armas e nosso trabalho em equipe.

Vago fez que sim.

– Sem abrigo, mas o clima estará bom. Fica mais quente a cada dia.

– Estou mais preocupada em estabelecermos o posto avançado em um lugar que possa ser protegido.

Vago pensou a respeito e depois disse:

– Improvável parece saber o que está fazendo.

– Essa é a única vantagem.

Se colocassem outra pessoa no comando daquele projeto, eu teria duvidado de que houvesse qualquer chance de dar certo.

A cidade estava quieta àquela hora, vimos apenas guardas se movimentando, alguns nos muros e outros a caminho do alojamento. Acenei com a cabeça para alguns, cumprimentando-os. Quando chegamos, metade da equipe já estava reunida, mas ainda esperava o resto. O alívio correu por mim, macio e doce como o mel. Pelo menos, não começaríamos a tarefa estando na lista negra de Improvável. Não que eu achasse que ele fosse tão irritável quanto Seda. Não parecia ter muito senso de autoimportância.

Perseguidor chegou a passos largos alguns minutos depois e, para minha surpresa, Vago acenou, cumprimentando-o. O menino loiro parou, as sobrancelhas franzidas em óbvia confusão. E, em seguida, manobrou em volta de um aglomerado de homens para se juntar a nós. Se Perseguidor achava que eu era melhor do que nossos colegas, então eles não concordavam com ele nem um pouco. Eu não devia ter sorrido com o insulto implícito, mas, na verdade, também não tinha uma boa opinião dos nossos camaradas. Se fossem Caçadores de coração, teriam se voluntariado, optado por vontade própria. Ainda assim, não mereciam morrer por sua falta de coragem.

Vago fez que não, olhando para nós dois, embora eu duvidasse de que os guardas tivessem reparado na interação silenciosa.

– Temos de trabalhar com eles.

– Pode haver esperança para alguns – falei, delicada. – Pirralhos podem ser treinados.

Os dois meninos deram uma segunda olhada e Perseguidor riu.

– Pirralhos velhos.

Poucos minutos depois, os homens restantes apareceram, taciturnos e insatisfeitos. Improvável falou por alguns instantes sobre suas expectativas, definindo seus planos, que eram lógicos e bem pensados. Haveria licenças ocasionais para voltar à cidade, depois da primeira semana, nas quais dois guardas entrariam e sairiam em turnos. Isso, ele disse, deveria diminuir o número de soldados que desertariam seus postos.

– Vai ser duro – ele continuou –, mas vamos aguentar ou a cidade morrerá de fome. É um fato. Os Mutantes descobriram como nos machucar, e não podemos deixar assim. Faz muito tempo que não temos uma guerra de verdade, mas receio de que talvez chegue a isso.

Os guardas murmuraram, alguns preocupados, outros especulando. Entramos em formação, dois a dois, e marchamos pelo amanhecer, nosso avanço abençoado pelo sol nascendo. Talvez fosse apenas a progressão normal do dia, mas, conforme ele ficava mais forte, eu quase podia acreditar que aquele esplendor significasse algo especial – que fôssemos ter sucesso – e que o dano não seria catastrófico.

Dezessete cultivadores nos encontraram na entrada da cidade com carroças cheias de sementes. Dessa vez, eles pareciam amedrontados, nenhum muito ansioso para voltar aos campos. Se alguma coisa desse errado, Salvação não teria os suprimentos para plantar uma terceira vez. E eu tentei não pensar nesse resultado. Um dos cultivadores me distraiu levantando a mão e, quando me aproximei, reconheci Tegan com o cabelo preso em tranças firmes e usando um pedaço de tecido em volta da cabeça para protegê-la do sol.

Corri até ela.

– O que o Doutor achou de você se oferecer para ajudar com a colheita?

– Precisou de um pouco de persuasão depois dos problemas que tivemos nesta temporada, mas estavam sem gente disposta e eu sei o que estou fazendo.

– Vou cuidar de você – prometi.

Tegan assentiu.

– Eu sei... ou não estaria aqui.

Improvável gritou para os guardas entrarem em fila e, assim, eu acenei enquanto voltava para a formação. Não houve fanfarra quando os portões se abriram. Ninguém da cidade foi nos desejar boa viagem ao nos retirarmos para proteger os campos. Era melhor assim, teria tornado mais difícil sair para aqueles que estavam, na melhor das hipóteses, relutantes.

– Fiquem perto das carroças – Improvável ordenou. – Quero guardas postados de cada lado e mantenham os olhos bem atentos na linha das árvores.

– Sim, senhor – murmurei com os outros 19.

Eu cheirei o ar da manhã, procurando qualquer sinal de que a situação não estava como deveria. Apenas o aroma da grama verde partida sob nossos pés chegou até mim, seguida do leve odor almiscarado de animais e da doçura de flores brancas, abrindo-se a distância. Eu encontrava beleza constante nesse novo mundo, ainda não tinha ficado familiar e me maravilhava com a forma dos nativos descobrirem tão pouco para encantar os olhos.

Da mesma maneira, as aves me garantiam que estávamos seguros por ora. Flashes de cor flutuavam no aéreo labirinto verde. Naquela manhã, elas chilreavam e entoavam estridentes suas canções do alvorecer, imperturbáveis em ramos distantes. Ainda assim, a paz era enervante, pois já tínhamos andado por aquele caminho e sabíamos que o perigo estava à espreita dentro do emaranhado de galhos. Para uma Caçadora, a espera podia ser infinitamente pior do que a luta. Passei os dedos pelas minhas adagas conforme nos aproximávamos do primeiro campo, arruinado por sulcos feitos pelas garras de Aberrações. Apenas plantas mortas restavam, tão secas e marrons que doía olhar para elas. Tinham representado a esperança de sobrevivência da cidade.

"Vamos nos sair melhor desta vez. Improvável tem um plano."

Logo depois, ele provou que eu estava certa na minha avaliação. Gritou instruções aos cultivadores nas carroças, dizendo-lhes para descerem e começarem o trabalho. Tegan colocou no ombro um balde, que tinha uma longa tira presa a ele, e seu parceiro – um homem mais velho que parecia protetor – carregou jarros d'água. Ela colocava as sementes no solo enquanto o homem as cobria e regava.

Prestei bastante atenção neles enquanto trabalhavam nos campos, mas tinha de observar todos os cultivadores. O resto do nosso bando ficou de guarda comigo, olhando em todas as direções. Eu podia ver que muitos deles estavam assustados pela maneira como agarravam suas armas.

Frank Wilson, o guarda com quem eu tinha lutado para ganhar meu lugar, veio ficar conosco. Ele parecia ter uns 20 anos, embora talvez fosse mais velho, com base na forma como as pessoas envelheciam no Topo. Seus cabelos castanhos precisavam ser cortados, e um nariz pontudo dominava seu rosto estreito. Para ser justa, Frank não estava rígido de medo como o resto. Eu não sabia se isso significava que ele era corajoso ou tolo. Alguns Caçadores eram as duas coisas em medidas iguais, mas Seda, certa vez, nos dissera que apenas um idiota não tinha medo de nada. Caçadores espertos sabiam quando as situações eram perigosas e faziam a escolha de arriscar suas vidas pelo bem do enclave.

– Não acredito que vamos ficar aqui fora o verão todo – Frank disse, meneando a cabeça.

Perseguidor o olhou com desgosto.

– Nós passamos o inverno todo do lado de fora.

Tecnicamente, nós o passamos em uma casinha, mas Frank pareceu tão impressionado com nossas habilidades de sobrevivência que não tive coragem de desiludi-lo. Vago estava observando a linha das árvores, como Improvável dissera, parecendo não se importar muito com a conversa. Só de olhar para ele, eu me enchia de calor, mas não deixei a sensação me distrair.

– Ouvi falar sobre isso – Frank comentou. – Vocês vieram mesmo de Gotham?

Se eu ganhasse uma faca nova a cada vez que tinham nos perguntado isso, não seria capaz de carregar todas. Deixei Perseguidor lidar com a pergunta.

– É verdade – ele respondeu.

– Como estava? Tinha carroças sem cavalos e carruagens voadoras?

Naquele momento, Frank pareceu mais jovem do que eu pensara no começo.

– É claro – Perseguidor disse, brincando com ele. – Também havia fontes com toda a sidra que você conseguisse beber e torres brilhantes de prata pura.

Frank ficou corado.

– Desculpe.

Fiquei com dó dele.

– Está tudo em ruínas.

Ainda assim, ele não perdeu o ânimo, e imaginei que esperasse fazer amizade conosco porque todos os outros do pelotão eram pelo menos dez anos mais velhos. A maioria tinha sua própria família e ficava em grupinhos segurando as armas sem força enquanto reclamava amargamente daquele dever. Como Frank não era assim, talvez ele pertencesse à nossa turma, mais do que à dos outros, de qualquer forma. Eu prometera mostrar-lhe golpes, talvez houvesse tempo para isso depois.

Na tentativa de puxar conversa, Frank disse:

– Quem poderia imaginar que os Mutantes fossem espertos o suficiente para atacar nosso suprimento de comida?

Ele lembrava Trançado, de quem ninguém gostava lá no subsolo. Trançado fora um homem pequeno e fraco do enclave, que servia como braço direito do líder. Embora ele não tivesse carisma, também acabou revelando ser nosso maior aliado, então, eu não achei inteligente afastar Frank. Poderíamos precisar dele.

– São diferentes – falei, pensativa. – Talvez tenha dois tipos, o tipo sem raciocínio e esses novos, que parecem pensar e planejar.

Aquilo era apenas especulação, é claro. Lembrei-me de que Vago dissera ser necessário estudar as Aberrações para descobrir por que elas estavam mudando. No entanto, aquela não parecia uma provável forma de ter respostas. Eu imaginava o que o Ancião Bigwater diria se lhe apresentassem um esquema tão louco e perigoso.

Perseguidor fez sombra sobre os olhos, olhando com frustração silenciosa em direção às árvores.

– Se isso for verdade, então, estamos perdidos.

Aquilo terminou com a conversa até nos deslocarmos. O dia passou devagar; na maior parte, prestamos atenção, supervisionando o horizonte à procura de sinais de perigo. Ao meio dia, comemos um almoço frio de pão e carne-seca. Com sorte, as refeições melhorariam depois de acabarmos a plantação inicial e decidirmos onde estabelecer o posto avançado. Tegan comeu conosco, sua perna machucada estendida à frente.

– Você está com dor?

Olhei para ela meio franzindo as sobrancelhas.

Seus olhos castanhos se escureceram de ultraje.

– Você perguntou isso para *mais alguém*?

– Não, mas...

– Deixe-a em paz – Perseguidor disse, surpreendendo-me. – Ela é durona. Vai ficar bem.

Eu o mirei, pasma, mas ele já se virara para dizer a Frank que tínhamos passado uma semana inteira sem comer nada além de peixe. Infelizmente, a história era verdade; se eu nunca mais visse peixes, não teria problema. Tegan o observou, sua expressão perplexa, mas grata. Eu podia ver que ela não entendia Perseguidor nem um pouco.

– Sei que sua intenção é boa – ela sussurrou ao se levantar –, mas não preciso ser mimada. Sei exatamente o que posso suportar.

– Desculpe. Não vou fazer de novo.

Ela confirmou com a cabeça mostrando que não estávamos brigadas e, depois, juntou-se ao seu parceiro para continuar a plantar. No final da tarde, os cultivadores terminaram. As sementes não precisavam de cuidados especiais no começo, mas necessitavam de alguém que as guardasse e garantisse que as Aberrações não viessem à noite para arrancá-las do chão. Voltamos para Salvação quase em silêncio, mas, conforme nos aproximávamos dos portões, um guarda murmurou:

– Isto é ridículo. Não vimos nem ouvimos um pio dos Mutantes hoje. Devemos dormir nas nossas camas quentes esta noite.

– Odell Ellis, reconheço sua voz – Improvável gritou sem se virar. – Se quiser explicar para o Ancião Bigwater o que pensa que *tá* fazendo ao abandonar seu posto, pode ir direto com os cultivadores. Mas, se fizer isso, tenho quase certeza de que ele não vai baixar a cabeça para *cê* comer nossa comida no inverno. A decisão é sua.

– Sei o meu dever – Odell sussurrou.

– Então, pare de resmungar.

Improvável levantou a voz, chamando os guardas do muro:

– Abram depressa, só o bastante para as carroças. A barra *tá* limpa.

– Cuidado – Tegan falou ao ir embora. – Tenho certeza de que vamos nos ver em breve.

À luz que sumia, ergui a mão para me despedir e vi Perseguidor e Vago fazerem o mesmo, cada um de um lado meu. No total, levamos apenas alguns minutos para deixar os civis em segurança. Senti-me mais preparada para o combate imediatamente. Improvável fez um sinal e nos afastamos, voltando em direção aos campos. Havia sido um dia longo, no qual a falta de ação pesava. Àquela altura, eu estava tensa como um fio esticado, esperando que a pressão me fizesse quebrar.

Porém, o trabalho de guarda não era só agitação e ação. Eu sabia disso ao aceitá-lo.

Improvável escolheu um lugar excelente em uma pequena elevação que permitia uma vista ampla dos campos recém-plantados. O vento carregava um aroma de argila, da terra recém-revirada. Daquela posição, veríamos se alguma coisa desse errado, e a inclinação oferecia uma vantagem para os homens armados. Com alguma sorte, eles derrubariam um grande número das Aberrações que avançassem, e nossa equipe de combate corpo a corpo devastaria o resto.

– De manhã, vamos derrubar um pouco de madeira para montarmos uma torre de vigia adequada. Por hoje, faremos uma fogueira e um acampamento simples. Quem sabe fazer sopa de acampamento?

Vago levantou a mão.

– Nós fizemos isso algumas vezes. Onde está a panela?

Eu fui ajudá-lo, e Perseguidor fez a fogueira. Era quase como nos velhos tempos, se eu ignorasse a partida de Tegan e 16 homens resmungando por serem forçados a dormir no chão duro, sendo que claramente havíamos eliminado a ameaça dos Mutantes.

Eu não tinha tanta certeza.

O comportamento das Aberrações indicava serem capazes de bolar planos maldosos que, quando combinados com sua força e sua quantidade assustadora, representavam um desafio intimidador. Por sorte, Vago e eu havíamos sobrevivido a coisas piores. Pelo menos, ali, tínhamos homens para lutar conosco, e Salvação continuava por perto, se a situação no campo ficasse insustentável.

Essas ideias me ocuparam enquanto preparávamos a ceia. Vago encheu a panela até a metade com água das vasilhas que havíamos trazido da cidade e eu fatiei legumes e verduras e, em seguida, acrescentei carne-seca. Improvável ofereceu vários saquinhos de temperos, eu os examinei com uma fungada antes de decidir quais colocar na sopa.

Um dos guardas cutucou outro com o cotovelo e murmurou:

– Então, foi por isso que ela veio com a gente. Pelo menos, sabe cozinhar.

Um terceiro bufou:

– Aposto que isso não é tudo para o que ela serve.

Vago congelou. Antes de eu poder lhe dizer para ignorar aquilo, ele estava com sua faca contra a garganta do homem.

– Se eu ouvir outra insinuação como essa saindo de você, vamos ter um homem a menos antes de vermos uma única Aberração.

– Afaste-se, filho.

Improvável colocou a mão no ombro dele, alertando-o, e, depois de resfolegar profundamente, Vago recuou, baixando a lâmina.

– Eu cuido disso. Ela é sua garota, eu sei, mas estes são *meus* homens.

O homem que Vago ameaçara mostrava medidas iguais de medo e fúria, porém Improvável agarrou seu braço e o puxou de lado. O que quer que ele tenha dito, foi baixo demais para eu ouvir, mas, quando o homem voltou – acreditava que seu nome fosse Gary –, ele não conseguia me olhar nos olhos enquanto me oferecia as desculpas. Eu apenas dei de ombros. Houvera Caçadores no subsolo que eram rápidos em fazer piadas de Procriador. Se os deixasse me irritarem, então era tão mole quanto diziam, e eu não temia nenhum macho humano. Embora pudessem ser mais fortes, não eram mais espertos ou rápidos.

– Isso serve para todos vocês. Essa menina luta tão bem quanto qualquer homem aqui, e melhor do que alguns, então não quero ouvir mais disso. Fui claro?

O resto balbuciou, concordando. O jantar foi uma refeição silenciosa, mas, aos poucos, os guardas esqueceram o incidente, à medida que suas barrigas se aqueciam e eles admiravam o brilho das estrelas cintilantes no céu. Com sopa quente, um saco de dormir aconchegante e um céu limpo, a situação definitivamente podia ser pior.

Depois de limpar as coisas, afundei ao lado de Vago e entrelacei nossos dedos.

– Você não pode ameaçar de morte todo mundo que falar mal de mim.

– Por que não? – ele murmurou.

– No geral? Porque eles começarão a me ver como o seu ponto fraco e vão me usar para atingi-lo. Não me importa o que eles pensam de mim. Só o que você pensa.

Ele se aproximou e sussurrou:

– Eu queria poder beijá-la.

– Guarde os beijos. Vou pegar todos de uma vez quando puder.

Como resposta, ele passou a mão pelo meu cabelo. Pouco depois, Perseguidor e Frank se juntaram a nós. A conversa foi para assuntos mais gerais, especulações sobre o que o verão traria e expectativa a respeito de quanto teríamos de trabalhar na floresta no dia seguinte.

Por fim, nós nos enrolamos em nossas cobertas conforme a noite de verdade caiu.

Nenhum pesadelo veio naquela noite, mas eles começariam na realidade muito em breve.

Rastejo

A noite se passou em turnos, e havia guardas o bastante para eu não ter sido escolhida como vigia. Seria a minha vez no dia seguinte. Sobras de sopa e pão velho compuseram nosso café da manhã. Durante nossas viagens, Vago e eu tínhamos descoberto, bem por acidente, que a sopa deixada por tempo indeterminado no fogo ficava espessa e pesada, e o calor constante reduzia a chance de ela estragar.

Na vida dura que estávamos levando, fazia sentido usar o conhecimento que tínhamos ganhado na viagem para o norte. Eu distribuí a comida, meu queixo projetado desafiando os outros a fazerem um comentário sobre meu sexo e o motivo de eu estar servindo. Depois da refeição, Improvável tirou palitinhos no intuito de ver qual metade do nosso grupo iria à floresta serrar a madeira para a torre de vigia. Vago e eu tiramos palitinhos curtos, mas Perseguidor e Frank, não. Os outros oito homens eram mais velhos, e eu só os conhecia por sua reputação. Nenhum parecia feliz com a situação, e eu suspeitava que estivessem se lembrando da quantidade de Aberrações que tinha jorrado da floresta recentemente.

Em certa medida, eu carregava as mesmas dúvidas e medos; parecia impossível esperar que tão poucas pessoas agissem em nome da cidade toda e, ainda assim, a maioria de Salvação não conseguiria sobreviver ali fora. Oferecer às Aberrações comida grátis na forma de fêmeas e pirralhos indefesos não tinha finalidade. Então, era preciso fazer aquele plano dar certo.

Um dos guardas me alcançou no caminho. Era um homem baixo e corpulento com ombros que pareciam mais largos do que a altura dele. Cabelos cinza-ferro o marcavam como pelo menos tão velho quanto Improvável, mas ele deixava o rosto bem barbeado. Perguntei-me por quanto tempo isso duraria lá fora.

– Hobbs – ele disse.

Nós demos um aperto de mãos enquanto andávamos, pois era assim que as pessoas se cumprimentavam educadamente no Topo.

– Jeremiah. Mas todos me chamam de Hobbs.

– Dois.

Eu não tinha sobrenome, não havia necessidade disso no subsolo. Não existiam pessoas suficientes para ficarmos com falta de nomes, que vinham dos presentes do nosso dia da nomeação. O Guardião das Palavras nos dizia, desde muito pequenos, que nossos nomes tinham um significado especial, e qualquer que fosse o objeto que nosso sangue tocasse, ele seria sagrado. Era provavelmente mais besteira que ele inventara, mas mantive minha carta segura por garantia. Eu a mostrara para Edmund durante minha primeira semana ali e ele tinha dito que era um dois de espadas, uma antiga carta de jogo, abundantemente salpicada com meu sangue. Aquele objeto continha minha essência, e haviam nos ensinado no enclave que algo terrível aconteceria conosco se não o protegêssemos.

– Sei quem você é – ele disse. – Imagino que todos saibam.

Sem ter certeza de como reagir àquele comentário, eu olhei de soslaio para ele.

– Hã?

Ele me ofereceu um sorriso tranquilizador.

– Você tem seus críticos, senhorita, mas eu não sou um deles. Nós precisamos de um pouco mais de coragem em Salvação.

– Obrigada.

Eu não sabia o que mais dizer.

Não estava acostumada com anciãos sendo gentis quando não queriam alguma coisa. A qualquer momento, eu esperava que ele ordenasse que eu fizesse algo horrível, pois essa fora a minha experiência no passado. Mas ele apenas andou em silêncio, os olhos treinados nas árvores que ficavam mais próximas a cada passo. O temor cresceu. Eu não gostava de dividir nossas forças, mas entendia a necessidade de um posto de vigilância. Isso permitiria um alcance maior para as armas dos homens de guarda e vantagem ainda melhor no caso de ameaças distantes.

Desde que sobrevivêssemos àquela tarefa.

A ideia era cortarmos uma árvore jovem, pequena o bastante para dois de nós podermos levá-la de volta nas cordas enroladas em volta dos nossos ombros, que seriam amarradas formando um tipo de arnês. Eu não sabia fazer isso, mas os guardas mais velhos, sim. O que lhes faltava em bravura para o combate, eles compensavam com outras habilidades.

– Você estabiliza para mim? – Hobbs perguntou.

Eu devo ter parecido não entender, porque ele explicou:

– Segurar a árvore enquanto eu serro.

– Oh! É claro.

Lancei um olhar para Vago, mas outro guarda já o havia recrutado. Ele assentiu para mostrar que estava bem, e eu esperei que suas costas não o estivessem incomodando muito. Eu trouxera um pouco de pomada na bagagem e, assim, se tivesse uma oportunidade mais tarde, aplicaria outra camada, mas tinha de tomar cuidado com o quanto de atenção prestava nele. A paz hesitante que Improvável impusera com sua ordem gritada, a favor de um tratamento igualitário, não duraria muito tempo se os guardas pegassem a mim e Vago agindo como bobos apaixonados.

A floresta se ergueu para nos encontrar, arbustos espinhosos barrando o caminho. Com xingamentos abafados, os homens os cortavam. Segui o caminho deles, já que tinham mais força física. Se Aberrações atacassem, eu pularia para defendê-los, mas não fazia sentido eu tirar os arbustos da frente se eles eram melhores naquilo. Eu havia entrado escondida na floresta com Perseguidor durante nossa jornada para o norte, mas nunca tínhamos criado trilhas. Eu com certeza não sabia nada sobre cortar árvores.

Por dentro, a floresta era sombreada e fresca apesar da luz clara da manhã, sombras das plantas tingindo nossa pele com tons pálidos. Movimentos nos galhos acima me tranquilizavam. As aves protestaram contra nossa incursão com grasnidos e chilradas de bronca. Ignorei o ultraje delas e segui Hobbs até uma árvore que parecia adequada: estreita e maleável, mas não muito pesada para nós.

– Coloque as mãos aqui – ele me disse – e segure firme.

Fiz o que mandou, isso era algo em que eu tinha excelência. Por toda minha vida, fizera o que os anciãos ordenaram. Uma pena eles não saberem muito sobre o mundo. Aquela era uma tarefa sem esforço intelectual, então minha mente vagou, chamando memórias pouco examinadas. Eu me lembrei dos exílios – as pessoas mandadas na longa caminhada – e contive uma pontada de dor. Quando continuaram acontecendo, eu devia ter sabido que aquelas pessoas eram sacrifícios para a desnecessária devoção aos costumes, não uns fora da lei de verdade. Até então, eu não detectara a mesma obediência cega em Salvação, mas havia fanatismo suficiente para me deixar nervosa.

Hobbs passou sua serra repetidamente através da árvore. No começo, pensei que ele tivesse inventado minha função pois o tronco não parecia precisar ser estabilizado, mas, conforme cortou mais fundo, a tora inclinou e eu me dediquei a mantê-la imóvel. Hobbs pendeu a cabeça para mostrar que aprovava meu trabalho. Eu ouvia apenas o barulho de animais, além do ranger de metal na madeira, então me tranquilizei pensando que nenhuma Aberração estava à espreita.

"Talvez estejam mais para dentro na floresta", pensei. "Se sobrou alguma."

Até então, não tínhamos visto sinais da sua presença. "Pode ser que tenham seguido em frente, procurando presas mais fáceis." Como Improvável mencionara, por um momento, na noite em que nos resgatara, rotas de comércio estabelecidas corriam entre cada cidadezinha e, durante o outono, carroças passavam com boa frequência. Nos meses frios, viajavam apenas em emergências. A presença de Improvável, portanto, naquela noite fria, havia sido ainda mais milagrosa do que eu percebera de início. Ele havia ido a Appleton em busca de remédios, entre outros suprimentos, na esperança de evitar uma epidemia. Oferecera-se para a missão perigosa, assim como nessa ocasião, e eu achava que era o melhor ancião que já encontrara. Ele me dissera que não tinha ninguém à sua espera em casa, então imaginei que esse fosse o motivo. Improvável achava melhor ele correr o risco em vez de algum homem de família.

Depois de um bom tempo, as árvores começaram a cair e nós as amarramos nos arneses. Eu peguei numa corda e Hobbs pegou na outra. Era mais difícil do que parecia, mas os campos ainda estavam silenciosos quando voltamos. Alguns homens haviam se ocupado nivelando o topo do morro em preparação para construir. Outros dispuseram os materiais que seriam essenciais, inclusive martelo e pregos.

Foram necessárias várias viagens e meio dia antes de podermos começar a construir. Improvável supervisionou o trabalho, orientando homens, que tinham pouca experiência em coisas do tipo, a montar a torre. Ao anoitecer, possuíamos uma estrutura inicial feita, composta de toras com cortes grosseiros, e a primeira sentinela subiu para ficar de vigia na plataforma.

– Amanhã – o comandante do posto avançado avisou – vamos começar a juntar pedras. Quero fortificações em volta deste acampamento nas próximas duas semanas.

Depois da refeição da noite, eu procurei Improvável. Ele estava saboreando uma xícara de chá de ervas, que soprava um vapor doce e agradável no ar da noite. Embora estivesse quente durante o dia, ficava frio ao escurecer, e eu enrolei o cobertor em volta dos ombros quando me sentei ao lado dele. "Talvez devesse ter esperado um convite", pensei tarde demais, mas ele não era o tipo de ancião que inspirava terror. Em vez disso, eu sentia apenas um respeito profundo e duradouro. Se ele me mandasse cortar meu pé e dar para as Aberrações comerem, eu obedeceria, confiando que isso iria evitar um destino pior.

– *Tá* passando alguma coisa na sua cabeça? – ele perguntou sem olhar para mim.

– Tem estado quieto – falei, em vez do assunto sobre o qual queria falar.

– *Cê* não vai começar a reclamar, né?

– Não, é inteligente estabelecer um posto avançado aqui, mas suspeito que as Aberrações estejam ganhando tempo ou talvez mobilizando mais delas.

– Eu também.

Ele deu um gole na sua bebida.

– Agora, por que *cê* não fala o que tem a dizer?

– Se formos dominados, esses homens precisam saber lutar melhor, corpo a corpo.

Ele assentiu e, assim, incentivada, eu continuei:

– Eles não receberiam bem aulas minhas, mas deveríamos treinar. Você poderia fazer isso... ou Perseguidor ou Vago. Eles dois são excelentes com suas lâminas.

Ele aceitou:

– Precisamos mesmo de disciplina... E uma programação assim diminuiria o tempo e a energia que sobram para reclamações. Vou ver o que posso fazer de manhã.

– Obrigada.

Coloquei-me em pé, satisfeita porque aqueles guardas não seriam para sempre tão inabilidosos. Aquilo me afetava pois eles estavam me protegendo e, se não pudessem fazer isso do jeito certo, aumentavam minhas chances de uma morte prematura.

– Você e Hobbs ficam com o segundo turno de vigia – ele me disse.

A decepção se enrolou pelo meu corpo, porque eu queria que fosse Vago, mas entendia e respeitava a decisão. Com Hobbs, não havia chance nenhuma de um de nós se distrair e negligenciar seu dever. Além disso, ele era prático e educado, sem fazer uma tempestade por ter de trabalhar comigo. Hobbs tinha meu respeito.

A hora da refeição não trouxe nenhuma surpresa. Todos estavam enjoados da sopa, mas ainda permanecia boa para comer. Quando raspamos a panela, percebi que alguém teria de pensar em uma alternativa, mas, como Vago e eu já tínhamos cozinhado uma vez, não seria nosso problema de novo por mais umas duas semanas. A essa altura, as mudinhas deveriam estar crescendo, caso nossa presença fosse útil.

No entanto, eu não me importava de comer a mesma coisa várias vezes. No subsolo, isso acontecia diariamente e, quando tínhamos carne, era uma sorte... Na estrada, havíamos comido coelho e peixe sem muita variação. Assim, eu tinha uma vantagem em relação àqueles que se acostumaram com carneiro e veado e, às vezes, uma ave assada; não estava em Salvação havia tempo suficiente para esquecer que tal abundância era uma bênção, não um direito.

Embora eu tentasse desesperadamente dormir, não conseguia, por medo de perder meu turno. Não era uma preocupação razoável, mas me mandou de volta no tempo até a noite anterior à minha primeira patrulha como Caçadora junto com Vago. Naquela noite, meus nervos também se apresentavam em frangalhos, como se eu estivesse às vésperas de algo animador e novo. Racionalmente, eu entendia que não seria o caso. Já tinha ficado de vigia antes. Assim, em vez de dormir, ouvi os guardas a postos sussurrando; eles não pareciam se importar que poderiam incomodar os outros.

Hobbs me deu um tapinha no ombro quando nosso turno começou. Levantei desajeitada do meu colchãozinho assentindo em agradecimento enquanto os outros dois guardas davam seu relatório em voz baixa.

– Nada se mexeu, nem mesmo uma lebre.

– Boa notícia – Hobbs disse. – Nós assumimos daqui.

Eu me sentei ao lado do fogo com Hobbs à minha frente, olhando em direções opostas, o tempo passando como se tivesse congelado. Hobbs e eu não conversamos porque os outros estavam dormindo. A maioria roncava. Perseguidor estava deitado por perto, quase como se me vigiasse, e mantinha uma mão em sua faca. Eu suspeitava de que ele estivesse certo, tinha mais em comum com ele do que com Vago, mas esse era o problema. Nós éramos parecidos demais.

Enfim, nosso turno acabou. Hobbs deu o relatório – o mesmo de antes, tudo quieto – e dois novos guardas assumiram. Depois eu me enrolei no cobertor, permanecendo deitada ali enquanto o sono me escapava. Tinha acabado de cochilar quando algo me acordou. Um som, um cheiro? Eu me mexi devagar, meio acordada, os olhos embaçados para o céu escuro, piscando lentamente. Movimento por perto me tranquilizou. Deviam ser os guardas do turno mudando de posição para continuar alertas, mas, em vez disso, tive a impressão de ver uma figura escura. Olhos brilhantes piscaram, afundados no rosto desolado. Era uma visão de pesadelo, uma Aberração vista muito de perto, porém, se uma tivesse entrado no acampamento, com certeza estaria morta... ou nós estaríamos. Eu devia estar sonhando.

Sentei com cuidado, esperando descobrir que sofria de um pesadelo duradouro, mas o acampamento estava quieto. Quieto *demais*. Os dois homens que deviam fazer o terceiro turno tinham caído no sono. A distância, fugindo depressa, vi a mesma forma esfarrapada, coberta de trapos. O fedor era mais fraco do que eu esperava de Aberrações, apenas um traço de podridão. Mas e o fato de uma Aberração ter vindo escondida como uma sombra até nosso acampamento? Não era o que mais me preocupava.

Não, o grande problema estava no pedaço de pau flamejante que a criatura carregava.

– Acorde! – gritei, chutando o guarda que devia ter sido nossa sentinela.

Ele se sacudiu, soltando um palavrão, e se levantou girando para me acertar um golpe, mas era meio idiota e desajeitado. Eu desviei.

– Dê uma olhada ali. O que você vê? – perguntei.

Ele apertou os olhos para a distância.

– Nada além de um fogo-fátuo, sua idiota...

A mão de Vago apertou a garganta dele, silenciando-o, e não soltou até o rosto do outro ficar roxo. Tentei fazê-lo se afastar, mas ele não tinha tolerância para homens aprontando comigo ou me xingando.

Como vi a situação ir de mal a pior, acordei Improvável. Ele despertou totalmente alerta e varreu com o olhar o terreno atrás de mim.

– Qual é o problema?

Resumi o que acontecera e ele franziu as sobrancelhas para mim.

– *Cê* espera que eu acredite que uma Aberração sozinha veio escondida até a gente... e roubou fogo?

O ceticismo dele não me insultou. Se eu não tivesse visto com meus próprios olhos, também não daria crédito para a história. Com uma mão, indiquei o guarda que acordara.

– Ele viu a luz diminuindo à distância, indo para o meio das árvores. Pergunte a ele.

O homem curvou os ombros. Com atraso, percebi que era o mesmo que tinha contado a piada sobre a minha serventia além de cozinhar. Ele não fizera nenhum favor a si mesmo não cumprindo seu dever de vigia.

– Foi só um fogo-fátuo.

– *Cê* juraria que foi isso? – Improvável perguntou, ficando ereto.

Houve um longo silêncio.

– Não.

– *Cê* vai cavar a latrina de manhã, Miles, com o seu parceiro. Aquela coisa... se era uma Aberração... poderia ter cortado as gargantas de todo mundo enquanto a gente dormia.

Poderia. Não o fizera. Embora ainda estivéssemos no meio da noite, eu andei de um lado para o outro, a preocupação me corroendo de dentro para fora. Quem diabos sabia o que elas fariam com aquele galho aceso? Talvez se apagasse. Talvez nada de ruim acontecesse.

Como eu queria acreditar naquilo!

Conforme os ataques das Aberrações tinham mostrado, elas ficavam mais perigosas a cada vez. A fome deixou de ditar seus movimentos. As Aberrações tinham comida suficiente, com todos aqueles animais da floresta. Animais grandes, como veados e alces, ofereciam carne crua o bastante. Eu provara ambos na mesa da Mamãe Oaks. Para elas, não se tratava mais de comida.

Tratava-se de outra coisa. Mais assustadora.

Reconhecimento

Pela semana seguinte – enquanto construíamos fortificações e montávamos barracas –, os outros me trataram com uma combinação de raiva e desconfiança. A maior parte da negatividade vinha de Gary Miles, por achar que eu lhe causara problemas sem motivo. Metade do esquadrão concordava com ele, já que não tínhamos visto nada nas noites seguintes. Pensavam que eu era uma mulher histérica que tivera um pesadelo porque estava dormindo ao relento. Eu não podia jurar que tinha visto o que vi, é claro, mas, apesar de improvável, minha versão dos eventos era mais possível do que a de Miles: ele alegava que tínhamos visto uma bola de luz mágica, a qual as pessoas acreditavam ser um espírito que saía à noite com o intuito de atrair gente para sua perdição.

Mais alarmante, as Aberrações tinham estado em um silêncio agourento desde aquela visão. Passei o evento de novo e de novo em minha mente, perguntando-me se tinha entendido errado. À luz do dia, parecia tão implausível. Aberrações não andavam à esquiva, porém, até pouco tempo, também não deixavam avisos nem usavam camuflagem. A esperteza deixava seu comportamento mais difícil de prever... e as tornava mais difíceis de combater.

Não, eu estava certa. Tinha acontecido. A única pergunta vinha na forma das intenções delas... O que fariam com a chama que roubaram.

– Isso é mais chato do que eu esperava – Perseguidor disse, abaixando-se ao meu lado, no lugar onde eu estava sentada afiando minhas adagas.

Eu me sentia feliz por ele parecer ter deixado a constrangedora questão pessoal para trás. Queria ser amiga dele.

– É uma espera – respondi. – O que, por definição, é entediante.

– Devíamos ir procurá-las. E as arrancar do esconderijo.

Perseguidor sugerira isso antes, e Improvável sempre rejeitava a ideia. Ele dizia:

– Nossas ordens são para proteger estes campos e, por diabos, é o que a gente vai fazer. Não me importa se a floresta tiver um Mutante em cada árvore. A gente não vai mexer com eles desde que eles tenham a mesma cortesia.

Os homens estavam ficando nervosos, levados pela impaciência de Perseguidor. Não há muito o que fazer enquanto se fica andando de lá para cá sem perder a cabeça. Os outros guardas não necessariamente queriam ir atrás das Aberrações, mas estavam cansados de não fazer nada. Improvável disse que tínhamos sorte pois não fôramos aniquilados enquanto construíamos a torre de vigia. Na minha opinião, teria sido fácil demais. As Aberrações possuíam algo pior em mente, algo para nos aleijar e destruir nossa disposição de manter a vigilância sobre aqueles campos. Eu não podia imaginar o que seria.

Pelo menos, Improvável manteve sua promessa e fez Perseguidor e Vago ensinarem os homens a lutar. Frank mostrou ter potencial, com bons reflexos e bom alcance. Mas a maioria dos outros era velha o bastante para ficar ressentida de tomar aulas com meninos que tinham metade da sua idade. Era puro orgulho, um erro na nossa situação. Eles deviam agarrar qualquer vantagem que tivessem para a briga iminente.

Perseguidor pegou suas armas e trabalhou com a pedra de amolar, parecendo pensativo.

– Se Improvável não pode nos mandar oficialmente, deveríamos ir ver por nossa conta.

– É melhor pedir perdão do que permissão?

Era o único ditado do qual me lembrava das aulas de história, mas não conseguia recordar quem dissera ou por quê. No entanto, tinha uma ideia de que fora uma guerreira famosa, o que me fazia gostar mais da citação.

– Algo assim. Você topa?

Eu não deveria. Mas, se não tínhamos ordens para não ir, então não era exatamente uma insubordinação, uma acusação que Seda adorava repetir. Mais informações para nos prepararmos parecia uma boa ideia. Por outro lado, quando ainda estávamos no subsolo, Vago e eu tínhamos ido a Nassau exclusivamente para reconhecimento, e aquela informação não nos ajudara nem um pouco. Se as situações fossem iguais, seríamos tirados da patrulha de verão e, talvez, de Salvação como um todo. Embora eu não acreditasse que Improvável fosse esse tipo de ancião, não podia ter certeza.

– Vamos perguntar ao Vago.

Os lábios de Perseguidor se curvaram em um sorriso de escárnio.

– Você não dá um passo sem ele, hein? Isso é constrangedor.

– Não – falei delicada. – Só dói porque você queria que fosse você.

A verdade podia ser brutal. Ele se retraiu e, depois, voltou às suas facas. Baixei minhas armas e contornei o fogo para me sentar ao lado de Vago, que estivera observando nossa conversa sussurrada com um leve franzir de sobrancelhas. Embora ele confiasse em mim, não gostava de Perseguidor; era impressionante não ter ido interromper.

– Está tudo bem? – ele perguntou.

– Mais ou menos.

Resumi a ideia, prestando atenção no rosto dele para ver sua verdadeira reação. Ele tinha bons instintos e, como eu estava na dúvida, podia dar o voto de Minerva.

– Deveríamos ir – Vago disse.

A surpresa correu pelo meu corpo. Tinha esperado que ele exagerasse para o lado da precaução. Havia um motivo por trás da sua escolha, então aguardei que ele continuasse.

– Vamos espiar hoje à noite. Não estamos no revezamento da vigilância, então é nosso direito abrir mão do sono, certo?

Eu assenti, e ele prosseguiu:

– Estou incomodado desde que você disse que uma Aberração entrou escondida no nosso espaço. Ela tirou a madeira da fogueira ou trouxe um galho com ela?

Entendi por que ele perguntou, mas fiz que não, meneando cabeça, triste.

– Eu não acordei por completo até ela estar correndo. Não vi.

– Então, qual é o veredito? – Perseguidor perguntou, juntando-se a nós.

Vago inclinou a cabeça.

– Vamos nessa.

Verifiquei minhas adagas, sabendo que estavam em condições perfeitas e prontas para a ação.

– Improvável vai ficar furioso se provocarmos as Aberrações e as atrairmos para cá.

– Então, temos de garantir que não nos vejam – Perseguidor disse.

Vago acrescentou:

– E, se virem, que não cheguem ao posto avançado vivas.

Eu me perguntei: “O que você faria se fosse às escondidas até um acampamento de Aberrações adormecidas? Cortaria a garganta de todas?” A resposta que emergiu me fez pensar se eu era mais monstruosa do que a criatura que roubou nosso fogo. “Isso não significava necessariamente que elas fossem capazes de misericórdia. Talvez ela só tenha sido esperta o bastante para saber que a invasão furtiva era sua única chance de sobreviver ao roubo."

Por motivos óbvios, era aterrorizante imaginar o que as Aberrações poderiam fazer com um pedaço de pau em chamas. Até onde eu sabia, elas não cozinhavam. Com os pensamentos a mil, considerei outras alternativas. Ela não era fedida, então talvez tivesse sido algum humano deformado, vivendo como pária na floresta perigosa. Eu adoraria se fosse verdade.

Descobriríamos logo, de um jeito ou de outro.

Depois de escurecer, nós três nos arrastamos para fora do acampamento sem alertar as sentinelas. Embora fôssemos habilidosos, a falta de atenção dos guardas na área me alarmou, eles *não viram* nossa partida e nem estavam dormindo. Improvável precisava ficar sabendo daquele lapso na segurança. Perseguidor fez que não meneando a cabeça, desaprovando, enquanto contornávamos por trás da torre de vigia. Quem andasse ao longo da lateral do morro, circundando-o, poderia usar o ponto cego das sentinelas para subir até o topo. Teríamos de lidar com aquela fraqueza pela manhã.

Porém, naquela noite, ela atendeu nossas necessidades.

Esperar sentada não combinava comigo, então fiquei feliz em ter um pouco de ação, mesmo nosso líder não nos ordenando a fazer aquilo. "Mas talvez ordenasse", raciocinei, "se soubesse o quanto nós três éramos bons em nos deslocarmos sem ser vistos." No entanto, permanecíamos todos em desvantagem entre as árvores, já que tínhamos treinado em terreno natural diferente. Perseguidor estava acostumado a se esgueirar pelas ruínas, Vago e eu tínhamos praticado nossa habilidade no subsolo. Porém, eu me sentia confiante de que poderíamos disfarçar nossos movimentos sob os barulhos normais da noite.

Tomei a liderança, desenhando um caminho livre para dentro da floresta. Os galhos retorcidos acima de nós bloqueavam quase todo o luar, mas eu via bem o bastante. Essa era a situação perfeita para mim. Eu conseguia achar os lugares onde a vegetação era menos densa. Na verdade, parecia que pés haviam pisoteado por aquela trilha com frequência suficiente para diminuir a cobertura do chão. Curvei-me e toquei os dedos no solo úmido, como se ele pudesse responder o que passara por ali.

No meu coração, eu não temia nada.

Aves noturnas cantavam umas para as outras nas árvores. Esquilos tagarelavam. Quando viajamos, eu havia aprendido os nomes das criaturas cujo mundo agora dividia. Às vezes, eu tinha de comê-las. Mas sempre as admirava. Havia muito menos vida lá embaixo, onde eu crescera.

Abaixada, vi um caminho atravessando o emaranhado de vegetação rasteira. Os arbustos cediam com um sussurro de folhagem contra nossa pele. Esperei que não houvesse a planta amor-de-hortelão por perto. Tínhamos aprendido da pior maneira que certas folhas que cresciam perto de árvores altas podiam causar as alergias mais desagradáveis. Eu não queria me cobrir de lama de novo, e isso era tudo o que aliviava a terrível coceira.

"Tarde demais para dúvidas." Se saíssemos daquela exploração apenas com a pele irritada, seria como não ter consequência nenhuma.

Eu avancei para um mundo diferente. Não havíamos entrado tanto à procura de madeira, calculando que árvores jovens do lado de fora seriam mais fáceis de cortar e carregar. Uma trepidação natural cresceu em mim, não por causa da escuridão, mas por estarmos cercados por tantas árvores. Eu as achava levemente inquietantes, coisas que tinham vida e pareciam observar, mas nunca se moviam. Era como estar cercado por um exército silencioso que poderia, quando você menos esperasse, atacá-lo.

Ajoelhei-me e examinei o solo de novo; e, mais uma vez, achei sinais de passagem frequente. Não conseguia reconhecer rastros, mas as plantas estavam pisadas. Animais pequenos como coelhos e esquilos não fariam isso. Dei uma olhada para Perseguidor em busca de confirmação, e ele assentiu. Nem precisava dizer que deveríamos ficar quietos até encontrarmos o que estávamos procurando... ou até considerarmos a floresta inabitada.

Para o bem ou para o mal, decidi seguir por onde aquele caminho levava. Mantive meus passos lentos e graduais, avançando devagar pelos obstáculos, como galhos e pedaços de madeira caídos. Era muito cedo no ano para haver folhas mortas, um fator pelo qual eu fiquei grata, já que o solo estava macio, tornando mais fácil andar em silêncio. Mergulhamos mais fundo na floresta. Haviam me dito que apenas quem caçava carne para o assentamento entrava tanto, então isso significava que agíamos como se fôssemos eles, embora não estivéssemos perseguindo animais. Em vez disso, estávamos atrás de informações, que poderiam ser tão valiosas quanto comida para a sobrevivência em alguns casos.

Meus ouvidos se aguçaram primeiro.

Na escuridão, escutei um resmungo baixo, não um rosnado exatamente, mas diferente de tudo que já ouvira antes. Quando virei para olhá-lo, Vago fez que não, não reconhecia o som também. Todos nós tínhamos ouvido

Aberrações gritarem enquanto morriam e seu berro horrendo logo antes de atacarem, mas nenhum de nós já as testemunhara... *comunicando-se* umas com as outras.

Poderia não ser isso, é claro. Talvez houvesse animais ali que nunca tínhamos visto ou imaginado. Porém, conforme nos aproximávamos, tive certeza de que não era o caso porque o cheiro me atingiu. Quanto mais para dentro íamos, mais a floresta fedia a Aberrações: carne podre, corpos sujos e o cheiro doce enjoativo de uma ferida pútrida. Como elas conseguiam aguentar umas às outras? Mas imaginei que fosse possível se acostumar com tudo. Quando eu vivia no subsolo, só percebia o cheiro desagradável nos dias ruins, no entanto, em comparação, o ar do Topo cheirava a centenas de coisas; a maioria, bonitas e frescas como uma chuva pela manhã.

Eu me agachei e me apoiei nas mãos, avançando de forma que me arrastasse pelo chão macio como uma criatura de quatro patas. Com sorte, mexeria menos os arbustos. Meu coração ressoava nos ouvidos, como um ferreiro batendo na sua bigorna. Atrás de mim, ouvi a respiração rápida e ansiosa dos meninos. Queria dizer a eles para ficarem quietos, mas, se as Aberrações não conseguissem perceber os fôlegos, iriam ouvir minha voz. Então, não havia o que fazer além de romper a última barreira e ver o que estávamos enfrentando.

Era aterrorizante. Havia uma vila, cem ou mais Aberrações vivendo juntas no que parecia ser uma maneira cooperativa. Era impossível dizer com base nos seus movimentos, na forma como cuidavam das suas tarefas. Elas estavam *construindo*, aquelas Aberrações, e possuíam uma fogueira, como a nossa. Então, eu estivera certa no final das contas. Uma delas tinha vindo roubar nosso fogo porque reconheceram seu valor. Talvez não estivessem mais satisfeitas em devorar as presas frescas das suas matanças, embora algumas delas ainda tivessem pouco remorso de fazer isso. Uma Aberração passou raspando, perigosamente perto do nosso esconderijo nos arbustos, roendo o que parecia ser um braço humano.

Meu estômago deu um nó.

Elas tinham construído telhados inclinados de folhas e galhos, estruturas pequenas, é claro, mas não havia como confundir sua finalidade. Assavam carne de algum tipo sobre as flamas, e o fedor de carne torrada misturava-se com o mau cheiro único delas, até toda a clareira brilhar com uma névoa pútrida. E, ainda assim, elas realmente conversavam umas com as outras usando suas bocas horrendas e deformadas. Uma tocava em outra na cabeça, no que me pareceu um gesto para acalmá-la, e o pior? Havia pequenas Aberrações ali. Eu nunca vira suas crias, nunca pensara muito em como elas mantinham a população, mas aquilo provava que não eram criadas por meio de mordidas ou infecções. Elas eram criaturas legítimas e naturais deste mundo, assim como nós, embora a maneira de como haviam surgido ainda causasse algumas discordâncias e conjecturas.

A náusea ferveu nas minhas entranhas. Eu não queria ver aquilo. Elas tinham aprendido muito. Estavam ficando mais parecidas conosco, porém permaneciam longe demais da humanidade original para que eu visse um final feliz naquela situação... para os Mutantes *ou* para nós.

Recuei e puxei os meninos comigo. Nós três não poderíamos montar um ataque contra tantas delas. Não a menos que quiséssemos morrer. Com o coração na boca, corri pelo caminho, afastando-me por amor à minha vida. Não havia esperado encontrar tal impossibilidade. Não tinha contexto para explicá-la.

Em silêncio, voltamos por onde viemos até uma Aberração solitária surgir de repente dos arbustos. Ela estava obviamente ferida, apertando a lateral ensanguentada do corpo, e eu enfiei minhas adagas na sua garganta antes de ela poder rosnar. A fera morreu em silêncio, que era do que precisávamos. "Não podíamos deixá-la voltar para as outras e alertá-las", pensei. Mas a atitude impiedosa me perturbou. Aquela que tinha ido ao nosso acampamento poderia ter matado tantos de nós, mas havia escolhido outra atitude. Por quê? Eu queria acreditar que tudo era parte de um plano para nos intimidar, mas não tinha mais certeza de nada sobre aquelas criaturas.

Vago e Perseguidor me ajudaram a baixar o corpo para o chão em silêncio e, depois, fiz um sinal para irmos embora. Com eles atrás de mim, corri até ter certeza de que nossas vozes não seriam ouvidas, nem no posto avançado nem na vila de Aberrações nas profundezas da floresta escura e assustadora. Por fim, parei, as mãos tremendo, os joelhos fracos.

"Horrível. Tão horrível." Aberrações tinham filhos, isso significava procriação. Meu jantar ameaçou voltar.

– Que diabos! – Perseguidor disse.

Ele estivera aprendendo as palavras feias, eu concluí, com os outros guardas.

– Nunca vão acreditar em nós.

Vago esfregou uma mão trêmula sobre os olhos.

– É igual a Nassau.

Eu me virei, olhando de volta para as árvores, sem sentir segurança.

– Improvável vai. Ele sabe que não mentiríamos. Embora eu não tenha ideia do que ele possa fazer a respeito.

Era hora de voltar e enfrentar quaisquer que fossem as consequências da nossa missão de reconhecimento não autorizada. Eu apenas esperava que o alerta chegasse a tempo de ser útil.

Revelações

Eu não tive chance de confessar o que sabia e como tinha descoberto até a tarde seguinte. O sono me escapou e eu sofri a falta dele. Meus olhos queimavam, minha cabeça doía e eu achei difícil comer. Conforme o sol se arrastava em direção ao horizonte, Improvável mantinha-se separado dos homens, observando-os treinarem.

Como eu já sabia o que Perseguidor e Vago podiam me ensinar, juntei-me a ele.

– Preciso falar com você.

Havia um ar de cansaço e isolamento nele, como se aquela tarefa fosse mais pesada do que conseguisse aguentar. Improvável olhou por cima do ombro, um misto de curiosidade e resignação na sua expressão.

– Por que toda vez que ouço sua voz, menina, sei que minha vida vai ficar mais complicada?

Seu tom de voz bondoso tirou a dureza das palavras e me deu coragem para continuar.

– Acho que é porque você agora me conhece.

Ele deu uma risada.

– Parece um trabalho duro, não é?

Eu sabia o que ele queria dizer. Proteger os campos era uma responsabilidade enorme, confiada a tão poucos de nós. Nossa quantidade escassa acrescentava outra camada de tensão à tarefa.

– Você está bravo por não terem mandado mais ajuda?

Improvável fez que não.

– Aí eu teria mais homens chorando porque têm de dormir no chão. Isso não é para mim.

– Você parece estar fazendo um bom trabalho.

Nunca antes um ancião tinha falado comigo de igual para igual, e eu gostei... muito.

Ele suspirou.

– Não sou um líder de homens. Eu dirijo uma carroça em viagens de comércio e, às vezes, faço jornadas sozinho. Não é a mesma coisa.

– Então, por que se ofereceu para isto?

O olhar sério dele me varreu da cabeça aos pés, repentinamente triste.

– Porque *cê* fez com que eu sentisse vergonha.

– Do quê?

Eu segurei a respiração, perguntando-me o motivo. Eu admirava *tanto* Improvável.

– Da maldita cidade toda.

O choque me deixou sem palavras por um tempo.

– Você tem uma opinião tão boa de mim assim?

– *Tá* mendigando elogios, menina?

Eu nem tinha certeza do que aquilo significava.

– Acho que não.

– De qualquer forma, não foi sobre isso que *cê* veio falar comigo. *Tô* ouvindo.

Com o mínimo de palavras possível, expliquei nossas descobertas noturnas. A reação dele à minha notícia desafiou minha habilidade de interpretação. Ele esfregou a mão pelos cabelos bagunçados e grisalhos, olhos no céu. Estava um dia bonito, céu azul e sol forte. Não o tipo de clima que você esperaria para novidades tão tristes. O certo seria estar chovendo muito, com estrondos de trovões e raios.

– Vou esquecer por um momento que *cê* ultrapassou sua própria autoridade – ele disse, ríspido. – Tem certeza de que era um assentamento?

Assenti.

– Primitivo, mas sim.

– *Cês* não chamaram a atenção deles?

Lembrei-me da Aberração que tínhamos matado e fiz que não. Nenhuma outra havia nos visto. Se encontrassem o corpo, não poderiam saber ao certo o que acontecera e, com alguma sorte, animais que se alimentam de carniça chegariam até ela para deixar ainda mais incerto.

– Isso é bom. Mas, caramba, não tenho ideia do que fazer.

Parecia um mau sinal Improvável falar com tanta liberdade na minha frente. Ele era o ancião e devia demonstrar certeza para manter os homens o seguindo sem questionamento. Ou talvez esse fosse um traço encontrado apenas no subsolo. Podia ser que líderes do Topo fossem mais sinceros sobre sua falta de conhecimento. No mínimo, aquilo o fazia parecer mais humano. O que não era necessariamente um consolo em momentos assim.

Eu arrisquei:

– Você disse que nós podíamos deixá-las em paz, desde que não atacassem. Essa opinião mudou, agora que você sabe que estão construindo aqui por perto?

– Não tenho certeza – ele admitiu. – Sério, só quero sobreviver à temporada de plantação, levar a colheita e ir para trás daqueles muros. Quando *tô* viajando pelas rotas de comércio, não fico no mesmo lugar por tanto tempo; eu *tô* ficando nervoso.

– Os homens também. Se eles soubessem o que sabemos...

– Eles iriam acender tochas e queimariam a floresta – ele concluiu. – A gente precisa daquela madeira, sem falar de todos os animais para caçarmos que eles afugentariam. Não podemos contar para eles até eu decidir como lidar com isso... Significa que preciso de um tempo para pensar. *Cê* fala para os seus amigos ficarem quietos por enquanto?

– É claro. Combinamos que não iríamos falar nada até conversarmos com você.

Ele tocou a testa com dois dedos.

– Agradeço. Quanto a *cês* três perambulando à noite, não façam de novo. Como não foram pegos, vou fingir que não aconteceu.

Sorri para ele, apesar da minha exaustão geral.

– Então, essa é a regra? Sem testemunha, sem crime?

Improvável riu.

– *Cê* é corajosa, menina.

Com atraso, lembrei-me de alertá-lo sobre a facilidade com que tínhamos saído escondidos do campo na noite anterior. Uma Aberração que seguisse a mesma rota poderia entrar sem ser vista. Assim, resumi o caminho que pegamos e contei a ele o quanto os guardas estavam distraídos.

– De qualquer forma – concluí –, não podia ter sido tão simples. Alguém devia ter reparado e nos feito parar.

Um bufo profundo escapou dele, não bem um suspiro, mas um sopro de exasperação.

– Tento não ficar agitado, mas seria de se esperar que esses bobocas fossem melhorar à medida que passássemos mais tempo no campo, mas parece que eles acham que isto é um piquenique em família.

– Nenhum deles é soldado – falei baixinho.

– Verdade. Mas isso não é desculpa para pura incompetência. Vou falar com eles.

Improvável fez um gesto me dispensando.

– Saia daqui. Vá fortalecer esses músculos.

Obediente, voltei para os treinamentos que aumentavam minha resistência e força e, depois, trabalhei um pouco com Frank, mantendo minha promessa. Quando terminei, sentei-me, esperando Perseguidor e Vago concluírem suas aulas. Os olhares dos dois encontraram o meu e eles vieram assim que puderam. Perseguidor se sentou à minha esquerda e Vago colocou-se à minha direita. Por ora, a tensão persistente entre nós havia sumido, banida pela situação perigosa.

– O que ele disse? – Vago perguntou.

Eu os atualizei, e Perseguidor fez que não meneando a cabeça.

– Então, ele não vai fazer nada?

– Nada agora – corrigi.

– Eu não acho que são todas caçadoras – Vago disse. – Talvez sejam o equivalente das Aberrações a mulheres e crianças.

Eu pensei a respeito.

– Isso explicaria por que estão nos deixando em paz.

No passado, as Aberrações não tinham dado sinais de comportamento especializado. Elas todas atacavam, chegavam em grupos e comiam e passavam para a próxima matança. Nos túneis, eu havia notado tamanhos diferentes, mas não tinha dado importância. Nunca me passara pela cabeça que as menores pudessem ser pirralhos de Aberrações.

Perseguidor fez um desenho na terra, algo abstrato e complexo.

– Eu não gosto de deixá-las tão perto. Podem ter pedido reforços.

Eu o lembrei:

– Não temos gente o bastante para pegá-las.

– Se não forem lutadoras, temos – Perseguidor argumentou.

Vago pareceu perturbado.

– Mas devemos atacar sem sermos provocados?

– É claro que sim. Se não atacarmos agora, vamos nos arrepender.

Perseguidor não podia ter outro ponto de vista, a vida o ensinara a lutar duro pelo seu território e, embora ele estivesse aprendendo outro comportamento em Salvação, ainda tinha tendências lupinas.

– E não seria sem provocação, de qualquer forma. Lembrem, eles nos atacaram quando estávamos tentando plantar da primeira vez... E não esqueçam o que fizeram com nossos mortos.

– A decisão não é nossa.

E senti-me grata por isso.

– Já passamos do limite o máximo que podíamos com Improvável nessa missão de reconhecimento. Se fizermos mais alguma coisa sem a sua aprovação, ele vai nos mandar de volta para a cidade.

Nós três compartilhamos um olhar de horror mútuo com a ideia de ficarmos presos lá dentro e sermos forçados a cumprir tarefas. Embora a vida dura tivesse desvantagens – nada de banhos propriamente ditos, por exemplo –, pelo menos lá fora tínhamos a possibilidade de agitação e de que alguma atitude nossa pudesse fazer a diferença. Além disso, seria mais do que vergonhoso nos mandarem de volta por conduta insatisfatória enquanto aqueles outros guardas continuavam em serviço. Nenhum deles mostrava metade da habilidade de luta que tínhamos.

Pouco depois, um mensageiro veio do assentamento. O guarda de Salvação procurou em sua mala e retirou dois pares de botas impressionantes e maleáveis.

– Edmund mandou para Vago e Perseguidor.

Os meninos as pegaram com expressões de admiração, pois eram alguns dos melhores trabalhos do meu pai de criação. De minha parte, fiquei pasma por ele ter achado alguém disposto a ir até o posto avançado. Observei enquanto os meninos calçavam depressa suas novas botas e sorriam para o mensageiro em agradecimento.

– Diga a Edmund que eu agradeço – falei, delicada.

– Eu também – Vago acrescentou.

Perseguidor parecia não ter palavras, mas enfim murmurou:

– Elas são realmente ótimas. Agradeça a ele por mim.

O guarda tombou o chapéu e voltou em direção a Salvação. Improvável mandou alguns homens para acompanhá-lo até a metade do caminho de regresso à cidade e eles não relataram problemas ao retornarem. Eu podia ver que o resto dos guardas invejara nossos calçados finos e elegantes, eles todos seriam sortudos se tivessem Edmund para cuidar deles. Era um homem bom, e eu sentia orgulho de ser sua filha de criação.

Mais tarde, eu fiz a patrulha com Hobbs, verificando se havia estragos no entorno dos campos. O resto do nosso pelotão mantinha contato por meio de sinais com as mãos que Improvável inventara, eles eram simples, como "preciso de ajuda", "tudo limpo" e "perigo imediato". Vimos indicativos de infestação de coelhos, pelas mordidas nas mudinhas verdes, mas nenhuma sugestão de que Aberrações tivessem estado ali desde que havíamos encontrado as cabeças cortadas nas estacas. Hobbs era um companheiro de confiança que mantinha o foco no trabalho e não perdia tempo com bate-papo desnecessário.

– Está na hora de trazermos os cultivadores aqui para fora – ele disse. – Vamos espalhar coisas para afastar as pestes, diminuir as chances de ervas daninhas e alimentar as plantas.

– Se nos derem os materiais, podemos fazer isso. Reduzir o risco.

Hobbs já estava fazendo que não.

– Os cultivadores passam a vida toda estudando as melhores maneiras de fazer as coisas. Se tentarmos os métodos deles e a plantação der errado, seremos responsáveis por pessoas morrerem de fome.

Deixando a ideia de lado, eu decidi que preferia executar o trabalho de escolta também. Talvez Tegan saísse com os cultivadores para cuidar das pestes. Eu sentia falta dela e dos meus pais de criação mais do que havia esperado. Eu tinha criado raízes em Salvação, embora não adorasse todas as regras. Um dia, talvez pudesse fazer viagens de comércio com Improvável, se não estivesse destinada a ter uma função permanente na guarda da cidade. Era um sonho que valia a pena manter.

Enquanto voltávamos para o posto avançado, vi o lugar com novos olhos e percebi que estava começando a parecer oficial, Improvável forçava os homens a trabalharem quando eles não estavam treinando. Como consequência, um pequeno muro de pedras cercava as barracas, montadas em volta da torre de vigia com uma área separada para exercícios e treinamento. "Nada mal", pensei, "para um esforço feito às pressas". Os homens levantaram o olhar quando passamos, mas a maioria havia se acostumado comigo. Pelo menos, eles não murmuravam mais, logo fora do alcance dos meus ouvidos, ou faziam gestos rudes que sabiam que eu conseguia enxergar pela visão periférica. Possivelmente, o temperamento de Vago tinha algo a ver com a cortesia deles. Ele podia ser jovem, mas seria capaz de rasgá-los da garganta até a coxa antes de eles encontrarem suas facas. Não me incomodava muito, as pessoas – como as meninas da escola – costumavam não gostar de mim por motivos mais interessantes do que meu sexo.

Hobbs deu nosso relatório para Improvável, que assentiu, pensativo.

– Vou mandar um mensageiro para trazer os cultivadores que cuidarão das plantações.

– Que bom que não é função minha – murmurei.

Improvável abriu um sorriso para mim.

– Eu também acho. Pelo que posso ver, suas habilidades tendem a ser mais no sentido de matar coisas.

O chefe convocou uma reunião de instruções depois.

– A gente vai dar as licenças amanhã, como prometi. Farei sorteios para ver quais pelotões irão primeiro. Em seguida, *cês* podem votar entre si quem vai antes. Terão folgas em duplas, entenderam?

Aquilo mandou uma onda de animação pelo campo. Muitos homens tinham família na cidade e não estavam acostumados a ficar longe dela. Quanto a mim, sentia-me ansiosa para ver Tegan e os Oaks, mas podia esperar. Para minha surpresa, nossa equipe ficou na segunda rodada. Meu grupo pareceu feliz com nossa sorte, os outros guardas gostavam de Hobbs e Frank o bastante para não reclamar alto demais.

Logo antes de anoitecer, a última patrulha voltou, trazendo uma bênção inesperada. Um veado, já limpo e cortado em pedaços de carne usáveis, que tinham matado. O cheiro dele assando no fogo era delicioso, e todos ficaram felizes em esperar um período de tempo maior, evitando comer mais biscoito de marinheiro e carne-seca. Entrei na fila da comida perto do fim e levei meu prato para onde Frank estava sentado, devorando a carne com um deleite óbvio.

Por alguns instantes, comemos em silêncio enquanto eu tentava não reparar em Perseguidor e Vago discutindo do outro lado do acampamento. Os rostos deles tinham expressões iguais, sobrancelhas franzidas, e Vago estava com as mãos cerradas em punhos. De novo e de novo, eles olhavam para mim, o que me fazia pensar que estavam, de alguma forma, brigando por minha causa, mas não falavam alto o bastante para alguém ouvir.

"Não é da minha conta", falei para mim mesma.

Eu não iria lá para interferir.

– O que você vai fazer na cidade? – Frank perguntou, distraindo-me.

– Tomar um banho.

Ele riu, como se eu estivesse brincando.

– Eu vou comer todo o bolo que conseguir pegar.

Doces estavam fora do cardápio por ali, então eu conseguia entender a vontade dele. Ouvi sem prestar atenção total, ele tagarelava sobre como a mãe cozinhava bem. Enquanto eu observava, os meninos terminaram sua discussão e Vago se afastou para entrar na fila da carne. O garoto loiro o seguiu com uma expressão irritada, queixo erguido de um jeito que dizia estar querendo uma briga.

Perseguidor não gostara do nosso plano de não agir em relação às Aberrações. Eu não o culpava. A Caçadora em mim lutava contra o ímpeto de resolver a ameaça, mas eu respeitava as ordens de Improvável. Ainda assim, aquela vila na floresta me incomodava, não apenas porque significava que as Aberrações estavam agindo contra minhas expectativas.

– Este lugar está ocupado?

A pergunta veio do homem que eu achava menos provável que procurasse minha companhia, Gary Miles. Tínhamos nos estranhado duas vezes, primeiro com sua piada idiota sobre mim e depois por causa do seu fracasso na vigilância. Por consequência, ele me odiava desde então. Miles tinha uma aparência de bêbado, com um nariz longo e pontudo e sem queixo. O cabelo grisalho caía em mechas finas e lisas até seus ombros e ele fedia como um balde de vômito. Nenhum de nós cheirava muito bem, é claro, mas ele nem fazia pequenas limpezas.

Eu não queria que ele se juntasse a nós, mas não conseguia imaginar uma maneira de recusar sem ser grosseira. Por isso, disse:

– Fique à vontade.

– Sobre o que estamos falando? – ele perguntou, depois de se acomodar.

Seu sorriso mostrava dentes com manchas marrons, alguns quebrados e pretos nas raízes. Não havia como escapar, aquele homem me dava calafrios, quase tão ruim quanto a primeira vez que Vago e eu encontramos uma Aberração comendo no escuro.

– O que vamos fazer quando ganharmos as dispensas – Frank respondeu.

Miles tensionou a boca em uma linha branca amargurada, mas a expressão sumiu antes de eu ter certeza, substituída por um falso jeito amigável.

– Não é uma *sorte* vocês irem tão logo?

– Improvável sorteou – eu apontei.

O comportamento amigável cedeu.

– E você tem o Improvável na palma da sua mão, não é, gatinha? Os maiores bobos são os velhos bobos. Todos nós vimos como você ficou ao lado dele, trocando olhares emotivos, enquanto a gente dava duro aprendendo técnicas de luta que nunca vai usar.

Com certeza não estava insinuando que eu ganhara tratamento especial procriando com nosso comandante, certo? Isso era totalmente nojento, não porque Improvável fosse velho e horrível, mas porque ele nunca faria algo tão obviamente injusto e imoral. Olhei para Miles com um desgosto claro, a sua mente era tal qual a latrina que ele cavara como punição.

Era evidente que Frank chegara à mesma conclusão, porque ele fez que não movendo a cabeça.

– Você está falando bobagem.

– Foi ideia dela a gente montar o posto aqui, e agora anda pomposa por aí como se fosse a dona do lugar.

Ele colocou uma mão suja na minha coxa.

– É justo ela me dar um pouco de consolo, né?

Com a mão esquerda, puxei minha adaga da bainha e a espetei entre suas coxas. Sabia muito bem o que estava fazendo quando o rosto dele ficou pálido, a garganta trabalhando com medo repentino. Frank pareceu ter receio de interferir e devia ter mesmo. Se ele tivesse tocado em mim, eu podia ter castrado alguém.

– É melhor me deixar em paz – eu o alertei. – É por respeito a Improvável que não vou matá-lo, mas, se me incomodar de novo, eu *mato*, e isso é uma promessa.

Quando recuei devagar, ele se levantou desajeitado.

– Isto não acabou.

– Acabou, sim.

Não lhe dei a honra de ficar observando enquanto ele se afastava. Isso iria sugerir que ele merecia minha cautela.

– Por que acha que ele está tão bravo com você? – Frank perguntou.

– Algumas pessoas simplesmente precisam de alguém para culpar.

“Mas era mais do que isso no caso de Miles”, pensei.

Ele provavelmente era um daqueles homens que não conseguiam aguentar que uma mulher fizesse qualquer coisa além de cozinhar sua comida e se deitar para o seu prazer. Se ele tinha uma parceira lá em Salvação, eu me solidarizava com ela.

Vago colocou a mão no meu ombro, abaixando ao meu lado. Foi engraçado, porque Frank sentiu a necessidade de ir para outro lugar no mesmo instante. Imaginei que Vago tivesse deixado claro como se sentia em relação a mim na primeira vez que me defendera de Miles. O seu rosto ficou tenso de decepção por ele não ter estado lá para ameaçar o cara de novo.

– Não se preocupe – eu disse, absolvendo-o. – Sei cuidar de mim mesma.

– Miles vai ser um problema para você – ele observou.

Eu assenti.

– Acho que não vai acabar. Seria melhor se Improvável o substituísse, mas isso passaria a mensagem de que me dar problemas fazia o cara ser mandado de volta para Salvação.

Vago colocou a mão na minha coxa, conscientemente apagando a lembrança dos dedos gordurosos de Miles na minha perna. Não me importei. Ele tinha o direito de tocar em mim. Mas retirou a mão antes de alguém poder reparar na familiaridade e, então, vir atrás de mim depois com insinuações maldosas.

– Alguma ideia para desencorajá-lo? – Vago perguntou.

Eu tinha várias, todas desagradáveis.

– Talvez eu tenha de matá-lo.

Isso o fez sorrir.

– Menos isso.

– Eu prefiro matar – murmurei.

– Eu também. Mas pode ser ruim para o moral.

Ele pensou por um instante e, em seguida, olhou-me de soslaio.

– Poderíamos entregá-lo como presente para a vila das Aberrações.

– Tentador. O que você estava falando para o Perseguidor mais cedo?

Ele congelou, olhos escuros virando com culpa para seu prato.

– Você reparou naquilo?

– O acampamento todo reparou.

Eu o cutuquei com o cotovelo, delicadamente.

– Vamos, conte para mim.

– Eu posso ter mencionado que ele precisa parar de ficar olhando para você como um lobo faminto.

Olhei de lado para ele.

– Não é suficiente eu ter dado a você direito exclusivo de beijos? O que importa como ele olha para mim?

Um toque de cor apareceu no topo das suas maçãs do rosto bem esculpidas, e meus dedos coçaram com o impulso de tirar seus cabelos cor de corvo da testa.

– Quando você fala assim...

Vago se inclinou para sussurrar:

– Estou morrendo de vontade de ficar sozinho com você.

Com as palavras dele, uma dor apareceu de repente, e quase toquei meus lábios com a lembrança. Desejei termos roubado uns instantes na noite anterior, mas Perseguidor estivera lá, e eu não conseguia me sentir bem em jogar nossa proximidade na cara dele, em especial porque ele ansiava por ter aquela ligação comigo. Rejeição não significava esfregar sal na ferida.

Meu corpo parecia poder iluminar todo o posto avançado de expectativa.

– Estaremos em Salvação na semana que vem. De folga.

O sorriso como resposta dizia que ele não podia esperar.

Licença

Uma semana vagarosa se passou, com uma calma relativa, embora eu sentisse problemas se formando com Gary Miles. Ele tinha um grupo pequeno e amargurado que me observava quando eu saía para patrulhar. Nunca cruzavam nenhum limite para eu poder dedurá-los a Improvável, mas deixavam claro que éramos inimigos. Idiotas. Não precisávamos de confusão no posto avançado, Salvação já tinha mais do que podia aguentar. Para me tranquilizar, tocava na carta manchada de sangue que eu guardava no bolso o tempo todo. Desde que estivesse intacta, nada realmente horrível poderia acontecer comigo. Era o folclore do enclave. Infelizmente, eu não sabia se ainda acreditava nele.

Se tínhamos fé em alguma coisa lá embaixo, era no poder de um emblema de nomeação. Minha mãe de criação dizia que ele guardava um pouco da nossa alma... mas essa era uma ideia confusa. Perseguidor – assim como todo mundo de Salvação – vivia sem esse item, então isso significava que não tinha alma ou apenas estava desprotegido? Talvez fosse bobagem, algo que os Guardiões das Palavras haviam inventado muito tempo atrás.

A primeira equipe saiu de licença sem incidentes, dois a dois. Depois, nosso pelotão votou e decretou que Vago e eu deveríamos ir juntos para as primeiras férias. No começo, pareceu bom demais para ser verdade e, se eu não estivesse tão animada, poderia ter ficado constrangida, já que a votação levara a piadinhas de Frank e Hobbs, além de a um resmungo mal-humorado de Perseguidor. Na minha opinião, fora inteligente da parte de Improvável sortear cada pelotão e, depois, deixá-los decidirem quem saía de licença em qual ordem. Aquela jogada oferecia a sensação de terem algum controle sobre suas vidas. Improvável podia não achar que era um líder natural de pessoas, mas, pelo que eu via, estava fazendo um ótimo trabalho.

Antes de sairmos, Improvável nos pagou o ordenado. Era a primeira vez que eu ganhava minhas próprias fichas, mas, como guarda, recebia um pequeno salário em troca do meu trabalho, conforme Improvável prometera antes. Aqueles pedacinhos de madeira poderiam ser trocados por mercadorias e serviços na cidade. Segurá-los fazia com que eu me sentisse mais poderosa.

Vago e eu partimos para Salvação depois de a última equipe voltar, trazendo cartas e presentes de famílias da cidade. Havia algum risco nessa operação porque as Aberrações podiam decidir nos matar um por vez, mas nós sabíamos avançar depressa e, se fosse necessário, correr para os portões se ameaçados por uma batalha que não seria possível vencer. Vago definiu um ritmo brutal para a corrida, que lembrava nossa ida a Nassau.

– Você acha que os Oaks vão me acolher de novo? – ele perguntou enquanto corríamos.

Eu respirei pelo nariz, adotando um ritmo moderado para não perder o fôlego.

– Ela disse que você é sempre bem-vindo.

– Às vezes, é só uma forma de dizer.

– Mamãe Oaks não é assim. Nem Edmund.

Ele assentiu.

– Não achei que fossem, mas você os conhece melhor.

Galhos e folhas estalaram, o movimento parecendo nos acompanhar. Com a atenção atraída, concentrei-me no nosso entorno.

– Ouviu isso?

– Alguma coisa está nos seguindo.

Nós dois sabíamos o que devia ser. A única pergunta era: quantas... E se fariam a investida antes de chegarmos à segurança. Mesmo se aquelas que vimos na vila não fossem as *melhores* lutadoras, não significava que não podiam atacar. Poderiam aproveitar a oportunidade de mirar em uma presa fácil. Se nos atingissem, isso certamente revelaria uma inteligência especial e calculada. Significaria que observavam e avaliavam seus ataques de acordo com nosso comportamento. Ideia aterrorizante. A vida já tinha sido difícil o bastante quando elas agiam como monstros descerebrados.

Vago aumentou a velocidade para uma corrida constante, e eu voei ao lado dele. Ele tinha o passo mais forte, mas eu era pequena e rápida. Poucas vezes eu tivera a chance de correr assim no subsolo. Os sons ficaram distantes como se – o que quer que fosse – escolhesse não abandonar o abrigo da floresta. Em vez disso, senti o peso de seus olhos famintos, acompanhando nosso progresso e prometendo-se: "Da próxima vez."

Quando chegamos aos portões, Vago gritou:

– Abram, depressa. Está tudo limpo por ora.

Um guarda tirou um tempo para passar os olhos pelo campo atrás de nós e, depois, obedeceu. Atravessamos abaixados pela abertura estreita e eles bateram as portas pesadas. A viga de madeira caiu de volta no lugar; desde que as Aberrações tinham tentado violar a entrada, parecia que os guardas usavam o reforço o tempo todo. Eu não os culpava.

Grama cortada com cuidado e pequenos jardins e canteiros de flores meticulosos faziam parecer que nada de ruim poderia acontecer ali. As construções brilhavam com camadas frescas de cal, tudo estava sob controle. Desde que eu fora para o campo, até as pessoas pareciam mais limpas e saudáveis. Meninas andavam com seus vestidos longos e bonitos, as bainhas intocadas pela poeira. Homens tiravam os chapéus quando as damas passavam.

Dava a impressão de fazer muito mais tempo que eu saíra de lá, como se viver com Edmund e Mamãe Oaks pertencesse a uma outra eu, assim como a que morava no subsolo era outra pessoa, tantas versões da menina que eu via no espelho. Eu me sentia crescida, o suficiente para não precisar ir à escola idiota da Sra. James, mas talvez ainda não fosse a pessoa que poderia me tornar. Provavelmente essa fosse a questão, a vida, se você agisse direito, significava aprender e mudar. Caso não fizesse isso, você morria – ou parava de crescer, o que dava mais ou menos na mesma. Assim, eu iria entrar e sair de diferentes papéis até descobrir o que servia melhor para mim.

Enquanto a observava, percebi que a cidade parecia um pouco diferente. Flores frescas enfeitavam mesas montadas por perto, bonitas flores brancas como as que eu notara no caminho para os campos. Fitas coloridas estavam penduradas em lojas próximas ao parque, e música soava, uma melodia doce e alegre. Alguns homens e mulheres tocavam seus instrumentos, rindo com a facilidade daqueles que não se preocupavam com monstros poderem comê-los. Dei uma olhada para Vago, que deu de ombros. Ele também não sabia o que estava acontecendo.

– É uma festa? – perguntei a um guarda, lembrando-me do aniversário de Justine.

– Mais ou menos – ele respondeu. – É o Festival das Cerejeiras em Flor. É como celebramos a chegada da primavera todo ano.

– O que isso significa?

O homem coçou a cabeça.

– Bem, tem um baile hoje à noite no parque. Vai ter comida e bebida. É uma chance de o pessoal mostrar gratidão porque o clima frio foi embora por um tempo.

– Parece divertido – Vago disse. – Obrigado.

– O que é um baile?

Não perguntei até o guarda ter se afastado, mas Vago não faria piada comigo.

Para minha surpresa, ele agarrou uma das minhas mãos e colocou outra na minha cintura.

– Acompanhe.

Ali, ao lado do portão da frente, ele me girou em um círculo, os pés se mexendo no tempo da música.

Quando paramos, eu estava sem fôlego e rindo.

– Como você sabia?

– Eu costumava dançar com a minha mãe.

Parecia uma boa lembrança. Pela primeira vez, perguntei-me se minha matriz tinha sido uma menina gentil e se ela gostava do menino que foi meu padreador. Às vezes, dois Procriadores ficavam mais amigos e solicitavam permissão para ter crias juntos. Tais casos eram monitorados de perto para garantir que não houvesse contato desnecessário depois de uma gravidez bem-sucedida acontecer. Assim, havia uma pequena chance de eu ter sido resultado de afeição. Minha existência também podia ter surgido de uma procriação determinada pelos anciãos. Os pais de Vago tinham escolhido um ao outro, eu sabia, e haviam produzido um filho excelente.

Vago estava observando meu rosto, tentando adivinhar o que eu estava pensando. Com um meio sorriso, eu não lhe dei nenhuma pista.

– Sim?

– Quer dançar comigo esta noite?

– Eu adoraria. Mas, se vamos comemorar com o resto da cidade – decidi, em voz alta –, então devemos nos lavar.

– Eu gostaria de vê-la de vestido de novo... e com o cabelo solto.

Levando-se em consideração o que tínhamos passado juntos, as palavras dele não deviam ter me deixado tímida. Inexplicavelmente, deixaram. Talvez porque significavam que ele passaria a noite com a Dois menina, não com a Dois Caçadora, e eu não conhecia meu lado feminino muito bem. Na verdade, antes de Vago e seus beijos, eu diria que havia pouca ligação entre elas.

Desconfortável, atravessei a cidade em silêncio, admirando as decorações do parque. Não tinha dúvida de que ficaria bonito quando terminassem. Algumas meninas da escola – Merry e Hannah – acenaram como loucas quando me viram com Vago. Parei por tempo o bastante para ser educada.

– É assustador lá fora? – Hannah quis saber.

– Às vezes.

Conversamos um pouco, depois elas precisaram voltar ao trabalho. Vago e eu seguimos para a casa dos Oaks, que cheirava a pão recém-assado pelas janelas abertas. Meu estômago resmungou.

Mamãe Oaks nos encontrou na porta da frente e me agarrou em um abraço de esmagar as costelas. Lágrimas brilhavam em seus olhos, mas, por se manter sorrindo, imaginei que estivesse feliz. Como na primeira vez que aparecemos, imundos, à sua porta, ela berrou para Edmund vir nos ver, porém, dessa vez ele me cumprimentou com um abraço e o nariz torcido. Lavagens rápidas não limpavam a roupa nem remediavam todos os desafios higiênicos.

– Vou encher as banheiras – ele murmurou. – O que estão achando das botas?

– Elas são perfeitas – falei, sincera. – Eu amo.

Vago copiou a saudação que Improvável costumava usar.

– As minhas também, senhor. São fantásticas. Nunca tive nada tão bonito.

Os olhos de Edmund ganharam dobrinhas em um sorriso.

– Isso é bom. E quanto ao outro menino?

– Perseguidor – eu o lembrei. – Ele pediu para mandar seu agradecimento também. Provavelmente virá na sua licença para agradecer pessoalmente.

– O mínimo que eu podia fazer já que vocês estão lutando por Salvação.

Vago limpou a garganta, o que chamou minha atenção, mas ele estava concentrado no meu pai de criação, os braços soltos e nervosos ao longo do corpo.

– Senhor, preciso da sua permissão para sair com a Dois. Minhas intenções são honradas.

"O quê?" Tegan havia mencionado rapidamente aquilo para mim, mas eu nem tinha certeza do que "intenções" acarretavam.

Antes de eu poder dizer qualquer coisa, Edmund assentiu.

– É bom da sua parte perguntar. E permissão concedida.

Com isso, meu pai de criação seguiu até a cozinha para preparar nossos banhos.

– Por quanto tempo vocês podem ficar?

Mamãe Oaks entrou na sala como se fosse ficar feliz de nos manter ali para sempre.

– Só até esta hora amanhã. Temos licenças de 24 horas.

– É melhor do que nada – Edmund gritou, bombeando água.

A mulher mais velha concordou.

– É verdade. E pelo menos vocês não vão perder o festival de primavera. É minha época favorita, e os céus sabem que a alegria nos faria bem.

Eu concordei. Era importante manter o bom humor das pessoas durante tempos sombrios. Do contrário, o pânico se instalaria mais rápido se o pior acontecesse. Não que eu quisesse discutir isso – ou pensar a respeito – naquele momento. Vago e eu merecíamos ficar mais leves antes de voltarmos ao medo constante.

– Venha aqui e me ajude, garoto!

Com um olhar divertido, Vago entrou na cozinha. Mamãe Oaks me abraçou de novo e depois ficou me olhando à distância de um braço como se não conseguisse acreditar que eu voltara em segurança.

"Dessa vez, pelo menos."

– Você tem saudades dos seus filhos? – perguntei.

– Apenas daquele que eu perdi. Rex vem nos ver quando pode.

Seu tom de voz contradizia as palavras fáceis, refletindo a tensão que eu notara antes.

Rex não fora jantar nem uma vez nos meses em que eu havia morado com os Oaks, mas não a desrespeitei dizendo isso. Se tivesse uma mãe de verdade como Mamãe Oaks, eu a trataria com gentileza e levaria minha família para comer a comida dela em todas as oportunidades possíveis. Mas as pessoas não davam valor às suas bênçãos e costumavam não ser gratas até que fosse tarde demais para dizer obrigado.

– Você teve dois meninos?

Ela assentiu.

– Mas sempre quis uma filha.

Com um sorriso para mim, ela logo acrescentou:

– E agora tenho uma, então está tudo bem. O que você vai vestir hoje à noite?

– Pensei em talvez usar o vestido azul, se você tiver terminado.

Porém, eu não estava pensando em roupas. Em vez disso, refleti sobre a ideia de que ela me considerava sua filha de verdade. Tal coisa parecia impossível, mas minha garganta deu um nó com a possibilidade. Nunca imaginara um lar como o que eu encontrara em Salvação, ou ter meus próprios pais. Eu também estava curiosa com aquela conversinha estranha entre Vago e Edmund.

Ela assentiu.

– Está limpo e passado, esperando no seu armário.

– Obrigada – falei baixinho e não era pela roupa limpa e passada.

Ela sabia. Seus olhos ficaram suspeitamente molhados de novo, e me deu uma batidinha no ombro.

– O prazer é meu, Dois. Acredite que é.

Mordi o lábio, pensei nas minhas opções e depois mergulhei de cabeça. Repeti o que Vago dissera a Edmund.

– Então, o que significa?

– Ele pediu *isso*?

Sua mão voou para o coração, de alegria.

– Significa que é sério. Quando um menino vai falar com o pai de uma menina, ele está mostrando respeito e prometendo que não vai brincar com ela. Ele foi bem criado.

Fiquei confusa com aquela revelação.

– Quer dizer, sem procriação ilícita?

– Céus, a maneira como você fala.

As bochechas dela ficaram coradas.

Vago então saiu da cozinha, recém-banhado e com roupas limpas. Fiquei sem fôlego, mas só pude olhá-lo por um instante antes de Mamãe Oaks me apressar para a minha vez. Por acidente ou de propósito, eles nos mantiveram separados até depois de escurecer.

Enquanto Mamãe Oaks arrumava meu cabelo, eu perguntei:

– O que Vago está fazendo?

Ela deu de ombros.

– Ele disse ao Edmund que tinha algo a fazer.

"Hum. Interessante."

Como antes, Mamãe Oaks prendeu meu cabelo em mechas torcidas com trapos e, quando os tirou, ela juntou um punhado de cachos no topo da minha cabeça com uma presilha de pedras preciosas, de forma que o cabelo parecendo molas escorria pelas minhas costas. Como o penteado não era tão alto quanto o que usei na festa de Justine, gostei mais. Observei o trabalho dela no espelho, incerta em relação à menina no meu reflexo. Nunca liguei para a minha aparência, a única coisa que importava no subsolo era ficar limpa.

– Isto pertenceu à minha mãe – ela disse, desembrulhando algo de um tecido fino que começava a amarelar.

Na sua palma, Mamãe Oaks segurava uma corrente prateada, delicadamente forjada e brilhando como uma estrela. Nela, estava pendurada uma pedrinha azul que refletia a luz.

– Gostaria que você usasse isto hoje. Vai ficar perfeito com seu vestido.

Eu congelei, com medo de pegá-la. A única coisa que já tivera e pertencera à minha matriz, eu trocara por uma passagem segura para sair dos túneis lá embaixo. Mesmo naquele momento, eu desejava ter podido guardar aquela caixinha de metal. Tinha um espelho dentro e o cheiro doce remanescente de algum pó que havia muito se desfizera.

– É bonita demais – protestei.

– Você deve usar algo bonito no seu primeiro encontro oficial com Vago.

Encontro. Uma palavra nova. Eu suspeitava que tivesse a ver com pegar fogo e, dado o que pretendíamos fazer naquela noite, devia estar relacionado com se divertir. Não pedi esclarecimento.

Mamãe Oaks prendeu a corrente em volta do meu pescoço sem esperar que eu cedesse. Ficou tão linda que eu não tive coragem de protestar. Nunca usara nada antes que não tivesse alguma finalidade, mas aquilo só ficava em torno do meu pescoço brilhando. Eu adorei. Sempre tivera uma queda por coisas cintilantes e, desde meu exílio, não possuí nada além de adagas e roupas. Não que aquilo fosse meu. Eu entendia que ela estava me emprestando, não dando um presente.

Mamãe Oaks saiu para eu terminar de me arrumar, mas estava com um sorriso largo, então eu sabia que a deixara feliz por não discutir. Depois de colocar o vestido azul, passei a mão pelo tecido macio, admirando como se ajustava ao corpo. Minha mãe de criação fez um belo trabalho, com a mesma habilidade de Edmund em relação às botas. O vestido chegava aos meus calcanhares e a saia era rodada, mas a parte de cima não tinha adornos, apenas um decote de coração e manguinhas graciosas que terminavam logo abaixo dos meus ombros. Naquela noite, mostrei minhas cicatrizes com orgulho.

Desci depressa a escada e encontrei Vago me esperando no final dela. Seus olhos escuros se arregalaram e, pela primeira vez desde que eu o conhecera, ele ficou sem palavras. Levantou o olhar para mim como se eu fosse tudo o que ele sempre quis. Meu coração deu um pulo com a intensidade daquela expressão, mas também era um pouco assustador ter tanto poder assim. Dei um passo em direção a ele, apesar da minha incerteza.

Edmund pigarreou.

– Ela está bonita como um quadro, não?

Vago apenas assentiu. Seu olhar fixo e faminto deixou minhas bochechas coradas e eu estava consciente demais do calor de seus dedos quando ele tocou em mim. Apenas no braço, porém minha pele estava nua e pareceu chocante, íntimo, extremamente ousado na frente de meus pais de criação. Com um aceno da cabeça para a conversa animada de Mamãe Oaks e para a despedida mais contida de Edmund, nós dois saímos na noite, rumo ao ar fresco e à música feliz.

– Quero arrastá-la e escondê-la – ele sussurrou.

– Por quê?

– Eu sempre soube que você era bonita, mas agora todas as outras pessoas vão saber também. Não conseguirei manter os outros meninos longe de você e isso vai me enlouquecer.

Eu ri, achando que ele estava tentando me deixar menos constrangida com o vestido e o cabelo, que fazia cócegas na minha nuca sempre que me mexia. Mas ele manteve a mão no meu braço, como se pensasse que alguém apareceria e me roubaria. Um calor deslumbrante queimou entre nós, mais intenso do que os lampiões pendurados em volta do parque.

Perto das pessoas que dançavam, Vago me puxou para as sombras e contra seu corpo.

– Um beijo antes de eu precisar dividi-la.

Sem me conhecer direito, já que Dois, a menina, tinha o comando naquela noite – e a Caçadora observava com uma vergonha silenciosa –, levantei o rosto. A boca dele tocou na minha, leve como um suspiro, mas roçou de novo e de novo, uma provocação, até eu levantar as mãos e aninhar nelas o rosto dele. Depois, o beijo explodiu como um raio, mais profundo e completo do que ele já ousara antes. Quando a língua dele tocou na minha, eu me afastei, chocada e sem fôlego.

– Onde você *aprendeu* isso?

– Você só ficaria brava se eu contasse.

Eu resmunguei baixinho. Provavelmente, ele estava certo. Eu não queria ouvir que beijara alguma menina no subsolo. Se tivesse existido outra fêmea para ele desde que havíamos chegado a Salvação, eu precisaria cortar todo o cabelo dela e lhe daria uma surra até quase matá-la. A força daquele impulso me assustou, e eu dei um passo para trás. Parecia que a Dois menina era exatamente tão maldosa quanto a Caçadora.

Vago entendeu meu humor, mesmo na sombra, e passou a mão sob meus cachos artificiais, dedos quentes e macios contra minha nuca. Um tremor correu pelo meu corpo. Senti-me impotente para resistir a ele, incapaz de saber o que era melhor para mim. Mas era Vago, ele nunca me machucaria.

– Não importa agora – ele sussurrou. – É só você.

Eu não gostava da certeza de que ele tinha segredos, mas Vago também não gostava do fato de Perseguidor me observar como um lobo faminto, então, não podia culpá-lo se já tivesse se sentido assim antes, se outra pessoa o ensinara a provar o sabor de uma menina como se sua boca estivesse cheia de mel.

– Quer dançar? – perguntei.

Como resposta, ele pegou minha mão e me levou para o parque iluminado por lampiões, onde outros casais já estavam girando. Levei alguns instantes para aprender os passos, porém não era muito diferente do que tínhamos feito durante o banquete no subsolo, mas, ali, era apenas com um parceiro em vez da comunidade toda. Eu gostava da intimidade da mão de Vago na minha, nossos corpos se mexendo num ritmo perfeito, guiados pela música e por instintos que me esquentavam inteira. Eu não confiava naqueles impulsos. Vago sorriu para mim como se conseguisse ler meus pensamentos. A noite estava fria nos meus braços nus, e o corpo dele aqueceu o meu.

Por fim, paramos para mordiscar as comidinhas que haviam sido colocadas ali. Tegan se juntou a nós, alegre e bonita em um vestido rosa. Um menino estava ao lado dela, mais velho, pensei, mas eu não me lembrava de tê-lo conhecido. Educada, ela fez as apresentações.

– Zachariah Bigwater, estes são meus amigos Dois e Vago.

"Deve ser o irmão de Justine."

– Vocês não têm dois nomes? – ele perguntou.

– Só precisamos de um – Vago falou.

O jeito dele não foi exatamente grosseiro, mas eu sentia sua impaciência. Aquela era a *nossa* noite, e ele não queria passá-la conversando com o herdeiro do ancião. Zachariah devia ser uma pessoa legal se Tegan gostava dele, mas eu também sentia o desespero silencioso de Vago. Nosso tempo juntos estava derretendo. Naquela noite, eu nem queria dormir.

– As pessoas me chamam de Zach – ele disse então.

– É um prazer – eu fui gentil, sem muita sinceridade.

Tegan abriu um sorriso malicioso para mim, entendendo a situação.

– Como estão os campos? Vou sair amanhã para a manutenção.

– Sem grandes problemas.

Ao meu lado, Vago cruzou os braços em uma postura hostil. Inclinei-me contra a lateral do corpo dele e o cutuquei com o cotovelo delicadamente. Embora eu não conhecesse Zach, Tegan era minha amiga e eu não a encontrava havia um tempo.

Porém, Zach entendia as deixas, ele se virou para Tegan.

– Quer dançar?

O pedido revelou tato e sensibilidade já que a perna dela poderia não aguentar uma dança agitada, a música ficara mais lenta. Aliviado do fardo da cortesia quando os outros se afastaram, Vago me puxou contra seu corpo, mais perto do que os outros casais. Não protestei. Em vez disso, inclinei a cabeça contra o ombro dele e o deixei guiar meus movimentos. Aquilo exigia uma confiança que eu não podia oferecer a mais ninguém.

Um sussurro especulativo e cheio de escárnio perfurou meu devaneio:

– Acha que ela tem adagas presas debaixo da saia?

Alguém riu baixinho.

– Provavelmente.

Fingi não ouvir, mas os dedos de Vago ficaram rígidos em minha cintura. Pela tensão em seu corpo, ele estava pronto para lutar em meu nome. De novo. Coloquei a mão na sua bochecha.

– Não importa.

– Talvez ele goste de meninas que se comportam como meninos.

Dessa vez, precisei de toda a minha força para segurar Vago. Ele não estava mais dançando, mas apenas parado enquanto outros casais giravam à nossa volta. Seus olhos negros, negros, queimavam como estrelas escuras, com a mais fria ira que eu já vira. Se ele pegasse aqueles idiotas da escola, eles não andariam por semanas. O luar deixava seus traços prateados, dando-lhe uma beleza feroz e de outro mundo.

– Só vamos embora.

Eu tinha a ideia de que Improvável teria problemas se nós entrássemos em uma briga enquanto estávamos de licença.

– Acho que ela está bonita – Merry disse.

Era uma das meninas que fora gentil na festa de Justine.

– O suficiente – outra pessoa admitiu.

– Vou convidá-la para dançar.

Vago também não gostou disso, mas não era motivo para socar o menino no rosto.

Eu não sabia o seu nome até ele se aproximar. Terrence era tímido e quieto, mas se mexia bem o bastante. Ele manteve espaço razoável entre nós, e metade da música passou antes de ele falar:

– Espero que Vago não fique bravo. Achei que isto poderia acalmar todo mundo.

– Parece estar funcionando.

Era um bom plano. O resto dos nossos colegas de escola havia perdido o interesse assim que eu provei que estava disposta a dançar como qualquer outra menina.

Porém, depois, foi como se Terrence tivesse aberto a porta e, uma vez aberta, a curiosidade invadiu. Aquele que tinha sido cruel não me convidou, é claro, mas outros, sim. Dancei com cinco meninos antes de Vago perder a paciência e exigir minha mão novamente. Era um bom exercício, eu pensei, sem fôlego com todos os rodopios.

– Eu disse – ele murmurou. – Agora não vou ter outro momento sozinho com você.

– Você pode pedir um.

Minha voz saiu rouca porque, se fugíssemos, a privacidade levaria a mais beijos. Temores de expectativa percorreram meu corpo.

– Quer dar uma volta?

Eu assenti, e os dedos dele se enlaçaram nos meus em uma reivindicação inconfundível conforme ele me levava para fora do parque.

Eterno

Segui Vago pela cidade, esperando que fôssemos acabar no balanço atrás da minha casa, mas, em vez disso, ele me levou em uma direção que ficou mais familiar a cada passo. Depois de um tempo, parou na casa não terminada onde eu havia treinado com Perseguidor, antes de perceber que aquelas visitas à meia-noite lhe davam ideias erradas.

– Vamos entrar? – questionei em voz baixa, perguntando-me se ele havia achado aquele lugar por coincidência ou se tinha um motivo para me levar ali.

– Há alguma razão para não entrarmos?

Eu fiz que não.

Vago subiu até a janela.

– Eu entro primeiro e abro a porta para você.

Quando eu ia com Perseguidor, nós dois entrávamos assim, mas não estava vestida para escalar. Então, assenti e me apertei mais contra o batente, esperando que ninguém me visse, sentia que chamava muita atenção com meu vestido azul. A espera acelerou meus batimentos cardíacos, tornando o pequeno delito mais emocionante. Logo, Vago me puxou para dentro da casa fria e escura. Imediatamente, vi evidências do algo a fazer que ele mencionara mais cedo e perguntei-me se meu pai de criação teria aprovado.

Estendido no chão empoeirado estava o cobertor que trouxera do subsolo, e ele havia surrupiado uma vela para cada canto dele. Sorrindo, pegou o dispositivo que herdara do padreador; nos túneis, ele tinha mexido nele quando estava nervoso, mandando faíscas na escuridão. Dessa vez, segurou por mais tempo... e as velas ganharam vida, lindas e cintilantes.

– Você tinha bastante certeza de que ia conseguir me trazer aqui – eu observei.

– Apenas um bom planejamento. Além disso, *você* sugeriu tirarmos um tempo para nós.

Eu o olhei, cautelosa, apesar da cena romântica.

– O que você acha que vamos fazer nessa caminha?

– Sentar. Seria uma pena se você sujasse o vestido.

Ele tinha razão; se voltasse imunda para casa, Mamãe Oaks exigiria saber o que eu estivera fazendo.

– E as velas?

– Quero ver seu rosto. Você confia em mim?

Como resposta, ofereci minha mão, e ele me puxou para o chão ao seu lado. O cobertor era grande o bastante para nós dois, desde que eu me sentasse perto dele, e Vago não mostrava intenção de colocar qualquer distância entre nós. Ele me envolveu nos braços e me aninhou em seu peito. Quando me puxou ainda mais para perto, acomodei-me entre suas pernas, tão nervosa quanto animada. A respiração quente dele fez meus cachos se mexerem, umedeceu minha nuca e eu estremeci.

– Com frio?

– Não.

Na verdade, eu talvez estivesse com febre. Os arrepios ficaram mais fortes quando ele passou as mãos pelos meus braços nus.

– Não acredito que você está aqui comigo – ele sussurrou na minha orelha.

– Onde mais eu estaria?

– Aqui com ele.

Vago fez uma pausa.

– De novo.

As boas sensações sumiram, substituídas por medo. Sentei-me imóvel.

– Como você sabe...?

– Porque eu vi os dois. Não foi só minha língua afiada que deixou o Jensen maluco, Dois. Em algumas noites, eu escapava, perguntando-me o que vocês dois estavam fazendo aqui. E por que não era eu.

Um momento de choque me deixou sem ação. Essa era a dúvida profundamente plantada que Vago nunca fora capaz de se forçar a dizer em voz alta. Ele a corroera por meses e, enfim, decidira me confrontar ali. Eu podia ter tido medo das suas intenções, mas confiava nele... e não possuía nenhum segredo obscuro a confessar.

– Ele descobriu? – adivinhei.

Senti quando ele afirmou rapidamente.

– Mas nunca confessei. Nunca contei para ele o que eu estava fazendo. Independentemente de qualquer coisa.

Naquele momento, eu senti tanta dor que achei que meu coração fosse partir em dois. Ele havia guardado meu segredo para eu não ter problemas, mesmo quando pensava que estava fazendo sabe-se lá o que com um menino que ele odiava. Aquela lealdade me aterrorizava, mesmo me sentindo exultante por ela; eu tentaria ser merecedora de tal devoção.

– Eu entenderia se você tivesse contado – sussurrei. – Posso levar meus próprios castigos.

Ele se mexeu, puxando-me para seu colo totalmente, com o intuito de poder ver meu rosto.

– A questão não é se você pode ou não. Sempre vou defendê-la.

"Mesmo quando não estamos nos falando, mesmo quando você duvida de mim. Ó Vago!" Algumas pessoas poderiam argumentar que se ele não rastreasse meus movimentos à noite, não seria pego e não haveria punição severa, mas eu suspeitava que Jensen fosse um homem maldoso quando bebia o uísque de milho e teria encontrado outro motivo para machucar Vago.

– Por que você me seguiu? – perguntei então.

Ele curvou os ombros.

– Se o Perseguidor tentasse fazer alguma coisa que você não quisesse e precisasse de ajuda, eu estaria bem perto, só por garantia.

– Para me proteger?

– Sim. Sempre.

Ele não vacilava nessa questão, e isso era uma doçura, porém eu podia cuidar de mim mesma.

Eu me sentia grata pela intenção, mesmo quando disse:

– Eu estava bem.

– O que isso significa? Ele tocou em você?

Por fim, entendi o que mais estava acontecendo. Eu podia ser lerda, mas, com o tempo, juntava as peças.

– Você não tem motivo para sentir ciúmes, eu juro. Nós conversávamos... e treinávamos. Você é o único menino que se aproxima deste jeito.

– Oh!

Um suspiro baixinho e lento escapou dele.

– Eu me sinto tão idiota.

Coloquei meus lábios contra a bochecha dele e sussurrei:

– Não se sinta. Eu te amo, Vago.

O tempo em Salvação havia me ensinado o significado da palavra e a não ser mesquinha em usá-la. Eu devia dizer o mesmo a Edmund e Mamãe Oaks, na verdade, antes de voltar ao posto avançado. Era de um tipo diferente, é claro, mas cada variação deixava meu coração mais forte e elevado, para que eu pudesse lutar melhor.

Ele puxou um fôlego rápido e irregular.

– Foi isso que eu disse para você na carroça.

E, então, os lábios dele encontraram os meus, quentes como a luz do sol, doces como água limpa. Ele me envolveu em seus braços, de forma que fiquei em cima dele, apoiada em suas coxas, e eu o beijei do jeito que ele me mostrara mais cedo, com as provocações de esconde-esconde de uma língua na outra. Estava bastante tímida para fazer muito disso no começo, mas minha hesitação pareceu deixá-lo mais faminto. Seus braços ficaram mais apertados e, de repente, eu entendi como as peças do quebra-cabeça se encaixavam. Um choque de animação varreu todo meu corpo, mas eu não me arrastei para longe. Confiava nele, mesmo quando ele caiu para trás de forma que eu me espalhei por cima do seu corpo. As suas mãos passearam, e as minhas também, desajeitadas, estranhas e irresistíveis. Depois, a palma dele se fechou na curva do meu seio, mal tocando, pressionando, através do tecido sedoso do meu vestido, e eu me senti como um raio de sol.

Vago me puxou contra si, com força, e depois ele rolou, colocando-se sobre mim, e cobriu meu rosto com beijos rápidos e necessitados. Sua respiração puxava seu peito com força, um ofegar profundo e desesperado. Desci a mão levemente pelas costas dele, tentando reconfortá-lo, pois tinha a ideia de que ele estava com dor. Com certeza eu estava, embora não tivesse certeza do motivo.

– Chega disso – ele tentou sussurrar, embora parecesse mais um rosnado. – Eu disse para o Edmund que minhas intenções eram honradas.

Ele roçou mais beijos nas minhas têmporas, esfregou seu queixo áspero contra minha bochecha e fechou os olhos bem apertado, tremendo.

– Você está bem?

Toquei no seu cabelo.

– Não vou morrer – ele murmurou.

Porém, ele não parecia feliz com a perspectiva de sobrevivência e, por alguma razão, isso me fez rir.

Vago mordeu meu lábio inferior em retaliação. Com o tempo, os batimentos do meu coração desaceleraram e a febre diminuiu na minha pele. Aos poucos, ele se acalmou também e depois aninhou-me contra si, minha cabeça em seu peito. Um pouco constrangida, enrolei o braço em volta da cintura dele. Eu nunca me deitara assim antes, corpos próximos, braços e pernas emaranhados. Tinha de ser um bom sinal ele aguentar ficar deitado sobre as costas, o dano físico devia estar se curando.

– Onde você aprendeu a beijar? – perguntei em voz baixa.

Ele ficou tenso junto a mim, mas respondeu:

– Tinha uma menina no subsolo, uma Procriadora. Ela... gostava de me mostrar as coisas.

Aquilo me chocou até os ossos. Outra pergunta girou na minha cabeça, carregada de dúvida.

– Vocês...

– Não. Não tem chance de nenhum pirralho. Nós não procriamos.

– O que você sentia por ela?

O dar de ombros dele mudou minha cabeça de lugar em seu peito.

– Eu estava solitário. Apenas... às vezes, é bom ser tocado.

– Você me disse que Faixa era sua única amiga.

– Eu não chamaria essa Procriadora de amiga, Dois. Tem pessoas que gostam de quebrar as regras. Acham emocionante.

– Então, ela o via como... um desafio?

– Não sei. Não conversávamos muito quando estávamos juntos... E foram só algumas vezes. Depois que Faixa morreu, a outra menina ficou com medo de sermos pegos. A essa altura, eu e você já tínhamos nos conhecido, de qualquer forma.

Pela primeira vez, entendi por que Vago podia sentir ciúmes de Perseguidor, mesmo eu garantindo em várias ocasiões que não tinha motivo. Não havia chance de ele um dia ver aquela menina de novo e, ainda assim, a existência dela queimava em minha cabeça como carvão em brasa, porque existia outra pessoa que sabia qual era o gosto de Vago, a sensação de tocar nele. Ela podia até estar morta, com base no que Seda tinha me dito sobre o destino do enclave no delírio da febre, mas aquilo não enfraqueceu minha inveja, nem um pouco.

Meu silêncio preocupou Vago. Ele rolou e ficou de lado, olhando para mim, suas sobrancelhas escuras franzidas. Na luz bruxuleante, enxerguei sua preocupação.

– Eu sabia que você ficaria brava.

– Não é isso.

– Então, o que foi?

– Não sei – era o mais sincera que eu conseguia ser. – Não tem nada para eu temer, mas ouvir isso me deixa... enjoada, pensando em você com outra pessoa.

– É porque eu sou seu – ele disse, delicado. – Assim como você é minha menina.

Dessa vez, não discuti com ele. Entendi o que queria dizer. Aquele laço não podia permitir outras pessoas dentro, exigia uma devoção e um comprometimento exclusivos. Ele não estava falando de propriedade completa, como eu acreditara antes. Em vez disso, era mais complexo, nascido de nuances e sombreamento de emoções. Podíamos ter outros amigos, é claro, mas eu compreendi o significado do seu desejo de ter direito de beijos exclusivo. Como esse não era meu forte, tinha de agir com instinto e confiar que aquele laço não me deixaria sair do caminho certo.

Depois de um tempo, eu me enrolei contra o corpo de Vago. Gostava mais quando deitávamos frente a frente, braços em volta um do outro. Dessa forma, eu podia observá-lo bem de perto, mas sem o medo furtivo de que ele se agitaria e me pegaria. Como a noite estava fresca, mas não fria, nossos corpos geravam calor suficiente para nos manter aquecidos. Eu sabia que provavelmente iria logo para casa, já que estava ficando tarde, mas não conseguia me forçar a me mexer.

– Eu queria que esta noite pudesse ser eterna – sussurrei.

– Eu também. Então... você não está chateada?

Fiz que não.

– Aconteceu lá embaixo, antes... Bem, antes de nós. Se você me disser que tem uma menina em Salvação ensinando coisas para você...

– Não. Não tem, juro.

Ficamos deitados por um tempo, com ele acariciando meus cabelos. O sono se arrastou em direção a mim, mas eu o enfrentei. Se aquela seria a última noite assim que eu teria por um período, queria aproveitá-la ao máximo. Vago parecia sonolento também, as pálpebras pesadas.

Para nos manter acordados, perguntei:

– Do que você se lembra a respeito dos seus pais?

Ele pensou por alguns momentos, os dedos fechados em volta de mechas do meu cabelo.

– Minha mãe fazia o melhor pão. Ela tinha um sotaque bonito, cheirava a flores... e tinha cabelos escuros. Ela cantava enquanto trabalhava... mas eu esqueci as palavras.

Ele cantarolou uma melodiazinha comovente, mas eu não a reconheci. Como ele não continuou, percebi que não conseguia se lembrar de mais nada sobre sua matriz.

– Talvez alguém aqui possa dizer para você o nome da música e como é o resto.

– Talvez.

Aninhei a bochecha dele na palma da minha mão.

– Conte sobre seu padreador.

– Para quê?

– Eu quero saber mais sobre você, mas, se falar sobre eles for doloroso, esqueça que perguntei.

– Em outro momento – ele prometeu. – Não quero ficar triste hoje.

Infelizmente, quando a conversa acabou, eu caí no sono nos braços dele, e foi apenas logo antes do amanhecer que acordei. Mamãe Oaks, se tivesse me esperado acordada, iria cortar meu cabelo com uma machadinha – uma expressão que eu aprendera com Improvável –, o que significava que eu estava muito encrencada e levaria uma bronca.

– Vago – sussurrei. – Temos de ir.

Com um gemido, ele rolou e ficou em pé, e nós recolhemos as coisas. Peguei as velas derretidas enquanto ele apanhava o cobertor. Saí pela porta e ele a trancou atrás de mim, depois deslizou pela janela. No amanhecer incerto, andamos calmos de mãos dadas. Ainda não havia movimentação de outros cidadãos. Fiquei preocupada com nossa recepção em casa, mas, quando entramos escondidos pela porta dos fundos, o lugar estava quieto. Aliviada, dei um beijo rápido em Vago enquanto guardávamos seu antigo cobertor.

– Deveríamos dormir um pouco mais, se conseguirmos – ele disse baixinho. – Fico com o cantinho na cozinha.

Assenti, subi furtiva pela escada e fui para a cama. Com sorte, eles nunca saberiam o quão tarde havíamos voltado para casa. Havia sido uma noite longa e emocionalmente exaustiva, e eu estava feliz de descansar em uma cama de verdade. O sono chegou rápido, apesar da minha leve culpa.

Horas mais tarde, depois de Edmund ter ido trabalhar, eu me lavei, troquei de roupa e tomei café da manhã com Vago e Mamãe Oaks. Ela tinha mil perguntas sobre o baile, que eu respondi com a ajuda dele. Por um acordo subentendido, não mencionamos nosso horário de chegada. Por fim, Mamãe Oaks esgotou o papo animado e disse:

– Tenho de trabalhar... Quatro vestidos encomendados para Justine e Caroline Bigwater.

– Bem, elas têm de manter as aparências – murmurei.

Mamãe Oaks torceu a boca como se tivesse algo a dizer, mas a gentileza básica a impediu. Eu a poupei mudando de assunto:

– Ainda temos algumas horas. Preciso passar na loja antes de voltar.

– Posso ir com você? – Vago perguntou.

– É claro.

Esperei que ele não perguntasse sobre minhas supostas compras na frente da minha mãe de criação.

Com o aceno de despedida dela, eu a beijei no rosto, coloquei nossa louça na pia e, depois, saí pela porta de trás. Era um dia enevoado, com prenúncio de chuva, e a luz tinha um tom hesitante. Vago era bom em ler minha expressão porque não abriu a boca até termos nos afastado dez passos da casa.

– O que você vai fazer, Dois?

Sua expressão estava imóvel e severa, como se esperasse que eu o deixasse de fora.

Em vez disso, resumi o que sabia sobre Mamãe Oaks e seus problemas com o filho Rex e, então, concluí:

– Só vou falar com ele, apenas isso.

Vago não discutiu comigo. Na loja, comprei uma bola de barbante com uma das minhas preciosas fichas e, em seguida, perguntei sobre o paradeiro de Rex Oaks. Como estava morando com a mãe dele, o proprietário não questionou por que eu queria saber. Salvação não era o tipo de cidade que protegia segredos ou privacidade, de qualquer forma.

– Acho que vamos visitar o Rex – Vago disse, quando saímos da loja.

Assenti.

– Qualquer que seja o problema, machuca a Mamãe Oaks, e acho que alguém precisa dizer isso para ele.

– É função sua?

– Estou fazendo ser.

Rex Oaks e a família viviam em um chalé melhor do que aquele que seus pais tinham construído; ficava perto do muro no canto noroeste, enfiado ao lado do portão. Não era uma ótima localização e, se as famílias continuassem crescendo, talvez não tivessem escolha a não ser terminar a casa vazia onde Vago e eu havíamos ficado abraçados. No entanto, eu não estava preocupada com o planejamento da cidade. Percorri a entrada com passos largos e ousados e bati na porta da frente.

Uma mulher loira e bonita atendeu. Ela parecia dez anos mais velha do que eu, pequena e magra, com bochechas bem coradas.

– Posso ajudar?

– Estou aqui para ver o Rex.

– Pode me dizer quem quer vê-lo?

– Meu nome é Dois.

Olhei nos seus olhos até ela desviar primeiro, e isso me disse que tipo de mulher era.

Não fiquei surpresa quando ela deu um passo para trás, permitindo nossa entrada.

– Querem esperar na sala de visitas? Ele está trabalhando no jardim.

Vago murmurou:

– Seria muita gentileza, senhora.

Depois de nos fazer sentar, ela foi buscar o marido. Passei os olhos pela sala e a achei simples, mas agradável. Rex se juntou a nós, ele era um homem grande, mais alto que Edmund, mas eu vi a semelhança em seus traços. Ele se largou em uma cadeira de madeira, uma expressão franzida unindo suas sobrancelhas grossas.

– Eu a conheço?

– Não – falei direta. – Mas conheceria se visitasse seus pais. Sou sua irmã de criação.

Ele mexeu a boca sem emitir som. Depois disse:

– Desculpe?

– Não faço ideia do motivo de vocês terem discutido e não me importo muito. Tudo o que sei é que você está magoando o Edmund e a Mamãe Oaks... E, se fosse homem de qualquer tipo, faria as pazes antes de ser tarde demais.

– Você não entende nada – ele brigou comigo.

Ignorei a sua agressividade.

– Você tem sorte de possuir uma família que o ama. Não jogue fora. Pare de partir o coração deles.

Antes de ele conseguir reunir a presença de espírito de me expulsar, levantei depressa.

– Obrigada pela atenção, senhor.

Sem esperar uma resposta, fui a passos largos até a porta. Do lado de fora, Vago riu.

– A cara dele... Ah, Dois. Espero que você saiba o que está fazendo.

– Eu também – sussurrei.

Verão

A chuva chegou logo antes de nossa licença acabar. Aquilo me deu esperança de que o fogo que as Aberrações haviam roubado seria apagado no dilúvio, mas não tive chance de me preocupar enquanto vestia minhas roupas de patrulha: bata, calças e as belas botas de Edmund. Arrumei meu cabelo em duas tranças e prendi-as com um pedaço do barbante que tinha comprado na loja mais cedo.

Havia sido um bom dia; até ali, nenhuma notícia de Rex, mas eu esperava que ele fosse ficar quieto por um tempo. Edmund voltou para casa na hora da refeição do meio-dia e me concedeu uma partida de xadrez. Eu ainda não era muito boa no jogo, o que significava que ele conseguia ganhar de mim depressa. Com atraso, lembrei que, até o momento, usava o colar que Mamãe Oaks me emprestara, então o devolvi para ela, que estava trabalhando na cozinha. Em troca, ela colocou um pacote em minhas mãos.

– Cuide-se lá fora – ela sussurrou, abraçando-me.

Embora eu não quisesse me intrometer mais, tinha de saber antes de partir:

– O que aconteceu com o seu filho mais velho?

Seu rosto marcado ficou imóvel, os olhos em alguma memória distante, mas ela não tentou evitar a pergunta. Em vez disso, pegou minha mão e me levou até o sofá da sala de estar. No andar de cima, ouvi Vago e Edmund se movimentando, mas esperei que não descessem e interrompessem.

– Ele virou guarda – ela disse. – E eu tinha orgulho dele.

Devia ter sido difícil para ela quando mostrei sinais de seguir a mesma tradição. Mas eu não achava que ficar nos muros fosse muito perigoso em Salvação. Devia haver mais coisa na história, então aguardei que ela continuasse.

– Ele era um bom menino, o Daniel.

Ela perdeu a respiração, como se doesse dizer o nome dele. Quase lhe disse para parar, mas ela foi em frente apesar da falha na sua voz.

– Em um verão, não faz muito tempo, uma criança escapou por entre os cultivadores quando eles foram cuidar dos campos. Era uma menina curiosa e animada, sempre fazendo perguntas sobre o mundo além dos muros. Já era noite quando alguém reparou que ela tinha sumido.

– Daniel liderou a busca por ela?

A boca de Mamãe Oaks ficou firme.

– Ele foi o único a ir. O pai da menina se recusou a ousar sair porque a presença de Mutantes tinha aumentado na área. Os pais a deram como morta e choraram pela sua perda. Nem tentaram.

Tal covardia era obviamente detestável para Mamãe Oaks, e eu pensei, naquele momento, que ela teria ido me procurar. Decidi nunca a colocar em semelhante perigo.

– Então, ele saiu sozinho?

A cena apareceu para mim sem eu tê-la buscado. Vi um rapaz corajoso fazendo o que nenhum dos anciãos faria, arriscando tudo por uma criança que nem era dele. Eu não o conhecera, mas meus olhos arderam.

– No escuro. Fiquei acordada a noite toda com os lampiões e velas acesos.

Com muita clareza, vi a imagem da vigília solitária dela. Já sabia como a história acabava.

– Ele a achou?

Mamãe Oaks puxou um fôlego fundo e assentiu.

– Quando ele chegou cambaleante ao portão, estava com a menina nos braços e sangrava tanto que eu não sei como conseguiu voltar da floresta.

– Ele morreu – eu sussurrei.

– Das feridas, sim. Levou três dias, mas não havia como salvá-lo. Ele estava coberto de mordidas, quase morto pelas garras.

Eu já sabia a resposta.

– Não de um animal.

O ódio brilhou no rosto normalmente gentil dela.

– Não, foram eles. Os Mutantes. Tinham atacado a menina, e Daniel a salvou. O Ancião Bigwater fez um discurso homenageando-o pelo seu heroísmo, mas...

Ela deu de ombros.

– Isso não o traz de volta, traz?

Naquele momento, eu desejava não ter perguntado, porque entendia o quão difícil era, para ela, ver-me sair de volta para a patrulha. Devia parecer uma repetição da história. Pela primeira vez, percebi profundamente como minhas ações poderiam afetar outras pessoas, mesmo quando eu tinha a melhor das intenções.

– Sinto muito – falei baixinho.

Não apenas por Daniel, mas pelo que eu a estava fazendo passar: renovando a perda e forçando-a a se preocupar com tudo de novo.

– Não sinta. Você está fazendo um trabalho importante. Quando eu estiver cozinhando a ceia neste inverno, serei grata como devo, tenha certeza.

Foram palavras para terminar a conversa, mas não podiam apagar as sombras sob os olhos dela ou as rugas nas laterais da sua boca.

Nossas despedidas foram silenciosas e controladas, pois levaria algum tempo antes de ela ver qualquer um de nós de novo. *Se* visse. Porém, ela não deu nenhum sinal daquela incerteza, a expressão calorosa e serena ao acenar em adeus do degrau da frente da casa.

– Você ouviu? – perguntei.

– É uma casa pequena.

Esta foi minha resposta então:

– Acha que eu devia ter ficado?

Vago fez que não.

– Você não pode viver por outras pessoas. Mas nunca vi um homem chorar daquele jeito antes.

As suas palavras me balançaram. Imaginei Edmund parado no patamar da escada no andar de cima, ouvindo sobre a antiga perda deles, lágrimas caindo pelo seu rosto envelhecido. Importar-se demais podia ser perigoso, eu percebia agora. No entanto, a alternativa não era melhor.

Vago seguiu na frente até onde os cultivadores haviam se reunido. Tegan pulava e acenava entre eles, mas não tive oportunidade de falar com ela. Do lado de fora, ouvi a voz de Improvável. O resto da patrulha de verão viera escoltar os cultivadores até os campos, Vago e eu seríamos trocados por Perseguidor e Hobbs. Depois de alguma discussão, os guardas abriram os portões e nós saímos para o dia úmido e cinza.

Com chuva pingando pelos seus rostos, parecia que todos choravam, de luto pela perda de Daniel. Claramente, eu estava emotiva porque passara tempo demais com Dois, a menina, que cedia muito à vontade do seu lado molenga, mais do que seria inteligente fazer. Entrei em formação ao redor dos cultivadores, posicionando-me para a proteção deles. O peso familiar das adagas presas às minhas coxas fez com que me sentisse eu mesma de novo. Era essa que eu era, mesmo que luar e música me fizessem experimentar ser outra pessoa, mesmo que a fé de minha mãe de criação tivesse me sacudido até o âmago.

Eu não confiava naquela moleza. Não por completo. Parecia haver uma característica traiçoeira nela. Se eu me tornasse a menina do espelho, poderia perder a habilidade de me proteger, física e emocionalmente. Eu me *recusava* a ser aquela menina. Ainda assim, tinha duas metades partidas, e cada uma enfrentava a outra em silêncio.

A procissão para os campos correu bem. Fiquei de olhos atentos à procura de problemas, mas o clima estava de tal jeito que até as Aberrações escolheram se encolher embaixo dos seus telhados, optando por ficar longe da água. Se fosse verdade, aquilo era uma demonstração gritante do bom senso delas, e da falta do nosso, mas os cultivadores tinham de cuidar dos campos.

E era nossa função protegê-los.

O verão passou depressa, apesar do clima às vezes impiedoso. Fiquei acostumada com meus deveres, e os homens pareciam me aceitar. Nos campos por toda a nossa volta, as plantas cresciam altas e verdes, bem cuidadas pelos cultivadores cuja segurança era nossa obrigação mais sagrada. Eles estavam nervosos, mais indispostos do que nunca para trabalhar fora dos muros. Eu entendia o medo deles. Falava com Tegan sempre que possível, mas ela se mantinha ocupada já que havia tão poucos cultivadores. Quando podia, trazia-me notícias de Edmund e Mamãe Oaks, nunca nada importante, mas ajudava, lembrava-me de por que eu estava ali.

– *Estão vindo!* – a sentinela gritou, interrompendo meu devaneio.

As Aberrações nos atacaram com força. Como tínhamos treinado para aquela eventualidade, ninguém entrou em pânico. Deslizei minhas adagas para as palmas das mãos, preparando-me para o avanço. Rifles gritaram, derrubando as Aberrações conforme vinham correndo. Elas eram grandes e brutas, em comparação com as que eu vira na vila, e estavam em um número muito maior do que nós.

Graças ao habilidoso atirador na torre, metade delas caiu em uma pilha ensanguentada antes de cruzar a distância até o posto avançado. Mantive minha posição enquanto outros guardas correram para os campos, reunindo os cultivadores onde podíamos protegê-los adequadamente. O terror me agarrou até eu ver que Tegan estava em segurança. Meus batimentos tamborilavam como trovões, e percebi o quanto eu sentira falta daquela emoção. O medo não tinha espaço no coração de uma Caçadora. Porém, eu quase nunca o sentia por mim, estava reservado para as pessoas que amava.

Quinze Aberrações sobreviventes subiram a elevação correndo. Olhei para os lados e vi Hobbs e Frank perto de mim. Perseguidor e Vago encontraram com os inimigos mais longe, e entrei na batalha com uma alegria que me dizia que eu não era muito normal. Aquela fera tinha menos lesões do que as das ruínas, mas ainda fedia a podridão e saliva pingava das suas presas amareladas quando ela se lançava para frente.

Evitei a mordida e recebi-a descrevendo um arco alto com minha adaga direita. Ela levou dois cortes nos antebraços. Sangue escuro brotou da ferida, mas eu não podia descansar até derrubá-la. Aquela briga durou mais do que de costume, conforme a Aberração bloqueava e paralisava meus golpes e depois tentava cavar meu rosto com suas garras. Precisei de todos os meus reflexos para desviar, quase sem conseguir evitar uma nova cicatriz, dessa vez na minha bochecha. Aquilo acendeu minha fúria, já que gostava do rosto sem marcas, e avancei para a coisa com uma determinação selvagem; minhas adagas, um borrão prateado no sol da tarde. Golpeei três vezes em uma sucessão rápida, usando o estilo que Perseguidor me ensinara. Rápida demais para permitir qualquer contra-ataque, a Aberração foi ferida e sangrou, enfraquecendo, desacelerando e, então, eu a derrotei com uma última punhalada no coração.

Por toda a minha volta, Aberrações caíam. Rifles explodiam e guardas lutavam com quaisquer armas que ficassem à mão. Quando a batalha enfim acabou, eu me curvei, apoiando as mãos nos joelhos, recuperando a respiração. Os cultivadores choravam, mas, dessa vez, nenhum fugiu. Haviam visto o que acontecia com quem perdia a calma.

Tínhamos perdido dois homens: Ross Massey, que eu sequer conhecia, e Jeremiah Hobbs. A tristeza cresceu até virar um grito silencioso no fundo da minha garganta. Ele havia sido gentil comigo. Respeitoso. Ajoelhei ao lado do corpo dele, sem me importar com o sangue, e toquei sua bochecha pálida salpicada de vermelho. Uma garra havia tirado suas entranhas. Cobri o dano o melhor que pude e preparei-o para ser levado de volta à sua família.

"Como Daniel", pensei, lembrando-me da dor da minha mãe de criação.

Tegan veio mancando até mim e curvou-se para apoiar uma mão de consolo em meu braço.

– Sinto muito. Imagino que fosse amigo seu.

Lutei contra as lágrimas, assenti e ela me levantou para me abraçar. Fiquei por alguns segundos com a cabeça no ombro dela e, em seguida, andei com firmeza até Improvável.

– Eu gostaria de escoltar os mortos de volta à cidade, se puder.

Mais alguns se ofereceram, e ele nos deu permissão, obviamente distraído.

– Levem os cultivadores também. Não tem mais nada que eles possam fazer hoje.

Para o restante, ele gritou:

– Arrastem os corpos dos inimigos para longe do posto avançado e façam uma fogueira.

Os homens não precisavam de mais instruções. Sabiam que estavam queimando Aberrações mortas tanto por motivos higiênicos quanto para mandar uma mensagem enorme e fumacenta. Ainda teríamos de ver se incitaria medo ou ultraje. Eu não possuía mais capacidade de prever o comportamento das Aberrações. Aquilo me perturbou, assim como o fogo roubado e a vila secreta, sobre a qual Improvável não havia feito nada. Deixei aqueles medos de lado e saí marchando perto da carroça, carregada de suprimentos e corpos.

Tegan andou junto a mim, conversando baixinho, e aquilo me equilibrou. No portão, ela me abraçou de novo.

– Agradeço pelo que você está fazendo aqui, Dois. Assim como o resto dos cultivadores... E tentarei convencer as outras pessoas da cidade do quão importante... e perigoso seu trabalho é na verdade.

– Não importa – falei. – Tem de ser feito.

– Ainda assim, vou tentar – ela prometeu.

Provavelmente, ela se sentiria melhor fazendo algo além de limpar as ferramentas cirúrgicas do Doutor.

Assenti, agradecendo, e segui com os outros. Quando voltamos ao posto avançado, a maior parte da bagunça havia sido limpa. Mas o fogo ainda queimava lentamente e o fedor era terrível. A noite, no entanto, continuou silenciosa. Talvez nós tivéssemos dado uma lição nas Aberrações no final das contas.

❖

Estávamos em patrulha havia quase dois meses quando Improvável me convocou para discutir as descobertas da nossa missão de reconhecimento.

– Decidi que é melhor deixá-los em paz – ele disse sem preâmbulos. – Agora, estamos mantendo o *status quo*. Eles não vêm nos atacando em quantidades esmagadoras, e nossa tarefa não mudou.

Improvável era um líder cauteloso, mas não incapaz. Eu não discordava da sua avaliação, embora Perseguidor fosse ficar furioso com a tática de esperar-para-ver; ele achava melhor enfiar as lâminas em todas as Aberrações enquanto dormiam. "Isso limparia a região de vez", ele dissera, "tornando-a segura para habitantes humanos".

– Vou avisar os meninos – falei.

– Acha que estou certo?

A pergunta me surpreendeu. Nenhum ancião já pedira minha opinião com tanta sinceridade, como se minhas ideias fossem valiosas.

– Não sei – admiti. – Imagino que elas estejam esperando alguma coisa, mas quem sabe? Pode levar anos para atacarem. Ou podem ter mudado até o ponto de que só querem ser deixadas em paz para caçar alces e cervos.

Ele disse mais para si mesmo do que para mim:

– Sinto uma dor em meus ossos.

Eu estremeci. Ele não era o único. E embora pudesse ser a idade enfim alcançando Improvável, isso não explicava em nada meu humor.

Naquela noite, depois da ceia, fiz um sinal para Perseguidor e Vago. Eles trouxeram seus pratos, com olhares de expectativa.

– O que ele disse? – Perseguidor perguntou.

– Que não seria inteligente atacar.

Ele não havia explicado, mas eu entendia o motivo.

– Não temos homens o bastante ou recursos para tocar a ofensiva. Ficamos melhor aguentando aqui e concluindo nossa missão. Salvação precisa da comida para o inverno.

Perseguidor murmurou um palavrão.

– Eu só me ofereci porque achei que teria alguma ação. Isso é vergonhoso.

– O quê? – Vago questionou.

Ele se sentou perto de mim e perguntei-me se ele percebia que estava tentando mandar uma mensagem.

– Ter conhecimentos sobre nosso inimigo e não fazer nada a respeito.

O menino loiro deu uma olhada para mim.

– Você deve concordar. É Caçadora, certo? Como pode suportar isso?

Eu, então, entendi. Não era Caçadora. Não mais. Tinha as cicatrizes, mas não a posição, pois aquele estilo de vida acabara. Fiz um não com a cabeça, em silêncio.

– Eu já fui. Agora, sou apenas eu.

O que quer que significasse aquilo. Eu tinha instintos, é claro, que haviam se tornado parte de mim. Assim como Perseguidor, eu não gostava da calmaria, mas, às vezes, é preciso esperar para ter sucesso em uma missão, e temia o fracasso mais do que a falta de ação. De qualquer modo, não ficava em paz imaginando as Aberrações em sua vila, tão perto em termos relativos e tão intocáveis pela nossa incapacidade de fazer algo a respeito.

Perseguidor levantou depressa, fogo nos seus olhos pálidos.

– Odeio isto. É pior do que a escola.

Com aquilo, eu não podia concordar. Pelo menos, ali, eu tinha uma função útil. Ele se afastou, andando devagar até o limite mais distante do acampamento. Perseguidor fixou o olhar na escuridão e nas árvores distantes. Eu consegui sentir sua ânsia para se libertar. Com um "licença" murmurado para Vago, segui o outro menino e coloquei a mão em seu braço. Os músculos estavam rígidos sob meus dedos.

– Prometa para mim que você vai respeitar o desejo de Improvável e não entrará na floresta sozinho – falei.

Ele riu, mostrando dentes demais, a selvageria queimava nele.

– Qual seria o valor da minha garantia? Não sou da sua linda tribo subterrânea. Não tenho honra, certo? Não sou especial o bastante para merecer estar nas suas graças.

Eu tivera medo de que aquele momento chegasse. O fato de ter levado meses, em vez de dias, era um bom sinal do autocontrole dele. No entanto, eu não entendi como ele interpretou meu comportamento até ser tarde demais.

– Você não está bravo porque Improvável não quer atacar a vila. Isto tudo é porque eu escolhi o Vago.

– *É*? – ele ironizou.

Eu o encarei, esperando.

– Talvez. E me ajude a entender, Dois.

Aquilo não resolveria nada. A única resposta que eu podia dar não iria fazê-lo se sentir nem um pouco melhor. Eu conhecia Vago havia mais tempo, confiava mais nele. Ele escolhera me seguir para o exílio. Nessas ações, nenhum outro menino conseguiria se igualar.

Porém, eu lhe devia alguma explicação.

– Nós temos uma história.

Uma história que não envolvia Vago me sequestrando e rastreando pelas ruínas, mas deixei essa parte sem ser dita. Embora não guardasse rancor, porque eu também era realista, Perseguidor nunca seria minha primeira escolha. Não era culpa dele onde tinha nascido ou como fora criado desde pirralho, mas isso não significava que eu o queria para ser mais do que amigo.

– Entendo.

Seu olhar desviou-se da floresta.

– Então, vou ter de me esforçar mais.

Ele era persistente quando queria alguma coisa, isso eu tinha de admitir. Mas não como Gary Miles, pelo menos. Eu não via por que Perseguidor estaria tão concentrado em me ganhar, exceto pelo desafio da minha resistência. Ou talvez fosse algo mais rudimentar, nascido de um nível primitivo. Ele me reconhecia como uma parceira forte e adequada, capaz de proteger a mim mesma.

– Ainda quero a promessa de que vai manter sua palavra. Nunca mentiu para mim.

Relutante, ele assentiu.

– Não vou voltar a menos que nos deem ordens.

– Isso é suficiente para mim. Obrigada.

Dei as costas e voltei até Vago. O olhar de Perseguidor me seguiu, faminto e concentrado. Na mesma noite, sonhei com um menino de olhos de lobo, querendo me devorar.

Levados

Naquele dia terrível, eu havia cumprido minha rotina normal da manhã, limpando meus dentes e me lavando rapidamente na minha barraca. Todos os outros tinham de dividir tendas, mas, como eu era a única mulher, fiquei com uma só para mim. De tempos em tempos, ouvia reclamações a respeito, mas todos estavam cansados demais para que elas fossem virulentas. O verão fora difícil para todos nós, e ninguém realmente achava que eu não tivesse feito minha parte.

Quando Vago não me encontrou no café da manhã, eu o procurei. Explorei o posto avançado inteiro e não achei pista de onde pudesse estar. Ele não levara nenhum equipamento, nem suas armas... E, então, eu soube que algo tinha dado terrivelmente errado. Entrei escondida na barraca que ele dividia com Frank, perguntando-me se o menino mais velho saberia de algo, mas ele sumira também. Nenhuma das suas coisas parecia ter desaparecido, mas, conforme eu me pus de joelhos, cheirei os cobertores deles. "Sangue... e o fedor inconfundível de carne rançosa."

Os outros guardas não haviam acreditado em mim quanto ao fogo roubado. Não de verdade. Nossos vigias ainda deviam estar pegando no sono e, na noite anterior, haviam imaginado que estávamos seguros por causa de nossa vitória decisiva. "Que foi quando as Aberrações entraram sorrateiras e roubaram dois dos nossos homens". Também ainda não tínhamos recebido substitutos para aqueles que perdêramos. Naquele momento, estávamos em apenas 16.

E *Vago* sumira.

"Vago. Meu menino."

Mordi a mão, até meus dentes arrancarem sangue, para abafar a vontade de gritar. A dor física me ajudava a equilibrar a angústia emocional. "Fique calma." Eu precisava pensar. Depois, tinha a resposta, Improvável saberia o que fazer. Corri da barraca e cruzei o campo depressa. Ele ainda estava tomando o café da manhã quando o encontrei.

Suas sobrancelhas cinza parecendo lagartas se levantaram.

– Qual é o problema?

– Precisamos montar um grupo de busca. Vago e Frank foram levados à noite.

– Opa, menina, calma aí. *Levados*?

Impaciente, agarrei a mão dele e o arrastei até a barraca e o convidei com um gesto ansioso a examinar a evidência por conta própria. Ele levou um tempo, puxando os cobertores para a luz da manhã lá fora, erguendo-os e virando-os nas mãos. Por fim, suspirou fundo.

– É sangue mesmo, e uma boa quantidade. Ferimentos na cabeça sangram muito.

Deixar Vago inconsciente teria sido a única forma de tirá-lo do acampamento sem que ele lutasse tanto e acordasse todos em um raio de 90 metros. Ele devia estar desacordado quando o levaram. Porém, nós o encontraríamos. Iríamos trazê-lo de volta. Eu me recusava a pensar em qualquer outra opção.

– Diga de quem você pode abrir mão e eu vou partir agora.

Improvável me encarou, a cabeça tombada, confuso.

– Por quê? Sei que *cês* eram muito amigos, mas não tem por que desperdiçar recursos para recuperar os corpos deles.

As palavras diretas provocaram um gemido em mim. Enrolei os braços em volta do corpo em defesa contra o horror. A verdade me derrubou, implacável como o sol que brilhava. As Aberrações não faziam prisioneiros. Se eles haviam sumido, *deviam* estar mortos.

Então, pensei no filho de Mamãe Oaks, Daniel, desbravando a floresta sozinho porque acreditava que podia salvar aquela criança. A vergonha esquentou minhas bochechas. Se eu não tentasse, então não era melhor do que o resto de Salvação. Eu *queria* ser melhor. Encontraria Vago de alguma forma, talvez a fé por si só o mantivesse seguro até eu vê-lo de novo.

Fiz que não com a cabeça.

– Com todo o respeito, senhor, não posso seguir sem fazer um esforço para recuperar meus camaradas perdidos. Irei com ou sem a sua permissão e, se isso significa que não sirvo mais na patrulha de verão, que seja. Se a desobediência me fará ser banida de Salvação...

Levantei os ombros em um gesto despreocupado.

Não importava. Eu me recusava a ficar em um lugar onde as pessoas se furtavam de resgatar seus entes queridos. E, se ele não mudasse de ideia, então não era o homem que eu admirava.

– Espere – Improvável disse, levantando o rosto para o céu como se suplicasse.

Eu tinha a sensação de que era uma provação para ele.

– Nunca falei nada sobre exílio. Se sair despreparada, *cê* vai ser morta. Dou valor para a sua coragem e lealdade, mas de que serve jogar sua vida fora?

– Ela não vale nada sem coragem – falei baixinho.

Ele suspirou.

– Não posso fazer vista grossa para a sua missão, mas a verdade é que não *tô* disposto a ordenar que *cê* fique. *Cê* vai sair escondida na primeira chance que tiver... e eu sei bem disso. Então, aqui vai a minha oferta. Se alguém quiser ir junto nessa missão idiota, *cê* pode levar a pessoa. Espere até eu conseguir substitutos na cidade e depois *tá* livre para ir.

Embora eu me irritasse com o atraso, não conseguiria um acordo melhor. Ainda restava em mim o bastante de uma Caçadora, que acreditava em colocar o bem da maioria em primeiro lugar, acima dos meus próprios sentimentos, para que eu percebesse que não podia simplesmente partir com quantos fossem os homens que quisessem caçar Aberrações, deixando o posto avançado vulnerável. As Aberrações poderiam estar esperando que fizéssemos exatamente isso, dando-lhes a oportunidade de massacrar os que ficassem e destruir as plantações, que estavam quase prontas para a colheita. Eu não podia arriscar, caso aquilo fosse uma isca.

– Concordo – soltei e, em seguida, fui procurar Perseguidor.

Não precisei implorar tanto quanto achava para conseguir que concordasse. Ele se cansara de ficar sem fazer nada havia semanas. Depois disso, rodei pelo lugar, explicando a situação e o que eu pretendia fazer a respeito. Não fiquei surpresa quando ninguém se voluntariou. Eles tinham a mesma opinião que Improvável, de que era perda de tempo, Vago e Frank já estavam perdidos. Eu havia imaginado que alguns fossem querer vingança por aqueles que morreram, mas eles não eram guerreiros de coração, embora conseguissem atirar com rifles de um muro.

Faltava perguntar a apenas dois guardas, Gary Miles e Odell Ellis. Eles eram imbecis, sempre sussurrando sobre mim quando eu passava. Hesitei em me aproximar deles, dada a relação tensa entre mim e Miles, mas, se eles podiam ajudar a achar Vago, seria errado e covarde da minha parte recusar pedir seu auxílio. Miles estava na torre de vigia, de sentinela, e eu subi para a plataforma.

Rapidamente, resumi a situação. E, assim:

– Você vai ajudar?

Ele abriu um sorriso assustador para mim.

– Então, precisa de mim agora, não é, gatinha? Vai fazer valer a pena?

O enjoo se agitou no meu estômago. Eu queria dar uma punhalada nele, mas, em vez disso, forcei um sorriso e desviei da pergunta.

– Você vai ser um herói se der certo.

Miles bateu na bochecha, pensativo e, depois, chamou seu amigo Ellis:

– Ficou sabendo da nossa chance de sermos heróis, Odell?

– Com certeza – o amigo respondeu. – O que você acha?

– Eu gostaria muito de passar um tempo andando pela floresta para variar.

Eu não confiava na disposição deles a arriscarem a vida, o que significava que poderiam dar mais trabalho do que terem valor lá fora, mas era tarde demais para recuar. Perseguidor e eu ficaríamos presos a eles. Passou pela minha cabeça que eu iria sair para procurar Vago e Frank com três homens bravos, nenhum dos quais tinha motivo para me desejar o bem.

Antes de ele poder fazer mais do que me mandar uma piscadinha, desci desajeitada da torre e fui procurar Improvável.

– Ellis e Miles resolveram ir comigo e com Perseguidor.

Uma expressão franzida uniu suas sobrancelhas e ele acariciou o bigode, como fazia quando estava preocupado.

– Não gosto disso. *Cês* se cuidem lá fora. Mamãe Oaks vai morrer se alguma coisa acontecer.

Aquele era um golpe baixo, mas eu dispensei a culpa. Ela sobrevivera à perda do próprio filho. Mamãe Oaks era tão forte quanto um carvalho, a árvore que dera nome à sua família[2]. Ela não merecia dor adicional, mas eu não podia abandonar Vago para poupá-la. Ele era meu, e eu iria trazê-lo de volta.

De alguma maneira.

Mesmo que dos braços da própria morte.

Eu duvidava de que Ellis e Miles se mostrassem úteis, mas Perseguidor e eu podíamos dar conta deles. Eu os estava levando principalmente porque dariam uma boa isca para Aberrações. Quanto aos motivos deles, eu entendia. Acreditavam que eu seria um alvo mais fácil longe do posto avançado,

[2] *Oak*, em inglês, significa "carvalho". (N.T.)

poderiam se vingar um pouco de mim por tê-los humilhado. Apesar da preocupação de Improvável, eu não era idiota, e aquilo não aconteceria.

– Vou ser rápido – o ancião disse. – *Cê* vai tomar seu caminho hoje à tarde.

Aquilo não era nem de longe cedo o bastante. Enquanto eu ficava à espera, a trilha se apagava. Ele estaria morto, como todos pensavam. Imaginei Vago sendo cozido sobre o fogo que elas haviam roubado de nós e quase morri. O horror me queimou como carvão em chamas, ardendo eternamente em meu coração. Incapaz de ficar quieta, voltei para a barraca de Vago e Frank. Perseguidor já estava lá, apoiado nas mãos e nos joelhos.

Eu o observei por um instante e depois disse:

– O que você está fazendo?

– Tentando ver para que lado eles seguiram.

Ele fora bom em rastrear na cidade, eu lembrava. Havia sido assim que ganhara seu nome. Na floresta, existiam sinais diferentes a interpretar, plantas em vez de pó e pedra, mas o fundamento continuava o mesmo. Talvez ele conseguisse identificar algo que eu não veria. A esperança me atormentava.

– Elas os arrastaram por ali – ele disse enfim. – Pelos fundos da barraca.

Agachei ao lado dele e vi as delatoras folhas de grama amassadas. As pessoas não andavam muito por ali como nos outros lugares e, assim, os sinais eram mais fáceis de ser identificados para alguém que sabia o que procurar.

– Sabe dizer quantas Aberrações?

Ele fez que não.

– Duas ou três, eu acho, pelo padrão das pisadas. O suficiente para se deslocarem em silêncio e fazer o trabalho.

– Por que levaram os dois? Não faz sentido.

– Talvez para nos deixarem com medo? Elas aprenderam que não podem nos derrotar com um ataque de frente. Temos armas e treinamento melhores, então elas fazem o que lhes restou, deixando a gente com medo do escuro.

Embora estivesse muito claro, um dia de sol, um arrepio se arrastou pelo meu corpo. Eu estava tendo um sono agitado desde que o ladrão de fogo invadira nosso acampamento, mas isso era pior. Não sabia como voltaria a fechar os olhos. Quando fora banida de Faculdade, achei que não passaria por dor pior do que ver meus antigos amigos me encararem com julgamento e ódio.

Errara. Isso doía mais.

Perseguidor cobriu minha mão com a sua.

– Sei que está assustada, mas vou encontrar Vago para você, se ele puder ser encontrado.

Meu queixo caiu. *Consolo*? Não esperava isso dele.

– Por que você...

Não consegui concluir a pergunta, não podia acusá-lo de estar secretamente feliz por Vago ter desaparecido.

– Se um dia você for minha – ele disse, a raiva brilhando em seus olhos pálidos –, será porque me quer mais. Não porque ele sumiu. Não sou a segunda opção de ninguém.

– Desculpe – falei, infeliz.

Ele deixou de lado sua fúria, como se fosse um par de sapatos que ficou pequeno demais.

– Tudo bem. Eu entendo.

Ele não tocou em mim além da mão que estava sobre a minha, e fiquei grata. Se tivesse tocado, eu teria perdido o controle por completo – chorado ou gritado ou algo pior –, embora não soubesse ao certo de que jeito. Minha cabeça ecoava com autorrecriminação. Eu falhara, total e completamente. Minha barraca não ficava tão longe. Por que não ouvira alguma coisa? O fato de mais ninguém ter escutado não me tranquilizava. Significava que as Aberrações estavam ficando melhores em ser furtivas, aprendendo com os animais da floresta. Elas já eram fortes, corajosas e territoriais. Não precisavam ser boas em mortes silenciosas também.

Quando me acalmei, Perseguidor tirou sua mão.

– Deixe-me terminar de conferir a área. Prepare nossos suprimentos.

Era uma boa ideia. Eu prepararia os suprimentos a fim de estarmos prontos para sair quando os substitutos chegassem. Além disso, manter-me ocupada fazia com que eu não pudesse imaginar cenários terríveis e devastadores. Não precisava pensar em Vago morto, Vago sangrando, seu corpo coberto de feridas mortais, para nunca mais me beijar, nunca mais me tocar, nunca mais me abraçar ou falar comigo. Não podia imaginar sua beleza fria e silenciosa para todo o sempre. Com as mãos tremendo, esfreguei o rosto, banindo as possibilidades sombrias.

Perseguidor manteve sua palavra e juntou informações enquanto eu aprontava nossos equipamentos. Tomou mais tempo do que eu esperava porque os homens reclamavam de qualquer coisa que levássemos. Eles achavam que era uma tarefa inútil e, se eu queria partir, devia ser apenas com minhas armas e minhas roupas. Eu podia sobreviver na floresta sozinha... ou não. Ellis e Miles mostraram alguma utilidade nessa empreitada. Pegavam o que era preciso sem pedir e olhavam feio para os outros guardas no intuito de silenciá-los.

Nossa trégua inquieta durou até os homens chegarem de Salvação. Eu não tinha muita convicção de que eles continuariam a ser solícitos depois de sairmos da vista de Improvável.

Os novos guardas eram um grupo de rostos tristes, sabendo que assumiam os lugares de dois que haviam morrido e mais dois que desapareceram. Os outros quatro eram simplesmente azarados, porque Perseguidor e eu estávamos determinados a procurar nossos amigos. Ellis e Miles estavam sendo substituídos também. Ainda assim, a cidade devia perceber que aquele posto avançado era importante. Quando o outono chegasse, os sobreviventes poderiam se recolher atrás dos muros para outro inverno e fingir que nenhum perigo estava à espreita na floresta.

Improvável me parou no limite do campo. Ele segurava a Menina na dobra do braço, esperando problemas ou talvez gostasse do reconforto de sua arma em tempos difíceis. Eu sentia o mesmo com minhas adagas. Secretamente, toquei nelas, certificando-me do seu peso.

– Tem tudo de que *cê* precisa? – ele perguntou.

Assenti.

– Obrigada por não me segurar aqui. Você poderia ter feito isso.

– A gente se conhece há um tempo já, e sei que não tem como evitar que *cê* faça o que acha certo.

Não havia nada que eu pudesse responder a isso. Na melhor das hipóteses, significava que eu tinha princípios; na pior, teimosia sem sentido. Nunca perguntaria a Improvável qual ele achava que me definia. Como a maioria, eu era uma mistura de bondade e maldade, raiva e proteção, gentileza e orgulho. Porém, naquele momento, eu tinha apenas o medo contido e a promessa de vingança.

– Está na hora – eu disse para Perseguidor, Ellis e Miles.

Eles se colocaram atrás de mim, seguindo a trilha para a floresta infestada de Aberrações.

Objetivo

Perseguidor mostrou o caminho com seus olhos astutos e, conforme andávamos, ele varreu a paisagem à procura de mais sinais de passagem. Fiquei cuidando da retaguarda porque queria manter Miles e Ellis onde pudesse vê-los. Eles conversavam entre si em voz baixa, às vezes rindo com uma intenção maliciosa. Não demoraria até tentarem fazer o que quer que tivessem em mente, e eu precisava estar pronta.

– Aqui – Perseguidor disse. – Elas apoiaram seus fardos. Vejam como a grama está amassada e a terra foi remexida.

– Como sabe se um alce não deitou aí? – Ellis perguntou.

– As marcas de algo arrastado mais à frente. E haveria marcas dos cascos.

Quando me curvei, vi também, leves, mas inconfundíveis. Os calcanhares de alguém – de Frank ou Vago – fizeram aquelas depressões no solo. Assenti em agradecimento e continuamos, entrando na floresta propriamente dita. A qualquer momento, eu esperava encontrar as Aberrações, devorando seus prêmios. As sombras lançadas pelas árvores pareciam agourentas, dedicadas a manter segredos.

– Como você aprendeu tudo isso? – perguntei.

Perseguidor deu de ombros.

– Eu não fiquei desperdiçando tempo no acampamento. Fiz amizade com um dos caçadores.

Isso queria dizer um dos guardas responsáveis por buscar carne fresca para a cidade. Aquela era uma diferença-chave. Levar caça de volta tinha feito parte da descrição do nosso trabalho como Caçadores, junto com tirar Aberrações do nosso território e proteger Construtores e Procriadores. Como havia mais guardas em Salvação do que nós tínhamos Caçadores lá embaixo, sua divisão de trabalhos fazia sentido.

– Elas estão indo em direção à vila?

– Que vila? – Miles questionou.

Perseguidor negou com a cabeça, discreto; não achava inteligente contar muito a eles. Então, fechei a boca e deixei que ele fizesse um gesto para os outros ficarem em silêncio. Haveria menos conflito se achassem que Perseguidor estava no comando. Embora sua pouca idade o tornasse intragável; pelo menos, ele tinha o equipamento adequado dentro das calças.

Ellis e Miles cochicharam mais um pouco. Eu desejei não tê-los levado ou que eles não possuíssem rifles, mas, em ataques de perto, as armas teriam utilidade limitada. O provável era que eu fosse mais rápida do que eles esperavam. Os homens sempre me subestimavam.

Ficou mais difícil para Perseguidor ler os sinais da trilha à medida que adentrávamos a floresta. O chão estava coberto de folhas úmidas, obscurecendo todas as pistas, exceto as mais óbvias. Pela primeira vez, hesitou. Eu disse a mim mesma que ele estava fazendo o melhor que podia, havia prometido e eu não tinha motivos para achar que ele não levaria suas palavras a sério. Porém, a cada momento que nos atrasávamos, Vago se afastava mais... e o perigo da sua situação aumentava. Eu me negava a pensar que talvez já fosse tarde demais, como todos os outros diziam. Não iria alimentar a ideia de que minha busca não tinha esperança.

– Por aqui – Perseguidor disse enfim, mas eu percebi que ele não tinha certeza.

Para meu alívio, desviamos do caminho que levava à vila. Em vez disso, parecia que aquelas Aberrações estavam circulando-a, embora eu não entendesse o motivo. Talvez ainda não tivessem sido aceitas no assentamento e esperavam usar os homens trazidos como presentes de boas-vindas.

"Pare", eu me repreendi. "Isso não está ajudando."

A tristeza se enrolou formando uma bola de ferro logo abaixo das minhas costelas, atormentando-me enquanto eu andava. Miles e Ellis curvaram os ombros e mantiveram a mão nos rifles o tempo todo. Iriam atrair a vila toda até nós no minuto em que disparassem uma carga, mas, desde que eu conseguisse correr mais do que qualquer um deles, não me preocupava muito. Apenas Vago importava.

Apenas Vago.

Duas ou três Aberrações, agindo sozinhas. Por mais que tentasse, eu não conseguia entender o sentido. Felizmente, não era necessário, só precisava continuar concentrada e seguir Perseguidor. Logo, não havia caminho marcado, o que fazia ser mais fácil seguir a trilha. Aberrações entrando mais fundo na floresta indomada deixavam galhos quebrados e terra remexida. De vez em quando, tiveram de apoiar seus fardos. Não me deixei ficar perguntando o porquê de não haver sinais de luta. Se Vago tivesse acordado, teria lutado.

"Mas não significa que ele se foi. Não significa. Poderia ter algum motivo. Talvez elas tenham continuado a bater nele antes de ele acordar por completo."

"Talvez ele esteja morto", uma voz horrível sugeriu. "Você está perseguindo um sonho, incapaz de abrir mão, porque ele queria os dois lados seus: menina e Caçadora."

Neguei com a cabeça, sem fôlego por causa da dor.

Um pouco depois, Perseguidor se ajoelhou. Apesar das sombras das plantas caindo em seu rosto cheio de cicatrizes, entendi sua reação a qualquer que fosse a pista que encontrara. Medo. Preparei os nervos, abaixei ao lado dele e o cheiro chegou a mim. Mais sangue. Eu não tinha desejado pensar sobre as manchas nos cobertores até então.

– Quanto é? – perguntei.

Eu conseguiria descobrir sozinha, se olhasse com atenção, se passasse as folhas molhadas entre meus dedos e tocasse na terra úmida. Não havia chance de eu fazer isso, em especial devido à probabilidade de o sangue pertencer a Vago; eu não me apresentava corajosa o bastante naquele momento. Perseguidor tinha de ser meus olhos.

– Não o suficiente para uma ferida mortal.

Daquilo, ele parecia ter certeza. O alívio deixou mais leve o peso no meu peito.

– Mas não acho que seja humano. Veja.

Ele segurou uma folha perto do meu nariz.

Por baixo do cheiro metálico inicial, havia um aroma – decomposição enjoativamente doce, como se os ferimentos nos seus corpos chegassem até os ossos. Ellis e Miles pararam ao nosso lado, cheirando com um interesse nada entusiasmado. Pensei, em privado, que os dois fediam demais para sentir o cheiro de qualquer outra coisa, mas eles fingiram notar a diferença.

– Com certeza é sangue de Mutante – Miles disse. – Beleza. Eles devem estar feridos. Nosso trabalho vai ser mais fácil quando forem encontrados.

Ele parecia empenhado de verdade na caçada. Então, talvez, o que quer que tivesse planejado a meu respeito, ele pretendesse deixar para depois de matarmos as Aberrações que levaram nossos homens. Se fosse o caso, era um guarda melhor do que eu pensara. Achei que ele e Ellis pulariam em mim na primeira oportunidade, no minuto em que eu desse as costas para eles. É claro que eu ainda não fizera isso, então minha teoria não fora testada em campo.

– Isso significa que Frank e Vago ainda estão vivos? – Ellis perguntou.

Perseguidor deu de ombros.

– Quem sabe? Pode ter sido um predador, atacando Aberrações que estavam carregando peso e eram mais fáceis de caçar. Mas pode ser que Vago, ou Frank, tenha acordado e partido para cima dos agressores. Não vamos saber até os encontrar.

Até. Eu poderia tê-lo beijado por aquela palavra de esperança. Mas isso daria ideias a Miles e Ellis. Em silêncio, continuei no nosso caminho, os olhos atentos para o perigo.

O perigo se jogou em nós saindo dos arbustos baixos, e Miles atirou na criatura no mesmo instante. O barulho agudo ecoou pela floresta, fazendo-me querer gritar. Agora, todos nas proximidades sabiam onde nos encontrar. O animal caiu morto aos nossos pés, mas já havia sido ferido, eu reconheceria machucados causados por Aberrações em qualquer lugar. Aquele bicho poderia ser o que as atacou. A coisa tinha pelo com manchas marrons e orelhas pontudas. Parecia elegante, um predador habilidoso.

– Idiota – Perseguidor soltou. – Eu podia ter matado em silêncio.

Miles deu de ombros.

– Você não foi rápido o bastante, menino. Lembre-se disso.

Eu quis apunhalá-lo naquele instante, mas tinha de esperar até que ele me atacasse. Então, seria autodefesa. Eu estava começando a ficar ansiosa pelo confronto.

O animal se retorceu, espasmos de morte tensionando seus músculos.

– O que é isso? – questionei, perguntando-me se poderíamos comê-lo.

Não aquele, é claro. Eu não colocaria na boca nada que uma Aberração tivesse tocado. Nem mesmo o fogo poderia limpar aquela carne o suficiente.

Ellis me encarou com puro escárnio.

– Lince-pardo. Não é muito para um caçador de verdade, mas poderia ter tido uma chance com os Mutantes, se eles carregavam peso. São conhecidos por caçar cordeiros.

Perseguidor pareceu pensativo.

– Então, as Aberrações estão arrastando Frank e Vago. O lince ataca. Uma ou ambas estão feridas.

– Precisamos nos apressar – falei.

Para meus ouvidos, cada ruído, cada sussurro do vento tornava-se sinistro. A vila toda podia ter escutado o tiro do rifle, poderia haver cem Aberrações se esgueirando entre as árvores, prontas para atacar. Mesmo as pequenas, nas quais eu reparara e que mostravam uma semelhança impressionante com pirralhos, possuíam dentes afiados e garras para rasgar. Por mais habilidosos que Perseguidor e eu pudéssemos ser, não conseguiríamos derrotar um pequeno exército.

– Concordo.

Perseguidor se afastou a passos largos do corpo do animal e do sangue de Aberração derramado. Ele parecia ter certeza de para que lado ir.

Assim, eu o segui, esperando que a qualquer momento encontrássemos Frank e Vago, que eles teriam se libertado e dominado seus agressores. A luz diminuiu, e isso não aconteceu. De vez em quando, ouvia movimentações nas árvores e precisei de toda a minha coragem para continuar em frente. Não era como patrulhar atrás de Aberrações no subsolo, meu território natal. Eu sabia pouco sobre como me esconder naquelas árvores desconhecidas.

No entanto, por Vago, eu continuaria apesar do meu medo. Eu esmaguei o pavor fazendo uma bolinha e o afundei tanto no meu estômago que não conseguia mais senti-lo. Ninguém falava, nem mesmo Ellis e Miles, que finalmente sentiam o peso daquela floresta cheia de Aberrações. Era um lugar carregado e opressivo. Acima de nós, as árvores tinham fileiras de ossos pendurados, que batiam fazendo barulho ao vento. "Avisos", pensei, "sobre entrar demais na floresta, assim como as cabeças cortadas que as Aberrações haviam colocado em estacas nos nossos campos."

Antes, elas tinham sido uma ameaça que eu precisava erradicar pela segurança dos mais fracos. Agora não. No momento, eu as odiava com uma ferocidade que esquentava meus pensamentos até fervê-los. Elas haviam pegado de mim a pessoa que eu amava. Embora a palavra amor eu tivesse aprendido no Topo, entendia seu significado intuitivamente, era algo que não podia ser articulado ou explicado. Simplesmente era, como o nascer do sol ou uma queda brusca e repentina no gigante de água que me deixara sem fôlego, onde a terra acabava nas ruínas. Meu amor por Vago me fortalecia, deixava-me determinada a nunca desistir. Eu o seguiria até o mundo parar ou até o encontrar. Acreditava que o amor não me enfraquecera nem me deixara mole; em vez disso, tornara-me poderosa, determinada além do que qualquer um acreditaria.

Logo, perdemos a luz por completo. Partir tão tarde do dia, embora não tivéssemos tido muita escolha, tornava nosso progresso mais lento e nos deixava para trás na busca. Não havia como seguirmos a trilha.

Quando Perseguidor disse "temos de acampar", eu ainda quis bater nele. Porém, ele estava certo, e não podia haver discussão, não importava o quanto eu odiasse aquilo. Havia chance demais de desperdiçarmos uma pista crucial e sairmos do curso. Se nos perdêssemos, andando à noite, Vago e Frank morreriam. Eu disse a mim mesma que, se não podíamos continuar, possivelmente as Aberrações tivessem de acampar também. É claro que elas talvez conseguissem ver no escuro. Talvez pudessem correr a noite toda com seus reféns, até chegarem ao destino final.

– Sem fogo – Ellis disse. – É muito arriscado.

Eu assenti. Embora ele pudesse ser um idiota por ficar amigo de Gary Miles, sabia o que estava fazendo na floresta. Todos nós ficamos quietos e mal-humorados enquanto comíamos nossos biscoitos de marinheiro e carne-seca, ajudando a fazer descer com água morna. Minha mente girava com pensamentos horrendos e desagradáveis, a maioria dos quais eu não conseguia dizer em voz alta. Se falasse, seria o mesmo que desistir de Vago. Eu não faria isso com ele.

Quando eu desapareci no subsolo, Vago voltou por mim. Ele não entrou em pânico. Qualquer outro parceiro teria dado de ombros e retornado ao enclave, reportando-me como morta. Novos Caçadores vinham o tempo todo, ganhavam seus nomes e substituíam os que eram perdidos. Vago não me vira como substituível, então eu não o julgaria assim naquele momento.

– Como você está? – Perseguidor perguntou, sentando-se ao meu lado.

Ele se colocou entre mim e os dois outros homens. Se eles tentassem alguma coisa durante a noite, Perseguidor os mataria, eu não tinha dúvidas. Não pela primeira vez, desejei que ele pudesse ficar satisfeito com minha amizade... e que eu não soubesse que queria mais do que isso. Apesar da sua dor e do seu desejo frustrado, Perseguidor estava se esforçando ao máximo para encontrar Vago e Frank, não porque eram seus amigos, mas por mim.

– Bem o bastante.

Fiz uma pausa, perguntando-me se devia mesmo conversar com ele sobre aquilo. Mas foi ele quem questionou.

– É a incerteza, sabe?

Ele assentiu.

– Às vezes, a verdade não é tão ruim quanto você imagina.

Às vezes.

Fazia frio naquela noite, mas eu ainda não estava pronta para dormir, então apenas me enrolei em meu cobertor, mantendo a bolsa por perto. A cobertura de folhas sobre nossas cabeças evitava que mais do que um toque de luz das estrelas se derramasse em nós, e isso dava às coisas uma forma imprecisa e confusa no escuro. Porém, eu podia ouvir os outros dois sussurrando de novo e me arrepiei.

– Acha que podemos confiar neles? – baixei a voz para que apenas Perseguidor conseguisse ouvir.

– Nem um pouco. Eles têm planos para você, pomba.

Era a primeira vez que usava o apelido carinhoso desde que fora me alertar de que eu apenas acabaria machucando Vago, porque ele não era como eu. Agora perguntava-me se aquelas palavras não foram proféticas. Se Vago não tivesse entrado na patrulha de verão por minha causa, não teria desaparecido. Ele fizera aquilo para me agradar... e me proteger.

"Ó Vago, desculpe." Eu lutava contra o impulso de me culpar. "É melhor me concentrar nos problemas imediatos, como os homens sentados do outro lado." Eu sabia o destino que eles queriam para mim.

– Procriação forçada? – minha voz saiu fraquinha.

Eu nunca ouvira falar disso até ir para o Topo. No enclave, não existia esse problema, já que os pirralhos cresciam sabendo suas funções. Em Salvação, eu não compreendia como Miles e Ellis esperavam se safar dessa. Embora eu tivesse um entendimento imperfeito da sociedade deles, as regras eram claramente diferentes daquelas das gangues. As mulheres eram respeitadas ali, se não tratadas como iguais.

– Para começar.

– O que você quer dizer? Tem algo pior?

– Algumas pessoas... – Perseguidor disse baixinho. – Elas nasceram erradas. Conheci algumas.

– Mas você não?

Foi apenas depois de eu ter deixado a pergunta escapar que percebi que o machucaria.

Seus ombros se curvaram e a resposta veio em um suspiro.

– Eu lutei muito na gangue. Escalei até o topo da pilha com unhas e dentes, mas não porque gostava. Foi porque só poderia fazer a diferença se tivesse poder. Fiz o que tinha de fazer e não peço desculpas por isso.

Eu nunca perguntara antes:

– Como era?

– A gangue?

Ele parou, refletindo.

– Brutal. Nenhum de nós vivia muito e pegávamos o que éramos fortes o bastante para conseguir. Aprendi cedo que não queria estar nos níveis baixos da organização. Nós nos concentrávamos em encontrar comida e fazer mais Lobos para lutar com as outras gangues, e manter nosso território.

– Vocês faziam muitos reféns?

– Você quer dizer como a Tegan – ele falou.

Assenti.

– Faziam?

– Fizemos três ou quatro vezes, geralmente de outras gangues, então elas não lutavam. Eu não sabia o que achar da Tegan. Tão desafiadora quando não tinha força para lhe servir de apoio.

Ele suspirou.

– É estranho... Eu fiz o que tinha de fazer o tempo todo, mas, agora, quando relembro, é como se eu fosse outra pessoa.

– Você não faria as mesmas coisas agora?

Ele ergueu um ombro.

– Isso importa?

– Para mim, sim.

– Se quer saber, não. Aprendi muito. Percebo agora que aquela menina não importava. Na época, eu achava que tinha de provar meu poder para manter os pequenos na linha. Mas devia ter deixado que ela fosse embora. Não que isso a ajudasse... outra gangue a teria pegado e tratado pior.

"Matado", pensei. "Como o enclave teria feito."

– Seria o certo a fazer – concordei. – Mesmo assim, talvez eu não devesse, mas estou feliz por você ter ficado com ela. Se não, eu poderia não ter sobrevivido e não teria a amizade dela agora.

Talvez não tivesse importância para ela, mas ele devia pedir desculpas a Tegan. Eu não disse isso a ele, era assunto dos dois. Voltei a conversa para algo que ele dissera:

– O que você sabe sobre as pessoas erradas?

– Elas vivem para machucar os outros.

Pelo seu tom, ele tinha alguma experiência com o assunto. Poderia até ser o motivo que o levara a brigar para chegar ao topo da alcateia.

– Acha que Ellis e Miles são assim?

Tive um relance do movimento da cabeça dele, o suficiente para saber que ele estava assentindo.

– Mais o Miles do que o Ellis, que o segue por fraqueza.

– Então, o que quer que eles tenham em mente, não vou sobreviver.

De alguma forma, parecia um reconforto ver meu futuro mapeado. Se eu não fosse rápida o bastante.

– Não vai chegar a isso.

Aquilo me pareceu uma promessa.

– Durma um pouco, Dois. Vou ficar com o primeiro turno de vigia.

Estrago

Não tinha bem amanhecido, uma luz fraca, sendo filtrada pelas folhas, vinha do alto. Fiquei deitada no meu cobertor ouvindo a floresta silenciosa. A quietude tinha um quê de espera. Sem aves. Nem agitação de pequenos animais. E, para além do nosso pequenino acampamento, ouvi movimento.

Esmaga. Quebra.

Algo farejou e soltou um rosnado baixo. Eu nunca ouvira aquilo de uma Aberração, mas também nunca tinha encontrado uma caçando sozinha em uma floresta antes. As do subsolo se alimentavam em grupos frenéticos e famintos. Aquelas criaturas tinham muito pouco em comum com suas camaradas mais fracas.

Um animal berrou – um lamento impotente de morte – e depois não fez mais nenhum barulho. Sons molhados se seguiram. Reconheci o sinal inconfundível de uma Aberração comendo presa fresca: o estalo úmido dos lábios e os gemidos de prazer gutural. Fechei os olhos bem apertado. Não pareciam muitas, com certeza lutariam pela carne se houvesse várias. Quão perto estavam?

Rolei e vi Perseguidor acordado. O idiota do Ellis havia adormecido durante seu turno, ele provavelmente foi quem deixou as Aberrações passarem despercebidas e levarem Vago da barraca. Resisti ao ímpeto de cortar sua garganta. "Você não é um monstro. Não é. Não tem nenhuma prova." Com pura força de vontade, combati os impulsos nervosos. Miles também não havia levantado, mas Perseguidor e eu, por conta da criação que recebemos, tínhamos sono leve e dormíamos com a mão nas nossas armas.

Ele fez alguns gestos contidos, dizendo-me que queria contornar e que eu deveria ir pelo outro lado, para podermos saltar em uma emboscada. Com um fôlego profundo, fiz que sim, puxei minhas adagas e deslizei em silêncio para fora do colchãozinho. O solo macio fez com que fosse mais fácil do que teria sido no subsolo, com cascalho e vidro quebrado. Sem olhar para trás, arrastei-me pelo mato verde rendado.

Como imaginara, era uma Aberração sozinha e meu coração quase pulou do peito antes de eu averiguar que a presa não era humana. "Não é Frank. Não é Vago." Pensei que seria um cervo, mas era difícil ter certeza, considerando o quanto a Aberração já devorara. Vislumbres de osso branco apareciam através da carne mastigada e rasgada. O sangue jorrava da carcaça, e a Aberração baixara a cabeça, bebendo com a cara toda. Vermelho escorria por seu queixo e pescoço, salpicando o peito.

Antes de ela sentir meu cheiro, eu ataquei da esquerda e Perseguidor golpeou da direita. Nossas lâminas afundaram precisas, e a coisa morreu no mesmo instante, caindo em cima da sua presa. Então, eu tive a reação. Sentira tanto medo de encontrar Vago. Ali. Naquele momento. E não conseguia suportar o estrago.

Perseguidor colocou as mãos em meus ombros e, por um instante, seus olhos claros flamejaram com o poder do seu sentimento por mim. O calor refletido me aqueceu onde eu nem sabia que sentia frio. Depois, seus cílios dourados e espetados baixaram, ocultando seus pensamentos. Eu não deveria deixar aquele menino me consolar se o havia rejeitado. A fraqueza me tornava egoísta, mas não resisti quando ele me puxou contra si. Brevemente, perguntei-me onde aprendera gentilezas básicas; quando o conhecemos, ele era todo arrogância e rispidez.

Ele me acalmou passando a mão devagar pelas minhas costas. "Desde que seja apenas isto", falei a mim mesma, "tudo bem". Eu não deveria lhe dar esperanças, mas, enquanto minha respiração voltava ao normal, fiquei quieta. Depois afastei-me com um murmúrio de agradecimento.

– Vamos voltar – ele disse sem olhar para mim.

Eu o magoara. Naquele momento, eu me odiava. Não merecia Vago nem Perseguidor. Eles só me queriam porque eu era diferente, porque usava minhas adagas com habilidade e não costumava ser grudenta ou procurá-los para resolver meus problemas. Meninas normais não eram como eu. A Sra. James deixara isso extremamente claro na escola... e eu nunca poderia voltar para o subsolo, onde sentia que era o meu lugar. Os enclaves tinham acabado, e a tristeza pesava em mim como um saco de pedras.

No acampamento, os outros dois estavam se mexendo. Preparavam o café da manhã quando chegamos, apenas mais comida fria de campistas.

Enquanto comia, Ellis fez uma brincadeira sobre eu ter saído escondida com Perseguidor, mas seus olhos tinham um brilho de cobiça.

Miles encarou com um olhar feio e especulativo.

– Pensei que você tivesse uma queda pelo moreno. Não estamos arriscando nossas vidas e corpos pelo seu bonitinho?

– Por Frank Wilson também.

Porém, os dois sabiam que eu não teria insistido em ir atrás de Frank. Não se apenas ele tivesse sido levado. Com desculpas à sua irmã, que fora educada comigo, eu não apostaria minha vida por Frank. Miles se virou com uma risada zombeteira, dispensando minhas palavras insinceras.

A confusão se atiçou. Aqueles dois não esperariam muito mais tempo. Eles não se importavam em resgatar nenhum dos nossos homens e estávamos dentro o bastante da floresta para eles atacarem. Perseguidor e eu comemos em silêncio e depois recolhemos as coisas. Em um acordo subentendido, não mencionamos a Aberração que havíamos matado.

Miles encontrou a trilha por pura sorte. Ele cambaleou para o meio da mata com a intenção de esvaziar a bexiga. Lá, encontrou sinais de uma luta séria. Poderia ter sido o lince, mas eu achava que não. A maneira como a terra estava remexida me fazia pensar que seriam Vago e Frank, lutando pela vida. "Ele também não desistiria. Está tentando voltar para mim." A ideia oferecia a única alegria que eu conseguia evocar naquela situação. Deixei de lado o calor que me inundou quando Perseguidor me envolvera em seus braços. Qualquer um poderia ter me feito sentir a mesma gratidão desesperada, até Improvável, que era velho demais para estar interessado em procriar com uma menina da minha idade.

Eu não dormira bem na noite anterior, esperando que Aberrações atacassem a qualquer minuto, aquela que encontramos por perto apenas ressaltava o problema. O tiro de rifle ecoava em meus ouvidos. Não era inteligente, com certeza, ficar agitada. Mais do que nunca, eu precisava me manter concentrada. Caso contrário, as chances de voltar viva ao posto avançado, sem falar em encontrar Vago, seriam poucas.

Perseguidor seguiu Ellis para ver o que podia descobrir sobre as marcas no chão, e fui com ele. Elas não revelaram nenhuma verdade em particular para os meus olhos, mas esperei com uma impaciência mal disfarçada pelo veredito dele. Se as Aberrações estavam feridas – primeiro pelo lince e agora por Frank e Vago –, não podiam se deslocar muito depressa. Poderíamos alcançá-las se acelerássemos um pouco.

Perseguidor, por fim, concluiu seu estudo.

– Quatro ou cinco participantes na luta. Dois ficaram incapacitados e foram levados. Você pode ver aqui onde as pegadas na terra afundam mais. Seguiram por aqui.

– Vá em frente – Ellis disse. – *Tô* mais do que pronto para matar.

Miles não falou nada, ainda me observando com o olhar que fazia com que eu me sentisse suja até os ossos. Resisti ao impulso de esfregar as mãos ao longo dos braços. Ele não conseguia ver minhas cicatrizes, mas toquei nelas para me reconfortar. Eu não era um alvo fácil; se ele tentasse, iria me encontrar pronta para uma luta. Com algum esforço, olhei-o fixamente até ele romper o contato visual e seguir Ellis, deixando-me na retaguarda de novo, como eu preferia.

O dia se passou em silêncio, com pausas ocasionais para biscoito de marinheiro e água. Eu ficava irritada com a necessidade de descansar, mas tínhamos de estar prontos para uma luta. Isso significava deixar alguma coisa na reserva. Com cada passo, minha esperança crescia. Encontraria Vago logo.

Naquela tarde, tudo deu errado.

Saímos da floresta e demos de frente com uma equipe de caçada das Aberrações, seis delas, fortes, descansadas e bem alimentadas. A mais alta gritou, e elas correram até nós mostrando dentes amarelados. A quantidade delas não teria sido devastadora se Miles não tivesse se virado para mim com seu rifle, jogado o braço em volta do meu pescoço, quase me derrubando com seu fedor, e depois me arrastado de volta em direção às árvores. Chutei e lutei o quanto podia, determinada a não deixar Perseguidor enfrentar as Aberrações sozinho, e igualmente determinada a não permitir que aquele imundo me machucasse.

– Continue – ele rosnou para mim. – Esta arma tem um gatilho leve, e eu vou explodir seu cérebro se você não tiver cuidado, gatinha. Não precisa ser assim. Posso ser muito legal com você se deixar.

A distância, ouvi sons de batalha. O rifle de Ellis disparou uma ou duas vezes e, em seguida, silêncio. Perseguidor chamava-me, mas sua voz ficava mais baixa à medida que nos afastávamos. Se Ellis conseguisse derrubar uma ou duas, Perseguidor poderia derrotar o resto. Eu esperava. "Por favor, esteja bem." Para piorar a situação, Miles revirou a terra enquanto me puxava e, desse modo, se alguma Aberração sobrevivesse, não teria dificuldade em nos rastrear, assim como havíamos seguido Vago e Frank.

– Pensei que nem mesmo um verme como você iria trair seus amigos – eu cuspi. – Ellis precisava de você naquela luta. Em vez disso, decidiu se voltar contra *mim*.

Ele fixou o cano da arma mais firme contra mim.

– Foi perfeito. Pela primeira vez, você não estava olhando para mim. Minha melhor chance de atacar.

A voz dele ficou sonhadora:

– Eu vou acabar com você, gatinha. Passarei dias nisso. E, então, quando você começar a gostar da coisa, começar a gostar de mim, vou cortar seu lindo coração vermelho. Ao voltar para o posto avançado, ficarei triste em afirmar sua morte... e a dos seus amigos. Mas ganharei crédito por ter tentado, um herói de boa vontade.

"Rá", pensei. "Vou rasgar sua garganta com meus dentes." Mas pareceu melhor fingir medo, então deixei um tremor percorrer meu corpo e não ofereci uma resposta. Em vez disso, fiz planos. Cedo ou tarde, ele teria de baixar a arma. Não poderia me atacar como um animal no cio com o rifle na mão. Pelo menos, eu achava que não.

Gary Miles era *idiota*. Achou que minha submissão estava garantida, como se tivesse vencido. Deixei que tirasse as armas das minhas coxas. Seus dedos se demoraram, fazendo-me querer vomitar. Lutei contra essa vontade, embora, sem dúvida, se eu devolvesse minha comida, ele veria como mais um sinal de fraqueza. Não vomitei porque precisava da energia. Depois de matá-lo, iria ver se Perseguidor sobrevivera... E, se fosse o caso, iríamos atrás de Vago. Senão, eu continuaria sozinha.

A voz de Seda sussurrou: "Você sobreviveu à ida para Nassau. Você sobreviveu à longa caminhada para o Topo. Gary Miles não pode vencê-la, Caçadora."

Ela estava certa. Meu amor por Vago e minha raiva furiosa me fariam conseguir. Eu podia não ser tão forte quanto Gary Miles, mas meu cérebro era melhor. Em silêncio, baixei a cabeça, esperando as suas instruções, e ele gostou, pelo som de escárnio que emitiu. Contente. Confiante. Ah, ele iria se arrepender. Iria, sim.

– Bem que podemos nos divertir um pouco – ele murmurou.

E, então, baixou o rifle. Aproximou-se, provavelmente com a intenção de fazer algo horrível. Não havia motivo para ser cauteloso. Nunca levara meu treinamento a sério porque eu não praticava com os homens. Eu tinha lutado com Frank Wilson, mas não me lembrava de Miles estar lá. Assim, ele não sabia da minha habilidade. Ele me vira lutar com Aberrações, é claro, mas elas não eram nada comparadas à bravura de um homem.

Para Miles, eu era apenas uma menina. Desarmada. Sozinha na floresta com um homem maior e mais poderoso. Certo? Errado. Com um sorriso, avancei nos olhos dele, cravando fundo os meus polegares. Cego, com sangue escorrendo, ele urrou e tentou me atacar.

"Muito devagar." Eu não estava lá. Girando atrás dele, chutei sua perna, tirando o joelho do lugar. Ele gritou de angústia e caiu, incapaz de suportar seu peso, mas eu não acabara. Peguei sua outra perna na altura do calcanhar, mirando um golpe com força suficiente para quebrar o osso. A fratura ecoou, agitando um bater de asas acima de nós. Com olhos ensanguentados, sem conseguir correr, ele ainda socou o ar, esperando saber onde eu estava pelos meus movimentos. Se ele tivesse feito treinamento de privação visual, como eu, poderia ter uma chance de me atingir. Dei um soco na sua têmpora.

– Quantas meninas você machucou? – perguntei.

Ele ofegou em meio à dor.

– O que você tem com isso?

– Eu quero contar a elas pessoalmente, depois de você morrer.

– Eu vou te *matar*.

– Acho que não.

Não havia motivo para mais conversa. Seda me ensinara a finalizar lutas antes que elas pudessem se virar contra mim.

Com uma pontada de raiva, tive certeza de que ele nunca daria os nomes delas, embora eu pudesse afirmar que houvera mais casos. As pessoas erradas não paravam de machucar as outras, alimentavam-se de dor. Então, Miles o fizera discretamente, em segredo, e deixara suas vítimas envergonhadas demais para sequer contarem aos sussurros. Eu queria poder reconfortá-las de alguma forma, mas talvez o fim dele fizesse isso por mim. De coração frio, peguei minha adaga e enterrei-a no seu coração. Uma morte mais limpa do que ele merecia.

Baixei o olhar para o corpo, encontrando satisfação em meu inimigo caído. Naquele momento, a Caçadora me controlava. Não havia moleza em mim e muito menos misericórdia. O trabalho daquele dia me agradava tremendamente.

Depois, limpei minha lâmina na perna suja das calças dele. "Nenhum respeito por você, Miles. Vou tratá-lo como uma Aberração." Quando minha fúria diminuiu, juntei os suprimentos dele e os acrescentei aos meus. Seu rifle, joguei sobre minhas costas. Embora eu não fosse super-habilidosa com ele como algumas pessoas, oferecia um peso tranquilizador onde antes minha clava ficava. Não foi difícil seguir o caminho que ele deixara, arrastando-me enquanto eu lutava, então não deveria demorar para eu chegar ao local da batalha. Antes disso, porém, Perseguidor saiu cambaleante do meio de duas árvores, as mãos vermelhas de sangue.

Amparei-o com os braços. No auge da boa forma, ele teria derrubado aquelas seis Aberrações sem suar, mas estávamos vivendo em condições duras havia meses e ele não dormira melhor do que eu, com Ellis e Miles à espreita. A respiração dele veio em fôlegos fundos e irregulares, mas não ouvi o barulho molhado e de sucção que era presságio de um ferimento no peito. Ele apoiou a bochecha com cicatrizes contra meu cabelo.

– Eu estava indo salvá-la – disse, a voz abafada.

Aquilo me causou uma risada de surpresa.

– Do *Miles*?

Perseguidor conseguiu abrir um sorriso largo.

– Eu devia ter pensado melhor.

– Você está muito machucado?

Sem esperar uma resposta, eu verifiquei, levantando sua camisa para olhar. Ele ganhara vários cortes e um deles, logo abaixo das costelas, era razoavelmente profundo para me preocupar.

– Precisamos limpar, ou isso pode infeccionar e matá-lo.

– Acho que estou ofendido. Já passei por coisa pior.

– Não dê uma de herói.

Ele torceu a boca.

– Acho que nós dois sabemos que não sou assim.

– Não tenho do que reclamar – falei. – Vamos para algum lugar onde eu possa cuidar de você.

– Tem um lago a uns dez minutos do limite da floresta.

– Consegue chegar até lá?

Perseguidor levantou um ombro, embora o movimento descuidado claramente tenha sido doloroso para ele.

– Acho que não tenho escolha. Não possuímos água o bastante para gastar com limpeza.

Como era verdade, não discuti o assunto com ele. Apenas ofereci meu ombro quando ficou evidente que ele tinha outros ferimentos que não me mostrara. Sua perna esquerda não esticava por completo, eu não fazia ideia do motivo.

Não perguntei o que acontecera com Ellis. Quando saímos da floresta pela segunda vez, encontrei os restos grotescos da batalha violenta deles. Sangue pesava no ar, e eu passei por cima do cadáver do homem, levando Perseguidor em direção ao lago. Aquilo atrasaria um tanto a nossa busca por Vago, mas eu não conseguia ver lógica em deixar um menino morrer por causa de outro que talvez nem estivesse entre os vivos àquela altura.

Foi a decisão mais difícil que já tomei na vida.

Legião

Tanta água assim sempre me impressionava.

No subsolo, vivíamos com um gotejar fraco e racionávamos para não acabar. Na superfície, havia uma expansão de verde cintilante, limitada por um campo dourado na margem mais distante. O sol descia além do horizonte, colocando fogo no céu. Dei as costas, sem conseguir aguentar tanta claridade quando guardava o inverno em meu coração.

Na margem daquele lago cujo nome eu não sabia, deixei Perseguidor seminu e examinei seus ferimentos. Sangue formava crostas nos piores deles, cortes irregulares de garras de Aberrações. Nenhuma mordida, felizmente, o que costumava infeccionar. Não era surpresa, as suas bocas eram imundas. Rasguei minha camisa extra em tiras, mergulhei metade delas no lago e o lavei. Seria melhor se fizéssemos uma fogueira para eu poder ferver a água, mas o tempo estava acabando. A cada momento que atrasávamos, Vago e Frank se afastavam mais. Remédios improvisados tinham de bastar.

Durante meus cuidados duvidosos, ele ficou quieto, os olhos meio fechados, como se achasse aquilo prazeroso, mesmo quando cobria as feridas com pomada. Eu sabia pessoalmente o quanto ela ardia. Não sobrara muita, havia sido feita por uma amiga de Vago e logo acabaria. Então, para mim, restariam do enclave apenas minhas adagas. Usando os trapos restantes, tratei os machucados o melhor que pude, sabendo que tínhamos de manter os cortes limpos.

– Mostre sua perna. Está quebrada?

Ele fez que não.

– Só torci, eu acho. Saí correndo como um louco, depois de Miles a arrastar. Vai ficar boa.

– Você diria isso até se o osso estivesse saindo da pele.

Seu sorriso ganhou camadas de arrogância.

– É provável.

Logo, terminei os cuidados rudimentares que o lugar nos permitia, inclusive um curativo bem amarrado em seu joelho. Era estranho ajoelhar à sua frente, mas ele não fez comentários sugestivos, ou eu poderia tê-lo ferido. Certifiquei-me de que a faixa estava bem presa e de que ele conseguiria suportar algum peso.

Depois de limpar as mãos no lago, perguntei:

– Você consegue continuar?

Ele testou dando um passo. Não com velocidade, mas conseguia se mover.

– Ajudaria se você pudesse encontrar para mim uma bengala.

Eu não estava ansiosa para voltar à floresta, mas evitei o local da batalha e encontrei um galho morto adequado no chão onde começavam as árvores, suficientemente longo e forte para o que queríamos. Embora detestasse a sensação, corri de volta para Perseguidor porque ele representava meu único elo com a segurança. Que loucura ter chegado a isso. Eu não gostava de ficar sozinha, e o silêncio poderia me enlouquecer depois do murmúrio constante do subsolo.

– Vai funcionar?

Ele testou.

– Perfeito, obrigado. Hora de ver se consigo achar a trilha.

Se não conseguisse, então aquela missão teria sido inútil. Eu não podia lidar com isso, simplesmente não podia. A bola de angústia deu um nó mais apertado dentro do meu peito, roubando um fôlego. Não, eu encontraria Vago.

"Ó Vago."

Perseguidor ignorou meu silêncio tenso. Ele voltou sobre seus próprios passos, dor em cada movimento. Eu não imaginava como ele poderia continuar daquela forma, mas não falei nada enquanto Perseguidor passava os olhos pelos limites da floresta. Por fim, fechou um punho e o bateu contra a palma da mão.

– Nada. Há movimento demais de outros animais na grama. Eu poderia seguir qualquer uma das seis trilhas daqui e talvez encontrasse uma horda de cervos.

– O que mais podemos fazer?

Ele pensou por um instante.

– Vamos andar pela margem. Se elas estavam em uma viagem dura, como nós, tenho certeza de que ficaram com sede. Aberrações bebem, certo?

Eu nunca vira uma delas agachada ao lado de um rio, mas, se elas tinham vida – e as Aberrações pequenas davam uma dica de haver reprodução natural –, então, sim, precisavam de água para sobreviver.

– E o solo vai estar úmido o bastante lá para mostrar sinais mais específicos, como aconteceu na floresta?

– Espero que sim.

A alternativa passou sem ser dita.

Demos metade da volta no lago antes de encontrar os rastros. Até eu consegui identificar claramente o ponto onde um fardo do tamanho de um homem e um outro menor haviam sido colocados no chão, e depois três pares de pés com garras aproximaram-se da água. Fiquei parada encarando a terra escura. As pegadas eram mais largas do que um pé humano, garras furando a lama acima dos dedos. Após as seguirmos por um longo caminho, Perseguidor disse:

– Elas estão contornando o lago até as planícies.

"Longe da vila?" Inesperado.

No entanto, isso não mudava nada. Não importava, eu continuaria até a trilha sumir, ou até encontrar Vago. Não poderia haver outro resultado. Ele já apanhara incontáveis vezes por mim, provara seu amor quando achou que eu tinha escolhido outra pessoa. Eu me arrastei atrás de Perseguidor e perguntei-me como ele conseguia aguentar a dor. Suspeitei que tivesse a mesma força que eu e que sua vozinha interna sussurrasse coisas do tipo "você não desiste. Você é um Lobo", assim como eu me encorajava lembrando-me de que já havia sido Caçadora.

A luz escorreu do dia, escurecendo para o preto e, então, as estrelas apareceram brilhando. Certa vez, eu tinha achado que elas eram tochas pertencentes a pessoas aladas que moravam em uma cidade lá no alto, mas a Sra. James me ensinou outra coisa. Às vezes, a verdade acabava com a mágica. A escuridão logo nos impediria de seguir em frente, mas, então... parei de repente. Não precisávamos mais da trilha.

Eu sabia para onde Vago havia sido levado.

O acampamento das Aberrações superava qualquer coisa que eu vira ou imaginara, uma horda capaz de conquistar não apenas Salvação, mas *todos* assentamentos humanos. Devia ter mil delas, fogos reluziam na noite – sem dúvida roubados do nosso posto avançado –, sinais fumacentos anunciando a sua presença sem medo, pois quem as desafiaria? Perseguidor agarrou meu braço e me puxou para baixo na grama alta, embora estivéssemos longe demais para elas nos farejarem ou ouvirem.

Isso significava que a vila funcionava como o posto avançado delas, vigiando-nos? Eu não tinha conseguido entender qual era a sua finalidade, mas aquela ideia mandou um arrepio pelo meu corpo porque o comportamento das Aberrações havia se tornado assustadoramente parecido com o nosso. Fiquei me perguntando então se aquelas Aberrações tinham recebido a tarefa de levar Vago e Frank em um ritual de passagem; se levassem presas humanas, poderiam se tornar adultas ou algo assim, como ganhar um nome no enclave. Não havia como ter certeza, é claro, não era algo que eu pudesse perguntar. Mas fazia sentido.

Também era possível a vila não ter relação com aquela horda. Assim como existiam grupos diferentes de humanos, talvez houvesse outros tipos de Aberrações. Por algum motivo, os monstros que roubaram meu menino tinham evitado o assentamento da floresta. Qualquer que fosse a verdade sobre as duas facções, não interferia no meu objetivo.

– Vago está ali – ofeguei.

Senti nos meus ossos.

"Chances impossíveis." Com nossa habilidade, poderíamos lidar com uma pequena equipe de caçada, mas a traição de Miles nos atrasou demais e elas voltaram para a horda. A ótima visão noturna me permitia ter um vislumbre dos seus movimentos... Tantas Aberrações. Independentemente do resgate de Vago, tínhamos de voltar e levar as notícias. Preparativos precisavam ser feitos.

– A decisão é sua – Perseguidor sussurrou.

Os segundos pareceram horas e pesavam com uma incerteza terrível. Mas eu podia tomar decisões difíceis. Era feita de puro aço.

– Você não pode ir comigo. Sua perna não vai aguentar uma corrida e, se algo der errado... Se eu não voltar, você tem de dar a notícia para Improvável.

As mãos dele se fecharam em punhos e um fôlego agônico escapou.

– Não me peça para abandoná-la, pomba. Peça qualquer coisa, menos isso.

Toquei seu rosto, suas cicatrizes, sabendo que aquele momento era importante. Poderia ser o nosso último. Perseguidor me permitiu aquele toque, como sempre, mesmo tendo dito que pareceria fraqueza. Algo cedeu no meu peito.

– Não sei o quanto vai demorar para eu encontrar Vago. Desde que seja seguro, espere aqui até logo antes do amanhecer e depois volte. Se a situação ficar feia antes disso, vá embora. Seja rápido e silencioso. Acima de tudo, alerte Improvável sobre o que está para acontecer. Pode ser nossa única chance.

Eu nunca o vira parecer tão sério. O desespero entalhava seus traços, esticando suas cicatrizes vermelhas.

– Se quer que eu faça isso, então precisa me dar um beijo de despedida.

– É justo – falei.

Ele roubara um beijo antes, mas aquela foi a primeira vez que me inclinei por vontade própria. A sensação também era diferente, talvez por ser escolha minha. A boca dele estava macia e quente sob meus lábios, demorando-se; recuei, sentando-me para trás surpresa, mas ele não estava sorrindo. Sua expressão me dizia que ele achava que eu não sobreviveria ao mergulho na agitada multidão de Aberrações. Eu tinha de admitir, a perspectiva não era boa. Se eu planejasse um ataque frontal, seria o mesmo que dar uma punhalada em mim mesma e depois deitar para ser o café da manhã.

Isso não estava na programação da noite.

Em silêncio, resumi meu plano, e Perseguidor assentiu.

– É nossa única chance.

Agora eu tinha de reunir os suprimentos e esperar.

❖

Não havia luar, apenas as luzes das estrelas, mas a escuridão não me assustava. A horda, sim. Impiedosa, lutei contra o medo e deixei minha bolsa com Perseguidor. Ele estava escondido na grama alta perto do lago, longe o bastante para as Aberrações não conseguirem detectá-lo. Se não fosse possível voltar antes de ele partir, não precisaria dos suprimentos, de qualquer forma, e peso extra deixaria minha passagem mais barulhenta quando eu me arrastasse para dentro das linhas inimigas. Para dar certo, eu tinha de me deslocar como um fantasma, como névoa.

"Não acredito que estou fazendo isso."

Eu havia voltado ao limite da floresta mais cedo para recolher o material horrendo e tremi com o que estava prestes a fazer. Porém, se Aberrações percebiam cheiro – e percebiam sim –, eu tinha de encobrir o meu. Não podia deixar nem um aroma acidental acordá-las de seus sonhos horríveis com humanos devorados. Fechei os olhos, peguei as entranhas que tinha coletado das Aberrações e as esfreguei em todo meu corpo, depois acrescentei o sangue fétido.

Perseguidor me observou sem esboçar expressão.

– Sabe que ainda quero que você seja minha.

– Assim?

Eu ri para fingir que achava que ele estava brincando. Se poupasse o seu orgulho, valia a pena ele me achar um pouco burra. Depois, fiquei séria.

– Foi uma boa caçada.

Era o melhor elogio que eu podia oferecer, reconhecendo-o como meu igual, e ele pareceu perceber. Seu sorriso se abriu, rápido como uma nuvem passando em frente à lua.

Sem outra palavra, desloquei-me pela grama alta, devagar, para não chamar atenção. Poderia haver sentinelas posicionadas, ou era possível alguns dos monstros terem hábitos noturnos. De qualquer forma, tinha de arriscar. Aquela quantidade de Aberrações amontoadas fedia o bastante para me dar náuseas. Conforme me aproximei, ouvi barulhinhos, como roncos, porém mais líquidos, na garganta, um gorgolejar molhado, mas não me fez pensar que elas estivessem sentindo dor, bem pelo contrário. Era alegre, um ruído que eu nunca ouvira das Aberrações, e eu já tinha escutado todo tipo de gritos, lamentos, berros e rugidos.

"Por favor, que estejam descansando."

Estavam. Elas dormiam em pilhas, como animais e, também como eles, tinham armas naturais: presas e garras para rasgar as vítimas. No perímetro, congelei. Meus nervos me deixaram na mão. E quase me virei. Vago não tinha como estar vivo ali. Não naquele lugar. Na melhor das hipóteses, eu encontraria seu corpo e morreria por nada.

"É melhor uma Caçadora morta", Seda disse baixinho, "do que uma covarde viva."

Endireitei os ombros e concordei. Avancei com um ritmo contido, meus movimentos pequenos e silenciosos. Passei escondida por um amontoado de Aberrações adormecidas, minha pele gelada e úmida de terror. A qualquer minuto, elas acordariam e rosnariam em alerta. Iriam se jogar em mim com ódio instintivo, rasgando-me membro por membro.

Eu seria dominada.

E nada disso importava. Eu tinha um compromisso, um plano em ação para garantir que Salvação não sofresse por causa da minha perda. Se eu morresse ali, não seria por nada. Seria por Vago.

Engoli com dificuldade, respirando levemente pela boca. "Ele não queria que Perseguidor tocasse em você, e olhe o que fez." Balancei a cabeça, negando. Quem eu beijava era a menor das preocupações de qualquer um. As emoções poderiam me matar, então eu as esmaguei e afastei à força. Lidaria com isso depois de salvar meu menino.

"Encontre-o, Caçadora."

Nesse momento, ouvi um barulho que me deu esperança. De algum lugar dentro do campo, veio o som de choro humano. Não achava que fosse Vago, mas quem podia saber como ele reagiria naquelas circunstâncias? Eu provavelmente choraria também. Estava grata pela orientação enquanto manobrava em volta das Aberrações adormecidas. Perguntei-me se elas sentiam o mesmo terror quando se arrastavam em segredo pelo nosso posto avançado, medo dos nossos rifles, medo da descoberta. "As Aberrações têm medo da morte?" Pareceu-me que devia ter feito aquela pergunta antes.

Depois de um tempo, e com um pavor de disparar o coração, cheguei até o centro da gigantesca horda. Abaixei-me bem e encarei com total descrença a fonte dos choramingos. No subsolo, pirralhos moribundos, às vezes, faziam esse som; o pirralho de olhos brancos, que Vago e eu não conseguimos salvar, fizera isso enquanto o guarda o levava embora.

"Gaiolas para humanos."

Em Salvação, elas guardavam pequenos animais que nos dariam leite, ovos e, às vezes, carne. Eu conhecia galinhas e bodes bastante bem para entender o objetivo das Aberrações. Ali, uma cerca rudimentar fora construída, várias estacas no chão, parecendo com as montadas para fincar as cabeças cortadas, e as pessoas lá dentro tiveram as pernas amarradas para não fugirem. A histeria cresceu dentro de mim.

"Elas querem nos domesticar."

Aquilo devia ser um evento recente. Se Improvável tivesse visto – ou lhe tivessem contado – algo assim durante suas viagens de comércio, ele informaria ao Ancião Bigwater. As pessoas teriam falado disso por toda a cidade. Como não aconteceu, eu só podia concluir que aquele era mais um comportamento novo das Aberrações. Que sorte a minha por ser a primeira a ver.

Independentemente disso, eu tinha um trabalho a fazer. Se Vago estivesse em algum lugar, vivo, seria ali. Assim, cheguei mais perto, até entrar escondida. A maioria dos reféns jazia inconsciente, de horror ou sofrimento, a não ser pela mulher que chorava em soluços baixinhos e engasgados... E os sequestradores sem dúvida estavam acostumados com o barulho, sua dor encobriu minha aproximação. Arrastei-me entre os sequestrados, procurando Vago, e meu coração se entristecia um pouco mais a cada rosto desconhecido.

Eles acordavam ao serem tocados, gemendo, retraindo-se quando sentiam meu cheiro. No escuro, poderiam pensar que eu fosse uma Aberração vindo para um lanchinho noturno. Ignorei os golpes fracos e os movimentos agitados para poder libertá-los. Era tudo o que eu podia fazer. Escolher partir ou ficar, estava nas suas mãos.

– Silêncio – eu sussurrava enquanto avançava.

Alguns correram desajeitados para a liberdade imediatamente. Outros encaravam impressionados e confusos, como se tivessem sonhado com minha chegada. Não vi Frank. Procurei por ele, procurei mesmo, pensando em como olharia nos olhos da sua irmã em Salvação, mas ele não estava em nenhum lugar das gaiolas.

"Talvez elas já o tenham comido. E Vago também."

"Não!" Procurei mais rápido. Por fim, encontrei meu menino, espancado até eu mal reconhecê-lo. Seus traços estavam grotescamente inchados, olhos pretos e lábios cortados por cima dos dentes. As cicatrizes o identificaram quando eu o virei, e abafei seu gemido com a mão sobre sua boca. Vago lutou comigo como um animal. Mesmo no seu estado arrasado, ele conseguiu me empurrar. Caí de costas, perdendo a respiração.

À nossa volta, a horda estava começando a se mexer, acordada pelos humanos em fuga. Se demorássemos mais, elas nos pegariam.

– Vago, sou eu. Dois.

Evitei os braços e as pernas descontrolados dele, cortei suas amarras e esfreguei suas mãos e seus pés rapidamente, em desespero.

– Você consegue correr?

"Por favor, diga que sim. Não acho que eu possa carregá-lo." Eu tentaria, é claro. E nós dois pereceríamos. Eu não queria morrer ali. Poderia ser uma morte gloriosa para uma Caçadora, por conta de quantas Aberrações eu conseguiria derrubar antes de ser dominada e devorada, mas a menina dentro de mim preferiria correr para a escuridão, na confusão, e viver.

– Dois?...

Ele estava entendendo as coisas devagar demais.

Rosnados indicavam que mais Aberrações estavam acordando. Gritos humanos encheram o ar. Eu quis lhes dar uma chance de liberdade, não os usar para acobertar nossa fuga. Não havia tempo para remorso ou arrependimento. Não poderia tê-los deixado presos ali enquanto libertava Vago. Era hora de nos mexermos ou não sairíamos daquilo vivos. Nossa única esperança era sermos mais rápidos e ousados do que aqueles que já fugiam em meio à horda.

– Corra – implorei para ele. – Não lute. Não pare. Apenas me siga e *corra*.

Fuga

Várias vezes, empurrei Vago à minha frente, desviei de uma Aberração que se jogava rosnando ou pulei o corpo de uma pessoa que não tivera tanta sorte, e nós corremos. Para salvar nossas vidas. Apenas a escuridão e o caos nos socorreram.

E os outros que morreram no nosso lugar.

Mas com certeza alguns deles escaparam. Talvez encontrassem Salvação e ganhassem uma segunda chance, como nós. Se não, pelo menos não morreriam nas gaiolas de escravos, trucidados por sua carne. As Aberrações os engordavam primeiro? A repulsa fez meu corpo estremecer, mas eu a deixei de lado.

Cobri a distância até o esconderijo onde Perseguidor esperava em um tempo muito mais curto do que levara na ida. Monstros se espalharam nos perseguindo, mas era uma noite sem estrelas, eu tinha cheiro de Aberração e as outras presas confundiram os sentidos delas. Precisávamos ganhar alguma distância entre a horda e nós. Se nos encontrassem mais tarde, poucas de cada vez, poderíamos lutar enquanto recuávamos, conforme o necessário.

– Você conseguiu – Perseguidor sussurrou para nos receber.

Fiz um movimento circular com a mão indicando que conversaríamos depois e peguei meu equipamento. Perseguidor se colocou em pé, seu joelho endurecera enquanto esperava e ele abafou um som de dor. Vago ficou quieto, de um jeito agourento, mas não era inteligente nos demorarmos. Ouvi sons de perseguição, as Aberrações não demorariam em descobrir por que meu cheiro era confuso... e que ainda não havíamos sido capturados.

Os meninos me seguiram, e eu defini o ritmo de acordo com nossos ferimentos. As pernas de Vago trabalhavam, mas suas costelas doíam, e Perseguidor coxeava mesmo com o galho de suporte. Enquanto nos deslocávamos, eu escutava os rugidos e gritos atrás de nós. Normalmente, eu não viajaria de noite, para não nos perdermos, mas a necessidade ganhava da cautela. Cheguei ao limite da floresta antes de Perseguidor tropeçar, seu joelho cedendo, apesar do curativo.

Por entre os dentes, ele admitiu:

– Isto é o máximo que consigo.

Por mais que não gostasse, tínhamos de acampar. Meus olhos pareciam ter sido esfregados com carvão, e a exaustão se acomodava em meus músculos, deixando-os doloridos. Mesmo assim, estava melhor do que os meninos.

Porém, Vago não me deixava tocá-lo. Quando me aproximei para verificar seus machucados, ele se retraiu. Não era apenas uma rejeição, vinha da alma, violento, reflexivo.

– Não – ele disse com a voz rouca.

Curvei os ombros.

– Desculpe.

Não fora assim que eu imaginara que seria. "Ele está ferido", falei para mim mesma. "Da cabeça aos pés. E você está com cheiro das Aberrações que o machucaram. Dê-lhe tempo. Depois de ele descansar e você ter tomado um banho, vai ficar tudo bem." Lutei contra a tristeza, recuei e entreguei para ele o cobertor de Miles; fedia, mas devia ser melhor do que nada. Ele o pegou sem dizer uma palavra, e eu desejei conseguir decifrar sua expressão. Porém, com a escuridão e o inchaço, ele bem que poderia ser um desconhecido.

Vago se enrolou, mas não deitou. Em vez disso, apoiou-se contra uma árvore.

– Primeiro turno – murmurou.

Perseguidor disse:

– Fico com o próximo. Pode me acordar em três horas.

– Isso me deixa com o terceiro. Você ainda tem o objeto de tempo do seu pai? – perguntei.

Como resposta, ele mostrou o pulso, e as mãos levemente brilhantes apareceram no escuro. Eu tinha mais uma pergunta.

– Quer minhas adagas?

– Por favor – ele respondeu, a voz enferrujada de dor.

Sem alarde, eu as entreguei. Depois, ofereci meu odre de água, que enchera no lago. Ele bebeu com vontade e o devolveu. Assentiu agradecendo-me e, em seguida, seus olhos se desviaram depressa, como se doesse me ver. Então, nada mais de conversa. Eu confiava nos meninos para me acordarem se problemas chegassem até nós, e não apenas porque eu estava em melhor estado físico. Após o terror e o estresse do dia, desmaiei assim que fiquei na horizontal.

Acordei com uma dor me cutucando e rolei de lado por puro instinto. Quando abri os olhos, vi Perseguidor com a bengala na mão, mas Vago estava lidando com a Aberração que quase arrancara minhas entranhas. Ela havia me arranhado pelo meio do arbusto; por sorte, a coisa estava sozinha, e Vago lutou como eu nunca vira antes, despido da elegância habitual. Seus ferimentos provavelmente tinham parte da responsabilidade, já que seus movimentos eram mecânicos, como os dos homens de brinquedo que vendiam na loja. Você dava corda neles e eles mexiam as pernas e os braços, mas não havia nada por dentro. Vago usou minhas adagas com uma habilidade calma e inexpressiva e a matou. Eficiente. Em silêncio. A Aberração caiu.

– Não podemos ficar.

A frustração de Perseguidor transparecia no rosnado baixinho. Forçar seu joelho torcido poderia deixá-lo aleijado, mas tínhamos de ir.

O corpo de uma Aberração nas proximidades atrairia outras. Embora Vago não tivesse dormido, não disse uma palavra. Apenas colocou os pertences de Miles sobre o ombro, devolveu-me as adagas, que prendi nas coxas, e seguiu para a escuridão.

"É como se ele estivesse aqui", pensei, "mas não de verdade."

Cambaleando cansada, peguei minhas coisas e o segui. À noite, a visão dele não era tão boa quanto a minha, mas eu falaria se ele estivesse saindo do curso. Eu tinha uma noção geral de onde o posto avançado estava a partir dali.

Pelo restante da noite, andamos sem descanso. Ao amanhecer, tive de emprestar meu ombro a Perseguidor, apesar da bengala, ou ele não teria continuado. Ainda assim, controlou a língua, como Vago, e o estoicismo deles me desgastou até eu querer gritar. Eu não estava acostumada com aquele tipo de silêncio pesado. Parecia que tudo mudara ali... De tal maneira que eu ainda não conseguia compreender.

Pelo ângulo do sol, passava do meio-dia quando a torre de vigia ficou à vista. A sentinela de plantão atirou para o alto, avisando aos outros que nos via chegar. Guardas jorraram morro abaixo e, sob as ordens de Improvável, formaram uma maca de braços unidos para Perseguidor. O fato de ele não protestar em ser carregado de volta ao campo me mostrou que estava passando por uma dor violenta. Vago foi atrás, negando com a cabeça todas as ofertas de ajuda.

À luz do dia, eu mal aguentava olhar para ele. Sofrera tanto e, ainda assim, mantinha-se ereto com determinação, os ombros para trás, os olhos focados em nada em particular. No entanto, antes de eu poder cuidar dele, tinha de falar com Improvável.

O homem mais velho nos escoltou de volta para o posto avançado, meneando a cabeça, impressionado.

– Você voltou. O que aconteceu lá fora?

– Vou contar de uma vez – Vago disse, baixinho. – Não aqui. Em particular.

Bem, o mais próximo disso que conseguíssemos, de qualquer forma. No posto avançado, não havia paredes atrás das quais se esconder, exceto aquelas dentro dos olhos negros de Vago.

Conforme seguia na frente até sua barraca, Improvável perguntou:

– Onde estão os outros?

– Aberrações pegaram Ellis – respondi. – Eu matei Miles por me atacar.

O comandante do posto avançado suspirou.

– Queria poder dizer que *tô* surpreso. Ele era uma semente estragada. *Cê* se importa se eu disser para a família que ele morreu em combate? Podem ficar contra você se a história verdadeira vazar.

– Tudo bem.

Dei uma olhada em Vago e pensei no Frank. Não vira nem sinal dele com a horda.

– E... eu tenho mais notícias horríveis.

Improvável passou o polegar pelo bigode.

– Quando é que *cê* tem outra coisa? Vamos entrar, bater um papo e depois consertar o Vago.

Eu não sabia o que era bater um papo, mas fui com ele. Primeira vez que eu era convidada para a barraca do líder e ela se parecia com as de todos, a não ser por ele ter um banquinho e alguns cobertores extras para forrar. Não o invejei por aquele conforto, já que ele era tão velho e tal. Vago afundou no colchãozinho, tão distante no comportamento e na expressão que poderia nem estar ali. Coloquei-me ao lado dele, deixando o assento mais confortável para Improvável. Seria mais fácil para ele se levantar dali também.

– O que aconteceu, filho?

– Elas nos levaram – Vago disse. – Frank e eu. Em parte, eu acho, para provar que podiam. Para vocês ficarem assustados com o desaparecimento dos seus homens.

Eu o observei, meu coração pesado de medo. Ele não olhava para mim, talvez porque eu vira as gaiolas.

– Mas não foi o único motivo – Vago acrescentou.

Improvável o incentivou:

– Continue.

– Elas vieram pelos fundos da barraca, subindo o morro, imagino. Saíram escondidas pelo mesmo caminho com seus prêmios. Recuperei os sentidos na floresta. Devem ter nos batido. Minha cabeça doía os diabos, e ainda estava escuro. Tinham me amarrado como um cervo, pronto para tirarem minha carne.

Sem conseguir suportar a narração inexpressiva, tentei pegar a sua mão, mas ele a retirou e enlaçou seus dedos uns nos outros. Não tremeu. Ele não estava... nada. Poderia estar falando sobre se choveria ou não.

– Elas nos carregaram por um tempo, não sei quanto. Nós nos libertamos uma vez. Lutamos. Mas eu estava tonto, e Frank se mostrava assustado. Elas o mataram primeiro, e eu observei o quanto eram boas em abater um humano com suas garras. Tinham um saco para carregar a carne que costumava ser Frank, depois de o desossarem.

Improvável puxou um fôlego, a pele pálida sob o bronzeado desgastado. Bile subiu pela minha garganta. Eu conseguia imaginar a cena com clareza demais. Não era de se admirar que Vago se fechara. Não podia sentir aquilo, não podia deixar ser real. "Ó Vago."

Ele continuou, incansável em seu desejo de terminar a história.

– Por fim, eles me amarraram, mais forte do que antes, e seguiram em frente. Suspeitei que tivessem planos para mim.

Interrompi ali. Tinha de fazê-lo. Facas invisíveis reviravam em meu estômago, imaginando o que ele sofrera, lembrando o que eu vira.

– Elas o levaram para a horda.

Dúvidas apareceram no rosto de Improvável e, rapidamente, esbocei uma imagem: a quantidade de Aberrações e as gaiolas de humanos. Era mais um degrau na escada em termos de sofisticação, outra maneira de como estavam se tornando mais humanas. Para elas, eu tinha certeza de que não parecia diferente daquilo que nós fazíamos com outros animais.

– Canibalismo e domesticação – o ancião murmurou.

Ergui a sobrancelha, confusa, mas ele apenas negou com a cabeça.

– Tem certeza de que não confundiu a quantidade porque estava cansada e assustada?

Ele sempre pedia confirmação dos meus relatórios, como se eu tivesse a informação errada. Mas era o cansaço falando. Não que desconfiasse de mim, era mais porque não queria acreditar, pois, sempre que a situação mudava, piorava. Pelo menos, não estava se recusando a ouvir o que eu tinha a dizer e me ameaçando com coisas muito ruins para manter minha boca fechada.

– Você se machucou assim na tentativa de fuga? – perguntei a Vago.

Ele me estudou por um longo instante, saindo e voltando para a sombra do tecido da barraca, varrido pelo vento. O inchaço o fazia parecer monstruoso e distorcia suas palavras, embora ainda fossem compreensíveis. Eu queria tanto tocá-lo, mas ele tinha recuado duas vezes. Algumas coisas simplesmente não podiam ser consertadas com um beijo... e eu ainda fedia aos monstros que o sequestraram.

– Não – ele disse enfim. – Isso veio depois.

– Por quê? – Improvável questionou.

– Você já jantou na casa dos Oaks?

Vago estava com uma expressão peculiar, um divertimento terrível, como se seu mundo tivesse sido quebrado e escancarado e ele pudesse rir de tudo agora, até da própria morte.

– É claro – o homem mais velho disse com cautela.

– Então, sabe que Mamãe Oaks bate a carne para garantir que esteja macia.

Não havia realmente nada que eu pudesse dizer sobre aquilo, nada que alguém pudesse fazer.

Improvável se levantou devagar.

– Nosso tempo aqui é limitado. Não podemos lutar contra tantos. Então, nossa única esperança é pegar a colheita e ir para trás dos muros.

Não achava que as barreiras de madeira aguentariam contra o que nós víramos nas planícies, mas, às vezes, falar o que pensamos não serve para nada. Só faz as pessoas nos odiarem. E eu não tinha solução para o problema, nenhuma forma de evitar a calamidade.

Fiquei em pé também.

– Quanto tempo até as plantações estarem prontas?

– Não faço ideia, e não importa. Vamos pegar o que pudermos, enquanto pudermos, e partiremos correndo. Cuide dele, combinado?

O ancião saiu, balbuciando algo sobre encontrar um mensageiro para levar um recado a Salvação.

– Vamos para a sua barraca – falei, o mais gentil que pude –, para limpá-lo. Eu vou...

– Não.

Apenas isso, uma rejeição direta.

Não fazia sentido, ele havia me deixado cuidar dele antes, quando não quisera que a Mamãe Oaks tocasse nele.

– Não quer voltar para a sua barraca?

Tarde demais, lembrei-me das manchas de sangue nos cobertores dele. Alguém limpara a bagunça?

– Certo, para a minha então. Mas você precisa de cuidados, de um jeito ou de outro.

Naquele momento, ele apoiou a testa nas mãos, a única parte não desfigurada do seu rosto.

– Por favor, eu faço sozinho. Só me deixe em paz.

– Vago...

– Só me deixe em paz – ele repetiu, sem mais entonação, mas eu podia perceber que falava sério.

Sem querer piorar a situação, fiz o que ele pediu. Do lado de fora, os guardas cuidavam das suas tarefas. Jogavam cartas, ficavam de vigia, lutavam e não davam sinal de que soubessem o quão grande era o perigo. O ancião havia decidido, então, mandar o mensageiro sem revelar nada. Era uma jogada inteligente, ainda que impiedosa. Depois de saberem da situação verdadeira, a maioria daqueles homens correria para os muros da cidade sem se importar com o que aconteceria às plantações... Deixariam os cultivadores defendendo-se sozinhos no dia seguinte e não arriscariam sair de novo.

Eu não tinha vontade de conversar com ninguém e estava cansada demais para ser útil; assim, peguei um balde d'água da tina comunitária e entrei na minha barraca. Se Vago não queria minha ajuda, então eu precisava desesperadamente ficar limpa. Tirei minhas roupas imundas e me lavei o melhor que pude. O corte nas minhas costelas ardia e estava inchado. Usei um pedacinho de sabão para lavá-lo duas vezes e depois enxaguei. Ardeu quando esfreguei pomada nele. Sem ter como lavar meu cabelo do jeito certo, eu o molhei e alisei para trás em um rabo de cavalo, para sua sujeira me incomodar menos.

Não precisava correr para me vestir, já que não estava trabalhando, mas não ficava confortável nua com apenas uma barreira de tecido frágil entre mim e os outros guardas. Assim, vesti desajeitadamente meu último conjunto de roupas, ignorando o puxão na pele rasgada. Não podia fazer o curativo sozinha, mas, se mantivesse o machucado limpo, ficaria bem. Embora não fosse muito fundo, iria me proporcionar outra cicatriz, prova da minha força.

Era o que eu costumava pensar, de qualquer forma. O que me ensinaram lá embaixo. Mas talvez isso estivesse errado também, como todo o resto estivera, e significasse apenas um defeito.

Depois de virar meu cobertor para o lado relativamente limpo, deitei sobre ele, mas não consegui dormir. Tinha muitas perguntas sem respostas e sofri por Vago até parecer que um grito estava entalado na minha garganta. Lágrimas surgiram, elas vazaram em silêncio e salgaram minhas bochechas. Era para estar tudo bem. Eu o trouxera de volta.

Mais tarde, enquanto escurecia, Perseguidor entrou. Eu não tinha energia para gritar com ele e, além disso, não havia regras sobre acompanhantes ali, de qualquer forma. Ele estivera na janela do meu quarto incontáveis vezes. Fazia tempo que eu abandonara o medo de ele tomar de mim algo que eu não queria que ele tivesse.

– Espaço para mim? – ele perguntou.

Assenti e escorreguei para o lado no colchãozinho.

– Como está sua perna?

– Dói. Mas, desde que eu não apoie nela por um tempo, vai se curar.

Mais precisamente, ele esperava que se curasse.

– Eu disse que iria achá-lo para você.

– Obrigada. Eu não teria conseguido sem você.

Sem exageros. Eu não possuía as habilidades dele, e o seu conhecimento nos levou a contornar o lago, esperando que houvesse algum rastro. Eu nunca teria pensado nisso. Era Caçadora, não perseguidora.

– Foi a coisa mais difícil que eu já fiz.

Seus olhos de gelo brilharam bem prateados, como reflexos do luar na água.

– Rastrear?

Ele fez que não.

– Ver que você estava indo para o perigo sem mim.

Eu deveria lhe pedir que fosse embora. Ele tinha verificado se eu estava bem, visto que ainda respirava. Não deveríamos ficar sentados juntos no escuro enquanto Vago estava sozinho e arrasado. No entanto, eu também sentia-me ferida e não protestei quando Perseguidor colocou o braço em volta de mim.

Colheita

Improvável mandou Vago e Perseguidor de volta para Salvação no dia seguinte.

Vago não olhou na minha direção, seus passos tornavam-se pesados conforme ele se afastava. O distanciamento dele me apunhalava como uma faca nas costas. Eu não entendia o seu comportamento, mas ele sofrera tanto! Com o tempo, iria se curar e suportar meu toque de novo.

As coisas ficariam bem.

Como eu queria acreditar naquilo! Talvez alguns estragos não pudessem cicatrizar, a ferida apenas sangrava e sangrava até você enlouquecer ou morrer por conta dela.

Perseguidor parou por tempo o bastante para sussurrar:

– A gente se vê logo.

E ele se inclinou, mas eu virei o rosto, então seus lábios roçaram minha bochecha.

A dor surgiu e passou tão depressa que quase não a vi. Depois ele tombou a cabeça, aceitando que nada mudara entre nós apesar de tudo o que ele fizera na floresta. Eu odiava aquilo. Eu sentia que coisa alguma se ajeitara. Nenhum dos meninos com os quais me importava estava feliz, e eu não queria que eles se fossem, mas fazia sentido, os dois estavam muito feridos para ajudar em algo no posto avançado. Portanto, precisavam chegar ao local seguro antes de nosso tempo acabar. Ainda assim, aquilo aumentava minha sensação de isolamento.

A tensão invadia os homens. Eles haviam escutado rumores sobre o motivo de termos de apressar a colheita. Sozinhos ou em duplas, eles me assediavam, pedindo dicas ou confirmação. Distraída, preocupada com meus amigos, achava simples me livrar deles. Para homens velhos, eles se alarmavam facilmente com uma menina girando uma faca na palma da mão, um truque de pirralha. Porém, talvez minha expressão combinasse com a vontade deles de estar em outro lugar também.

Naquela manhã, um grupo de soldados escoltou a saída dos cultivadores com várias carroças, vazias e prontas para a colheita. Precisaríamos de todo o nosso esforço combinado para fazer aquilo depressa. Dessa vez, não podíamos simplesmente observá-los trabalhar enquanto ficávamos de guarda. Peguei uma gadanha para debulhar os cereais altos. Virei-a nas mãos, pensando que daria uma boa arma também. "Esperemos que não chegue a isso."

No campo, encontrei Tegan trabalhando o mais rápido que podia. Tinha uma aparência bonita e pura com seu vestido amarelo, os cabelos escuros brilhando ao sol. Eu mal reconhecia a criança abandonada, magra e ferida que eu trouxera das ruínas, quase morta e com medo da própria sombra. Ela parecia saudável. Juntei-me a ela com um olhar triste, Tegan percebeu que algo estava errado, mas o cultivador chefe gritou para pararmos de folga e, assim, copiei o que ela fazia com as plantas.

Um trabalho de moer as costas se seguiu. Tegan não conversou, ela entendia a importância dos nossos esforços ali. Se fracassássemos, o assentamento morreria de fome. O tempo todo fiquei com um olho fixo no horizonte, temendo o momento em que escurecesse com o ataque da horda. Sem parar para comer, embora tomasse grandes goles d'água nos campos, cortei e cortei, deixando outra pessoa juntar os grãos caídos e empilhá-los na carroça. Em outras partes, as pessoas colhiam milho, desenterravam batatas e o que mais os cultivadores tivessem plantado. Eu não sabia todos os nomes, mas minha sensação de urgência disparava.

– Fique mais calma – Tegan me implorou. – Você vai adoecer assim.

Eu apenas neguei balançando a cabeça. Restava-nos pouco tempo. Eu podia senti-lo passar, tão claro quanto os ponteiros do relógio de Vago. Ele me deixara usá-lo no subsolo e, enquanto fiquei deitada observando-o dormir, tinha experimentado aquele tique-taque na minha pele. Eu o sentia naquele momento também.

– Vou ficar muito feliz de ver minha esposa – um dos guardas disse ali perto.

– Faz bastante tempo – outro concordou.

Como estavam conversando, os homens não pareciam sentir o mesmo. Trabalhei mais rápido. Febril. Aquilo não podia ser feito em um dia. Como eu queria que pudesse.

Quando a luz acabou, os cultivadores voltaram para Salvação com as carroças carregadas. Eu não fora escolhida para a escolta e vaguei pelo campo como um espírito nervoso. Improvável me parou na minha segunda volta, levando-me para sua fogueira privativa. Às vezes, ele deixava homens ficarem ali como uma marca de favor, se eles se destacassem naquele dia. Não achei que fosse o caso comigo.

– *Cê* vai se desgastar – ele disse. – E *tá* deixando os outros nervosos. Quer voltar e ficar com seus amigos na cidade?

– Você perguntaria isso a um *deles*? – questionei, apontando com a cabeça em direção aos guardas aglomerados em volta da outra fogueira.

– Não – ele admitiu alegre. – Mas *cê* também não é um homem adulto, apesar de querer.

Eu o encarei.

– Não quero ser um homem.

– Certeza?

– Certeza. Sei que as pessoas me acham estranha em Salvação, mas eu não sou um mau exemplo de Caçadora.

– Eu nunca disse que era.

Sem perguntar se eu queria alguma coisa, ele preparou para mim um prato de feijão e carne assada. "Era veado", pensei, "que sobrara da última caçada". Embora estivesse enjoada demais para comer por conta da ansiedade, joguei a comida para dentro de qualquer forma. Meu corpo ficaria fraco se eu não cuidasse dele e, assim, decepcionaria um dos meus camaradas. Naquelas circunstâncias, precisávamos de toda a força que pudéssemos juntar.

– Quanto tempo mais? – perguntei.

– Dois dias devem dar. O resto vai apodrecer nos campos, mas não *tá* pronto para a gente levar.

– Salvação vai ter comida suficiente neste inverno?

Improvável deu de ombros.

– Talvez a gente tenha de apertar os cintos um furo ou dois, mas ninguém vai morrer de fome, suponho. E, para alguns, vai ser bom emagrecer, de qualquer maneira.

– Você sempre foi tão legal comigo – falei. – Por pouquíssimos motivos, pelo que eu posso ver. Por que isso?

Ele ficou em silêncio por um longo momento, olhando para o horizonte escuro. Depois, inesperadamente, sorriu para mim.

– *Cê* foi trazida para Salvação por mim. É como se fosse das minhas.

O que aquilo significava exatamente? No subsolo, eu não possuía parentes que precisassem de mim, só pensava no bem-estar da comunidade. No Topo, eu tinha pais de criação e Improvável... Enquanto Vago não tinha ninguém. Parecia tão injusto, ele precisava que as pessoas o amassem porque já tivera isso certa vez e perdera. Porém, talvez eu pudesse suprir a diferença. Talvez meu coração fosse forte o bastante para consertar o estrago. Agarrei-me àquela esperança, como fizera com a certeza de que ele estaria vivo.

– Por isso você me mandou para a Mamãe Oaks? Porque sabia que ela faria mais do que apenas me tolerar.

O ancião inclinou a cabeça.

– Esperava que *cê* fosse amada, sim. *Cê* parecia precisar de um pouco de amor.

Foi quando eu soube: da sua maneira, ele me amava também. Por isso aguentara minhas perguntas e visitas ao muro, nas noites em que ele estava de vigia. Um calor borbulhou em meio à dor e à incerteza. Era difícil ficar tensa perto de Improvável, o que provavelmente fora o motivo de ele ter me chamado. Meus músculos relaxaram, tanto por conta da sua companhia fácil quanto pelo aquecimento silencioso dado pela fogueira. Exalei devagar, fechei os olhos e tentei não pensar em Vago. Ou em Perseguidor, que me dera um beijo de despedida, mas Vago parecia indiferente àquilo também. Ele não se importava mais com nada, e talvez eu me preocupasse sem um bom motivo. Quem sabe fosse normal para ele se retrair, considerando o que passara.

"Seja paciente", falei para mim mesma.

Pouco depois, pedi licença e fui para o meu colchãozinho. O sono não veio com facilidade, e eu acordei com todos os barulhos da noite, esperando encontrar uma Aberração em sua tentativa de me arrastar para fora da barraca. Como fizeram com Vago. Se tinham a intenção de causar medo com suas ações, então haviam conseguido. Não me sentia segura ali mais, não que houvesse segurança em algum local. O mundo todo era uma ruína, um lugar de ângulos agudos e linhas cruéis que poderiam nos cortar até o osso.

Pela manhã, engoli água, biscoito de marinheiro e, em seguida, procurei Tegan no campo. Ela brilhava em um bronze intenso enquanto minha pele queimava por trabalhar sob o sol forte, mas não havia o que fazer. Mamãe Oaks teria algum remédio quando eu chegasse em casa. Queria ver minha mãe de criação, com um desespero que beirava o irracional, pois sentia que ela poderia tornar tudo melhor, de alguma forma, ou pelo menos me explicar por que mais nada fazia sentido.

"Eu o salvei, Vago. Por que você me odeia?"

"Talvez seja esse o motivo. Porque você o fez viver com isso."

Durante o almoço, Tegan me encurralou.

– Vi Perseguidor e Vago na cidade. O que está acontecendo? Eles estão péssimos... e você também.

Como sabia que era inútil esconder a história, levei-a para longe dos outros. Depois resumi os eventos dos últimos dias: a ausência de Vago, o resgate e a horda. O rosto dela ficou pálido por trás da sua bonita cor, e ela me encarou com olhos arregalados.

– Isso é...

Ela ficou sem palavras.

– Mas explica muita coisa. Perseguidor veio até a casa do Doutor ontem à noite. Ele me pediu desculpas. Também disse que sabia que isso não mudava nada e que estava livre para odiá-lo eternamente, mas... ele sentia muito.

– Fico feliz – murmurei. – Tenho certeza de que não importa, mas...

– Na verdade, importa. O ódio é... é um peso... e, quando ele disse aquelas coisas, senti que foi embora.

Ela fez uma pausa.

– Pensei no que você disse. Digo, o que aconteceu foi terrível, mas entendo ele desconhecer que não devia agir daquele jeito.

– Acho que coisas ruins aconteceram com ele lá também.

A dor ensinava as pessoas a causarem mais dor.

Tegan assentiu.

– Eu não ficaria surpresa. O que você vai fazer em relação a Vago?

– Vou lhe dar tempo para sentir minha falta, eu acho. Fico triste quando ele me afasta.

Antes de ela poder dar uma resposta, o cultivador chefe gritou conosco, e voltamos ao trabalho. Dois dias se passaram dessa maneira, cheios de tarefas, que não exigiam muito do cérebro, e de pensamentos perturbadores, até por fim estarmos prontos para a jornada final de volta para casa. As carroças estavam pesadas, e as mulas zurraram em protesto. Eu defenderia a caravana com minha vida, não apenas porque Tegan fazia parte dela.

Quando a sentinela gritou conforme as carroças partiam, eu soube. Ó, eu soube.

E meu coração morreu um pouquinho.

Aquilo, então, era pelo que elas estiveram esperando. Depois de terem destruído a plantação uma vez, nós estabelecemos o posto avançado, e elas não podiam se aproximar o bastante para fazer de novo, por causa dos nossos rifles. Passaram o verão aumentando seu grupo – chamando Aberrações de longe e perto – e agora tinham uma horda monstruosa. Em um avanço doloroso, destruiriam nossa fonte de alimento e nos fariam morrer de fome, já que não conseguiam atravessar os muros. Em tal quantidade, provavelmente conseguiriam, apenas não tinham descoberto o mecanismo da ação ainda.

– Estão avançando – a sentinela gritou. – Céus, tenham piedade de nós... Ó, tenham piedade!

Eu não achava que ele sequer sabia o que estava falando, ou o quanto estava assustando os guardas que não tinham sua posição de vantagem.

– Olhem todos eles, a terra está escura deles.

– Calado – Improvável berrou.

A sentinela obedeceu.

Ouvi com atenção junto com o restante dos homens enquanto o ancião cuspia ordens.

– Estamos em poucos, poucos homens para muitas carroças. Mas quero que vocês, filhos de Adão, lutem como nunca lutaram antes. Afastem os Mutantes. Protejam as carroças a todo custo. *Cês* me entenderam?

– Sim, senhor! – veio a resposta aterrorizada.

Tomei minha posição, adagas prontas. Os melhores atiradores ficariam atrás, atirando na maior quantidade delas que pudessem antes de a primeira onda nos atingir. Cultivadores, que haviam sido azarados o bastante para ser mandados naquele último dia fatídico, correram para os portões. Com o coração na garganta, observei Tegan indo. Ela não era rápida, mas o cultivador chefe a estava ajudando. A satisfação disparou dentro de mim. Se eles fossem razoavelmente rápidos, não teria de me preocupar em protegê-los também. Era uma certa distância, mas eu esperava que não encontrassem problemas, nem patrulhas aleatórias à espreita, fora da nossa vista.

O barulho dos rifles me fez virar, recuando. De trás de nós, veio o primeiro ataque, e eram tantas. *Tantas!* Um frio se espalhou pelo meu corpo. "Não temos como vencer esta. Não temos."

"Não com essa atitude. Eu a treinei melhor do que isso." Parte de mim queria procurar Seda, mas a porção racional sabia que ela não estava ali. Era apenas um eco da minha metade Caçadora me impelindo quando a coragem poderia me faltar.

Os condutores sacudiram as guias que prendiam as mulas às carroças, incentivando mais velocidade. Aberrações caíam com peitos ensanguentados, já que Improvável ensinara aos guardas mirarem na parte maior do corpo delas. "Nada de tiros ensaiados", ele dissera. "Apenas derrubem os Mutantes." Às vezes, ele lembrava Seda, porém era muito mais gentil.

Eu tinha o rifle de Miles, então o peguei. Aquela arma nunca seria a minha favorita, mas fiz minha parte, disparando de novo e de novo, depois recarregando com as mãos trêmulas. O coice machucava. Continuei lutando. Cinco, seis, sete, eu matei – os outros guardas fizeram o mesmo –, mas a horda parecia ser infinita. Aberrações se derramavam na nossa direção em uma onda faminta, as carroças seguiam lentamente para os muros. Se segurássemos os monstros por tempo suficiente, *se* conseguíssemos – e se os cultivadores não fossem atacados pelo outro lado –, talvez nosso povo pudesse sobreviver.

"Mesmo se nos custar tudo."

Eu estava feliz por Improvável ter mandado Vago e Perseguidor em segurança. Tegan partira também. Assim, eu não tinha ninguém em especial com quem me preocupar. O medo se dissipou. Totalmente calma, equilibrei-me. Sem dor. Sem distração.

"Apenas ganhe algum tempo. Atrase-as."

– Eu sabia que chegaria a isto – um guarda disse.

Ele olhou para o céu e disparou seu último tiro.

Cedo demais, o grupo da frente nos alcançou. Joguei o rifle no chão e puxei minhas adagas. Como a própria morte, girei e cortei, rodopiando, desviando, bloqueando. Homens caíram à minha volta, mas eu tinha praticado para aquele momento desde a primeira vez que entendera o que era uma Aberração. Quatro delas me atacaram, mas não tinham o meu treinamento. Suas garras e seus dentes não podiam compensar por completo. A quantidade sim, com o tempo.

Porém, eu derrubaria quantas conseguisse.

Duas morreram depressa sob minhas lâminas, suas entranhas derramando-se em uma pilha aos seus pés, deixando o chão escorregadio. As outras duas aprenderam a ter cautela e fingiam avançar em mim, rosnando, rugindo. As Aberrações perderam um pouco de terreno, já que ainda não eram criaturas disciplinadas, e algumas sucumbiram por causa da tentação de se alimentar dos mortos em vez de lutar. Reparei que não estavam se alimentando umas das outras, como o outro grupo, das mais fracas, fizera no subsolo.

Mais duas vieram, e elas me cercaram. Bloqueei quatro golpes, mas o quinto me atingiu. Apunhalei a mão que me rasgava, e a Aberração a puxou de volta, gritando sua dor. Seus olhos sombrios e quase humanos me encararam de dentro de seu rosto monstruoso.

– Acha que eu iria simplesmente deixar que você me comesse? – perguntei.

– Me comesse – ela rosnou.

Quase larguei minhas adagas. Apenas um eco sem sentido. Não uma fala real. Certo? Bem a tempo, recuperei-me, apunhalei a Aberração no pescoço. Derrubei outra com um giro e um golpe cortante que Perseguidor me ensinara. Outra morta. Outra. Meus braços estavam se cansando, e ganhei dois ferimentos, um logo depois do outro. Garras, não mordidas. Mais limpo.

"Quanto tempo mais?" Observei um homem morrer em agonia, gritando por sua esposa.

– As carroças estão seguras – um menino gritou atrás de mim, um mensageiro valente de Salvação viera nos dizer que tínhamos sido corajosos o bastante por tempo suficiente.

– Recuem! – Improvável berrou.

As Aberrações que comiam ergueram as cabeças sobre nossos homens mortos, presas amareladas pingando sangue, e nos observaram fugir. Algumas nos perseguiram. Improvável manteve sua posição, dando cobertura à nossa retirada com uma determinação feroz. Agarrava a Menina, como se fosse a única mulher que ele já amara, e disparava. *De novo. De novo.* Olhei para trás e vi que ele ainda não se movia. Continuava no mesmo lugar enquanto lutava por nós.

– Não! – gritei.

Virei.

– Não!

– Vá em frente, Dois.

Improvável tocou com os dedos na testa em uma saudação final e depois engatilhou a arma. Outra Aberração morreu. Ele estava recuando devagar, dando a elas razões para temê-lo. Conseguiria escapar se simplesmente corresse.

"Vamos, não faça isso. Preciso de você vivo."

Dei dois passos na sua direção, e teria voltado se um guarda não me agarrasse. Ele meio que me levantou e correu. Bati nele enquanto as Aberrações dominavam Improvável, o homem que salvara minha vida, tantos meses antes. O comandante do posto avançado caiu atirando sob o peso combinado delas.

O guarda me arrastou, ainda gritando, em direção a Salvação, em direção à segurança. Em direção à culpa por sobreviver quando Improvável não conseguira. Por fim, a sentinela me deu um tapa e me olhou feio.

– *Não* faça este sacrifício não valer de nada. Improvável tinha uma perna ruim. Não conseguiria... Mutantes o teriam pegado por trás, e ele não iria querer morrer assim. Você consegue entender isso?

Eu conseguia. Eu entendia. A Caçadora em mim respeitava a escolha dele, mas a menina chorava eternamente lá dentro, em luto pelo homem que morrera como herói. Lembrava-me de ficar no muro com ele, vendo-o esfregar o joelho. Com uma compreensão amarga, afastei as lágrimas. Às vezes, eu tinha de ser totalmente Caçadora, ou não haveria como sobreviver à dor. Algum dia, poderia deixar a menina chorar por ele, mas não naquele momento.

– Solte-me – exigi.

Ele me obedeceu e corremos juntos para os portões, abertos apenas o bastante para os sobreviventes entrarem. Dos vinte que haviam lutado, quatro voltaram: o guarda que me agarrou, outros dois... e eu.

Parecia terrivelmente familiar, com todos os parentes esperando do lado de dentro por notícias. A maioria caiu em prantos quando percebeu o massacre que tinha acontecido. Mamãe Oaks devia estar me procurando, desesperada, de mãos dadas com Edmund. Eu não conseguia me mexer. A área era uma bagunça de carroças, mulas e mulheres e crianças chorando. Esfreguei as mãos trêmulas no rosto e desabei em uma posição agachada e autoprotetora. Meus ferimentos não importavam, já que eu não ligava para o quanto estava machucada.

"Improvável", pensei, e o nome me apunhalou. Eu o odiava por ser um herói.

Fora dos muros, as Aberrações se refestelavam e vagavam.

Não iriam embora dessa vez.

Empate

Tegan me encontrou primeiro. Por baixo do meu desespero, o alívio se agitou, eu estava muito feliz por ela ter voltado, já que eu sugerira que se oferecesse para ajudar com o plantio. Se algo acontecesse com ela, eu não suportaria. Com o olhar preocupado, ela se ajoelhou na terra ao meu lado, sem prestar atenção na sua saia.

– Vamos para o consultório do Doutor – disse.

Dei de ombros. Parecia que daria muito trabalho me levantar.

Depois, ela prestou mais atenção em mim.

– Você está *sangrando*.

– Estou?

Em mais de um lugar, provavelmente. Como ela parecia determinada, eu a deixei me levantar.

– Dois!

Mamãe Oaks nos encontrou antes de andarmos mais do que alguns passos. Tegan fixou um olhar severo nela.

– Vou levá-la para que meu pai a veja.

Perguntei-me se ela reparara no que tinha dito e como Doutor Tuttle se sentia a respeito. Porém, ele lutara duro pela vida dela e para salvar sua perna, então talvez estivesse feliz por ter ganhado uma filha. Sua mulher provavelmente estaria também. Em Salvação, eu aprendera que laços de família nem sempre vinham do sangue.

Minha mãe de criação foi me abraçar e, então, parou, as mãos em meus ombros.

– Tegan está certa. Você precisa de cuidados médicos. Edmund!

Ele veio por trás de mim e, com delicadeza, pegou-me em seus braços. Não teria imaginado que ele possuía essa força, mas, do seu jeito arrastado, ele conseguiu. Meu pai de criação me levou ao Doutor Tuttle sem problemas. No caminho, minha cabeça ficou confusa e minha visão embaçou nos cantos.

– Outro paciente? – Doutor Tuttle perguntou. – Malditos Mutantes. Estão me mantendo mais ocupado do que gostaria. Tegan, querida, pegue o sabão e a água e minha bandeja de instrumentos.

Ela murmurou alguma coisa que não entendi e ele respondeu:

– Sim, você pode ajudar.

Apaguei mais ou menos no momento em que Edmund me deitou na maca de exame; quando acordei, estava na minha própria cama. Sentar-me doeu mais do que eu esperava. Confusa, espiei por baixo da camisola e descobri quatro cicatrizes novas, costuradas com capricho. Tinha me machucado mais do que percebera.

Enquanto debatia se deveria me levantar, Mamãe Oaks entrou depressa com uma bandeja. Tinha um aroma melhor do que eu merecia. Ela a acomodou rapidamente no meu colo.

– Você me deu um grande susto.

Eu a fazia se lembrar de Daniel. E me arrependi profundamente.

– Desculpe – murmurei.

– Doutor Tuttle disse que você vai ficar bem.

"Bem", eu pensei, "era um termo relativo, mas ele não podia costurar as feridas que não conseguia ver". Peguei a comida, mordiscando para deixar Mamãe Oaks feliz. Ela se sentou na cadeira ao lado da cama.

– Está muito ruim lá fora?

Ela franziu as sobrancelhas.

– Não se preocupe com isso. Você precisa descansar... e se curar.

– A ignorância não ajuda a relaxar.

Ela suspirou baixinho e passou uma mão cansada pelos cabelos. Não ficaria surpresa se ela tivesse dormido naquela cadeira, determinada a não sair até eu acordar. Edmund nos espiou enquanto ela ponderava qual de nós era mais teimosa.

Ele deu um passo para dentro do quarto.

– Consertei suas botas.

Era quase mais do que eu poderia aguentar, porque eu sabia como ele era. Ele não tinha gosto por questões emocionais, então, vindo dele, era como um abraço. Assenti para ele, mirando-o através de olhos enevoados.

– Obrigada. Eu judiei delas.

– O prazer foi meu – ele disse com delicadeza e depois retirou-se para o andar de baixo.

– Acho que não vai fazer mal contar para você – Mamãe Oaks decidiu em voz alta. – Mas, se tentar levantar, vou pedir outra poção ao Doutor Tuttle. Você vai dormir mais dois dias então.

– Já se passaram *dois* dias?

Eu não conseguia imaginar o que estava acontecendo, porém, não cabia a mim consertar. Eu cumprira meu papel.

– De fato. Eles cercaram a cidade. Até agora, estão se mantendo fora do alcance dos rifles e parecem nos observar.

– Planejando – falei amarga.

O rosto bondoso da Mamãe Oaks ficou tenso e triste.

– Antes eu teria achado você louca por dizer algo assim, mas acredito que esteja certa. Parecem estar nos avaliando e decidindo como entrar.

– Mas não conseguem?

– Não – ela respondeu. – É claro que não. O Ancião Bigwater está fazendo os homens colocarem apoios nos muros, só por garantia. E duplicaram a vigilância. Estamos confortáveis e seguros aqui, não se preocupe.

Era evidente que ela achava melhor não me perturbar, mas seus olhos mostravam o que suas palavras firmes negavam. Ela estava assustadíssima e se esforçando para esconder. As olheiras escuras sob seus olhos revelavam noites sem dormir, e seu lábio inferior estava áspero no lugar onde o mordera, não eram sinais de uma mulher confiante em nossa segurança.

Fingi acreditar nela.

– Isso é bom.

– Coma agora, depois descanse. Prometa.

Ela me olhou fixamente até eu murmurar as palavras que queria ouvir.

Em seguida, perguntei:

– Que dia é hoje?

Quando Mamãe Oaks me contou, eu ri, um som amargo e sem alegria. Ela levantara para se juntar a Edmund no andar de baixo, mas, com minha reação, voltou, apoiando-se na beira da cama dessa vez.

– Qual é o problema?

– É o meu dia.

Seu olhar inexpressivo me levou a explicar.

– O dia em que nasci. Depois de 15 deles, ganhei meu nome. Já sou Dois há um ano inteiro.

– Quer dizer que é seu aniversário?

– Sim, é assim que vocês chamam aqui, eu acho.

Justine teve uma festa, conforme eu lembrava. Eu tinha um corpo cheio de pontos que coçavam e uma bandeja com chá de ervas e sopa rala. Cutuquei a torrada.

– Eu não tinha ideia. Deixe-me fazer um bolo para você.

Ela se curvou e me beijou na testa.

Não conseguia me lembrar de uma mulher ter feito isso antes, mas... eu gostei. Tudo passou a doer menos. Para agradá-la – e porque eu iria ganhar bolo –, tomei um pouco do chá horrível. Meus lábios se torceram.

– Vago está aqui?

Eu teria de procurá-lo se não estivesse ali. Ele não tinha um lar de criação seguro, diferentemente de mim, Perseguidor e Tegan.

Com uma expressão mais suave, Mamãe Oaks assentiu.

– Ele está ficando na despensa perto da cozinha. Não permitiu que a deixássemos lá, mesmo estando quase tão ferido quanto você. Minha menina, você perdeu uma boa quantidade de sangue.

– Nem reparei.

Sua boca se retorceu de desconfiança, e tentei esclarecer.

– Quando estou lutando, quando tudo está perfeito, é como se o mundo todo ficasse em silêncio. Não consigo ouvir ou ver nada além do meu próximo golpe. Eu nem sinto...

– Dor? – ela supôs.

– Às vezes, não. Eu e minhas adagas viramos uma coisa só. Esse é o ideal para uma Caçadora.

– Não me importa que nome você dá, mas é o motivo de estar na cama e o motivo de ter de beber esse chá e não se mexer nem um centímetro até eu a chamar para comer bolo.

– Obrigada – falei.

"Bolo... e Vago." Apesar da bagunça do lado de fora dos muros de Salvação e da minha tristeza por conta do sacrifício de Improvável, um brilho de alegria agridoce surgiu. Ele ficaria feliz em me ver, não? "Faz dois dias!"

– Vou deixar água para você se lavar – ela me disse ao sair. – Mas não levante até eu mandar. E vou pegar um pouco de unguento para sua pobre pele queimada.

Obediente, bebi o caldo e o chá e depois comi a torrada seca. Do andar de baixo, ouvi Edmund falando e Mamãe Oaks respondendo enquanto fazia barulho pela cozinha. Nada de Vago. No entanto, ele já não estava falando antes de voltar a Salvação. Eu me senti feliz pelos Oaks o terem deixado ficar em casa, já que ele se ferira e precisava de tratamento.

Não demorou muito para eu ficar entediada... e solitária. Só havia um remédio. Arrastei-me para fora da cama, com cuidado para não fazer o chão ranger, e peguei o livro que me acompanhara por tempos tão horríveis. *O Menino Dia e a Menina Noite* oferecera um grande consolo; eu havia encontrado esse livro quando chegara ao Topo, e a história tinha um significado real para mim, diferentemente da maioria das coisas que eu lia para a escola. Com dedos respeitosos, tracei o design da capa e das letras. Podia decifrar as palavras sozinha agora. Quando tocava naquilo, sentia-me mais próxima de Vago. Ouvia sua voz enquanto ele revelava o final da história, a carroça nos sacudindo cada vez mais para perto de Salvação, e de uma nova vida.

Para reforçar minha fé, eu as li em voz alta. Odiava fazer isso na sala de aula porque era lenta, mais lenta do que qualquer um, exceto Perseguidor. Nada elegante. Nada emocional, como algumas pessoas que conseguiam fazer as palavras parecerem vir de seres reais. Eu não conseguia.

Porém, li as palavras assim mesmo.

"O rei deu a eles o castelo e as terras de Watho, e lá eles viveram e ensinaram um ao outro durante muitos anos que não foram longos. Porém, mal tinha um dos anos acabado antes de Nycteris ter passado a gostar mais do dia, porque ele era a roupa e a coroa de Photogen e ela via que o dia era melhor do que a noite e o sol era mais soberano que a lua; e Photogen tinha passado a gostar mais da noite, porque ela era a mãe e o lar de Nycteris."

Pareceu uma promessa. A não ser pelo fato de Vago ser um filho do meio-termo. Tinha passado um tempo tanto na superfície quanto no subsolo. Em termos mais precisos, o livro falava de mim e Perseguidor. Era ele quem possuía cabelos como a luz do sol e fora criado sob a claridade. Eu sempre vivera no escuro. De repente, inquieta – o livro havia perdido um pouco da sua magia –, coloquei o volume de volta na prateleira.

Depois voltei para a cama, como se mesmo aqueles poucos passos me deixassem exausta. Devo ter cochilado, sem querer, pois acordei com Mamãe Oaks chamando:

– O bolo vai ficar pronto logo. Arrume-se se conseguir.

– Eu consigo!

Não era uma alegação mentirosa, embora tenha levado mais tempo do que eu esperava, na maior parte porque lavei o cabelo na bacia. Não tomava um banho de verdade desde a licença e perdera a conta de quantos dias fazia. Não podia descer para cumprimentar amigos e família naquele estado. Para terminar, tive de pedir mais água, o que fez Mamãe Oaks entrar, estalando a língua.

– Ah, olha essa cabeça molhada. Você vai pegar uma gripe de matar.

– Estou bem.

Olhei para ela, desejando que ajudasse sem reclamar. Ela entendeu a sugestão silenciosa e buscou vários jarros. Ao voltar, apoiou um pote de creme na cômoda.

– Isso vai reduzir a vermelhidão e fazer sua pele arder menos. Você está bem queimada do sol, além desses pontos.

– Vou cuidar disso antes de descer – garanti a ela.

Mamãe Oaks parou à porta.

– Rex e a esposa vieram jantar na semana passada.

– Vieram?

– Ele disse que você foi vê-los durante a licença.

– Achei que devia conhecê-lo, já que é meu irmão de criação e tal.

Eu também gritara com ele; perguntei-me o quanto ela sabia, o que ele contara.

– Fico feliz que tenha feito isso. Já era hora de ele vir aqui em casa. Então... Obrigada, Dois. Você foi uma bênção para o nosso lar.

Após ela sair, terminei meu banho improvisado. Minha força não estava como deveria ainda, e afundei na beira da cama, esperando que a tontura passasse. Enquanto fazia uma pausa, arrumei o cabelo em uma trança complicada, mais bonita do que as duas trancinhas que eu adotara para lutar; em seguida, prendi o final com uma fita verde. Então, investiguei o pote que minha mãe de criação deixara para mim. O cheiro era bom, mas ao toque mostrava-se grudento. Porque tinha prometido, usei o creme pegajoso no rosto e nas mãos.

Depois de me sentir um pouco melhor, fui até o armário, no entanto não escolhi o vestido azul que usara no festival. Talvez nunca o colocasse de novo. Memórias demais vinham com o tecido sedoso, trazendo a preocupação de que Vago e eu nunca mais ficássemos juntos como naquela noite. Lutei contra meu medo e coloquei o vestido verde que combinava com o laço em meu cabelo. Verifiquei meu reflexo, considerei-me passável e desci.

Lá, encontrei alguns convidados me esperando: Edmund e Mamãe Oaks, Doutor Tuttle e sua esposa, Tegan, Perseguidor, seu pai de criação – Smith – e, para meu alívio, Vago. O inchaço em volta de seus olhos e do queixo diminuíra o bastante para eu poder ver seus traços de novo. Seus movimentos pareciam hesitantes, como se suas costelas doessem. E ele não sorriu para mim. Desviou o olhar. Quando me viram, todos falaram ao mesmo tempo, murmurando coisas boas e felicitações. Chocada, percebi o que Mamãe Oaks fizera... e com tão pouco tempo. Era uma festa. Para mim. Pisquei para conter lágrimas repentinas de menininha.

Edmund pegou meu braço, acompanhando-me até a mesa de jantar como se só estivesse sendo educado, mas acho que percebera que o apoio seria bom para mim. Meus pontos repuxaram e duas das feridas pulsaram com um calor fraquinho. Mas eu não poderia ser induzida a voltar para a cama sob nenhuma circunstância.

– Você está muito melhor – Doutor Tuttle disse com um sorriso jovial. – Bem a tempo para um dia especial, fiquei sabendo. Quantos anos você tem?

– Dezesseis – respondi.

Os anciãos todos soltaram sons sobre como eu estava crescendo, e eu nem quis os apunhalar. Não falei para eles que eu era crescida, e já fazia um ano. Fiquei distraída com algo totalmente diferente.

A pilha de presentes.

A maioria deles fora embrulhada apressadamente e não eram bonitos como os pacotes na casa de Justine. Eu não me importava nem um pouco. Ninguém esperava que eu sangrasse por eles, diferentemente dos presentes que acompanharam minhas cicatrizes no dia da nomeação. Aquelas oferendas estavam reunidas para o meu prazer... e para demonstrar carinho.

– Obrigada – falei, de novo e de novo, enquanto os abria.

Ninguém nunca me dera nada porque queria. Eu antes apenas trocara um objeto pelo outro. Não importava nem um pouco o que os pacotes continham, eu estava felicíssima com o teor deles. Ganhei mais fitas de cabelo, uma pedra de amolar para minhas adagas, uma bela bainha de couro que servia com perfeição em volta da minha coxa.

Quando agradeci a Edmund pela bainha, ele ficou corado e perguntou:

– Como sabia?

– A alta qualidade do trabalho – respondi, e meu pai de criação ficou tão contente que se curvou para beijar minha bochecha.

Depois de terminar de abrir todos os presentes, comi bolo, conversei e bebi sidra. Foi uma festa linda... e terrível também. Porque Vago agiu como se não estivesse lá. Eu não sabia qual presente veio dele, se algum veio, e tinha medo de me aproximar depois da forma como ele implorara para eu o deixar em paz no posto avançado. Eu morreria se ele dissesse isso na frente de todos. Assim, observei-o pelo canto dos olhos, acompanhando seus movimentos inquietos.

Tegan sentou-se ao meu lado.

– Pare com isso.

Meu olhar voltou-se depressa.

– O quê?

– Você está olhando para ele sem parar.

Seu tom me fez pensar que ela tinha mais alguma coisa a dizer sobre Vago, mas não era o momento de conversar a respeito.

– Desculpe.

Olhei para outro lado.

– Você pode subir comigo?

Ela assentiu.

– Por um tempinho. Mais tarde.

Depois do bolo, passamos para a sala de estar levando cadeiras conforme o necessário. Lampiões foram acesos e velas estalavam cera em seus pires, aqui e ali. Era uma ocasião feliz, embora desastre e morte estivessem à espreita do lado de fora dos muros. Os anciãos conversavam entre si, Edmund e Smith em um papo animado sobre seus diferentes ofícios. Mamãe Oaks falava com o Doutor Tuttle e a esposa.

Por fim, subi escondida com Tegan, e ninguém pareceu notar. Pelo menos, não nos chamaram para perguntar o que estávamos fazendo. Os movimentos repuxavam meus pontos e faziam os ferimentos queimarem. Ela me ajudou a ir para a cama e se sentou ao meu lado.

– Você sabe o que aconteceu – falei então. – Pensei que, se desse um pouco de tempo para ele, ajudaria, mas não está melhorando. Você tem alguma ideia do motivo...

– Quando me levou para longe dos Lobos, o que eu mais gostava em você era que não me tratava como um pássaro de asa quebrada. Você me deu uma arma e esperou que eu lutasse.

– Não entendo o que isso tem a ver com Vago.

– Mas, no fundo, eu me sentia... suja. Como se não fosse tão boa ou tão forte quanto você.

– O quê? – ofeguei.

Ela levantou a mão para impedir meu protesto chocado.

– O que aconteceu com Vago foi contra a vontade dele. Ele não pôde evitar. Assim, se eu tivesse de adivinhar, diria que ele se sente como eu. E não tem mágica para ele se curar. O único remédio é o tempo.

– Então, o que eu devo fazer?

Tegan deu de ombros e fez que não meneando a cabeça.

– Queria ter as respostas, Dois, mas você o conhece melhor do que eu. Se deveria forçá-lo ou deixá-lo em paz.

Ao voltarmos para o andar de baixo, eu esperava ter feito a escolha certa. Perseguidor veio mancando para se juntar a mim e Tegan, sua bengala entalhada em uma forma elegante e polida até brilhar bastante.

– Você nos deixou preocupados. Desmaiar faz mais o estilo da Tegan.

Ela riu e o cutucou com o cotovelo.

– Queria ver se você se sairia melhor com um buraco na coxa. Que depois alguém selou com uma faca superquente.

Eles tinham virado amigos após as desculpas dele? Eu estava feliz por terem feito as pazes, mas mal reconhecia meu mundo. Vago era um fantasma. Perseguidor e Tegan estavam brincando juntos. Balancei a cabeça negativamente, sentindo-me confusa, cansada e dolorida. A adrenalina inicial de animação acabou, deixando-me pronta para me recolher, porém não podia ser grosseira.

Mamãe Oaks logo interpretou meu cansaço corretamente. A festa se dissipou com sorrisos e mais parabéns. Engraçado. Eu tinha idade o bastante, oficialmente, para não ir à escola da Sra. James. Ela fora uma fonte tão grande de infelicidade para mim quando cheguei, eu ansiara por aquele dia.

Mas agora não me importava nem um pouco.

Murmurei minhas despedidas de boa noite, aceitando beijos na bochecha de Tegan e Perseguidor. Com um sorriso largo, ele apertou os lábios contra o lado que ela não beijara. Depois os convidados saíram. Virei-me na direção da escada. Parecia um caminho muito longo até meu quarto.

Na metade dele, uma mão quente se apoiou na parte baixa das minhas costas, garantindo que eu não perdesse o equilíbrio nos degraus. Não olhei, com muito medo de ter esperança de que pudesse ser Vago, mas os formigamentos inconfundíveis o identificaram. O silêncio entre nós se arrastou ao andar de cima, até chegarmos à porta do meu quarto.

E, então, ele falou:

– Feliz dia da nomeação, Dois.

Um sorriso cresceu dentro de mim. No entanto, antes de eu poder oferecer uma resposta, ele continuou:

– E me esqueça. Pare de me encarar, implorando com esses olhos. Não posso ser o que você precisa agora.

E depois ele foi embora, todo gelo e ar, e me deixou morrendo no silêncio.

Legado

Doutor Tuttle veio mais tarde naquela semana para tirar meus pontos. Suas mãos eram firmes e capazes enquanto ele cortava, falando de amenidades para diminuir meu constrangimento por ter seus dedos em lugares que eu nunca deixaria ninguém tocar além de Vago. Atenta às convenções sociais, Mamãe Oaks ficou por perto, tranquilizando-me com a mão no meu cabelo.

Eu nunca tivera tantas pessoas que se importavam com a cura ou não de minha carne. Os dois exclamaram por causa das cicatrizes que eu tinha no ombro e na barriga, lembranças de batalhas vencidas. As dos braços eu ganhara por valor pessoal... e eles não as admiravam também. A perda de *status* não me chateava mais tanto. Eu estabelecera meu valor naquele verão.

Mamãe Oaks suspirou.

– Odeio ver como você foi ferida.

– Todos em Salvação deveriam ser fortes assim – Doutor Tuttle me cumprimentou. – Sem manha agora.

Depois que ele saiu, perguntei:

– O que isso significa?

– Fingir se sentir pior do que está de verdade, para escapar do trabalho.

– Eu nunca faria isso.

Estava genuinamente insultada e exausta de ser tratada como uma pecinha frágil.

As coisas não haviam melhorado com Vago. Ele passava os dias com Edmund, aprendendo a trabalhar com o couro. Eu não o via como sapateiro, mas ele poderia fazer armaduras se continuasse no ofício, o que significava que teríamos Tegan para curar, Perseguidor para as armas e Vago para o equipamento. Aquilo me deixava com a sensação de que eu precisava fazer algo além de lutar.

Passei o tempo consertando roupas com Mamãe Oaks e remoendo pensamentos sombrios. Não conseguia acreditar que Perseguidor não fora me ver nem uma vez. Não que eu quisesse. Estava feliz por ele finalmente decidir me deixar em paz. Estava. Mas doía um pouco os dois meninos terem me abandonado.

Quando eu tinha me curado razoavelmente, o Ancião Bigwater mandou me buscar. Minha mãe de criação se esforçou ao máximo para evitar que as más notícias chegassem a mim, mas elas vieram em gotas e, naquele dia em especial, um mensageiro chegara com informações. Era o mesmo menino que fora nos avisar que as carroças estavam em segurança. Eu o identifiquei, então, já que conhecera Zachariah Bigwater na noite do baile.

O irmão mais velho de Justine era um herói da cidade – com pessoas clamando por seu tempo e sua atenção –, mas ele esperou para me acompanhar até seu pai. Zach lembrava Justine um pouco, mas seu cabelo era mais escuro, mais parecido com o grão que eu cortara naqueles malditos campos. Seus olhos brilhavam com o mesmo azul marcante, no entanto. Seus traços também eram mais fortes, mas ele não se parecia muito com o pai.

– Você lutou com meu amigo Frank Wilson – ele disse enquanto caminhávamos.

– Ele era um bom homem.

"Zach deve estar sofrendo."

O menino assentiu.

– Estudamos juntos.

– Você quer saber alguma coisa em especial? – perguntei com delicadeza.

Ele claramente desejava, ou não teria puxado o assunto. Se fosse eu, iria querer saber exatamente o que acontecera. Do contrário, a incerteza eterna me assombraria, minha mente conjurando destinos piores. Porém, era impossível imaginar um homem deixar este mundo de um jeito mais horrível, Zach apenas não sabia disso. Seus medos deviam ser reconfortantes, em comparação.

Ele diminuiu seus passos.

– Ele morreu bem?

"Não", pensei. Ninguém morreu bem. Simplesmente morreram.

A desonestidade era estranha para mim, mas a verdade iria apenas assombrar os sonhos de Zach se eu repetisse a história de Vago sobre como Frank fora morto e desossado. Portanto, eu menti, embora as palavras encorajadoras tenham ficado presas na minha garganta.

– Ele lutou até o fim. Vago disse que ele nunca desistiu.

"Nem quando o massacraram."

Zach curvou os ombros ao nos aproximarmos da casa. Conforme me lembrava, era bonita, grande como seria de se esperar e recém-caiada. A Sra. Bigwater tinha um canteiro com ervas na lateral e flores na frente, que se agitavam em rosa e laranja. Nos fundos, provavelmente possuía uma horta. Eu sabia que havia um pátio gramado do outro lado, onde Justine realizara a festa.

– Eu quis ser voluntário – ele disse então. – Minha mãe não deixou.

Se tivesse se oferecido, era provável que não estivesse ali. Tão poucos de nós conseguiram voltar. A última batalha ainda estava na minha memória, gravada a fogo, toda em cinzas e sal. Não pude sorrir para ele, desejando ter glória ou se sentir merecedor da morte valente dos seus amigos. Simplesmente não pude. A verdade era muito cruel e dura.

– Foi melhor você não ter ido – falei, rouca, surpresa com o quanto minha garganta parecia fechada.

"Improvável."

– Você matou muitos Mutantes?

"Muitos. Demais." Não parecia mais corajoso para mim, apenas inevitável.

– Tantos quanto precisei – respondi. – E sua mensagem chegou bem a tempo... Sem ela, nenhum de nós teria conseguido voltar.

Na minha mente, vi de novo aquela onda, vindo depois da primeira. Mais um minuto e não teríamos sido capazes de correr dela. Era estranho pensar que devia minha vida a Zach Bigwater.

– Então, obrigada.

– Bem.

Ele pareceu desconfortável, eu não sabia se por causa das suas próprias emoções ou da minha gratidão.

– Não vamos deixar meu pai esperando.

Eu não entrara na casa da vez anterior, então foi esquisito segui-lo degraus acima. Dentro, era mais bonita do que a minha casa, mais coisas chiques que só tinham função decorativa. Havia muito vidro, mais do que eu já vira junto no mesmo lugar. Não me sentia confortável ali, era fácil demais quebrar alguma coisa. Zach me guiou atravessando a sala de estar e, depois, fomos mais à frente, por um corredor, até o aposento à esquerda. Era bem bonito, eu acho, com uma escrivaninha, duas cadeiras e fileiras infinitas de prateleiras de livros. "Vago adoraria ler todos esses títulos." O nome dele me apunhalou com o eco do seu distanciamento e, assim, fugi daquele pensamento e me concentrei no Ancião Bigwater, que se levantou para me cumprimentar.

Era educado apertar a mão das pessoas, então cruzei o aposento e o fiz. Ele pareceu confuso quando o cumprimentei.

– Você é uma jovem incomum – disse.

Olhei depressa entre ele e Zach, perguntando-me o que fizera de errado.

– Homens apertam as mãos – o filho explicou. – Meninas costumam fazer uma reverência.

"Hum." Como eu não sabia o que era aquilo, eles não receberiam uma. As pessoas, às vezes, me olhavam como se eu estivesse com defeito, por não saber regras que elas aceitavam como básicas. Vago provavelmente se sentira assim quando chegou ao nosso enclave e foi censurado por não ter familiaridade com costumes estranhos a ele.

Imaginei que fosse hora de irmos ao assunto.

– Talvez possamos conversar sobre o motivo de você querer me ver?

O ancião tombou a cabeça.

– É claro. Zach?

O rapaz levantou a mão para se despedir de mim e saiu a passos largos, fechando a porta ao passar. Com um gesto silencioso, o Ancião Bigwater me convidou para sentar na cadeira em frente à escrivaninha. Acomodei-me, tentando adivinhar por que tremia tanto. Eu estava encrencada? Não tinha sido a Caçadora mais obediente naquele verão. Talvez Improvável tivesse incluído algo sobre minha conduta na mensagem que enviara à cidade. Mas eu pensava que não; se ele achasse necessário me dar um castigo, teria feito por conta própria, não jogaria a tarefa para Bigwater via mensageiro. Ele era assim.

– Senhor? – eu o incentivei.

– Primeiro, devo lhe dizer que Karl tinha uma ótima opinião de você.

Aquele era o nome dado a Improvável, eu me lembrava.

– Tinha?

Tal notícia era um bálsamo para meu espírito ferido. Improvável deixara claro antes de morrer, mas era ainda melhor ouvir aquilo. Significava que ele havia falado bem de mim para outra pessoa.

Bigwater assentiu.

– Ele escreveu para mim antes da batalha, informando-me sobre as nossas circunstâncias. Disse que você provara ser valiosa no campo, em especial para reconhecimentos. Que conseguia entrar e sair das linhas inimigas como ele nunca vira ninguém fazer.

– Perseguidor e Vago conseguem também.

O ancião sorriu, e a expressão ficou desagradável em suas feições cadavéricas e austeras.

– Ele também mencionou os dois. Não se preocupe, seus amigos não ficarão sem o devido crédito.

– Fico feliz por ele estar satisfeito com meu trabalho.

Havia tanto mais que eu queria dizer sobre Improvável, mas não para o Ancião Bigwater.

– Sim, foi por isso que pedi para vê-la.

"Finalmente", pensei.

Ele continuou:

– Talvez não saiba, mas Karl deixou para você suas posses neste mundo. Se não tiver mais perguntas, pedirei a Zachariah para lhe mostrar a casa, e pode decidir o que quer fazer com ela.

Sem perguntas? Eu tinha uma centena.

– Não entendo.

Seu olhar permaneceu paciente.

– A casa dele e o que há dentro agora pertencem a você, Dois. Não é um lugar grande, já que ele era viúvo e não havia intenção de se casar de novo depois que a esposa morrera. Eles não tiveram filhos. Mas é tudo seu agora.

Não podia estar certo.

– Ele não tem família?

– Não mais. A febre levou muitos de nós, 15 anos atrás. Eu quase perdi Zachariah.

– Isso não faz sentido. Com certeza...

– Entendo seu choque – ele interrompeu. – Mas Karl deixou seus desejos bem claros.

Pela primeira vez, ele revelou sua impaciência remexendo em alguns papéis na mesa. Entendi a deixa. Ele tinha coisas mais importantes a fazer do que discutir comigo. A horda rondava do lado de fora dos muros e ele precisava garantir às pessoas que descobriria como salvá-las. Eu não o invejava por aquela tarefa.

– Pode me responder uma pergunta?

Pela sua expressão, ele achava que tivesse a ver com Improvável.

– É claro.

– Quão ruins estão as coisas lá fora, de verdade?

Seu aspecto amigável fraquejou, revelando um homem no limite amargo da exaustão. Ele pinçou com os dedos o osso do nariz como se aliviasse a dor.

Eu fizera um julgamento errado dele no dia da reunião, não era um líder que usava as ideias de outras pessoas e não produzia nenhum trabalho de verdade. Seu rosto estava bastante desgastado por tentar pensar em como romper o cerco das Aberrações.

– Nós os estamos mantendo distantes por ora, mas, sempre que avançam, os guardas gastam a munição mais depressa do que Smith consegue fazê-la. Aquele seu jovem amigo está ajudando, mas não vamos aguentar para sempre.

"Ah." Isso explicava por que Perseguidor não fora me visitar. O aperto em volta do meu peito afrouxou um pouco.

– A menos que algo mude, vamos ficar sem balas cedo ou tarde, e eles atacarão os muros. Quando isso acontecer, imagino que levará dois dias até o rompimento.

Notícias determinantemente terríveis, mas era mais ou menos o que eu esperava. Assenti.

– Obrigada pela sua sinceridade.

Ele continuou:

– Não deve divulgar essa informação, mas Karl me deu a entender que você sabe guardar segredo.

– Sei. Avise se tiver algo que eu possa fazer, se me quiser nos muros. Não sou uma atiradora tão boa quanto algumas pessoas, principalmente durante o dia, mas à noite consigo acertar uma Aberração a cem passos.

Levantei-me então e estendi a mão de novo.

Ele a apertou e, depois, chamou o filho.

– Zach!

Que apareceu tão depressa que eu suspeitava que tivesse esperado por perto. As portas eram grossas o bastante para eu imaginar que ele não tinha escutado muita coisa, se estivesse tentando ouvir.

– Mostre para Dois a casa de Karl, por favor.

O Ancião Bigwater sorriu para mim.

– *Sua* casa agora, suponho.

– Pronta? – Zach perguntou.

Assenti, passei para o corredor com ele e encontrei uma mulher à espera, escondida. Ela tinha o ar de uma Caçadora brava, os lábios apertados e os braços cruzados como se para evitar me bater. Afastei-me por instinto e Zach colocou a mão na parte baixa das minhas costas. Normalmente, eu gritaria com ele por isso, mas o perigo pairava pesado no ar.

– O que *ela* está fazendo aqui? – a mulher questionou.

Zach se posicionou entre nós.

– Estamos saindo, mãe.

Então, aquela era a Sra. Bigwater. Ela se afastou de mim e entrou nervosa no escritório do marido. Sua voz chegou lá fora.

– Não acredito que você a trouxe para dentro de casa, sabendo o que eu penso. Ela é o motivo de estarmos sofrendo assim. As pragas do orgulho virão em seguida. Você precisa fazer alguma coisa, mas se recusa a me ouvir. E, para piorar, permite que ela se relacione com os nossos *filhos*? Não vou...

– Sente-se, Caroline.

Zach me afastou do escritório e me guiou para fora da casa. Acompanhei cegamente, lembrando-me da mulher que tentara incitar a cidade contra mim na reunião. Tinha sido a esposa do ancião, percebi. E foi um prenúncio de coisas ruins.

– Sinto muito por isso – o menino disse.

Menino. Ele era mais velho do que eu, mas não parecia. Possuía uma inocência que eu perdera muito tempo antes. Eu tinha certeza de que o pai não havia compartilhado com ele a verdade sobre a situação de Salvação. Zach não teria olhos tão brilhantes se soubesse.

– Algumas pessoas têm dificuldade de aceitar as que são diferentes.

– Você não parece tão diferente para mim – ele disse.

Isso porque ele julgava superficialmente, via meu cabelo preso com capricho em uma fita e meu vestido cinza limpo e bem passado. Zachariah Bigwater não podia imaginar as coisas que eu presenciara.

Mas eu não via benefício em fazê-lo se sentir idiota.

– Para onde?

– Lá.

Ele me levou de volta pela cidade em direção aos portões. Não fiquei surpresa por Improvável morar ali perto, seria conveniente para suas viagens de comércio. Quem assumiria essa função agora? Eu tinha esperado que ele me recomendasse como sucessora, mas aquela era a menor das minhas preocupações no momento.

– É esta? – perguntei, alguns minutos depois.

Era uma casa pequena e simples, nem chegava ao tamanho da dos Oaks, mas parecia confortável e aconchegante. Parte de mim não queria entrar e ver as coisas dele, agora minhas, porque significava aceitar sua perda. A outra metade subiu na varanda, relutantemente tentada com a ideia de um lugar só meu.

Zach assentiu.

– Aqui está a chave. Quer que eu entre com você?

Aquilo, eu achava, era algo que eu devia fazer sozinha, então neguei balançando a cabeça.

– Tenho certeza de que você precisa ir a algum lugar. Obrigada.

O menino ergueu a mão em despedida e eu entrei na casa de Improvável pela primeira vez. Dentro, havia o aroma leve das ervas que ele usava para manter as roupas com um cheiro bom. Caí imediatamente em uma sala de estar, cheia de móveis de madeira que pareciam rústicos, como se ele mesmo os tivesse feito, impaciente com a necessidade. Almofadas suavizavam um pouco o efeito, e eu soube que a esposa dele as costurara. Ele talvez tivesse prometido a ela que faria móveis melhores com o tempo, mas ela morreu, deixando-o com o desejo de guardar os objetos que haviam usado juntos, ou poderia perdê-la por completo. Ver sua casa me ensinou coisas sobre Improvável: sua dor e sua lealdade.

A casa tinha um desenho simples, cozinha à esquerda, quarto atrás da sala de estar. E, da cozinha, uma escada apoiada levava para cima. Eu a subi. No topo, encontrei um sótão, o espaço todo vazio apresentando um piso com acabamento e vigas polidas. A casa de Improvável era razoavelmente grande para um homem e sua esposa. O sótão poderia abrigar umas duas crianças, mas ele nunca tivera a chance. Lágrimas queimaram em meus olhos. Na ocasião em que morrera, eu pensei: "Algum dia, talvez eu deixe a menina chorar por ele, mas não hoje."

Aquele era o "algum dia".

Desabei no chão vazio e deixei os soluços virem.

Muito mais tarde, sequei o rosto na manga e desci para dar uma olhada. Percebi que a presença de Improvável se concentrava no quarto com peças soltas da Menina, cartuchos de munição e algumas roupas sujas que ele não conseguira lavar antes de sair na patrulha. Eu desejei entender por que ele escolhera dar seu lugar no mundo para mim.

Depois encontrei o legado mais significativo: seus papéis. Ao folheá-los, percebi que eram mapas de todas as rotas de comércio, nomes dos assentamentos, fatos sobre quantas pessoas viviam neles e o que elas precisavam trocar. Apertei os documentos contra o peito, o coração batendo como um animal selvagem. Aquilo era poder... Para mim, pareciam as chaves do *mundo todo*. Cada vez mais admirada, li, os lábios se mexendo enquanto eu montava as letras em palavras: Appleton, Rosemere, Otterburn, Lorraine,

Soldier's Pond, Winterville e mais. "Ele quis me deixar isto. *Liberdade*. Não uma casa."

Lembrei-me de termos ficado no muro e conversado sobre eu ir com ele nas viagens de comércio. Antes eu tinha me perguntado quem assumiria a função, e aquela era a resposta dele, dada com o máximo de clareza possível. Eu seria sua verdadeira herdeira, e ele me dera todas as informações necessárias para transformar aquele sonho em realidade.

Com mãos cuidadosas, coloquei os papéis em uma pasta de couro para protegê-los. Agora que os tinha, não queria que ninguém tirasse essas informações de mim. Talvez eu fosse até Tegan, ver se poderia me ajudar a fazer algumas cópias, apenas por garantia. Antes eu teria pedido a Vago, mas ele deixara sua vontade clara. Por mais que me machucasse, eu respeitava a necessidade de distância dele. Não iria forçá-lo, entendia o que Tegan quis dizer sobre não haver mágica para consertá-lo, só porque eu o desejava de volta como costumava ser. Mas valia a pena esperar por ele.

Ao olhar o entorno, percebi que poderia ajudar Vago ainda mais.

Cerco

– Você demorou um pouco – Mamãe Oaks disse.

Suas palavras formavam um convite para compartilhar, então lhe contei o que acontecera. Ela ouviu atenta, assentindo nos momentos certos. Depois abraçou-me.

– Ele era importante para você.

Ela se referia a Improvável, não a nenhum dos Bigwater com quem eu falara naquele dia; embora ambos fossem bons homens, um deles velho e exausto, o outro jovem e alegremente desinformado. Zach parecia inocente para mim, como uma criança. Ele não tinha nenhuma cicatriz. Porém, era uma alma corajosa, e Salvação precisava de todas que pudesse reunir assim.

Pensei no quanto o comandante do posto avançado tinha significado para mim.

– Ele era, mais do que percebi. Queria ter dito isso a ele.

– Suspeito que ele soubesse, ou não teria deixado suas posses para você.

Pouco consolo, mas melhor do que nada. De qualquer forma, eu duvidava que Improvável fosse ficar confortável com uma cena emotiva. Ele parecia o tipo de homem que preferia que tais afetos não fossem ditos.

– Cadê o Vago?

– Na oficina com Edmund.

– Então, eu já volto.

O olhar dela me seguiu enquanto eu saía de novo pela porta, a pasta de couro ainda na mão. Também estava com a chave enfiada no bolso. Conforme seguia a passos rápidos pelo centro da cidade, reparei nos olhares fixos. Algumas mulheres me miravam com desgosto explícito, amigas de Caroline Bigwater, era provável. Ergui o queixo, ignorei-as e continuei minha missão, empurrando a porta do prédio com a placa de sapateiro pendurada, onde Edmund trabalhava na maioria dos dias. O cheiro de couro enchia o ar, mas, diferentemente do curtume, era um aroma bom, depois do acabamento, agradável e amanteigado.

Edmund estava trabalhando em um par de sapatos quando entrei. Seu rosto refletiu surpresa, rapidamente escondida.

– Dois! É bom vê-la.

Conversei com ele por alguns minutos, para que não se chateasse por eu não ter ido vê-lo especificamente.

– O que são esses?

– Eles vão ser um belo par de chinelos quando eu terminar. O Doutor Tuttle já foi vê-la?

– Ele tirou meus pontos também. Estou como nova.

"Não exatamente." Estava ferida de formas que não ficara antes – a dor não era física – e me preocupava com a cidade, que havia se tornado meu lar. Não que fosse função minha ficar preocupada. Os anciãos resolveriam o problema. Eu só precisava encontrar um jeito útil de ocupar o tempo, agora que não era necessário mais ir à escola, embora não estivesse ansiosa para informar minha decisão à Sra. James. Todos em Salvação trabalhavam, e eu não queria ser aprendiz da Mamãe Oaks e virar costureira. Porém, pensaria em um jeito de convencer as pessoas de que eu deveria assumir o lugar de Improvável, quando as viagens de comércio recomeçassem... depois de eles terem lidado com as Aberrações do lado de fora dos muros.

"Não é tarefa fácil."

Edmund, então, provou que era mais perceptivo do que parecia.

– Vago está nos fundos, cortando moldes.

– Você se importa?...

– Vá em frente. Ele pode fazer um intervalo. Esse aí é trabalhador... mas não fala muito.

"Ele costumava falar", pensei.

Com um murmúrio incompreensível, passei por Edmund e entrei no espaço de trabalho na parte de trás da oficina. Vago levantou os olhos... e eu poderia jurar por um instante que estava feliz em me ver, mas o olhar desapareceu tão rápido que pensei tê-lo imaginado. Ele baixou a ferramenta que usava no couro e tombou a cabeça, desafiador.

– O que você está fazendo aqui?

O significado não dito era claro: "Eu disse para você me deixar em paz, para me esquecer. Falei sério."

Ignorei a dor, agarrando-me determinada à minha missão, e apoiei a palma da mão no balcão. Quando puxei a mão de volta, a chave estava em cima do couro meio cortado.

– Vejo que você está infeliz... você se sente preso. Mas posso ajudar.

– O que quer dizer?

– Improvável deixou a casa dele para mim. Eu não gostaria de morar sozinha e não me importo em viver com Edmund ou Mamãe Oaks. Então, você pode ficar lá e cuidar do lugar. Vai ter mais paz... mais privacidade.

Olhei fixo para um ponto acima do ombro dele, perguntando-me se ele percebia o quanto aquilo me machucava.

– Você não vai ser incomodado por ninguém lá.

"Não vai me ver. Pode curar suas feridas e sentir minha falta até vir me procurar... Porque você é meu e eu sou sua." Mas eu deixei essa parte sem ser dita.

A garganta dele funcionou:

– Eu... agradeço de verdade.

– Sabe onde é?

Para mim, era difícil ser casual com Vago quando queria tanto estender a mão em sua direção, entrelaçar nossos dedos e beijar suas palmas, e lhe dizer que estava agindo como louco.

Ele inclinou a cabeça.

– Improvável me recebeu lá uma vez.

Eu não sabia disso. Porém, durante os primeiros meses na cidade, eu mal vira Vago. Dada a maneira como o Sr. Jensen o tinha tratado, não era de se admirar que ele passasse o mínimo de tempo possível no estábulo. Eu o imaginei procurando por um lugar diferente onde ficar a cada noite e queria muito que tivesse sido comigo.

– É só isso então.

Virei-me, decidida a não me humilhar.

– Dois...

Por um momento, um instante glorioso, alegre e esperançoso, pensei que ele fosse me chamar de volta. No entanto, apenas acrescentou:

– Obrigado.

– De nada – murmurei.

Consegui acenar para Edmund, ocupado de novo. Não era surpresa ele gostar de descansar em casa se passava os dias curvado sobre uma bancada de trabalho. Enquanto eu saía apressada, tiros de rifle soaram, um depois do outro. Em vez de ir para casa, fui até o muro com a intenção de ver por conta própria o quão ruim apresentava-se a situação. Mais de uma vez, eu havia procurado Improvável, quando ele estava de plantão, para reclamar dos meus problemas. Não podia mais. Os guardas talvez não me deixassem subir, mas a sentinela me reconheceu... Bem, mais ou menos.

– Eu sei quem você é? – ele disse, franzindo as sobrancelhas.

Minhas bochechas esquentaram, o vestido o devia estar confundindo. Eu o reconhecera de primeira. Era, na verdade, o homem que salvara minha vida.

– Fiz a patrulha com você durante o verão – eu o lembrei.

– Você fica diferente vestida de mulher.

Sua expressão se suavizou, a pergunta respondida a seu agrado.

Apesar do meu humor, sorri, apontando a escada que levava à plataforma.

– Posso?

– Eu provavelmente não deveria fazer isso, mas depois do que você já viu, não importa. Venha então.

Após escalar, eu me posicionei ao lado dele, fazendo sombra sobre os olhos, porque o sol os machucava um pouco. Minha pele ainda estava descascando em alguns lugares pois me queimara fazendo a colheita, mas eu tinha um pouco de cor pela primeira vez na vida. Por fim, perdera a palidez total do subsolo e, em segredo – eu sentia –, parte de mim também. Eu não era a mesma Dois, e mostrava-se cedo demais para dizer se isso era bom ou não. Sentia-me um pouco mais inteligente, talvez, menos inclinada a acreditar no que quer que me contassem.

Levei um minuto para focar os olhos com a luz do sol e o que vi me aterrorizou até o âmago. A horda chegara, contornando Salvação como uma nuvem escura. As Aberrações estavam logo fora do alcance dos rifles, como se avaliassem suas opções. No final – embora elas não tivessem um cérebro super-rápido –, passaria pelas suas cabeças que, se avançassem juntas, não teríamos atiradores suficientes para matar todas. Elas chegariam aos muros.

Naquela massa horrível e agitada, algo piscava em brilhos – nosso fogo roubado – e Salvação era feita de madeira. Fechei os olhos, sem conseguir aguentar. Não importava como Vago se sentia, ou onde vivia. Era uma questão de dias para a cidade, e eu não vira sinais de uma solução iminente, apesar das boas intenções do Ancião Bigwater. Ele era um homem com recursos limitados e problemas infinitos.

– Está ruim.

O guarda hesitou.

– Temo que não me lembre do seu nome.

Aquilo fez com que eu me sentisse melhor. Eu não podia ser totalmente odiada, como aquelas mulheres que me encaravam faziam-me pensar, se alguém com quem eu servira tinha conseguido me esquecer. Aquela sensação de alívio se intensificou quando lembrei que aquele homem salvara minha vida e me batera por ser uma idiota histérica. Devia ter sido memorável para ele, até notório. Era reconfortante não ser.

– Dois.

– Eu sou Harry Carter.

Lembrei-me de aquele nome ter sido lido no dia fatídico durante a loteria inicial e me perguntei como se sentia por ser um dos poucos sobreviventes da patrulha de verão, se isso pesava sobre ele como pesava sobre mim e se ele não se achava merecedor. Porém, era um homem mais velho, quase da idade de Improvável, e eu não me sentia confortável fazendo tais perguntas a ele. Não sem a mesma ligação que eu tivera com o comandante do posto avançado, pelo menos.

– Obrigada pela minha vida, Harry Carter – falei séria.

– Você é de Gotham.

Não era uma pergunta, embora levasse a uma e, enquanto assentia, eu me preparei para o inevitável. Ninguém nunca fazia perguntas inteligentes. Mas Harry me surpreendeu com um silêncio pensativo. E então:

– Sinto muito pelo seu povo ter sido deixado para trás.

Aquela evacuação tinha acontecido tanto tempo antes, fiquei abismada por ele ter pensado nela. Isso mostrava como era gentil.

– Acho que levaram todos que podiam.

– Talvez – ele murmurou, erguendo o rifle.

Outra onda de Aberrações avançou para os muros, e os guardas atiraram desesperados, derrubando-as, porém mais correram, desviando, ziguezagueando, aproximando-se. Toquei nas minhas adagas, escondidas sob a saia, mas elas não podiam ajudar daquela distância.

Algumas retardatárias chegaram perto o bastante para baterem contra a madeira, mas não trouxeram fogo. Em breve, no entanto. Em breve, elas pensariam nisso. Harry se inclinou e acertou uma no topo da cabeça, um tiro vertical perfeito. O cérebro espirrou nos muros, e senti o cheiro da morte dela, o fedor certo para esvaziar meu estômago.

– É melhor você ir – Harry falou.

Como eu não conseguia aguentar ficar parada ali e não lutar, obedeci. Ainda tinha o rifle de Miles, mas não queria causar problemas. Porém, talvez, dadas as circunstâncias, os guardas aceitassem toda a ajuda que fosse possível. Mamãe Oaks provavelmente poderia me aconselhar. Animada por ter um objetivo, corri para casa. Protegeria os muros e faria bom uso do meu treinamento de Caçadora. Com certeza ficaria melhor no rifle treinando e, ao permanecer no muro, teria infinitos alvos. Miraria nas Aberrações que traziam fogo também.

Entrei depressa pela porta da frente, a saia voando, e assustei Mamãe Oaks, fazendo-a largar o vestido no qual completava a bainha.

– Você se machucou?

– Não, senhora – falei. – Só preciso pegar meu rifle.

Ela me encarou como se eu tivesse anunciado que intencionava procriar com Edmund.

– Por quê?

– Precisam de mim nos muros. Acha que alguém se importaria?

Entendia que meu sexo era um motivo idiota para objeção se eu soubesse atirar... e sabia. No entanto, por mais que quisesse ajudar, também não desejava enfurecer a população em geral.

De sobrancelhas franzidas, ela pensou bastante antes de enfim menear a cabeça.

– Se for discretamente e não chamar atenção, não deve ter problema.

Bem, eu não pretendia correr pela cidade gritando: "Olhem para mim, sou uma menina de calças, vejam-me atirar com esta arma." Deixei essa verdade óbvia sem ser dita e mostrei aceitar seu aviso com um "vou ter cuidado" murmurado ao passar por ela correndo e subir a escada.

Antes de qualquer coisa, guardei a pasta de couro que tinha o legado de Improvável. Depois, troquei de roupa e procurei meu rifle. Alguém o havia guardado sob minha cama e o descarregado também. Achei cartuchos na minha cômoda e carreguei a arma. Senti-me melhor do que me sentia desde a morte de Improvável – como se pudesse provar que era útil –, então coloquei desajeitadamente meu equipamento de soldado, calça marrom simples e bata combinando. Quando acrescentei as botas de Edmund, lembrei-me do quão orgulhoso ele ficara, com que cuidado medira meus pés e as fizera só para mim. O couro estava macio e gasto depois de um verão de uso, e elas serviam perfeitamente. Tirei o laço do cabelo e troquei por um prendedor comum.

Naquele dia, eu me sentia uma Caçadora.

Mamãe Oaks beijou minha bochecha quando saí para lutar, e tive o cuidado de evitar a avenida principal, contornando o perímetro em vez disso. Ninguém prestou atenção em mim. As pessoas talvez até pensassem que eu fosse um menino, recrutado cedo. Isso me servia bem.

Harry Carter ainda estava de plantão quando subi, dessa vez, sem esperar permissão. Ele não perguntou o que eu achava que estava fazendo, imaginei que pudesse perceber pelo rifle na minha mão. E ele parecia muitíssimo cansado. Não havia guardas suficientes para ocupar os muros em todo o perímetro e os que havia trabalhavam em turnos incrivelmente longos.

Ele falou enquanto eu verificava minha arma:

– Eles se afastaram por ora, mas vão atacar de novo. Você vai poder atirar.

Como ele previra, não esperamos muito tempo. Ergui o rifle e mirei no torso como Improvável me ensinara. Uma delas deu um solavanco e caiu. Minha. Outra morte. Ninguém tocava mais o sino, simplesmente havia muitas delas e isso criaria uma algazarra incrível. As armas e as Aberrações já eram ruins o bastante. Em uma rápida sucessão, atirei em mais cinco e depois tive de recarregar com balas do balde de munição de Harry. O rifle de Miles era muito bom, com um cano liso e preto e uma coronha de nogueira, mas eu queria ter o de Improvável... por motivos sentimentais.

Eu estava lutando fazia um tempo quando a calamidade aconteceu. Em termos de desastre, aquele foi um pequeno, mas probleminhas têm o costume de aumentar, como carrapatos que engordam com sangue. No começo, não prestei atenção nas vozes atrás de mim, concentrada em evitar que as Aberrações concluíssem seu avanço. Harry era um companheiro silencioso, capaz e sereno.

No entanto, elas simplesmente permaneceram falando alto. Eu as bloqueei, continuei a atirar, até findar o ataque. Corpos de Aberrações estavam estendidos por toda a parte sobre a grama do lado de fora dos muros, e o fedor crescia em proporção a cada morte. A distância, eu as ouvia rosnando e lamentando, berrando de dor na sua língua terrível e inumana.

Por fim, virei-me para causar feridas verbais em quem quer que estivesse gritando na base do muro. Congelei. Caroline Bigwater estava parada com um grupo de cidadãos, algumas mulheres, alguns homens, todos com a mesma expressão: julgamento. Ela tinha um livro nas mãos, cuja idade eu compararia com a de *O Menino Dia e a Menina Noite*, parecia velho assim.

– Estão *vendo*.

A voz dela ressoou em um misto alto e desagradável de medo, raiva e repugnância.

– Olhem para ela, vestida como homem. Isso é o que acontece quando se quebra o pacto com os céus. Em todos os nossos anos, Salvação não viu tal azar desde as pragas do orgulho. Algo tem de ser feito, ou todos nós vamos pagar o preço.

Um bramido aumentou, concordando com ela. Olhei de soslaio para Harry, perguntando-me se ele pensava o mesmo. Ele colocou uma mão gentil no meu braço e sussurrou:

– Fique aqui. Não vou deixar que seja levada.

"Ser levada? Para onde?"

Caroline Bigwater abriu seu livro velho e leu nele:

– "As mulheres devem se enfeitar com vestes modestas, timidez e sobriedade. Que a mulher trabalhe em silêncio e total submissão. Por todo o tempo, as mulheres devem ser sábias na mente e limpas no coração, gentis; trabalhando em suas casas, vivendo sob a autoridade dos maridos, para que nenhum mal recaia sobre nós."

Ela levantou os olhos, avaliando a reação às suas palavras. Mais gritos nervosos explodiram, e os olhos das pessoas brilhavam ao mirarem lá no alto. Reconheci aquela expressão da época no subsolo, isso significava que eu temia o resultado daquele confronto. Para mim, não podia terminar bem.

– Caroline está certa – uma mulher gritou. – Os problemas começaram logo depois que ela chegou!

A Sra. Bigwater concordou:

– Começaram mesmo. E é por isto: "A mulher não deverá vestir as armas e a armadura de um guerreiro, nem deverá um guerreiro colocar vestes de mulher, pois todas essas atitudes são abominações para os céus. A praga cairá sobre suas casas enquanto vocês viverem essa atrocidade."

Eles me encararam com minhas roupas de homem, um rifle em uma mão, e o clima ficou ainda mais sombrio. Sugestões jorraram de um para o outro sobre como reparar e deixar Salvação limpa de novo. Fiquei com receio de me mexer, não reconhecia aquelas pessoas. O medo e a perda as havia torcido e devastado.

– Como podemos consertar? – um homem perguntou.

Caroline Bigwater sorriu para mim lá em cima, toda em uma doçura santa.

– Você não quer todos nós mortos, quer, querida? Você *sabe* o que deve fazer.

Inevitável

– Que diabos está acontecendo aqui? – a voz do Ancião Bigwater ressoou. Ele nem sempre falava com seu tom forte, mas, naquele dia, conseguiu um bom efeito.

A multidão se assustou, olhares culpados na maioria dos rostos, porém não se dispersou. A mulher encarou o marido, serena em dar apoio aos seus amigos crentes. Eles precisavam de alguém para culpar, eu entendia. Isso não diminuía o quanto eu estava assustada.

A Sra. Bigwater tentou explicar, mas ele a silenciou com uma única frase:

– Seu marido quer que você vá para casa. Desobedecer seria um comportamento adequado para uma mulher?

Eu não concordava com a noção de que as mulheres deviam seguir ordens dadas por homens, mas mostrava a discrepância entre o ataque dela sobre mim e o seu próprio comportamento. Com um resmungo irritado, ela levou embora o ânimo da sua turma ao sair nervosa. Eu não me enganei pensando que tinha acabado, apenas o perigo imediato havia passado.

– Venha aqui, Dois.

O ancião possuía uma expressão gentil, uma que eu já sabia que costumava esconder más intenções. Mas não podia ficar no muro para sempre e, assim, desci a escada com um aceno de cabeça para Harry.

Bigwater colocou a mão no meu ombro, levando-me para longe dali. Não gostei, no entanto, pensei que ele quisesse me mostrar apoio, fazendo com que todos pensassem bem antes de mexer comigo. Por isso, deixei o gesto de familiaridade permanecer sem golpeá-lo no estômago com o cotovelo.

– Acho que posso resolver este problema de uma forma que seria satisfatória para nós dois.

– Como? – perguntei cautelosa.

Assim como os guardas, ele parecia exausto à luz poente da tarde. Seu rosto fino tinha novas rugas e seus olhos estavam ainda mais afundados no rosto.

– Você já sabe o quanto a situação é grave. Não vamos resistir.

Ele já deixara isso bem claro mais cedo naquele dia.

– Sei disso.

– Preciso que alguém vá buscar ajuda – Bigwater disse baixinho. – Há outros assentamentos na rota de comércio...

– Estou com os mapas de Improvável.

– Ótimo. Acredito que ele tinha essa solução em mente quando deixou a herança para você, Dois. Agora que ele se foi, você é quem mais tem chance de concluir a missão. Ninguém mais tem muita experiência lá fora, com certeza não como você.

Revirei a ideia na cabeça, vendo paralelos assustadores com a viagem suicida que o pirralho cego realizara saindo de Nassau. Não havia garantia de que minha experiência me permitiria sobreviver, mas, se eu ficasse ali, morreria. Era certo. Ou um dos fanáticos acharia uma forma de me sacrificar ou as Aberrações acabariam invadindo. Eu não via saída. Pelo menos, ao aceitar aquela tarefa, eu poderia escolher minha morte, como Improvável fizera. Talvez ele não fosse querer que eu saísse, talvez o Ancião Bigwater tenha dito aquilo apenas para me fazer concordar com seus planos.

Porém, estava funcionando. Eu gostava da ideia de deixar Improvável orgulhoso. Ele me salvara duas vezes, então era minha vez de fazer algo em troca, mesmo que ele não se importasse mais.

– Certo – falei devagar. – Deixe que eu me despeça das pessoas e explique a situação aos meus pais de criação. Vai ser difícil para a Mamãe Oaks.

Tristeza de verdade tocou seus olhos fundos.

– Por causa do Daniel.

– Sim, senhor.

– Vou preparar os suprimentos para a viagem e eles estarão esperando.

Ele fez uma pausa.

– Você é uma menina corajosa e é valiosa para a cidade, não importa o que minha esposa diga.

– Obrigada.

A opinião dele não devia ser importante, mas era. Sua aprovação mostrava que eu não tinha desperdiçado meu tempo ali, fizera diferença. No entanto, havia um problema, e eu o vislumbrava.

– Mas como vou sair?

– Poucos sabem disto, Dois, porém, quando a cidade foi fundada, cavaram uma saída de emergência. O túnel corre do porão da minha casa até depois do muro dos fundos. Não faço ideia do estado em que está, já que ninguém o usa há 50 anos. Então, você vai precisar ser cuidadosa enquanto avança.

Abri um sorriso rápido.

– É melhor se eu partir nesta noite. Na escuridão, vai ser mais fácil evitar as Aberrações.

– Então, nós nos vemos em breve.

Ele apertou meu ombro ao partir e eu voltei para a casa da Mamãe Oaks pelo que poderia ser a última vez.

– Fiquei sabendo da cena com aquela Caroline Bigwater horrorosa. Senti muito, menina. Nem todas as mulheres são assim, juro.

Ela me olhou com mais atenção, analisando o quanto estava imóvel, e seu rosto ficou pálido.

– Qual é o problema?

Em voz baixa, contei a ela que iria embora e por quê. Podia ver que ela queria protestar, "por que precisa ser você?", e eu a amava por isso. Mamãe Oaks sentiria minha falta. Ela se lembraria de mim se eu não voltasse. Corajosa, piscou para afastar as lágrimas enquanto me puxava para o seu peito. Fiquei quieta porque tinha medo de qual seria minha reação – e do quanto seria difícil partir – se eu caísse no choro.

Ela se afastou e disse:

– Imagino que você tenha de fazer as malas.

– Sim.

Segui para a escada.

– Eu estava guardando para fazer surpresa, mas você precisa disso agora. Enquanto estava fora, costurei para você roupas novas de patrulha. Devem ficar ótimas na viagem.

Foi o suficiente. Eu me joguei nela e a abracei em volta do pescoço. Chorei um pouco contra seu ombro. Naquele momento, eu era apenas uma menina, não uma Caçadora, e não queria deixar minha mãe. A firmeza voltaria, eu não duvidava, porém ainda não.

Ela não tentou me calar. Mamãe sussurrou bobagens contra meu cabelo e me disse que tudo ficaria bem. Aquele tipo de mentira, sendo que nós duas sabíamos a verdade, fez com que eu parasse de chorar, e eu a amava por isso também. Por fim, afastei-me, esfreguei os olhos e subi a escada.

A preparação das malas não levou muito tempo. Mamãe Oaks me ajudou, dobrando as roupas novas em quadrados pequenos e caprichados, que provavelmente ficariam amassados antes de eu sair da casa. Nós duas entendíamos que a intenção era ela ter algo a fazer, para não chorar. "Obrigada", pensei, "por tornar isto possível". Enfiei a pasta de couro de Improvável nas minhas coisas, pois precisaria de mapas para a viagem.

– Edmund vai chegar para o jantar logo mais. Você pode esperar?

– É claro.

De qualquer forma, não tinha anoitecido por completo.

Para a minha surpresa, Rex apareceu com a esposa, cujo nome eu não ficara sabendo ao visitá-los para dar uma bronca nele. Ruth era uma pessoa gentil, nervosa quando permanecia perto de Edmund e Mamãe Oaks, mas eu estava feliz por vê-la se esforçar. Meus pais de criação precisariam do filho mais do que nunca depois que eu partisse. Talvez eu tivesse feito a coisa certa ao me intrometer.

A refeição foi silenciosa, e a boca de Edmund ficou caída nos cantos enquanto ele comia. Mamãe Oaks tentou manter a conversa, e Ruth acompanhou mais do que precisava. De vez em quando, Rex oferecia um comentário, mas parecia ciente de que era uma ocasião triste, mesmo se não tivesse ouvido a notícia.

Depois mostrou que sabia.

– Quero agradecer a você – ele disse baixinho. – Eu tinha esquecido o que era importante... e não era meu orgulho.

– Eu fui grosseira – murmurei.

Rex deu de ombros.

– Eu mereci.

Comi o resto da minha refeição com uma alegria determinada. Depois estava na cozinha, lavando a louça com Ruth, quando perguntei:

– Qual foi o problema afinal?

Ela encarou o prato em suas mãos.

– Uma combinação de coisas... Normalmente, eu não contaria para você, pois é uma desconhecida, mas agora é da família também.

– Obrigada.

Fiquei tocada.

Ruth continuou:

– Eu estava... esperando um filho quando Rex se casou comigo. Seus pais acharam que isso significava que eu não era uma boa menina e, então, perdi o bebê. Algumas pessoas disseram que foi castigo dos céus.

Essas pessoas mereciam um chute na cara.

– Sinto muito.

– Depois ele discutiu com os pais porque me amava. Ele se recusou a continuar trabalhando com o pai e só ficou pior com o tempo, aí não se falaram mais.

Até eu aparecer e exigir que fizessem as pazes.

Após terminarmos de limpar a louça do jantar, Rex e a esposa se despediram de mim. Era quase hora de eu ir, e os olhos de Mamãe Oaks ficaram lacrimejantes de novo. Logo antes da minha partida, Edmund me aconselhou a cuidar das minhas botas, depois me deu um abraço desajeitado em volta dos ombros. Seus olhos cansados diziam outras coisas, como "vou sentir sua falta", "volte em segurança" e "não parta o coração da sua mãe". Por um momento glorioso, maravilhei-me com o fato de ter uma família.

E, então, eu a deixei.

Restavam apenas três adeuses. Ninguém mais era importante o suficiente para mim; o Ancião Bigwater poderia fazer um anúncio se assim quisesse.

Fui ver Perseguidor primeiro porque ele permanecera firme, independentemente de qualquer coisa e, por isso, merecia ouvir a notícia antes de qualquer um. Apesar da hora, ele ainda estava trabalhando na ferraria, despejando metal derretido dentro dos moldes. Iriam virar munição quando o processo estivesse completo. O rosto dele brilhava com o suor, fazendo as cicatrizes cintilarem, mas ele pareceu feliz em me ver... até reparar na bolsa no meu ombro e no rifle na mão.

– Vai a algum lugar? – ele perguntou.

Tão poucas palavras para resumir a situação, mas consegui, e os olhos dele me miraram depressa com uma fúria gelada.

– Você veio me dizer *tchau*?

– É assim que tem de ser.

A ira deu força aos seus movimentos quando ele arrancou o avental de couro.

– Não, não é. Diga "venha comigo, Perseguidor".

Eu o encarei, chocada.

– Tem certeza de que sua perna está forte o bastante?

Na última vez que eu o vira, ele usava uma bengala. Não vi evidência dela naquele momento, e ele estava trabalhando muitas horas na forja. Seus braços estavam riscados por músculos, mas isso não tratava da questão do joelho.

Aparentemente ultrajado com a pergunta, ele me beijou, com força, antes de eu perceber que tinha a intenção. Seus lábios pareceram bravos e famintos ao mesmo tempo.

– Diga, Dois.

– Venha comigo, Perseguidor.

Depois, ele sorriu e eu dei um passo na sua direção, atraída sem querer pela sua beleza violenta.

– Vou contar ao Smith e pegar minhas coisas.

– Encontre comigo na casa dos Bigwater quando puder.

Meu humor pareceu mais leve conforme segui para a casa do Doutor Tuttle. Queria um abraço de Tegan e seus desejos de boa sorte. Ela estava jantando com o Doutor e a esposa quando cheguei, deu um pulo e me ofereceu um prato, que recusei.

– Podemos conversar em particular?

Seus pais desculparam a interrupção educadamente, foram ainda mais caridosos ignorando o fato de eu estar vestida para a guerra, e nós duas saímos.

– Vou embora – falei e depois expliquei as circunstâncias.

– Odeio aquela Caroline Bigwater – ela disse brava, seus pequenos punhos cerrados. – *Odeio*. Sabia que ela disse a mesma coisa sobre eu ajudar o Doutor no consultório?

Não fiquei surpresa.

– Espero que ela não cause problemas para você, depois de eu partir.

Tegan abriu um sorriso largo.

– Ela não vai.

– Como pode ter tanta certeza?

Tombei a cabeça, confusa.

– Porque eu não vou estar aqui. Você vai precisar de uma médica na viagem, e até o Doutor admite que sou quase tão boa quanto ele.

Não cometi o erro de perguntar sobre sua perna, ela não mancava tanto quanto antes. Além disso, se tinha sido suficientemente durona para lidar com o trabalho extenuante da temporada de plantação e, depois, da colheita, ela poderia aguentar aquela jornada também. Tegan talvez fosse a mais forte de nós.

Ela correu de volta para dentro da casa, dirigindo suas palavras seguintes para os Tuttle.

– Ajudem-me a preparar minha bolsa médica.

– Alguém está doente? – o Doutor perguntou.

Esperei que ela contasse e, em seguida, o Doutor deixou a mesa para dividir seus materiais, entregando para ela agulha e linha, curativos, unguentos e diversos itens que eu não saberia como usar. Tegan claramente sabia.

– Tem *certeza* disso? – questionei, perguntando-me se ela entendia o perigo.

– Totalmente. Você me salvou, em mais de uma ocasião. É minha vez de devolver o favor.

– Mas você adora este lugar.

Fiquei surpresa por Tegan se arriscar a sair, já que estava buscando segurança desde que a conhecera.

– É meu lar – ela disse simplesmente. – Então, vou fazer minha parte para protegê-lo. E devo a você também, então...

Ela deu de ombros.

– Preciso fazer isso.

Senti-me mais humilde diante da sua lealdade, disse para ela me encontrar na casa dos Bigwater assim que estivesse pronta e depois segui em frente, sentindo-me ainda melhor. Eu podia não ser uma menina normal pelos padrões de Salvação, mas tinha bons amigos. Sem dúvida. E devia haver algo em mim que valia a pena se eles estavam dispostos a me acompanhar naquele momento.

Restava apenas uma pessoa. *Vago*. Talvez, por causa da sua própria dor, ele não fosse se importar com a minha partida, mas eu devia a ele a cortesia de vê-lo antes de ir.

Como eu tinha esperado, a casa de Improvável estava às escuras. Sem velas. Sem lampião. Porém, Vago devia estar lá, pois não continuaria na oficina depois de Edmund sair. Precisei de toda minha coragem para subir até a varanda e bater os nós dos dedos contra a porta.

Por longos momentos, aguardei, até enfim ouvir a agitação de movimentos lá dentro. Vago atendeu à porta, seu rosto na sombra.

– Você esqueceu alguma coisa?

– Apenas isto.

Quando beijei a bochecha dele, sua retração instintiva me chocou. Aquilo era uma revelação, meu toque não lhe dava mais prazer. Talvez ele associasse *todo* contato com dor física, e eu sofria por tudo que nós perdemos. Pensei que ele apenas precisasse de um pouco de tempo... Não percebera que o estrago era tão profundo.

Perseguidor sussurrou na minha mente: “Ele é mole de uma forma que você e eu não somos. No fim, você vai destruí-lo.”

"Talvez", pensei. "Mas posso salvá-lo também."

Apenas não seria naquele dia. Meu menino havia sofrido o bastante. Não podia pedir que lutasse em meu nome. Ele precisava do pouco de paz que Salvação podia oferecer naqueles tempos difíceis.

– Adeus, Vago.

Eu não tinha coragem de contar a história de novo. Edmund comentaria, se Vago continuasse a ajudá-lo na oficina. Desci os degraus em uma corridinha leve, afastando-me dele, em direção ao futuro, em direção à incerteza e ao perigo.

– Eu mereço isso – ele disse baixinho.

Suas palavras torturadas me fizeram parar, mas não me virei.

– O quê?

– Você não confiar em mim o bastante para pedir minha ajuda.

As palavras queimaram com uma angústia brutal, como se ele tivesse me decepcionado de alguma forma.

– Ou talvez você não ache que eu seja forte o bastante para ter alguma utilidade.

Então, ele já sabia. Não perguntei como. Segredos dão um jeito de se espalhar, sussurros carregados pelo vento.

– Não penso assim – respondi com honestidade.

"Mas você pensa."

– Ainda somos parceiros, não somos?

Sua voz trazia uma esperança desesperada.

A pergunta me machucou... O próprio fato de ele ter precisado perguntar. Era a segunda vez que ele me afastava depois de ter se ferido, como se eu não tivesse nada dentro de mim para lhe oferecer, nenhuma capacidade de consolar ou reconfortar, e isso partia meu coração em mil pedaços. Porém, não era minha vez de ficar brava, não podia me concentrar em como o comportamento dele fazia com que eu me sentisse. Tinha de lembrar que duvidar de si mesmo era algo que o dilacerava como facas ocultas. Assim, fiz uma expressão neutra ao encará-lo. A pena o destruiria.

– Eu nunca deixei de ser – falei. – Não pedi sua ajuda porque estava tentando fazer o que era certo para você. Obviamente, tê-lo por perto é *sempre* o melhor para mim.

– Não quero ficar aqui. Nem quero ficar dentro do meu próprio corpo. Posso ir com você?

A dor em sua pergunta fez com que eu me sentisse amável.

– Vago, você disse que não pode ser o que eu preciso, mas você é tudo o que eu quero. Mesmo que desista de si próprio, eu nunca vou fazer isso. Vou lutar por você.

– Não devia fazer isso – ele sussurrou. – Eu não valho a pena.

– Não é verdade.

Eu queria me jogar nos braços dele, mas o fizera se retrair com um beijo. Tinha de ir aos poucos, era suficiente ele estar falando comigo de novo. Como Tegan dissera, eu não podia fazê-lo acreditar no quão importante, no quão valioso ele era, não importava o que as Aberrações haviam feito. Ele tinha de chegar àquela conclusão sozinho, e eu estaria esperando quando isso acontecesse. Independentemente de quanto tempo demorasse.

Em um momento de extravagância, joguei um beijo para Vago, como tinha visto outras meninas fazerem com seus amados, e a mão dele se levantou devagar para pegá-lo. A esperança abriu asas dentro de mim como um pássaro. Saí a passos largos, sorrindo, com cuidado para evitar qualquer fanático que pudesse estar à espera. Alguns minutos depois, cheguei na casa dos Bigwater e vi Zach me esperando no quintal da frente. Ele me guiou pela casa, então presumi que o pai tinha compartilhado o segredo com o garoto. Não falei até chegarmos ao porão, um ambiente seco com chão de terra e cestas de legumes e verduras.

Então, eu disse:

– Três amigos meus estão vindo, você se importa de encontrá-los lá na frente?

– Com prazer.

Ele hesitou, visivelmente dividido.

– Eu queria ir com você. Soube que Tegan é uma das suas companhias... e eu gosto muito dela.

Eu aprovava a coragem dele e seu desejo de se provar para minha amiga, mas ele não tinha a habilidade nem a experiência necessária para ser útil. Assim, eu o desencorajei com educação. Sua expressão ficou triste, mas a forma fácil como aceitou minha recusa me revelou ainda mais sobre sua personalidade. Ele não sobreviveria lá onde iríamos, e eu não precisava dar a Caroline outro motivo para me odiar. Além disso, Tegan não falara dele e podia não gostar que Zach viesse junto.

O Ancião Bigwater logo se juntou a mim, carregado com as provisões prometidas.

– Ouvi dizer que você juntou uma equipe para a sua missão. Muito empreendedora. Tive de voltar ao mercado.

Deixei que ele me elogiasse, embora eu não houvesse convidado ninguém, exceto Perseguidor, e não o teria feito caso ele não tivesse me agitado com aquele beijo. Mas parecia melhor deixar o ancião acreditar que eu possuía grande habilidade motivacional.

Para meu alívio, ele não conversou comigo. Na minha opinião, já tínhamos dito tudo o que importava. Eu estava fazendo o que ele pedira. O que faltava?

Os outros não demoraram muito a chegar, Perseguidor primeiro, depois Vago e, por fim, Tegan. Era noite, o momento perfeito para sairmos sem sermos vistos. As Aberrações estariam dormindo, fora do alcance dos rifles, e se encontrássemos alguma equipe de caça fora do túnel, poderíamos lidar com ela. Ao amanhecer, já teríamos ganhado uma distância considerável.

– Não vou fazer cerimônia – Bigwater disse –, já que vocês sabem que nosso destino está em suas mãos. Assim, vou apenas desejar boa sorte.

– Boa caçada – corrigi.

Ele me virou um olhar confuso, mas repetiu as palavras assim mesmo:

– Boa caçada então, para todos vocês.

O ancião andou até uma prateleira rústica de madeira, no momento repleta de frutas enlatadas.

– Rapazes, ajudem-me a mover isto.

Eles terminaram a tarefa rapidamente, revelando o túnel escuro para além da estante. Ar frio soprou para dentro e balançou o véu de teias de aranha que se agarrava à entrada. Tinha cheiro de terra e liberdade. Estranho eu pensar isso, mas a própria escuridão me atraiu, lembrando-me da minha vida no subsolo. Por isso, para mim, foi fácil entrar.

Bigwater ofereceu um lampião, mas eu neguei. Ele poderia nos denunciar quando saíssemos do outro lado. Era melhor irmos sem ele. No campo aberto, todos nós sabíamos como fazer tochas se fosse necessário.

Assumi a liderança, porque, depois que meus olhos se ajustassem, eu conseguiria identificar as paredes sujas e ásperas e as vigas ocasionais, agora meio apodrecidas pela falta de cuidado, apoiadas para darem suporte. Era um tunel estreito, muito mais baixo do que aqueles onde eu havia morado lá embaixo e, assim, segui agachada, constantemente varrendo o local com o olhar à procura de problemas. Em um espaço daquele tamanho, o combate seria quase impossível. Felizmente, não encontrei nada mais assustador do que ratos e aranhas, que fugiam conforme eu avançava.

– Isto é horrível – Tegan sussurrou. – Poderíamos morrer aqui.

A resposta descuidada de Perseguidor chegou até mim:

– Poderíamos morrer de qualquer forma.

"Muito verdadeiro." Havíamos perdido boas pessoas naquele verão. E mais pereceriam se não conseguíssemos trazer ajuda. Uma grande empatia por aquele pobre pirralho cego do subsolo se acomodou em meu estômago, esperava ter um resultado melhor do que o dele. Vago permaneceu em silêncio, mas perguntei-me se estava pensando o mesmo que eu.

Incontáveis momentos depois, uma brisa fria desceu soprando. Terra solta dava a ela um sabor arenoso. Subi desajeitada a suave inclinação, usando as mãos para me alavancar. Além dali, o desconhecido se estendia diante de nós mais uma vez, e outra tarefa impossível. Nós quatro emergimos da terra e viramos nossos passos para o oeste, em direção à última esperança para Salvação.

A autora

Ann Aguirre é uma autora *best-seller* do *New York Times* e do *USA Today*, com formação em literatura inglesa. Antes de se tornar uma escritora em tempo integral, ela trabalhou como palhaça, balconista, dubladora e salvando gatinhos abandonados, não necessariamente nessa ordem. Ela cresceu em uma casa amarela em frente a um campo de milho, mas agora ela vive no ensolarado México com o marido, filhos e vários animais de estimação. Ann gosta de todos os tipos de livros, música emo, filmes de ação e *Doctor Who*.

Nota da autora

Eu me esforcei ao máximo para imaginar como uma sociedade emergente, fundamentada em princípios religiosos, poderia ser depois de epidemias e catástrofe mundial. Os sobreviventes que se estabeleceram em Salvação têm raízes na doutrina fundamentalista, são descendentes dos amish da Pensilvânia, que migraram para o norte depois de guerras infinitas e das pragas biológicas mencionadas neste romance. A intenção da sociedade refletida aqui, no entanto, não é representar nenhuma fé ou cultura existente. É uma extrapolação antropológica respaldada em dados disponíveis. Portanto, com base nessa rejeição histórica da tecnologia, os cidadãos de Salvação evitam todos os artefatos do mundo antigo. Em vez deles, preferem produzir manualmente e levar uma vida simples.

Há dicas no texto sobre onde eles estão. Se você pesquisar no Google sobre a Guerra de Aroostook, lá é mencionada a disputa da fronteira entre New Brunswick e Maine. Salvação fica, na verdade, localizada no espaço do Forte Ingall, ao qual também há uma alusão, quando Edmund conta a história de a cidade ter sido estabelecida três vezes. O lago, portanto, é o Lago Temiscouata, embora os nomes tenham sido perdidos. O terreno terá mudado, obviamente, em 200 anos com impacto humano limitado.

E, sim, como é provável que você já tenha descoberto a esta altura, as Aberrações não são zumbis. São mutantes. Mais informações sobre elas virão no livro três.

Espero que tenham gostado desta segunda olhada no apocalipse.

Agradecimentos

Em primeiro lugar, agradeço a Laura Bradford por ser 100% incrível o tempo todo. Ela é como uma fada madrinha com sua varinha, ou talvez como Kevin Costner construindo meu *Campo dos sonhos*. (Se eu escrever, eles virão?)

Em seguida, ofereço louros de gratidão por poder trabalhar com a maravilhosa equipe da Feiwel and Friends: Liz Szabla, Jean Feiwel, Anna Roberto, Ksenia Winnicki, Rich Deas, vendas, marketing, publicidade e todos que contribuem para criar esses lindos livros. Produzir *Refúgio* foi um prazer e uma honra. Cópias com preparação de texto são uma alegria quando passam pelas mãos de uma especialista e, por isso, agradeço à incomparável Anne Heausler.

Superobrigada às minhas primeiras leitoras: Jenn Bennett, Bree Bridges e Karen Alderman, que ajudaram a deixar este livro o melhor possível. Obrigada também ao *loop* contínuo de PoP, que me ajuda a controlar a loucura. Tiro o chapéu para minha fantástica revisora, Fedora Chen.

Obrigada à minha família, que acredita em mim, mesmo quando eu não acredito. Assim como Dois e Vago.

Por fim, obrigada aos meus incríveis leitores, cujas cartas me fazem rir e chorar e me mantêm escrevendo. Sou uma mulher sozinha com meu teclado sem vocês.

Este livro foi impresso, em primeira edição,
em maio de 2017, em Pólen 70 g/m², com capa em cartão 250 g/m².